매화잠

매화잠 2

초판 1쇄 찍은 날 | 2014년 02월 07일
초판 4쇄 펴낸 날 | 2014년 07월 07일

지은이 | 무연
펴낸이 | 서경석

편 집 장 | 권태완
디 자 인 | 신현아

펴낸곳 | 도서출판 청어람
등록번호 | 제1081-1-89호
등록일자 | 1999. 5. 31
어람번호 | 제5-0363호

주소 | 경기도 부천시 원미구 부일로 483번길 40 서경B/D 3F (우) 420-822
전화 | 032-656-4452 팩스 | 032-656-4453
http://www.chungeoram.com
E-mail | chungeorambook@daum.net

IISBN 978-89-251-3700-1 04810
ISBN 978-89-251-3698-1 (SET)

매화잠

Chungeoram romance novel

2

무연 장편 소설

"잘 지냈어?"

세운의 품에서 빠져나오는 것이 맞았다.
그럼에도 가예는 좀처럼 그를 밀어낼 수 없었다.
전에는 절대 받아들일 수 없었던 감정이
시간이 흘러서인 것일까?
그녀만을 봐주고, 그녀를 보며 달콤한 미소를 짓는
그가 가예의 마음을 흔들었다.

"당신이 떠난 다음에나 내가 진짜 원하는 게
무엇인지 깨달았어."

목차

序章

눈 속에 묻히다

명룡국 대전 안의 분위기가 무겁게 내려앉았다. 대전의 상단에 앉아 있는 정명 황제, 그리고 바로 아래 황제의 동생이자 왕인 세운이 자리했다.

단상 아래, 황제의 부름을 받아 입궐한 신하들이 몸을 숙이고 있었다.

엄숙하다 못해 위압스러운 분위기. 언제까지 지켜질 것 같던 정적을 깬 것은 단상 아래 병사들에 의해 묶인 채 꿇어앉아 있는 죄인이었다.

"저주할 것이다, 휘왕."

이 갈리는 소리가 섬뜩했다. 몸에 난 상처에서 흘러나온 피가 대전을 적셨지만 죄인의 눈빛은 당장에라도 검을 잡고 사람을 죽일 것 같은 살기가 어려 있었다.

"네 녀석에게 내가 해준 것이 얼마이거늘 나한테 이리할 수 있단 말이냐! 죽여 버릴 것이다! 반드시 죽여 시신조차 남기지 못하게 할 것이다!"

"병사들은 무엇을 하고 있느냐! 어서 죄인의 입을 다물게 하지 않고!"

관리의 명에 죄인 옆에 있던 병사가 들고 있던 무기로 죄인을 후려쳤다. 이마에 무기를 맞은 죄인이 묶인 채로 바닥을 굴렀다. 거친 기침을 토해내던 죄인이 바닥에 처박고 있던 이마를 조금 들어 보았다.

은사가 수놓아진 가죽신이 눈에 들어왔다. 옷의 끝에 매화가 수놓아진 검은 옷을 입고 있는 휘왕이 담담한 눈으로 그를 보고 있었다.

황제의 옆에 있던 휘왕이 죄인의 앞까지 걸어 내려오자 그 주변에 있던 대신들의 고개가 좀 더 깊이 숙여졌다.

명룡국의 투신, 그리고 황제의 미쳐 버린 검.

무슨 생각을 하는지 알 수 없는 표정을 보며 죄인이 이를 갈았다.

"너에게 황제의 자리를 주려 했다! 내 너를 최고의 자리에 올려 주려 했단 말이다! 그런데 왜! 왜!"

피를 토하는 절규에도 휘왕 세운의 표정에는 별다른 차이가 없었다. 오만하게 죄인을 내려다보던 세운이 한쪽 무릎을 굽혀 그와 눈을 마주쳤다.

이를 갈며 저주를 퍼붓던 죄인의 눈에 순간 공포가 스며들었다.

죄인을 노려보지도, 격한 감정을 드러내지도 않았지만, 그저 시선을 마주하는 것만으로도 목을 뜯기는 것 같은 두려움이 느껴졌다.

"표비영."

나지막이 세운의 입에서 나오는 단어에 비영이 몸을 떨었다. 위험하다는 주변의 만류에도 세운은 비영을 향해 몸을 숙였다. 입조차 뻥끗할 수 없는 살기에 비영이 몸을 뒤로 움츠렸다. 하지만 멱살을 잡은 세운에 의해 코앞까지 비영이 끌려왔다.

"조용히 순리대로 따라라. 패악을 부려봤자 변하는 것이 하나도 없지 않은가?"

"너에게도 좋은 일이었다. 너를 위해서 내가……."

"끔찍한 2년이었다. 네가, 네 딸이 날 위해 움직여 준 대가가 말이지."

세운의 말에 비영이 숨을 삼켰다.

창백히 질려 있는 비영을 향해 세운이 빙긋 웃었다. 얼음보다도 날카롭고 차가운 미소에 비영이 그의 시선을 외면했다. 비영을 묶고 있는 끈을 눈으로 슬쩍 본 세운이 눈웃음을 지은 채 작게 말했다.

"그래도 네가 날 위해 노력한 것이 있으니 한 번 정도는 기회를 줘야겠지?"

묶여 있던 끈이 느슨해지는 것을 느꼈다. 무슨 의미냐는 비영의 표정에 세운이 잡고 있던 멱살을 놓고는 몸을 일으켰다.

무슨 의미일까? 아니, 그런 건 더 이상 중요하지 않았다.

세운에 의해 모든 권력을 빼앗겼다. 비영이 키워온 힘과 군대는 앞으로 휘왕에게 몸을 숙이고, 그를 위해 목숨을 바칠 것이다.

고작 2년. 비영이 평생 동안 키워온 모든 것을 세운은 집어삼켰다.

'이대로 혼자 죽을 수는 없다.'

왜 세운이 자신을 묶은 끈을 느슨하게 풀어줬는지는 궁금하지 않았다. 지금 비영의 눈에는 세운의 등만이 보일 뿐이다.

어차피 자신은 이곳에서 죽는다. 그렇다면 네놈만큼은 반드시 데리고 가리라.

순식간에 일어난 일이었다. 완력으로 줄을 풀고 병사의 검을 빼앗은 비영이 세운을 향해 휘둘렀다.

"죽어라!"

양옆에 늘어선 대신들에게서 비명이 나오고, 뒤늦게 상황을 파악한 병사가 비영을 말리려 달려들었다. 세운의 목을 향해 비영의 검이 움직였다. 그리고 그보다도 먼저 세운의 검이 비영의 심장을 찔렀다.

"컥!"

세운의 검이 비영의 심장을 관통했다. 들고 있던 검을 떨어뜨린 비영이 피를 뿜으며 세운을 보고 있었다. 피가 흥건한 손이 그를 잡으려는 찰나, 세운이 비영의 팔목을 먼저 잡았다.

짧은 순간 빙긋 웃은 세운이 비영만이 들을 수 있는 작은 목소리로 그에게 속삭였다.

"마지막까지 내가 원하는 대로 움직여 주는군. 너만큼은 직접 죽이고 싶었거든."

비영의 눈이 커졌다. 식어가는 피와는 달리 치솟아오르는 분노에 비영이 고함을 지르려 했으나 울컥 솟는 핏덩이에 의해 말문이 막혀 버렸다.

천천히, 최대한 고통스럽게 검을 뽑아낸 세운이 일말의 동정도 없이 비영을 밀어냈다. 쿨럭 소리와 함께 경련을 일으키던 비영의 움직임은 얼마 뒤 잠잠해졌다.

순식간에 일어난 일에 숨조차 제대로 쉬기 어려운 상황에서 검을 집에 넣은 세운이 정명을 향해 몸을 숙였다.

“미처 제대로 대응하지 못해 그를 죽였사옵니다. 용서하소서.”

“휘왕 전하께서 나서셨기에 큰 변이 없었사옵니다, 폐하. 어찌 이 상황에 휘왕 전하께 죄를 물으시겠습니까?”

몸을 숙여 먼저 죄를 청하는 세운의 행동에 양옆에 있는 대신들이 그럴 수 없다며 들고일어났다. 대신들의 소란에도 말없이 세운만을 보고 있던 정명이 손을 들어 분위기를 잠재웠다.

“지금 일로 휘왕에게 죄를 물을 생각은 없다. 죄인 표비영 및 이번 일에 연루된 죄인 모두 처음에 내렸던 황명대로 처분하겠다. 상국.”

상국이라는 말에 나이가 지긋한 노인이 고개를 숙였다. 지난 세월에 좀 더 나이가 들었지만 정명에게 허리를 숙인 사람은 세운의 궁에 있던 책 노인이었다.

“하명하소서, 폐하.”

“애초에 이렇게 길게 끌 일이 아니었소. 상국께서 나머지 처리를 해주시오.”

정명의 명에 상국이 허리를 숙여 명을 받았다. 그 이후에 몇 가지 처리가 끝난 후 정명이 자리에서 일어났다.

“오늘은 이만하겠소. 휘왕은 나를 따라오라.”

정명의 말에 세운이 고개를 숙였다. 병사들에 의해 비영의 시신이 끌려 나가고, 그 모습을 무표정하게 보고 있던 세운이 다가온 내시감의 안내를 받으며 대전을 나갔다.

❀ ✱ ❀

2년.

길다면 길 수도, 짧다면 짧은 그 시간, 정명이 보아온 세운은 많은 것이 바뀌었다. 장난기가 가득하던 웃음은 점점 비틀리게 변해 갔고, 언제나 여유로웠던 모습은 냉정하고 불안해졌다.

그리고 천천히, 치밀하게 자신의 세력을 정리해 갔다.

세운의 힘이었으나 세운의 것이 아니었던 것. 언제든지 정명과 세운에게 반기를 들 힘을 하나씩 흡수하거나 없애갔다. 정명의 세력은 휘왕이 이제야 스스로의 상황을 직시했다며 좋아했지만 정명은 그렇게 생각하지 않았다.

“세운아.”

“예, 폐하.”

예전에는 웃으며 형님 폐하라 불렀다. 황제와 동생인 관계이지만 세운은 단번에 그 선을 넘고 자신을 형님으로 위해왔었다. 여전히 명룡국의 투신으로 귀족들은 물론 백성에게까지 신뢰를 받는 그였으나, 정명이 본 지금의 세운은 부서질 듯 위태로웠다.

"제 세상이 사라졌습니다, 형님 폐하."

부인인 가예가 사라진 후 연유를 묻는 정명에게 세운은 짧은 말만을 남긴 후 모든 것을 묻어버렸다. 죄송하다는 말과 함께 정명에게 세운이 부탁한 것은 한 가지, 영화국과의 중재였다.

"사람을 수단으로 쓰려 했던 제가 벌을 받았습니다. 명룡국에는 더없이 좋은 기회이지만 못난 동생, 처음이자 마지막으로 부탁드립니다. 다른 사람들에게 그 사람의 이름이 오르내리는 모습을 보고 싶지 않습니다. 전쟁이 일어나지 않도록…… 막아주십시오."

세운이 자신에게 처음으로 한 부탁이었으나 마냥 기뻐할 수는 없었다. 결국 정명은 모든 정무를 미뤄놓은 채 세운의 부탁부터 해결하였다. 명룡국의 제안은 영화국으로서도 거부할 것이 아니었기에, 두 나라의 동맹은 지금처럼 유지하되 둘의 혼인은 조용히 없었던 일로 되돌렸다.

영화국과의 일이 조용히 마무리되자 세운은 부지런히 사람을 시켜 가예의 흔적을 찾기 시작했다. 하지만 어디에 숨었는지 그녀는 그림자조차 보이지 않았다.

"쉬기는 하는 것이냐?"

보좌관인 도하의 말로는 제대로 잠드는 날이 거의 없다고 하였다. 미친 듯이 일에 매달리거나 그게 아니면 사라진 부인이 머물던 안채에서 몇 날 며칠 죽은 듯이 머물기를 반복한다고 했다.

정명의 말에 세운이 미소를 지었다.

"전쟁도 없는 평화로운 시기가 아닙니까? 제가 힘들 것이 또 무엇이 있겠습니까?"

작게 짓는 미소조차 힘이 없었다. 숨을 쉬는 것 자체가 고통이라고 상국에게 말했다 들었다. 연이은 전쟁과 위험한 정치 상황에 힘들어할망정 세운은 스스로를 자학하거나 상처 입히는 이는 아니었다.

하나뿐인 귀한 동생. 황제라는 자리 때문에 전심전력으로 그를 도울 수는 없었지만 적어도 무너지지 않게는 막아야 했다.

"이후 표비영과 연루된 일은 상국이 모두 처리할 것이다. 너는 당분간 성혜에 있는 청궁에 가 있어라. 이 일에선 이제 완전히 손을 떼거라."

정명의 말에 세운의 눈썹이 꿈틀댔다. 있을 수 없는 일이라는 듯 반발하려는 세운을 정명이 손을 들어 막았다.

"이건 형님으로서 말하고 있는 게 아니다. 명룡국 황제로서 너에게 명령하는 것이다."

"형님 폐하, 아니, 황제 폐하, 이러실 수는 없습니다. 소인이 시작한 일입니다. 그렇다면 당연히 제가 마무리를 짓는 것이……."

"그런다고 가예 부인이 되돌아오는 것이 아니다. 하물며 흔적을 찾아 부인이 있는 곳을 안다 한들 지금의 네 모습은 보고 싶어 하지 않을 것이다."

그의 말에 세운이 소리 없이 고개를 숙였다.

소수의 사람만이 아는 휘왕의 약점은 2년 전 그의 곁에서 사라진 가예였다.

비어버린 휘왕의 부인 자리를 탐하는 이들은 수두룩했다. 심지어 제융과의 국혼이 완전히 깨져 버린 가예 부인의 자매인 소예조차 그에게 노골적인 관심을 보였다.

하지만 제삼자인 정명의 눈으로 보기에도 세운은 그들에게 그 어떤 시선도 주지 않았다.

한참을 조용히 서 있던 세운이 나지막이 말했다.

"찾을 것입니다. 반드시 찾아서 데려올 것입니다. 하지만…… 전처럼 위협받으며 주변에 휘둘리면서 살게 하고 싶지는 않습니다. 그러려면 제가 정리를 해야 합니다, 황제 폐하."

"그렇기 때문에 상국에게 맡기려 하는 것이다. 지금의 너라면 네 부인을 위해서라는 이유로 관용으로 끝날 일을 죽이고 제거하는 것으로 정리하려 할 테니까."

"황제 폐하!"

"명이다! 내일 당장 청궁으로 내려가라. 그곳에서 내 명이 있을 때까지는 절대로 올라올 생각 하지 마라. 그곳에서 정양하며 내 명을 기다려라."

세운의 반발에도 정명은 변함이 없었다. 그 후로도 세운은 그럴 수 없다며 정명을 설득하려 하였지만 단단히 각오한 듯 그는 요지부동이었다.

한참 후, 결국 명을 받들겠다고 말한 세운이 정명의 허락하에 방을 나갔다. 세운이 나간 후, 오랫동안 그가 머문 자리를 보고 있던 정명이 한숨을 내쉬었다.

채 1년도 유지되지 못한 혼인. 모르는 사람들은 둘의 사이가 좋지 않아 끝난 것으로 알고 있지만 실상은 그렇지 않았다.

처음의 시작은 세운의 잘못이었으나 그 사이에서 절묘하게 맞아떨어진 엇갈림은 결국 가예가 떠나는 것으로 끝나 버렸다. 그의 곁에 있을 자신이 없다며 가예는 떠났고, 그녀의 빈자리에 세운은 스스로를 닫아버렸다.

인연이 아니었던 것일까? 만약 그런 것이었다면 정명이 생각하기도 전에 세운이 먼저 정리했을 것이다. 하지만 세운은 고통이라는 걸 알면서도 그녀를 잊기보다는 기억하려 애썼다.

'인연이라면 더 늦기 전에 만나기를…….'

세운 모르게 정명 또한 가예를 찾고 있었으나 도대체 어디에 있는 것인지 알 길이 없었다.

한참을 생각하고 있던 정명이 고개를 저었다. 어차피 이곳에서 고민해 보았자 나오는 것은 없었다. 그저 이번에 보낸 사람들이 그녀의 흔적이라도 찾기를 정명은 속으로 간절히 바랐다.

❊ ✱ ❊

명룡국에 있으면 진세운과 좀 더 자주 만날 수 있을 거라 생각했다. 혼인동맹이 없었던 것으로 돌아간 후, 1년에 네 번 상대방에게 화친의 의미로 사신을 보내왔다. 그리고 소예는 제융의 협력을 받아 1년에 두 번은 반드시 명룡국을 방문하였다.

몸이 가까이 있어야 마음이 움직인다는 것을 알고 있기에, 소예는 되도록 진세운과 자주 만나 둘 사이의 거리를 좁히려 노력했다.

하지만…….

"왜 나는 안 된다고 하죠?"

진심을 담아 그에게 연모한다고 고백하였다. 명룡국에 올 때마다 소예는 그에게 자신의 마음을 알아달라 애원하였다.

그의 마음을 거절하고 사라진 가예와 자신은 달랐다. 그녀는 아무것도 없는 가예와는 달리 그가 원하는 것은 무엇이든 줄 수 있었다. 누구보다도 아름다운 외모, 막강한 가문의 힘, 무엇보다도 그녀는 세운 하나만을 보고 살 자신이 있었다.

그럼에도 그는 2년 전이나 지금이나 달라지지 않았다.

"거절에 대한 이유는 전에도 이야기한 걸로 아는데?"

정중히 시작했던 거절은 2년의 세월이 흐르자 좀 더 간결하게, 그리고 냉정하게 변하였다. 그가 그렇게 변해갈수록 소예는 더욱 그를 향해 오기가 생겨났다.

"당신의 옆은 가예의 것이라는 이유를 말하는 거라면 난 다시 말할 수 있어요. 벌써 2년이에요. 가예가 어디에 있는지도 알 수 없으면서, 무엇보다도 당신 곁으로 온다는 보장이 없잖아요."

"그래서? 다 포기하고 당신을 받아들여라?"

"어쩌면 당신과 내가 진짜 인연일지도 모르죠."

소예의 말에 세운이 피식 웃음을 터뜨렸다. 황궁에서는 정명에게, 궁으로 되돌아오니 이번에는 막무가내로 밀고 들어온 소예였다.

연이어 일어나는 일에 피곤한 세운이 손가락으로 미간을 눌렀다.

피곤하다.

지금은 그저 가예가 머물렀던 안채에서 조용히 있고 싶었다.

유일하게 마음 놓고 편안히 쉴 수 있는 곳. 이제는 그곳에서 머물던 여인의 매화 향은 더 이상 나지 않았지만 세운에게 있어서는 가예의 흔적이 남아 있는 단 한 곳이었다.

"오늘 떠난다고 하지 않았나?"

세운의 말에 소예가 입술을 깨물었다. 그는 언제나 이런 식이었다.

제대로 된 대화는 채 다섯 번을 오가지 못했다.

"난 다시 올 거예요."

"그래서?"

"그때도 당신에게 또 같은 말은 할 거예요."

"쓸모없는 짓을 반복하는군. 황제(皇弟)의 부인보다는 그래도 황후가 낫지 않아? 적어도 그쪽은 권력이라도 잡을 수 있잖아."

비아냥대는 세운의 말에 소예의 입가가 굳었다. 제융과의 국혼이 없어진 것이 벌써 1년 전이다. 그런데도 그는 여전히 그때의 일을 들먹여 소예의 말문을 막았다.

그의 비아냥거림이 마음에 들지 않는다. 제융이었다면, 아니, 다른 누구였더라도 그녀는 절대 참지 않았을 것이다. 하지만 진세운이니까, 저 사람이니까 소예는 참을 수 있었다.

"껍데기 같은 황후보다는 내 마음이 닿아 있는 사람의 옆이 더 가치가 있겠죠. 그리고 황제(皇弟)의 부인이어도 힘은 만들 수 있어요."

소예의 말을 듣고 있던 세운의 눈가가 순간 차가워졌다. 내내 소예의 시선을 외면하고 무시하던 태도가 순식간에 사람을 죽일 듯 살기가 어린 것으로 바뀌었다.

달라진 그의 분위기에 소예가 자신도 모르게 숨을 삼켰다. 겁에 질려 있는 소예를 보고 있던 세운이 한 걸음 그녀에게 걸어갔다. 뒷걸음질치려는 소예의 팔을 잡아끈 세운이 그녀의 허리를 한 팔로 감쌌다. 순식간에 세운의 품에 소예가 안겼다.

천천히 뛰는 세운의 심장이 소예에게 느껴졌다. 담담한 그와는 달리 터질 듯 심장이 뛰었다. 숨 쉬는 법조차 잊어버린 듯 상기된 표정으로 소예가 코앞에 있는 그를 바라보았다.

달라진 그가 무섭다. 그러나 떨렸다. 역시 이 사람이 아니면 안 된다. 자신을 원한다는 말 한마디, 그것만 해준다면…….

세운의 품 안에 자신을 맡긴 소예가 뜨고 있던 눈을 감았다. 원하는 대로 하라는 듯한 소예의 행동에 세운이 그녀의 귀에 나지막이 속삭였다.

"가예와 자매만 아니었다면 난 널 죽였을 거야."

감고 있던 소예의 눈이 크게 떠졌다. 너무 놀란 나머지 그의 품에서 빠져나오려는 소예를 세운이 힘으로 잡았다.

"명룡국에 화수 가문 같은 것을 또 만들겠다고? 입이 있다고 함부로 주절대면 안 되는 거야, 소예 아가씨. 비화 꼴이라도 나고 싶은 거야?"

그의 말에 소예가 놀란 숨을 삼켰다.

전 태위 표비영이 세운에 의해 제거당하고 그의 딸 비화는 관비가 되었다. 목숨은 붙어 있으나 평생을 관비로 죽을 때까지 노역을 해야 하는 신세로 전락하였다.

가예가 있을 때도, 그리고 떠난 뒤에도 그녀의 자리를 넘본 죄. 세운은 그 사실 하나만으로 자신의 주 권력이었던 표가를 없애 버렸다.

품 안에 있는 소예를 무심한 눈으로 보고 있던 세운이 순간 빙긋 웃었다.

"자신의 나라에서, 스스로의 자리에서 최선을 다하도록 해. 괜히 이 나라 와서 쓸데없이 설치지 말고."

"……."

"몇몇에게 뇌물을 주고 선동했지? 혼인동맹을 다시 되살리자고 말이야."

품 안에 안겨 있어도 더 이상 떨리지 않았다. 천천히 몸 안에 검을 박아 넣는 듯 숨을 쉴 수 없었다. 당장에라도 목을 뜯길 듯한 끔찍한 분위기에 소예의 안색이 창백해졌다.

그에 비해 세운의 미소는 더욱 짙어졌다.

"조용히 영화국으로 돌아가. 그럼 나도 뇌물을 받은 놈들만 처리하고 덮을 테니까."

말을 끝낸 세운이 그제야 소예를 품 안에서 놓아줬다. 도망치

듯 뒷걸음질친 소예를 무심히 보던 세운이 밖에 있는 시종을 불렀다.

"소예 아가씨께서 돌아가신다. 배웅해 드려라."

문이 열리고 고개를 숙인 시종이 안으로 들어왔다. 더 이상의 대화는 무리. 더군다나 그녀 딴에는 조심히 시작했던 일이 진행되기도 전에 그에게 들켜 버렸다.

원망스러운 눈으로 그를 노려보던 소예가 옷자락을 휘날리며 밖으로 걸어 나갔다.

그녀의 모습이 완전히 사라지자 세운이 거칠게 문을 닫았다.

자리에 앉은 세운이 손으로 눈을 가렸다.

하루하루 지쳐 간다. 소예의 말대로 영영 그녀의 흔적조차 찾지 못할지도 모른다. 2년이 지났어도 어제와 같이 생생하다. 손만 뻗으면 잡힐 것 같았던 가예, 하지만 이제는 아무리 손을 뻗어도, 더 이상 그녀는 세운의 곁에 없었다.

그럼에도…….

그렇기에…….

길게 내쉬는 숨이 무거웠다. 눈을 막고 있는 손가락 사이로 투명한 것이 소리 없이 흘러내렸다.

❀ ✱ ❀

눈이 내리는 명룡국과는 달리 영화국은 1년 내내 따뜻했다.

"아직도 못 찾은 것이냐?"

영화국 황제의 병세가 악화되자 황태자인 제융이 대리청정을 하였다. 대리청정을 하자마자 제일 먼저 처리한 일은 국혼의 파기. 그 대신 소예는 제융에게 화수 가문의 정보를 내주었다. 워낙 오랫동안 세력을 유지해 온 화수라 단번에 제압할 수는 없었지만 2년이 지난 지금, 어느 정도 팽팽한 균형을 유지하고 있었다.

"죄송합니다, 전하. 제나라에도 아가씨의 흔적은 없었습니다."

무릎을 꿇고 고개를 숙인 문의 입에서 나오는 말에 제융이 주먹을 쥐었다.

가예가 세운을 떠난다면 당연히 자신에게로 올 것이라 생각했다. 하지만 가예는 그에게 오는 대신 자신을 숨겼다.

'진세운 때문이다.'

가예에 대한 감정은 어느덧 진세운에 대한 증오로 바뀌었다. 그녀가 자신에게 오지 못하는 이유는 명룡국에 버티고 있는 그 때문일 것이다.

문을 시켜 가예의 흔적을 찾게 하고는 자신은 영화국에 세력을 키우는 데 집중하였다.

가예를 데리고 오려면 진세운부터 없애야 했다. 그가 있는 한 가예는 자신에게 오지 못할 것이다. 마음 같아서는 당장 가예를 찾는 일에 모든 신경을 쏟고 싶었지만 우선은 참아야 할 때였다.

"이번에는 효나라로 가볼까 합니다."

"효가 아니라 명룡국으로 가거라."

제융의 말에 문이 고개를 들어 그를 보았다. 시원한 바람이 둘 사이를 스치고 지나갔다.

"휘왕의 수색대가 명룡국을 다시 살펴보고 있다고 하더구나. 혹 무언가를 찾아서 움직이는 것일 수 있으니 그들의 주변에서 찾아보아라. 그쪽에서 찾는 즉시…… 그들을 죽여도 좋다. 가예만 데리고 오면 된다."

"네, 전하."

"가예가 다쳐도 상관없다. 찾는다면 무슨 수를 써서라도 데리고 오거라."

"전하?"

자신이 잘못 들은 것인가 싶어 문이 제융을 놀란 눈으로 쳐다보았다. 하지만 제융의 눈은 변화가 없었다. 한동안 제융을 보고 있던 문이 결국 고개를 숙였다.

"명을 받들겠습니다, 전하."

"그리고 휘왕의 움직임도 그때그때 보고하거라."

"네."

문의 대답을 들은 제융이 맑은 하늘을 향해 고개를 들었다. 소예는 어떻게든 세운의 마음을 잡겠다며 명룡국을 오가고 있었지만 부질없는 짓이었다. 무표정한 감정이었지만 세운의 안에서 제융이 느껴지는 것은 죽음보다도 더 위험한 독이었다.

진세운을 인정하는 것은 아니지만, 어찌 되었든 그는 소예가 품기에는 가지고 있는 그릇이 다른 사내였다. 그리고 2년이 지났음에도 그는 여전히 가예를 찾고 있었다.

그런 사내가 곁에 있다고 소예를 품을 리가 없었다.

'그렇기에 진세운을 먼저 죽여야 한다.'

그를 죽인 후 가예를 데려오는 데 최선을 다할 것이다.

활활 타오르는 증오를 억지로 잠재우며 제융이 웃었다.

드넓은 천하도, 가예도 모두 자신의 것이 될 것이다. 진세운의 죽음이 그 모든 일의 시작이 될 것이다.

세운이 떠난 가예를 찾느라 힘겹게 버티고 있는 사이, 제융은 그녀를 찾는 대신 세운에 대한 비틀린 증오를 키우고 있었다.

❀ ✱ ❀

명룡국의 대도시 중 하나인 성혜. 그곳에서 마차를 타고 한 시진 정도 내려가면 령이라는 작은 마을이 나온다. 산을 하나 넘어야 나오는 작은 마을이기에 사람의 왕래가 거의 전무한 곳이었다.

"항상 죄송해요."

하나로 묶어 내린 머리가 허리 끝에 닿았다. 짙은 묵색의 옷이 차분한 여인의 머리만큼이나 정갈했다. 부드러운 이목구비에 단정하고 조용한 자세가 멋들어지게 그려진 수묵화처럼 정갈하고 티끌 하나 없이 고운 여인이었다.

그녀의 사과에 앉아 있던 중년 여인이 고개를 저었다.

"죄송하기는, 약속했던 기간보다 일찍 끝났다고 하기에 와본 거라네. 어디 보자. 어쩜 이리 수가 곱단 말인가."

"비단이 좋은 거라서 수가 생각보다 잘 놓였어요. 그래도 옷은 아주머니께서 한 번은 보셔야 할 거예요."

묵색 옷의 젊은 여인의 말에 옷을 보고 있던 중년 여인이 손사

래를 쳤다.

"보기는, 자네 실력이야 내가 훤히 아는 것을. 자, 이번 일의 사례라네. 지난번에 팔았던 옷도 두둑이 받은 터라 더 넣었네."

중년 여인에게서 돈을 받아 든 여인의 입가에 작은 미소가 생겨났다. 1년 전부터 령에 머물기 시작한 눈앞의 여인은 본인에 대해 거의 이야기를 하지는 않았지만, 옷을 짓고 수를 놓는 손은 아주 야무졌다.

원한다면 대귀족의 옷도 지을 수 있는 실력이었지만, 여인은 직접 옷을 가지러 와주는 대신 적당한 금액을 받고 부탁받은 옷을 지을 뿐이었다. 성혜에서 비단 장사를 하는 중년 여인은 최근 앞에 있는 여인과의 거래로 제법 괜찮은 수익을 올리고 있었다.

돈을 잘 갈무리해 서랍에 넣는 모습을 보고 있던 중년 여인이 생각났다는 듯 조심히 그녀에 물었다.

"그나저나 자네 정말 매화 수에는 관심이 없는가? 자네는 잘 모르나 본데 명룡국 사람들은 매화수를 가장 귀하게 쳐준단 말일세. 자네가 수만 놓아준다면 지금의 세 배는 준다는 사람도 나왔단 말이야. 정말로 생각이 없는가?"

부드러운 미소가 감돌던 여인의 눈 끝이 굳었다. 서랍을 닫고 자리에 앉은 여인이 조용히 고개를 저었다.

"죄송해요, 아주머니. 저는 매화 수는 놓지 않아요."

자르듯 하는 거절에 중년 여인이 할 수 없다는 듯 고개를 저었다. 모든 일에 부드럽고 유한 여인이었지만 매화 수만큼은 무슨 연유에서인지 단칼에 거부하였다.

아무리 애원하고 설득해도 여인이 마음을 바꾸지 않는다는 것을 알고 있기에 중년 여인은 두말없이 자리에서 일어났다.

"그럼 난 이만 가보겠네. 조만간 또 들르겠네."

"항상 감사합니다."

인사를 받은 중년 여인이 사라진 후, 젊은 여인이 고개를 들어 하늘을 쳐다보았다.

티끌 하나도 없는 하늘, 하지만 저녁이 되면 다시 눈이 내릴 것이다.

"눈을 쓸어야겠네."

집 앞의 눈을 쓰는 것은 귀찮은 일 중 하나였지만 명룡국에 사는 동안 반드시 해야 하는 일이었다. 명룡국에서 지낸 지도 3년, 그리고 혼자서 지내게 된 것이 벌써 2년이다.

아무것도 모르던 영화국의 어린 여인은 홀로 지내며 명룡국에서 살아남는 법을 배워갔다.

차가운 바람이 여인의 머리카락을 흩날리고 사라졌다.

"가지 마, 가예야."

작은 마을 령에서도 조금 떨어져 있는 언덕 위의 집. 아무도 없는 마당 앞에 서 있던 여인 가예의 눈썹 끝이 살짝 내려갔다. 2년이라는 시간이 흘렀어도 그때의 일은 어제 있었던 것처럼 생생했다.

그리고 여전히 각인처럼 마음 안에 그가 남아 있었다. 지우려 노력하지 않아서일까? 이제는 다가갈 수 없는 사람이지만 그래도 마음 안에 그를 담는 것은 가예만의 자유였다.

조용하다 못해 고요한 집 앞, 자리에 서 있던 가예가 허공을 향해 물었다.

"잘 지내나요?"

가예의 물음이 바람이 실려 사라졌다. 대답을 바라고 한 물음이 아니기에 가예의 시선은 여전히 바람이 불어오는 정면을 향하였다.

오랫동안 자리를 지키던 가예가 몸을 돌려 집 안으로 들어갔다.

세운의 곁에서 사라진 지 2년째, 가예는 여전히 명룡국에 있었다.

❀ ✱ ❀

어두운 밤. 주인 없는 안채에 앉아 있는 세운의 표정은 차분했다.

고요하고 적막한 밤. 세운의 손이 탁자 위에 놓여 있는 옷을 쓸었다. 검남빛 옷에 새겨져 있는 매화 수. 그걸 만지고 있는 세운의 입가가 굳었다.

가예가 그를 위해 남기고 간 것. 행여나 옷이 상할까 싶어 입어 보지도 못하고 소중히 간직하고 있었다. 언제 봐도 질리지 않았다. 도리어 세운은 그녀의 수에서 유일하게 안정을 찾았다.

"어디에 있어?"

제나라도, 효나라도, 심지어 친정인 영화국도 찾아다녔다. 사람을 시켜서, 때로는 비슷하게 생긴 여인을 보았다는 이야기만 들어도 그는 직접 찾아갔다.

찾을 수 있다는 막연한 기대는 언제나 절망으로 바뀌었음에도 그는 찾을 수 있다는 희망을 버리지 못했다.

"당신에게 사과하고……."

가예를 만나게 된다면 어떻게 해야 할까? 밤새도록 생각하고, 후회하고, 마지막에는 절규하였다. 그녀가 안채에서 겪었을 고통이 떠올라 죄책감에 고통스러운 시간을 겪고 나면 어느새 하루가 그렇게 지나가 있었다.

"한 번만, 딱 한 번만 기회를 달라고 이야기하고……."

마음에 담았으나 끝이 보이지 않는 공허가 세운을 삼켰다. 시간이 지나면 상처는 점점 사라진다는 말과는 다르게 깊고 더 날카롭게 마음에 남았다.

"당신에게 궁으로 다시……."

말을 끝내지 못한 채 세운이 숨을 삼켰다. 곁에 있을 때는 느끼지 못했던 빈자리가 지독하게도 컸다. 옷에 있는 매화 수를 어루만지고 있던 손이 입을 감쌌다.

"이 자리는 제 자리가 아니에요."

단 한 번도 지켜주지도, 상처받은 마음을 감싸주지도 않았다. 그래 놓고 떠나지 말라며 맹목적으로 매달렸다.

그녀가 사라진 후, 눈을 가리고 있던 것이 떨어졌다. 그녀를 놓치면 안 된다는 이기적인 고집만이 가득했던 것이 어느 순간부터 왜 가예가 떠날 수밖에 없는지를 보게 되었다.

가장 큰 잘못은 자신의 탓, 그리고 그가 관리하지 못한 주변의 탓이었다.

그래서 하나씩 천천히 처리해 나갔다. 그녀에게 만들어주지 못했던 자리를, 지킬 수 있는 울타리를 만들었다.

혼자만의 억지이고 답이 없는 기다림이라는 것을 알았으나 이렇게라도 하지 않으면 살아갈 수 없었다. 가예를 잃어버린 그가 지금의 삶을 악착같이 버티고 있는 이유, 그건 멀지 않은 훗날 그녀를 만날 수 있을 것이라는 맹목적인 희망 때문이었다.

"한 번만 당신을 보게 된다면…… 생애에 딱 한 번만 당신을 잡게 된다면……."

어떻게든 그녀의 마음을 돌리리라. 과거에 맥없이 놓쳐 버린 손, 이제는 절대로 놓치는 일 따위 저지르지 않을 것이다.

누구보다도 귀하게, 고운 얼굴에 환한 미소만 가득하도록, 그렇게 또 그렇게…….

입을 가리고 있던 손이 다시 매화 수를 어루만졌다.

조용히 눈이 내리는 밤, 주인 잃은 방이 유난히도 세운의 마음을 흔들었다.

가예가 보고 싶다.

조용히 짓는 미소도, 차분히 그에게 보여줬던 관심도, 피곤한 몸을 맡기면 그를 편안하게 위로해 주던 매화 향도, 하늘 아래 유일하게 그에게 평온을 주었던 가예가 미치도록 보고 싶었다.

깊어가는 갈증과는 반대로 닿을 수 없는 여인의 존재에 세운이 고통스러운 숨을 내쉬었다.

일주일이 지나고 세운이 청궁에 갈 준비를 마쳤다. 명룡국의 투신인 그가 청궁으로 정양을 하러 온다고 하자 성혜의 성주는 직접 모시러 가겠다는 전갈을 보내왔다. 하지만 원해서 가는 곳이 아니기에 그는 도하와 몇몇의 시종만을 데리고 출발할 생각이었다.

준비를 마치고 마차를 타려던 세운이 생각났다는 듯 도하에게 물었다.

"영화국의 화수 사도가 서신을 보내왔다고?"

"이번에 제융 황태자가 벌인 일이 화수 가문에 제법 피해를 입혔나 봅니다. 힘을 보태달라는 서신이었습니다."

화수라는 단어가 나오자 세운의 눈이 싸늘하게 변했다.

"바보 같은 담제융. 화수를 완전히 절단 낼 정보를 줬는데 결국 그 정도밖에 못 밀어붙였다는 건가? 그래 놓고 가예를 데려오겠다고? 망할 자식."

세운의 독설에 도하가 고개를 숙였다.

제융은 소예에게서 화수 가문을 잡을 수 있는 정보를 얻은 것으로 알고 있었다. 소예는 자신이 고른 사람들이 그녀에게 정보를 가져다주는 것으로 믿고 있었다.

하지만 소예가 직접 고른 사람들은 세운이 훈련시켜서 유궁에 잠입시킨 그의 사람들이었다. 세운의 사람이라는 것도 모르고 소예는 수족처럼 그들을 써먹고 있었다.

'화수 가문은 없어져야 해.'

1년 전, 국혼이 깨지자마자 화수 부인은 자객을 고용해 가예를 찾아 없애려 했다.

분노가 치밀었다. 너무나도 귀해서 단 한시도 잊어본 적이 없었다.

그에게 있어서 가예는 삶의 중심이었다. 그녀를 떠올리는 것만으로도, 남기고 간 흔적만으로도 세운은 견딜 수 있었다.

그런 자신의 세상에 화수는 주제도 모르고 다시 위해를 가하려 하였다.

밟은 것만으로는 정신을 못 차렸다는 것인가? 그렇다면 없애 버리는 것이 맞았다.

'화수 부인, 당신도 목숨이 위태로워지는 기분을 느껴야지.'

가예와는 다르게 화수 부인은 살아남지 못할 것이다. 어떻게든 살아남기 위해 발버둥을 칠 것이나 살려줄 생각은 전혀 없었다.

명룡국의 황족이 영화국의 일에 간섭한다는 것 자체가 상당히 위험하고 무모한 일이었으나 세운은 화수 가문에 대한 결심을 굳혔다. 그리고 결심은 곧바로 실행에 들어갔다.

마음 같아서는 직접 화수 가문을 밀어버리고 싶었으나 잘못 움직이면 도리어 먹힐 우려가 있었다. 그렇기에 세운은 직접 나서는 대신 제융을 움직였다.

제융이 이를 세울수록 화수 가문은 가예의 어머니가 화수 부인이라는 명분을 빌미로 세운에게 손을 내밀었다. 어찌 되었든 표면적으로 세운은 화수 가문에 힘을 실어주고 있었으니까.

형인 정명조차 세운이 화수 가문과 손을 잡은 것으로 알고 있었다. 그렇게 철저하게 세운은 자신의 얼굴에 거짓된 가면을 쓰고 화수를 대하였다.

"그래야 담제융과의 정쟁으로 너덜너덜해진 화수를 내가 확실히 물어뜯을 테니까."

세운의 독백에 듣고 있던 도하가 고개를 깊게 숙였다. 마음을 먹은 세운을 막을 수 있는 사람은 아무도 없었다. 명룡국을 위해 자신을 희생하던 사내는 2년 후 철저히 부인의 적이던 이들에게 이를 드러냈다. 단 한 명의 예외도 없이 말이다.

"하지만 되도록 담제융이 화수의 세력을 더 깎아먹기를 바랐는데 말이야."

"그래도 10년 이상을 영화국에서 외척으로 자리 잡은 가문입니다. 쉽지 않았을 것입니다."

"하하, 도하야, 그건 아니란다. 담제융은 전력을 다하지 않았어. 내가 아는 담제융이라면 지금쯤 화수 가문은 명맥만 유지할 뿐 아무것도 할 수 없는 가문으로 만들었을 것이다. 내가 담소예를 통해 그에게 건넨 정보 정도면 얼마든지 할 수 있었다."

"무슨 말씀인지……."

"화수 가문을 치는 대신 담제융은 명룡국을 칠 준비를 먼저 했지. 나에게 이를 세우느라 정작 가장 먼저 처리해야 할 화수 가문을 그는 방관했어. 직접 가예를 찾기보다는 사람을 시켜 다쳐도 좋으니 그녀를 데리고 오라고 했지."

"담제융이 일의 순서를 제대로 잡지 못했다는 말씀이십니까?"

"아니, 그는 화를 내기만 할 뿐, 아무것도 하지 않았다. 나에게 복수를 하지도 못했고, 가예를 데려오지도 못했지. 결정적으로 가장 먼저 잡아야 할 화수도 제압하지 못했다. 한심한 인사 같으니……."

세운의 몸에서 나오는 살기가 도하를 압박했다. 담제융은 보좌관인 문을 통해서만 가예에 관한 명령을 내렸다.

담제융의 명을 받은 문은 또 누군가에게 명령을 내렸을 것이다. 그리고 그 명령은 흐르고 흘러 명룡국에 있는 세운에게 들어왔다. 가예를 부수는 한이 있더라도 자신의 것으로 만들겠다는 욕심인 것일까? 제융의 명령에 세운은 분노했다.

'담제융의 연정은 파멸했다.'

세운의 눈매가 날카로워졌다. 그의 몸에서 나오는 살기가 도하를 압박하였다. 자신도 모르게 도하가 세운을 피해 한 걸음 뒤로 물러났다.

하얗게 질려 있는 도하를 보고 있던 세운이 빙긋 미소 지었다.

어디에서 어떻게 살고 있는지는 알 수 없으나 잘 지내고 있을 거라 믿었다. 그렇게 믿고 있기에 세운은 자신이 할 수 있는 최선으로 그녀의 삶을 지켜주고 싶었다.

"도하야, 그래도 난 담제융이 저런 명을 내렸다는 말에 조금은 안심했단다."

"전하, 소인은 도대체 전하께서 무슨 말씀을 하시는지……."

"담제융은 나보다 먼저 시작한 게 참 많다. 가예를 먼저 좋아하기도 했고, 그녀가 무너지는 것을 막은 것도 그다. 자격지심일 수 있으나 가예의 일에 있어서 나는 언제나 담제융보다는 후자였지. 하지만…… 가예를 다치게 해서라도 데리고 오라는 명을 내린 것을 알았을 때부터 나는 그보다는 아직 괜찮다고 생각했다."

"……."

"자신의 세상을 다치게 해서라도 손에 넣고 싶은 사내라면…… 이미 담제융은 망가졌다. 자신의 세상을 위해서라는 건 핑계다. 나는 그런 명은 내리지 않는다. 차라리 내가 다치고 상처 입는 게 낫다. 그러니까…… 화수 가문은, 그리고 제융은 없앨 것이다. 그 사람에게 독이라면 차라리 그 독 따위, 내가 전부 삼키겠어."

미소를 지은 채 하는 말임에도 지독하게 처절했다. 도하로서는 세운이 무엇을 생각하고 있는지 감이 잡히지 않았다.

그저 그가 할 수 있는 최선은 마차에 오르는 세운을 향해 고개를 숙이는 일뿐.

세운이 탄 마차가 청궁이 있는 성혜를 향해 출발하였다.

그 어느 때보다도 조용히 청궁에 들어간 세운은 정명의 명에 따라 조용히 정양하였다.

청궁에서의 생활이 답답한 세운이 궁 밖으로 암행을 나온 날, 가예 또한 성혜 안에 들어섰다.

❀ ✤ ❀

몸이 아파 정양을 온 것도 아니기에 청궁에 도착하자마자 세운은 밖으로 나왔다. 궁에 있어보았자 답답하기만 했다. 정명의 명이 있었기에 당장은 화수 가문이나 명룡국 내부에 있는 정적들에게 손을 댈 수는 없겠지만, 그것도 당분간이었다.

아무것도 하지 못한 채 멈춰 있으면 그대로 미쳐 버릴 것 같았다. 가장 원하는 존재가 없다는 것은 살아가는 것 자체를 고통으로 만들었다.

왜 살아가는지, 어떻게 살아가야 하는 것인지 전혀 알 수 없는 어두운 길.

지금의 세운이 견뎌내고 있는 것이다. 앞이 보이지 않는 길 속에서 담제융은 자신을 놓아버렸다. 자신은 아니다. 절대로 그렇게 되지 않을 것이다.

머리에 떠오르는 복잡한 생각을 접으며 세운이 사람들 사이를 목적 없이 걸어 다녔다.

한 번뿐이지만 가예와 시전을 다녔을 때의 기억은 아직도 생생했다.

'붓과 먹을 보면서 그렇게 좋아했는데…….'

굳어 있던 입가에 희미한 미소가 감돌았다. 춥고 답답한 현실 속에서 유일하게 가예만 생각하면 웃을 수 있었다. 하지만 잠시 동안 감돌던 미소는 흔적도 없이 사라졌다.

목적 없이 걷던 세운의 걸음이 멈추었다. 빠르게 지나가는 사람들 사이에 서 있던 세운이 이윽고 결심한 듯 천천히 방향을 정하고 걸음을 옮기기 시작했다.

화려한 장신구와 비단이 있는 곳을 지나 한참을 걸어가니 책과 붓을 파는 장사치들이 주변을 가득 메웠다.

수를 놓고 책 읽는 것을 좋아하던 가예. 세운은 단 한 번도 그녀가 책을 읽는 모습을 보지 못했다. 다만 흔적도 없이 사라지고 난 후 그녀가 해놓은 필사를 보았을 뿐이다.

모든 일에 최선을 다했던 가예, 그런 그녀를 상처 입힌 자신.

그럼에도 가예를 원하는 자신.

눈에 보이는 것은 잘 진열되어 있는 붓과 먹이었으나 세운의 시선은 그것보다도 좀 더 먼 곳을 향해 있었다.

공허하게 붓을 파는 이들 사이를 걸어가던 세운의 걸음이 갑자기 멈추었다.

빛을 잃은 눈가가 격하게 떨렸다. 코끝을 아련하게 스치는 향기에 심장이 내려앉았다.

희미한 매화 향.

단 한 순간도 잊은 적이 없었다. 2년 동안 찾을 수 없었던 가예의 흔적이 느껴졌다.

숙였던 고개를 든 세운이 정신없이 주변을 둘러보았다. 하지만 그를 스쳐 지나가는 평민들뿐 세운이 그토록 찾고자 했던 이의 모습은 보이지 않았다.

잘못 안 것일까?

'아니다.'

내려앉았던 심장이 격하게 뛰었다. 착각일지도 모른다는 두려움과 어쩌면 만날지도 모른다는 떨림이 세운을 놓아주지 않았다.

하지만 아무리 주변을 둘러봐도 보이지 않았다.

"이보게, 여기 젊은 여인이 있지 않았나?"

몇 걸음만 더 가도 그가 맡았던 향은 나지 않았다. 결국 흔적을 찾는 것을 포기한 세운이 매화 향이 머물던 자리에서 붓을 파는 상인에게 물었다.

그의 물음에 붓을 팔던 상인이 고개를 설레설레 저었다.

"나리, 여기에 사람이 얼마나 많은데 그런 걸 어찌 알겠습니까요."

"잘 생각해 보게! 얼마 되지 않았을 것이네!"

초조한 세운이 재촉하였지만 잠시 생각을 하던 상인이 정말로 모르겠다는 듯 고개를 저었다.

그의 기대와는 다른 대답에 세운이 질끈 눈을 감았다.

사람들이 그의 주변을 바쁘게 지나갔다. 고통스러운 숨을 길게 내쉰 세운이 눈을 떠 고개를 들었다. 충혈된 눈에 맑은 것이 고였다.

질끈 깨문 입술 사이로 고통스러운 한숨이 흘러나왔다.

그의 후각을 자극하던 매화 향이 사라졌다. 가슴속 깊이 베인 상처가 다시 벌어졌다.

'어디 있는 거야?'

흔적이라도 찾을 수 있다면, 살아 있는 모습만, 아니, 그림자의 끝자락만이라도 볼 수 있다면…….

시간은 흘러가고 사람들은 살아간다. 바쁘고 힘든 채로 세상은 돌아가고, 사람들은 또 힘들게 자신의 삶을 살아갔다.

멈춘 것은 자신의 세상뿐.

숨을 쉬고 흐르는 시간에 맞추어 걸어가도 언제나 그 자리에 멈춰 있는 것은 세운뿐이었다. 후회와 자책이 끊임없이 그를 괴롭혔다. 다시 만나지 못할지도 모른다는 불안이 그를 집어삼켰다. 차라리 누군가가 심장을 찌르고 엉망이 된 마음 따위 꺼내줬으면 싶었다.

구름 한 점 없이 깨끗한 하늘.

가예의 흔적이 사라져 버린 자리에 선 세운이 절규하였다.

❀ ✱ ❀

놓고 있던 수가 마무리되었는지 실을 끊어낸 가예가 들고 있던 바늘을 정리했다.

"다 됐다."

미소를 지은 가예가 손으로 만들어진 옷을 쓸었다. 눈이 멈추었을 때부터 천천히 시작했던 수가 이제야 마무리가 되었다. 사내의 것으로 보이는 청색의 옷에 놓인 홍매화 꽃이 향이라도 나듯 제 모습을 갖춰갔다.

부끄러운 듯 짓고 있던 미소가 어느새 애잔하게 바뀌었다. 마치 그를 어루만지듯 조심스러운 손길로 옷을 쓸었다.

"당신에게 입어보라고 했으면 좋았을 텐데……."

나오는 말과는 다르게 그럴 수 없다는 것은 그녀가 더 잘 알고 있었다. 세운을 떠난 것은 스스로의 선택이었으니까.

하지만 그때만 해도 가예에게는 여유가 없었다.

그를 받아들일 마음도, 그 안에서 살아낼 자신도 없었다.

여인의 몸으로 홀로 살아가는 일이 어렵다는 것은 알고 있었지만, 그때의 그녀에게는 다른 선택이 없었다. 세운의 궁을 떠나면서 가예는 자신을 숨겼다. 이름도, 행적도 되도록 말과 행동을 조심히 하고, 조금이라도 머무는 곳의 분위기가 달라지면 옮겨 다녔다.

자선 할멈이 있는 영화국으로 가볼까 하는 생각도 했지만 그곳에는 제융이 있었다. 세운에게도 제융에게도 자신의 존재는 좋지 않았다.

영화국과 명룡국, 그리고 세운과 제융.

어느 나라를 선택할 수도, 그렇다고 누구의 마음도 받을 수 없었다.

무엇을 선택해도 해가 될 존재, 그게 바로 자신이었다.

그 사실을 알기에 가예는 모든 것을 내려놓았다.

지금의 행동이 그녀가 할 수 있는 최선, 아니, 유일한 것이라는 걸 알기에.

다행히 그녀가 떠난 후 세운이 움직였는지, 제융이 중재를 했는지는 알 수 없어도 전쟁은 일어나지 않았다. 그렇기에 가예는 자신을 더욱 숨겼다. 지나온 걸음 하나, 흔적 하나 남기지 않으려 조심 또 조심하였다.

처음에는 혼자 살아남는 것만 생각하느라 주변을 보지 못했다. 하지만 시간이 흐를수록 갈라지고 터진 상처가 천천히 아물어갔다.

"아! 눈 온다."

반쯤 열어놓은 창밖으로 눈이 내리는 것이 보였다. 자리에 앉아 있던 가예가 창문을 활짝 열었다. 추운 명룡국의 날씨는 아직도 적응하기 힘들었지만 그래도 소복이 내리는 눈은 언제나 좋았다.

완성한 옷을 곱게 접어 넣어놓은 가예가 두꺼운 장옷을 입고 집 밖으로 나왔다.

밖으로 나온 가예가 가늘고 새하얀 손을 폈다. 손바닥 위로 차가운 눈꽃이 하나씩 내려앉았다. 손안에 내려온 눈꽃이 조용히 녹아내렸다.

"이제 당신을 만나지는 못하겠지만……."

그에 대한 욕심은 버렸다. 욕심을 버리니 복잡하게 눈을 흐리게 했던 악감정들이 하나씩 사라졌다. 세운에 대한 감정은 예전이나 지금이나 달라진 것이 없었다. 다만 세운의 마음 안에 자신이 없다며 아파하고 힘들어하지는 않았다.

세운은 세운, 가예는 가예.

상대방에게로 향하는 마음이 일방적이어도 이제 그 누구도 그녀에게 뭐라 할 사람은 없었다.

"당신도 지금 내리는 눈을 보고 있나요?"

새하얀 눈이 내렸다.

시간이 흐르고 그녀의 세상 또한 흘러갔다.

천천히, 그리고 조용히 가예가 스스로의 세상을 살아갔다.

"당신은 날 잊고 행복해졌으면 좋겠어요."

✻ ✻ ✻

"만약 당신과 내가 만나는 날이 온다면 당신은 어떤 표정을 지을까?"

사람에게 미친다는 것은 생각했던 것보다도 훨씬 힘든 일이었다. 더군다나 미쳐 있던 대상이 눈앞에 없으니 숨을 쉬고 있음에도 살아간다는 생각조차 들지 않았다.

가예의 흔적이 그렇게 사라져 버린 후 세운은 밑져야 본전이라는 생각으로 그녀가 있던 자리를 지켰다.

어쩌면 그때의 흔적은 세운이 착각한 것일 수도 있었다. 고작 희미하게 남아 있는 향 하나뿐, 그녀의 흔적이라거나 모습을 본 사람은 어디에도 없었다. 그렇기에 무작정 그녀를 느꼈던 장소에서 막연하게 기다렸다. 이 방법 이외에 그가 할 수 있는 방법은 없었다. 맹목적이고 답이 없는 기다림이었으나 그는 믿고 있었다.

이곳에 있으면 가예를 다시 만날 수 있을 것이다.

그렇게 일주일을, 이 주일을, 그리고 한 달을 버텨냈다. 헛수고일 것이다. 아니다. 만날 수 있을 것이다. 쉬일 수 없는 감정의 싸움 속에서 그는 견뎌냈다.

그리고…….

세운이 숨을 삼켰다. 충혈된 눈이 앞에 보이는 여인의 모습에 고정되었다.

그날 이후로 맡아보지 못했던 매화 향이 다시 코끝을 스쳤다.

'그녀다.'

차갑게 가라앉아 있던 심장이 제멋대로 뛰었다. 떨리는 숨이 입 밖으로 흘러나왔다.

멈춰 있던 세운의 세상이 천천히 움직이기 시작했다.

세운의 시선을 아는지 모르는지 앞서 가던 여인이 붓을 파는 상인의 앞에 멈췄다. 두꺼운 장옷에 털모자를 쓴 여인이 입을 가리고 있던 목도리를 조금 내렸다.

치장이라고는 하나도 없는 단정한 모습. 머리를 하나로 묶어 길게 내린 모습이 세운과 시전에서 만났던 과거의 그 모습과 똑같았다.

전과는 조금 달라진 모습. 그럼에도 그녀는 세운이 마음에 담았던 그 가예였다.

'가예야.'

그녀가 맞는 것일까? 아니, 어쩌면 너무 그리워한 나머지 환영을 보고 있는 것이 아닐까?

한 번 뛰기 시작한 심장이 진정되지 않았다. 혹시라도 눈이라도 깜박이면 그녀가 사라질까 겁이 났다. 헛것을 보고 있는 것이 아니기를, 지금 그의 코에 맴도는 매화 향이 한순간에 사라지는 환상이 아니기를…….

사람들 사이를 헤쳐 가예에게 걸어가던 세운의 발걸음이 멈추었다.

그에게는 지금의 상황이 꿈인지 현실인지 확인하는 것조차 겁이 났다. 다만 꿈이어도, 잘못 본 환상이어도 좋았다. 그저 손을 뻗었을 때 그녀가 잡히기를, 그토록 애달프게 바라던 매화 향이 사라지지 않기를 그는 간절히 바랐다.

멈춰 있던 걸음이 다시 가예를 향해 걸어갔다. 천천히 조심스럽게 걷던 걸음이 점점 빨라졌다.

팔을 뻗어 그녀를 직접 잡는다면, 촉감으로 그녀를 느낀다면 실감이 나지 않을까? 붓을 사느라 이쪽을 보지 못하는 가예를 향해 세운이 한달음에 달려가려 했다.

그리고 그 순간, 가예가 환한 미소를 지었다.

뛰듯이 걸어가던 세운의 발걸음이 멈췄다.

몇 걸음만 더 걸어가서 팔을 뻗으면 당장에라도 가예의 팔을 잡을 수 있었다. 딱 한 번만 그의 손에 가예가 잡힌다면 세운은 절대로 그녀를 놓지 않을 생각이었다.

2년 내내 수백 번, 수천 번도 더 했던 결심. 그랬던 그의 결심이 가예의 미소 하나에 멈추었다.

상인에게 지어주는 일상적인 미소였다. 그리고 세운에게는 처음으로 보는 가예의 모습이었다.

매화잠을 빼며 지었던 울음 섞인 미소와는 완전히 달랐다. 정말로 환하고 고운 아주 편안한 미소였다. 그녀의 미소에 세운이 떨리는 숨을 내쉬었다.

당장에라도 다가가고 싶었다. 하지만 가예의 앞에 그가 나타나는 순간, 저 미소는 완전히 사라질 것이다.

조금만 더, 아주 조금만 더 가예의 저런 모습을 보고 싶었다. 이곳에서 그녀가 어떻게 지내고 있었는지, 잘 지내고 있는 것인지 눈으로 확인하고 싶었다. 어쩌면 그가 없기에 저런 미소를 가지게 된 것은 아닐까? 마음속 깊은 곳에서 기어 나오는 초조함이 세운을 주저하게 하였다.

붓을 산 가예가 천천히 다른 곳으로 걸어가기 시작했다.

그리고 그녀에게서 몇 걸음 떨어진 곳에서 세운이 조심스러운 걸음으로 그녀를 뒤따랐다.

세운의 존재는 까맣게 모른 채 가예는 오랜만에 시전을 둘러보고 있었다.

한 달 전, 붓과 먹을 산 이후에 오는 성혜였다. 필요한 물건은 전부 사놓았고, 마지막으로 선전에 들러 중년 여인이 준비해 놓았다는 비단만 가져오면 오늘 일은 끝이었다.

선점 앞에서 중년 여인의 모습이 보이자 가예가 미소를 지었다. 하지만 그에 비해 중년 여인의 얼굴은 창백했다. 다가오지 말라는 듯한 시선에 가예가 걸어가던 걸음을 멈췄다.

하지만 이미 늦은 후였다.

"네가 내가 주문한 옷을 짓지 않았다는 계집이냐?"

옆에서 들려오는 불쾌한 목소리에 긴장한 표정의 가예가 한 걸음 뒤로 물러났다. 20대 후반의 사내와 그의 주변에 있던 병사들이 가예와 중년 여인을 둘러쌌다. 제대로 다듬지 못한 턱에 듬성듬성 나 있는 턱수염과 남들보다 몇 배나 큰 체격이 가예나 중년 여인에게는 위협적이었다.

중년 여인이 서둘러 가예를 자신의 뒤로 숨겼다.

"아이고, 나리. 무슨 소리를 하시는 것입니까? 그저 이 아이는 제 먼 친척입니다요. 어디서 무엇을 들으셨는지…… 아악!"

기껏해야 여인의 절반 정도 나이밖에 안 돼 보이는 사내의 커다란 손이 중년 여인의 뺨을 힘껏 내려쳤다. 놀란 가예가 쓰러진 여인을 부축한 채 앞에 서 있는 사내를 노려봤다.

"어허, 이 계집, 제법 독기가 있네. 그러게 얌전히 내가 시키는 대로 옷을 지어 보냈으면 됐잖아!"

"성혜 성주님의 큰아드님일세. 그냥 잘못했다고 빌게나. 지난번에 내가 말한 매화 수……."

벌벌 떨면서 이야기하는 여인의 말에 가예가 어찌 된 일인지 알아차렸다.

그녀의 집에 놓여 있는 녹색의 비단. 두세 달 전부터 그녀의 수가 마음에 든다는 귀족 하나가 매화 수가 놓인 비단옷을 지어달라고 막무가내로 요구해 왔다. 하지만 중년 여인의 애원에도 가예는 그럴 수 없다며 딱 잘라 거절하였다.

단순한 자수일 뿐이지만 그래도 매화 수는 누구에게나 해줄 수 있는 게 아니었다.

함께할 수는 없지만 마음 안에서 오롯이 혼자 바라볼 수 있는 사람, 그만을 위한 것이었다. 사나운 사내와 시선을 맞춘 가예가 딱 잘라 거절하였다.

"매화 수는 놓지 못한다고 말씀드렸습니다. 대신 그 이외의 것은 말씀하시는 대로 지어드리겠다고 하였습니다."

"내가 원한 건 매화 수가 놓인 옷이라 하였다! 감히 계집 따위가 나의 뜻에 거스르겠다는 것이냐! 이 성혜의 주인인 나한테 말이다!"

사내의 위협에 가예가 몸을 떨었다. 하지만 눈빛은 전보다도 더 가라앉아 있었다.

아무것도 없는 여인의 몸으로 귀족, 그것도 말보다 손이 먼저 나가는 사내에게 이렇게 하면 안 된다는 것은 알고 있었다. 하지만 몸을 숙이고 고개를 조아리며 원하시는 대로 하겠노라고 말할 수는 없었다.

그녀에게 남아 있는 마지막 마음이었다. 그것만큼은 강요에 굴복하여 내어줄 수 없었다. 무모하고 어리석은 선택이라 할지라도 그녀의 삶에 남아 있는 단 하나의 것이었다.

"매화 수는 놓지 않습니다. 다른 이를 찾아가십시오."

"이보게나, 그냥 한 벌만 짓게나. 이러다가 우리가 죽겠네."

가예의 거절에 옆에 있던 중년 여인이 팔을 잡으며 애원했다. 다른 사람이면 몰라도 앞에 서 있는 사내는 진짜로 위험했다. 아버지인 성주를 믿고 날뛰는 개망나니였다. 그의 손에 처지가 엉망이 된 여인이나 사내가 벌써 두 자리를 넘어섰다.

령에 사는 이 여인의 고집을 모르는 것은 아니나 지금은 몸을 숙여야 할 때였다.

"그저 한 벌만 짓게나. 자네도 살고 나도 살아야 하지 않겠나. 제발 부탁함세. 한 번만 굽혀주게. 이대로라면 모두 죽는단 말일세!"

중년 여인의 하소연에 가예가 떨리는 눈으로 사내를 보았다. 그를 보는 것만으로도 두려웠다. 더군다나 누구도 현재의 그녀를 도와줄 사람은 없다. 중년 여인의 말대로 지금 고집을 피울수록 험한 꼴만 당할 것이다.

하지만 그럴 수 없었다.

"이 나라의 황제 폐하께서 오신다 한들 못하는 것은 못하는 것입니다. 보내주신 비단도 그대로 두었으니 가져가시지요. 아무리 뭐라 하셔도 할 수 없는 것은 없는 것입니다."

"아이고, 나리, 아직 세상 물정을 모르는 처자입니다. 한 번만 살려주십시오, 나리. 제가 잘 말해서…… 아악!"

가예의 앞을 막고 있던 중년 여인이 사내의 발에 맞아 바닥으로 굴렀다. 그런 그녀의 모습을 보고 창백하게 질린 가예가 짧게 비명을 질렀다. 가예의 거부에 진심으로 화가 난 듯 사내는 그녀를 보며 거친 숨을 내쉬었다.

"이 괘씸한 년이……."

두려움에 몸이 떨렸다. 하지만 사내의 눈을 피하지는 않았다.

자신이 잘못한 건 없다. 그러니 몸을 숙일 필요도, 잘못했다며 고개를 조아릴 이유도 없다.

화가 난 사내가 가예를 향해 손을 올리는 것이 보였다. 코앞으로 날아오는 손에 그녀가 질끈 눈을 감았다.

뺨을 맞는 대신 사내의 비명 소리가 울렸다. 질끈 눈을 감고 있던 가예가 살짝 눈을 떴다.

"아……."

믿을 수 없다는 듯 크게 떠진 눈이 눈앞에 서 있는 사내에게 고정되었다.

막연하게 그리워하던 이가 눈앞에 나타나자 조용히 심장이 빠르게 뛰었다. 그에 비례하며 그에게 모습을 들키고 말았다는 두려움에 온몸의 힘이 빠졌다.

조금 전에 사내에게서 느끼던 공포와는 다른 긴장이 가예를 삼켰다. 어떻게 알고 온 것일까? 아니, 언제부터 자신이 여기에 있는 걸 알게 된 것인가. 지금까지 잘 버텨오던 몸이 그의 등장에 순식간에 무너졌다.

힘이 풀려 바닥에 주저앉으면서도 가예의 시선은 앞에 있는 이에게서 단 한시도 떨어지지 않았다.

2년. 그 시간 동안 그는 많이 달라져 있었다.

날카로워진 이목구비, 전보다 단단해진 체격이나 커진 키가 마지막으로 보았을 때와는 확연히 달랐다.

하지만 그 사람이었다.

그리워하고, 들킬까 봐 무서워하고, 자신이 없는 곳에서 행복하기를 간절히 빌고 또 바랐던 사람, 진세운.

매화잠을 빼서 건네주었던 자신의 가군, 그리고 마음속에 있는 단 한 사람.

같은 공간, 하나의 시간.

그와 만났다.

눈앞이 새하얗게 변해갔다. 치밀어 오르는 분노가 끈을 잃어버린 연처럼 방향 없이 휘몰아쳤다. 사내의 팔을 잡은 세운이 손에 힘을 주었다. 사내의 팔에서 우두둑 하며 소름 돋는 소리가 울렸다.

"아아악!"

고통스러운 비명을 지르며 사내가 팔을 빼내려 하였다. 하지만 어떻게 된 것인지 팔은 꿈쩍도 하지 않았다.

사내의 고통스러운 비명에도 세운은 있는 힘껏 팔을 움켜쥘 뿐이었다. 놔줄 생각 따윈 들지 않았다. 윽박지르는 것도 모자라 손까지 들었다.

용서하지 않을 것이다. 성주의 아들이든 귀족이든 절대로 살려 보내지 않을 것이다.

"뭐 하는 것이냐! 이 미친놈을 떼어내지 않고!"

아무리 발버둥을 쳐도 팔이 빠지지 않자 사내가 주변의 병사들에게 소리쳤다. 그의 고함에 당황하여 우왕좌왕하던 병사들이 그에게로 다가왔다. 다가오던 병사를 보고 있던 세운이 무표정한 얼굴로 사내의 팔을 꺾었다. 끔찍한 소리와 함께 사내가 다시 비명을 질렀다.

듣기 싫다는 듯 팔을 놓은 세운이 사내의 복부를 발로 찼다. 피를 토하며 사내가 바닥으로 구르자 그걸 기점으로 주변을 에워쌌던 병사들이 세운에게 달려들었다.

세운의 입가에 잔인한 미소가 번졌다. 귀족은 감투가 아니다. 더군다나 성주도 아닌 그 아들이라는 자가 부리는 행패라니, 보는 것만으로도 구역질이 나던 찰나였다.

그리고 가예의 창백한 표정. 그 모습을 보는 것만으로도 몸의 피가 차가워졌다. 만약 그가 이 자리에 없었더라면, 가예 혼자서 그를 상대해야 하는 거였더라면…….

치밀어 오르는 분노만큼이나 소름이 끼쳤다. 그녀가 당했을 치욕을 떠올리는 것만으로도 이미 남아 있던 이성이 그대로 삼켜졌다.

한 명 한 명 빠르고 철저하게 제압하며 세운이 몸을 일으키려는 사내를 다시 발로 찼다.

세운의 발길질에 사내가 비명을 질렀다. 발에 차여 굴러가는 사내의 모습이 볼만했다. 아니, 아직 부족했다.

"이제 겨우 시작이야! 시끄러우니까 입 닥쳐!"

나지막이 나오는 말이 저승사자처럼 섬뜩했다. 가예를 향해 손을 들었을 때부터 세운의 눈은 변해 있었다. 달려드는 병사를 피한 세운이 발을 들어 사내의 발을 힘껏 밟았다.

뼈가 부서지는 끔찍한 소리가 사내에게서 울려 나왔다. 세운의 몸에서 나오는 살기와 끔찍한 장면이 주변을 압도해 갔다. 공포에 질린 채 고함을 지르며 달려드는 병사를 맨손으로 제압한 세운이 병사가 떨어뜨린 검을 들었다.

"아아악!"

세운이 검을 들자 사내가 겁에 잔뜩 질린 얼굴로 뒷걸음질을 쳤다. 일그러져 있던 얼굴은 어느새 울음 범벅이 되어 있었다. 그를 도와줄 병사들은 모두 땅에 쓰러져 있는 상황. 병사의 몸에서 흘러나온 피가 바닥에 흥건하게 고여 있다.

상처는커녕 땀 한 방울도 흘리지 않는 세운의 모습은 사신 그 자체였다. 발에 밟히고 차여 너덜너덜해진 손으로 사내가 몸을 숙였다.

"히이이익! 사, 살려주, 살려주세요!"

좀 전의 패기는 순식간에 사라졌다. 발에 짓눌리고 차인 팔은 부러졌는지 감각조차 느껴지지 않았다. 이대로라면 분명 팔이 아니라 목이 베일 것이다. 끊임없이 뒷걸음질을 치면서도 사내가 연신 살려달라며 울음을 터뜨렸다.

"나리, 살려주세요. 다시는 안 그러겠습니다. 제발 살려주십시오."

사냥하던 입장이 당하는 쪽으로 바뀌자 그 모습이 처참했다. 불쌍하다는 생각이 들 정도로 너덜너덜한 모습이었지만 정작 검을 든 세운은 눈썹 하나 까딱하지 않았다.

검의 방향을 바꾼 세운이 그를 향해 걸어갔다. 애초에 가예 앞에 이렇게 나설 때부터 그를 살려줄 생각은 없었다.

죽일 것이다. 그녀에게 화근이 되는 것 따위, 단 하나도 남기지 않을 것이다.

애원하는 사내를 향해 세운이 천천히 다가갔다. 다가오는 공포에 사내가 질끈 눈을 감았다.

"그러지 마세요."

확실하게 사내를 끝내려 하던 세운이 옆에서 들려오는 목소리에 걸음을 멈추었다. 냉정하게 빛나던 세운의 눈이 파르르 떨렸다. 어느새 다가온 가예가 검을 든 세운의 팔을 양손으로 감쌌다.

물기가 잔뜩 고인 눈이 흔들림 없이 그를 바라보았다.

"나는 괜찮아요. 당신 덕분에 아무 일도 없어요. 그러니까 이제 화 풀어요."

"당신한테 손찌검을 하려 했어! 겨우 저딴 놈이 당신에게……!"

"그걸 당신이 막아줬잖아요. 저 사람이 저지른 일의 대가는 저 것으로 충분해요. 그러니까 그만해요. 그러지 마세요."

주문처럼 나오는 말에 세운의 몸을 휘감고 있던 살기가 사라졌다. 떨리는 손이 가예의 팔을 잡았다.

"가예야."

그의 부름에 가예가 말없이 고개를 끄덕였다. 세운의 시선에서 느껴지는 감정이 어떤 것인지 알기에 가예는 세운의 시선을 피하지 않았다. 팔을 잡고 있던 손을 들어 그의 뺨을 어루만졌다.

"아…… 진짜 당신이네."

환상도 꿈도 아니다. 손을 뻗으면 허상과 함께 사라졌던 예전과는 달랐다.

현실이다. 눈앞에 있는 사람은 자신이 그토록 그리워하고 찾아내고자 했던 그 가예였다.

막연하게 그리워하던 향기가 모습을 갖춰 자신의 앞에 머물렀다. 들고 있던 검을 바닥에 떨어뜨린 세운이 떨리는 손으로 가예의 뺨을 어루만졌다.

토독.

눈에서 떨어지는 투명한 것이 처음으로 아프지 않았다. 비웃듯 짓던 냉소와는 다른 미소가 세운의 입가에 생겨났다.

드디어 이제야…….

2년 만에 세운이 처음으로 환하게 웃었다. 그토록 바라오던 여인의 모습에 고통 속에서 살아온 사내가 그제야 안도의 숨을 내쉬었다.

"이제야 찾았다."

❀ ✱ ❀

그녀답게 수수하고 단정한 집 안을 세운이 천천히 둘러봤다. 하지만 좋게 봐서 수수하고 단정한 것이지 실상은 아무것도 없다는 말이 맞았다. 작은 탁자, 소박한 침상, 보고 또 봤는지 닳아 있는 책 몇 권, 허름한 옷 몇 벌.

마치 언제든지 떠날 준비를 하는 사람처럼 집 안에는 아무것도 없었다.

옷을 만들어 팔았는지 탁자 위에 어지러이 흩어져 있는 비단과 실이 한가득이다. 간접적으로 보는 그녀의 흔적은 생소하면서도 아팠다.

평생을 아끼고 마지막까지 사랑할 여인이다. 그런데도 여전히 자신은 그녀를 힘들게 하고 있었다.

몸을 숨기고 존재를 감추며 살았다고 한다. 가예라는 이름 대신 령에서 사는 부인이라 령 부인이라 불렸단다.

아무것도 못한 자신의 탓이다. 그녀를 이렇게까지 몰아붙인 자신의 잘못이었다.

그때 문이 열리고 안으로 들어온 가예가 세운을 보며 어색한 미소를 지었다. 들고 온 잔을 한쪽에 놓은 가예가 부끄럽다는 듯 탁자에 어지러이 놓여 있는 물건을 치우기 시작했다.

"혼자 있는 집이라 엉망이네요. 기다려요, 곧 치울 테니까."

몸을 숙이고 물건을 치우려는 가예의 팔을 세운이 끌었다. 예상치 못한 끌림에 가예가 단숨에 세운의 품에 안겼다.

"아!"

"잠시만."

빠르게 뛰는 그의 심장이 느껴졌다. 갑작스럽게 세운의 품에 안긴 가예가 그를 밀어내려 했다. 잠시 후, 가예가 팔을 들어 그의 허리를 감쌌다. 가깝게 느껴지는 그의 심장 소리가 생소하면서도 듣기 좋았다.

그녀의 어깨에 얼굴을 묻은 그가 안도의 숨을 내쉬었다. 코앞에서 느껴지는 그의 분위기가 무서우면서도 떨렸다. 품 안에 있던 가예가 고개를 살짝 들어 그를 보았다.

밀어내기에는 세운이 짓고 있는 미소가 무척이나 환했다. 2년 전 그는 자신을 보며 이렇게 웃어주는 사내가 아니었다.

자신의 것이 아닌 사내. 그렇기에 포기했다.

"그때는 안고 있으면 부서질 것같이 말랐는데."

가예를 안고 있던 세운이 고개를 들어 그녀를 바라보았다. 전과 달리 빛을 품은 가예의 눈동자가 자신을 보고 있었다. 품 안에 있는 그녀를 세운은 보고 또 보았다.

꿈이 아니다. 품 안에 있는 여인은 가예, 2년 전 그에게서 떠났던 그녀였다.

"잘 지냈어?"

세운의 품에서 빠져나오는 것이 맞았다. 그럼에도 가예는 좀처럼 그를 밀어낼 수 없었다.

전에는 절대 받아들일 수 없던 감정이 시간이 흘러서인 것일까? 그녀만을 봐주고, 그녀를 보며 달콤한 미소를 짓는 그가 가예의 마음을 흔들었다.

하지만 받아들일 수 없었다. 그와 그녀의 사이에 너무나 많은 것이 걸렸다.

세운의 물음에 답을 못하는 가예에게 그가 먼저 입을 열었다.

"난 아팠는데……."

세운의 시선을 외면하고 있던 가예가 놀란 눈으로 그를 보았다. 허리와 어깨를 감싸고 있던 그의 손이 가예의 뺨을 어루만졌다.

"아무리 찾아도 당신이 없어서…… 손을 뻗어 당신을 잡으려고 해도 어디에도 없어서……."

"왜 그랬어요? 원하는 대로 하시라 했잖아요. 전쟁을……."

"전쟁 따위, 내가 바란 게 아니었어."

가예의 말문이 막혔다. 뺨에 와 닿는 세운의 촉감이 지독하게 슬펐다.

"당신이 떠난 다음에야 내가 진짜 원하는 게 무엇인지 깨달았어."

크게 뜬 가예의 눈이 자신에게로 향하자 세운이 미소를 지었다.

그녀는 절대 모를 것이다, 그녀가 없는 2년이 세운에게 얼마나 지옥이었는지. 하지만 그녀에게 보여주지는 않을 것이다. 좋은 모습만, 그녀가 웃을 수 있는 모습만 보여줄 것이다. 이제 그에게는 그녀가 그런 존재였다.

조심스럽고 힘들게 살아온 가예이다. 이제는 그녀가 먼저 다가와서 마음 아파하는 일은 없게 할 것이다.

그녀가 마음을 열지 않아도 상관없었다. 이제는 자신이 먼저 다가가고, 그녀에게 봐달라고 애원하고, 그녀가 옆에 머물 수 있도록 노력할 것이다.

그녀의 뺨을 어루만지던 세운이 가예를 품에 안은 채 말했다.

"진세운은…… 담가예를 마음에 담고 싶어."

✻ ✻ ✻

"망할!"

술이 들어가도 시원치 않았다. 처음으로 겪은 모욕에 사내가 이를 갈았다.

하지만 화만 낼 뿐 분풀이할 방법이 없었다.

손뼈를 분지르고 팔을 으스러뜨린 낮의 무뢰배가 알고 보니 황제의 동생 휘왕 진세운이었다. 그에게 이유도 없이 당했다며 억울함을 토해내는 사내에게 성혜의 성주는 휘왕의 성격에 목을 잃지 않는 것이 다행이니 죽은 듯이 있으라고 엄포를 놓았다.

"망할! 지가 황족이면 다야? 죽여 버릴 거야! 죽일 거라고!"

걸쭉하게 들어간 술이 사내의 이성을 흐리게 했다. 황족이면 다인가? 하는 짓이 금수만도 못했다. 그에게 밟힌 손은 더 이상 검을 잡을 수 없게 되었다. 장군을 꿈꾸던 사내에게는 절망적인 현실이었다. 분노가 치밀어도 황족이라는 이유로 손을 댈 수 없었다.

"에잇! 술 가져와! 당장 가져오란 말이다!"

현재 그가 할 수 있는 유일한 일은 기루에서 독한 술을 들이켜는 것뿐. 하지만 아무리 술을 마셔도 지금의 고통은 나아지지 않았다.

"망할 휘왕! 그깟 계집년 하나 때문에 날 이렇게 만들어! 죽여버릴 테다! 반드시 죽일 거란 말이다!"

위험한 말을 하는 사내의 행동에 옆에 앉아 있던 기녀가 도망치듯 방을 나갔다. 옆에 누가 있든 없든 사내는 의자에 몸을 기대며 연신 진세운을 죽이겠다고 말하였다.

그리고 그때, 조용히 문이 열리고 녹색 비단옷을 입은 남자가 방 안으로 들어왔다.

술에 곤죽이 되어 휘왕을 죽이겠다는 사내의 앞에 앉은 남자는 가져온 잔에 술을 따라 사내에게 내밀었다.

"넌 뭐야?"

사내의 물음에 녹색 옷을 입은 남자가 미소를 지었다.

"우선 한 잔을 받으시지요."

"뭐냐니까?"

"당신이 원하는 일을 도와드릴 수 있는 사람입니다. 옆방에서 듣고만 있자니 너무나도 아까운 정보라서요."

"뭐?"

느긋하게 나오는 남자의 말에 사내가 눈을 좁혔다. 하지만 이미 떡이 되도록 마신 술에 의해 제대로 머리가 돌아갈 리 없었다. 술에 취해 눈이 완전히 풀린 사내의 손에 잔을 쥐여준 남자가 빙긋 웃었다.

"당신의 말대로 황족이라 해서 이런 짓을 저지르면 안 되지요. 당신은 휘왕에 대해 정보를 가지고 계시고, 난 움직일 힘이 있는 사람입니다. 어떻습니까?"

술에 취한 사내가 손에 들려 있는 잔을 바라보았다. 자신도 모르게 잔을 잡고 있는 손이 덜덜 떨렸다.

"당신, 누구야?"

"그게 무엇이 중요합니까? 서로가 원하는 것을 얻기만 하면 되는 것을요. 제가 원하는 것은 아까 말씀하신 계집년에 대한 정보입니다. 만약 제가 찾는 여인과 같다면 당신께서 원하시는 일을 해드리지요."

갑자기 일어나는 일에 정신을 차릴 수가 없었다. 하지만 단 한 가지, 낮에 있었던 계집년에 대해 이야기만 잘한다면 자신이 원하는 일을 해주겠다는 말만은 알아들을 수 있었다.

휘왕을 죽인다? 하지만 그렇게 되면…….

사내의 심중을 읽은 남자가 빙긋 웃었다.

"움직이는 것은 저뿐입니다. 당신은 그저 휘왕과 무슨 일이 있었는지 알려주시기만 하면 됩니다."

술에 취해 있지 않았다면 무슨 미친 짓이냐며 자리를 털고 일어났을 것이다. 하지만 지금은 그런 것을 생각할 최소한의 이성도 남아 있지 않았다.

자신의 팔을 엉망으로 만든 휘왕, 자신의 삶을 부서뜨린 휘왕.

그를 죽일 수만 있다면…….

손에 잡고 있던 술잔을 단번에 들이켠 사내가 남자를 향해 씩 미소를 지었다. 사내의 입에서 부지런히 나오는 정보에 듣고 있던 남자가 회심의 미소를 지었다.

드디어 찾았다.

❀ ✻ ❀

"거짓을 말하지는 않을래요. 나도 당신을 연모해요. 하지만 당신과 함께 궁으로 돌아가고 싶지는 않아요."

청궁으로 돌아온 세운의 귓가에 가예의 말이 맴돌았다. 전과는 다르게 가예는 그의 눈을 보며 자신의 의사를 확실하게 말했다.

2년이 지난 후, 세운이 가예에게 자신의 감정을 숨김없이 말한 것처럼, 그녀 또한 그에게 자신의 생각을 조곤조곤 조용히 말했다.

"부탁해요. 지금의 삶을 포기하고 싶지 않아요. 한 번만, 딱 한 번만 당신이 잡은 내 손을 놓아주세요. 그럼 다시는 나타나지 않을게요."

떨리는 입술, 하지만 그에게 말하는 눈빛만큼은 흔들리지 않았다.

"무슨 일이라도 있으셨습니까?"

옆에서 들려오는 소리에 세운의 고개가 옆으로 돌아갔다. 언제 방으로 들어왔는지 도하가 그의 앞에 따뜻한 차를 내려놓았다.

"시전에서 일이 있으셨다는 이야기를 들었습니다. 혹 불미스러운 일이라도?"

"가예를 찾았다."

세운이 가볍게 하는 말에 도하가 잘못 들었다고 생각한 듯 고개를 저었다. 하지만 곧 세운의 말이 거짓이 아니라는 걸 알게 된 그가 입을 쩍 벌렸다.

놀란 도하의 표정을 보고 있던 세운이 잔을 들었다.

"그런데 어찌, 어찌 아니 모시고 오셨습니까? 만나게 된다면 반드시 데려오겠다고 말씀하신 것은 전하셨습니다."

도하의 말에 세운이 쓰게 웃었다. 분명히 그렇게 말했다. 그리고 그렇게 할 생각이었다.

그런데 마치 어제 본 것처럼 세운을 대하는 그녀를 만나고, 더 이상 자신의 삶에 가까이 오지 말아달라는 그녀의 거절에 그는 아무것도 할 수 없었다.

"나를 마음에 두고 있으나 나와 함께하는 삶은 두렵다고 하더구나. 그런 사람을 어찌 내 감정만 생각해서 멋대로 끌고 올 수 있겠어?"

"……."

"솔직히 마음 같아서는 감정이고 뭐고 당장에라도 끌고 오고 싶었지만……."

말을 끝내지 못한 세운이 씁쓸한 미소를 지었다.

하지만 감정에 멋대로 휘둘려 간신히 잡은 가예를 놓칠 수 없었다. 찻잔을 들었지만 마시고 싶지 않았다. 다시 잔을 내려놓은 세운이 의자에 몸을 맡겼다.

떠나지 않겠다는 약속을 받았으나 불안했다. 그녀의 감정을 존중하지만, 그렇다고 가예를 놔준다는 것은 아니었다.

"도하야, 서신을 줄 테니 궁에 다녀오너라. 마야에게 주면 알아서 처리할 것이다. 그리고 병사 몇을 추려 성주 아들에게 붙여라."

세운의 말이 끝나자 도하가 고개를 숙이고 밖으로 나갔다. 방 안에 혼자 남자 세운이 다 식은 차를 한 모금 마셨다.

가예가 막았기에 손을 물렸지만, 성주의 아들이 세운에게 보여준 눈은 쉽게 물러날 눈이 아니었다. 현재 세운이 할 수 있는 일이라고는 그녀에게 위험이 가지 않도록 미리 보호하는 것뿐이었다.

그리고…….

씁쓸했던 세운의 입가에 미소가 번졌다.

그래도 막연히 열망하고 바라기만 하던 전과는 달랐다. 손을 뻗으면, 가녀린 팔을 당기면 품 안에 가득 들어오는 존재가 있었다.

짙은 암흑이라 아무것도 보이지 않던 길에 작은 빛이 스며들어 왔다.

놓치지 않을 것이다. 오랫동안 갈구해 오던 빛이기에, 그 어느 때보다도 처절하게 원해오던 여인이기에…….

지켜낼 것이다. 그리고 2년 전에는 멋대로 저버렸던 그녀의 마음, 이제는 자신만의 것으로 받아낼 것이다.

깊은 밤, 세운의 눈에 빛이 감돌았다.

＊ ＊ ＊

침상에서 자고 있던 가예가 감고 있던 눈을 떴다. 아직 해가 뜨려면 시간이 있어야 하지만 천천히 몸을 일으켰다. 명룡국의 찬바람이 자리옷 안으로 들어오자 본능적으로 가예가 팔을 감쌌다.

미리 준비해 놓은 물에 얼굴을 닦은 가예가 헝클어진 머리카락을 정돈했다. 물기를 닦아낸 수건을 내려놓은 가예가 길게 한숨을 내쉬었다.

세운에게 들키게 된다면 그녀의 의사와는 상관없이 끌려갈 것이라 생각했다. 가지 말라는 세운을 외면하고 사라진 자신을 세운이 용서할 것이라고는 생각하지 못했다.

그녀를 품에 안은 세운의 심장이 떨리는 게 느껴졌다. 언제나 바라오던 것처럼 이제 그는 자신만을 보았다. 꿈일지도 모른다는 시간이 짧게나마 흘러갔다.

마음에 담고 싶다는 말 한마디.

생각하는 것만으로도 심장이 뛰었다.

이제 그도 그녀만을 본다.

하지만…….

"당신과 함께하게 된다면 또다시 영화국과 명룡국 사이에서 힘들어지지 않겠습니까?"

자의는 무시당한 채 주변에 휩쓸리고 끌려다니는 것은 아닐까?

그녀가 원하지 않아도 두 나라는 세운과 가예 사이에 정치적인 이해관계를 넣게 될 것이다.

그러다 보면 세운도, 가예도 자신의 의지와는 상관없이 또 어긋나고 비틀리게 될 것이다.

'그때의 일은 한 번이면 충분해.'

머리가 복잡해진 가예가 손을 들어 이마를 감쌌다. 바람을 쐬고 싶었다.

의자에 걸어놓은 장옷을 입고 집 밖으로 나왔다. 끝없이 내려도 지치지 않는지 새하얀 눈이 조용히 내렸다. 눈 사이로 보이는 존재에 가예가 숨을 삼켰다.

"설마 밤새 거기에 있었던 것은 아니죠?"

"아니야. 지금 왔어."

가예의 물음에 그가 입가에 미소를 지었다. 놀란 눈으로 서 있는 가예에게 세운이 다가왔다. 그에게 느껴지는 한기에 놀란 가예가 자신도 모르게 앞으로 달려가 손을 들어 세운의 뺨을 감쌌다.

"차가워요. 도대체 얼마나 밖에 있었던 거예요? 방금 온 게 맞아요?"

다가오지 말라며 거부를 하면서도 어느새 가예의 시선은 세운에게로 향했다. 뺨에서 느껴지는 체온이 따뜻했다. 코끝에 감도는 그녀의 향이 달콤했다. 걱정스럽게 쳐다보는 그녀만의 조용한 시선이 좋았다. 언제 궁에서 나왔는지 기억이 나지 않는다. 눈이 오는 밤거리를 걷다 보니 어느새 그녀가 머무는 집이 보였다.

"보고 싶어서, 그래서 멋대로 왔어."

세운의 말에 가예가 숨을 삼켰다. 단단히 마음을 다잡아야 한다는 걸 알면서도 2년 만에 그를 보자 그녀의 의지와는 달리 굳어 있던 마음이 제멋대로 흔들렸다.

그와 마주할 자신이 없었다. 자신도 모르게 가예가 세운의 시선을 피했다. 그의 시선을 외면하는 대신 가예는 세운의 팔을 잡았다.

"우선은 들어와요. 몸부터 녹여요."

"당신의 허락 없이 멋대로 궁으로 끌고 가지 않을 거야. 당신이 지켜온 삶, 절대로 엉망으로 만들지 않을 거야."

외면하던 가예의 시선이 어느새 세운에게로 향했다. 그녀를 보고 있던 세운이 꼭 자신에게 다짐하듯 말했다.

"대신 난 당신 절대 놓지 않을 거야."

"나는…… 당신이 부담스러워요."

"알고 있어. 그래서 난 당신한테 휘왕이 아니라 진세운으로 다가갈 거야."

"내가 떠나면요? 다가오는 당신이 부담스러워서 그때처럼 또 사라진다면……."

"안 놓칠 거야."

거짓이라고는 하나도 느껴지지 않는 그의 감정에 가예가 잡고 있던 팔을 놓았다. 대신 세운이 빠져나가려는 가예의 손을 잡았다.

가예를 보고 있던 세운이 고개를 숙였다. 입술에 와 닿는 차가운 감각에 가예가 몸을 떤 것도 잠시, 작게 열린 입술 안으로 들어오는 뜨거운 열기에 눈이 커졌다.

생소한 감각에 밀어내려는 가예를 세운이 안았다. 작은 공간조차 없이 밀착된 채로 세운이 오랫동안 가예의 안에 머물렀다. 여린 입술을 쓸고 굳어버린 입안을 부드럽게 어루만졌다. 몸의 긴장을 풀라는 듯 그가 여린 가예의 등을 쓸어내렸다.

경직된 몸이 천천히 풀렸다. 세운을 밀어내던 팔이 조심스럽게 그의 어깨를 감쌌다.

눈이 내렸다. 그리고 둘 사이의 시간이 흘렀다.

❀ ✲ ❀

제융의 입가에 미소가 생겼다. 굳게 쥔 주먹이 떨렸다.

드디어 찾았다.

떨리는 숨을 길게 내쉬었다. 2년 만에 찾은 가예의 존재에 혼이 떨렸다.

그리고 슬펐다. 예전이나 지금이나 가예는 옷을 지으며 힘들게 살고 있었다.

그놈 때문이다.

"정보를 준 그 사내는?"

"명을 내리시는 대로 처분하겠다고 했습니다."

"내가 명룡국에 들어가는 즉시 없애라고 해라. 후환은 남겨봤자 좋을 일이 없다. 그리고……."

말을 흐리는 제융을 문이 기다렸다. 무언가를 생각하듯 조용히 있던 제융이 입을 열었다.

"명룡국에 병사를 더 보내라."

"전하, 잘못 움직이면 도리어 명룡국에 꼬리를 잡힙니다. 차라리 기존에 풀어놓았던 병사들을 성혜에 집결시키겠습……."

"자칫하면 가예를 진세운이 데려가게 된다. 더 이상 그 꼴은 볼 수 없다."

제융의 눈빛에 광기가 스며들었다. 그를 보고 있는 문의 눈이 어두워졌다. 제융의 검으로 살겠다는 다짐을 할 때부터 문은 의견을 말할 존재가 아니었다.

하지만 가예라는 존재가 제융을 떠난 지 3년, 그는 너무 많이 변해 버렸다.

문의 무거운 분위기를 감지한 제융이 걱정 말라는 듯 그를 향해 빙긋 웃어 보였다.

"진세운을 제거하고 가예만 영화국으로 되돌아온다면 전부 해결될 것이다. 걱정하지 마라."

"아니옵니다, 전하. 제가 쓸데없는 생각을 하였습니다."

자신은 그저 제융의 검일 뿐이다. 검은 주인이 휘두르는 대로 따를 뿐, 이래라저래라 의견을 내는 존재가 아니었다.

깊게 고개를 숙이는 문을 보고 있던 제융이 시선을 다시 열려 있는 창으로 옮겼다.

가예가 왜 명룡국에 숨어 있었는지는 알 수 없지만, 어찌 되었든 이제는 상관없다. 제융에게 있어 이번 일은 하늘이 그에게 준 마지막 기회일지도 몰랐다.

가예를 되찾아올 수 있는 기회.

그리고 그녀의 눈앞에서 진세운을 죽일 수 있는 기회.

“최대한 실력이 있는 병사를 보내거라. 무슨 수를 써도 상관없다. 가예를 데리고 와라.”

“…….”

“화수 가문과의 일이 처리되는 대로 나도 움직이겠다. 그전에 문아, 네가 먼저 출발해라. 진세운은 내가 죽일 것이다.”

제융을 위해서라면 따라서는 안 되는 명이라는 것을 알고 있었다. 하지만 한편으로는 뒤틀린 제융을 되돌리기 위해서는 반드시 해야 할 일이기도 했다.

고개를 숙인 문이 밖으로 나가고 창에 시선을 고정하고 있던 제융이 길게 숨을 내쉬었다.

애초에 가예는 자신의 여인이었다. 그걸 화수 가문이, 그리고 진세운이 빼앗아간 것이다.

‘내 사람이다.’

그러니 이제는 되찾아올 것이다.

곧 만날 수 있을 것이다.

가예가 바로 앞에 있는 것처럼 제융이 환한 미소를 지었다.

一章

설화(雪花)

책에 집중하는 가예의 모습은 생각보다 보기 좋았다. 그리고 훨씬 지루했다.

그녀가 웃는 모습을 보고 싶었다. 그래서 도하를 시켜 궁에 있는 책을 마차 하나로 가져왔다. 그중에서 고르고 골라 네다섯 권을 챙겨 든 세운은 쪼르르 가예의 집으로 향했다.

하루가 멀다 하고 오는 그의 존재에 뭐라 하려는 찰나, 가예의 시선이 세운이 가져온 책으로 향했다.

궁을 나온 이후 보고 싶어도 비싸서 보지 못했던 책이다.

차 한 잔과 교환하자는 뻔한 수작에도 가예는 책의 유혹에 그를 받아들였다. 세운을 집에 들여도 되느냐는 고민도 잠시, 한 장 두 장 읽어 내려가는 책에 시선을 완전히 빼앗겼다.

"가예야."

세운의 부름에 가예가 눈을 돌려 그를 보았다. 하지만 그가 자신을 쳐다볼 뿐 아무 말도 하지 않자 곧 시선은 다시 책으로 옮겨졌다.

조금 전과 전혀 달라지지 않은 가예의 반응에 세운이 길게 한숨을 내쉬었다.

그녀가 좋아하는 책을 가져오면 반드시 집 안에 들일 것이라며 의기양양해했던 자신의 무지에 치가 떨렸다. 가예의 손에 들려 있는 책 따위 다 치워 버리고 자신만 봐줬으면 좋겠다.

손으로 턱을 괸 세운이 마치 꿰뚫듯 가예를 바라보았다.

흔들림 없는 세운의 시선에 결국 가예가 보고 있던 책을 덮었다.

"그렇게 보지 마요. 부담스러워요."

"나 여기에 있어."

"알아요. 그러니까 재미없을 거라고 했잖아요."

"난 당신이 책은 나중에 볼 줄 알았어."

"난 당신이 책만 주고 갈 줄 알았어요."

그동안 어떻게 참은 것일까? 말을 참았던 예전과는 달리 지금의 가예는 세운의 말을 곧잘 받아쳤다. 하지만 그 모습에 기분이 나쁘지는 않았다. 아니, 도리어 그의 말을 그녀가 들어주는 것 같아 기쁘기까지 했다.

하지만 책에 시선을 빼앗기는 건 싫었다. 아무리 그래도 생물이 무생물에 지다니, 이건 뭔가 억울했다.

"책도 안 가져왔으면 당신이 날 집 안까지 들어오게 했겠어?"

"알고 있으면서 지금 불평하는 건가요? 여기는 작은 마을이라서 모르는 사내가 돌아다니면 불안해한다고요. 그래서 되도록 오지 말라고 했잖아요."

"하지만 당신이 보고 싶은걸."

2년 전 세운은 저렇게 적극적으로 자신의 감정을 고백하지 않았다. 눈 내리던 그날, 처음으로 맞닿은 입술 때문만은 아닐 것이다. 흔들림 없이 감정을 고백하는 세운을 보고 있노라면 심장이 떨렸다. 그래서 그가 쳐다보고 있다는 것을 알면서도 외면할 수밖에 없었다.

세운을 보고 있던 가예가 고개를 돌렸다.

아직 그를 받아들인 건 아니다. 받아들이기에는 그는 여전히 부담스러웠다.

"차 다 마셨으면 어서 가요. 당신이 자꾸 와서 마을에 이상한 소문이 돈단 말이에요."

"어차피 당신은 소문 따위에 휘둘리지도 않잖아."

가예의 날카로운 시선에 구시렁대던 세운이 입을 다물었다. 받아줄 듯하면서도 받아주지 않는 가예가 원망스러웠다. 하지만 애초에 그가 저지른 잘못이었다. 받아주지 않는다며 신경질을 부릴 수도 없는 노릇이었다.

당신이 싫다며 무조건 밀어내는 것보다는 아주 조금씩이었지만 그를 봐주고 있는 것만으로도 다행이었다.

그럼에도…….

앉아 있던 세운이 가예에게 걸어갔다. 다시 책을 보고 있는 가예의 눈을 세운이 손으로 가려 버렸다. 시야가 막힌 가예가 무언가를 참는 듯한 어조로 말했다.

"당신, 도대체……."

"책 그만 봐. 그럼 놓을게."

"어린애도 아니고 이게 무슨 짓이에요?"

눈을 가린 손을 내리려는 가예의 손에서 느껴지는 감촉이 좋았다.

그녀가 사라졌을 때는 피부로 느껴지는 공허가 끔찍하게 싫었다. 이제는 그녀가 사라질까 불안했다. 손에서 가예의 눈썹이 찡그려지는 게 느껴졌다.

하루하루가 꿈같이 지나간다. 혹시나 하는 마음으로 조급히 이곳에 오면 가예가 그를 맞이했다. 행복하다고 생각하면서도 욕심이 생겨났다.

"나 좀 봐줘. 나 한 번만 봐줘, 가예야."

가라앉은 세운의 목소리에 세운의 손을 떼려던 가예의 움직임이 멈추었다. 굳어버린 듯 가만히 있는 가예를 보고 있던 세운이 눈을 가리고 있던 손을 내렸다. 팔을 뻗어 가예를 뒤에서 안은 세운이 가녀린 어깨에 얼굴을 묻었다.

"미안해."

장난스럽게 이어지던 분위기가 바뀌었다.

"아침에 되면 당신이 떠났을까 봐 무서워. 아무 일도 없을 거라고 생각하면서 여기에 와서 당신을 보면 안심이 되는데, 한편으로는 오늘이 당신을 보는 마지막일까 봐 불안해."

"……."

"사과를 해도 어쩔 수 없는 건데, 이미 당신은 다칠 대로 다쳤는데, 이렇게 매달리는 게 어린애 투정이라는 것도 알고 있는

데……. 어떻게 해야 당신이 마음을 열지 방법을 모르겠어."

조심스럽게 나오는 말에서 떨림이 느껴졌다. 무언가 대답을 해 주고 싶은데 마음이 먹먹해서 그런지 말문이 열리지 않았다.

어깨를 안고 있던 세운의 팔을 감싸려던 가예가 손을 주춤했다.

그를 사랑하지만 궁으로 가서 살 자신이 없었다. 그때의 기억은 가예에게 여전히 아픔이었다. 지금이야 그가 자신을 귀하게 여겨준다며 좋아해도 궁에 들어가면 또 다르게 되는 것은 아닐까? 생각만으로도 무섭고 두려웠다.

가예의 떨리는 손이 세운의 팔을 떼어냈다.

"돌아가요."

"그러지 마."

가예의 거부에 세운의 안색이 어두워졌다. 그의 모습에 가예가 눈을 질끈 감았다.

"난 그때로 돌아가고 싶지 않아요. 진심으로…… 나 그때가 무서워요. 부탁할게요. 돌아가요."

"그때 같은 일은 일어나지 않아. 내가 당신 지켜줄게. 외면당하고 고통당하는 일 절대 일어나지 않아. 그러니까……."

"당신은 날 어찌 대할지 몰라도 다른 사람에게 나는 당신에게서 도망친 영화국 여인일 뿐이에요. 그리고 모르는 일이잖아요. 명룡국과 영화국 사이에서 어느새 당신과 나의 관계가 그때로 되돌아갈 수 있는 거잖아요."

좀처럼 소리를 높이지 않는 가예의 어조가 올라갔다. 갑작스러운 그녀의 반응에 세운의 말문이 막혔다. 세운을 보고 있던 가예가 힘없이 미소를 지었다.

"나 흔들지 마세요."

"가예야."

"무슨 소리를 해도 당신과 함께 궁으로 가지 않을 거예요. 당신은 명룡국의 휘왕이잖아요. 황족의 의무도, 투신으로서의 책임도, 당신은 짊어져야 할 게 많은 사람이에요. 그리고 당신 곁에 있는 한 나는 당신을 견제하기 위해 영화국에서 보낸 여인일 뿐이고요."

"……."

"당신이 괜찮아도 다른 사람은 그렇지 않을 거예요. 힘겨운 짐을 같이 짊어질 수 있는 사람이 될 수 없다면 적어도 방해가 되고 싶지는 않아요. 이렇게 외면하고 도망가는 게 최선이 아니라는 건 알지만, 그때의 기억은 한 번으로 충분해요."

그녀의 완벽한 거부 의사를 듣던 세운이 고개를 숙였다. 가예의 마음속에 남아 있는 상처는 너무나도 깊어서 세운이 아무리 다가가도, 어루만져도 쉽게 아물지 않았다.

석상처럼 굳어 있는 세운을 보고 있던 가예가 몸을 돌렸다. 역시 그를 집 안에 들이는 것이 아니었다.

"돌아가요."

몸을 돌린 가예의 모습이 애처롭다. 저런 모습은 더 이상 보고 싶지 않다.

세상의 중심이 명룡국에서 눈앞의 여인으로 바뀌었다.

그가 지금까지 지켜왔던 것, 그 모든 것이 가예가 마음을 여는 데 방해가 되는 것이라면…….

"내가 투신이기를 포기한다면……."

놀란 시선이 다시 그에게로 향했다.

세운이 가예를 보며 미소를 지었다.

"내가 휘왕 자체를 버린다면 당신은 나한테 올 수 있어?"

그녀가 자신에게 오는 데 방해되는 것이 그의 전부라면,

그가 가진 전부 따위, 버리리라.

그가 그런 말을 꺼낼 거라고는 생각하지 못했다. 아니, 애초에 생각하지도 않았다. 진세운에게 있어서 명룡국이, 황제인 정명이 어떤 존재인지 알고 있으니까.

그런데 그런 존재를 진세운은 가예를 위해 포기한다고 말한다.

"무슨 일이 있었던 거예요?"

그의 말에 심장이 떨리기보다는 무서웠다.

떨어져 있던 2년, 가예는 시간 속에서 마음의 상처를 천천히 치료했다. 그런데 그에게서는 익숙한 상처가 느껴졌다.

"왜 당신의 전부를 포기하려 해요?"

밀어낼 때는 언제고 다시 다가온 가예가 세운을 걱정스럽게 바라보았다. 그녀의 물음에도 세운은 힘없이 웃기만 할 뿐 대답하지 않았다. 손을 든 세운이 가예의 뺨을 감쌌다.

"내가 무엇이라고 당신의 모든 걸 버리려고 해요?"

가예의 물음에 세운이 미소를 지었다.

내가 멋대로 놓아버린 내 세상.

사라져 버릴까 봐, 모르는 사이에 또 놓칠까 봐 불안한 내 전부.

가지고 있는 전부보다도 더 귀한 존재.

"내 전부는 명룡국도, 휘왕도 아닌 가예 당신이니까."

놀란 표정의 가예가 세운을 바라봤다. 표정 하나하나 모두 세운의 심장을 떨리게 했다.

"당장은 버리지 못하겠지만……."

지금 휘왕이라는 지위를 버리게 되면 세운뿐만이 아니라 가예도 위험해진다.

"당신이 원한다면 버릴게. 오래 걸리지 않을 거야."

화수 가문을 처리하고, 제융의 문제를 해결하려면 시간이 걸리기는 하겠지만 못할 일은 아니었다. 당장에라도 놓고 싶은 것, 하지만 그럴 수 없다는 건 그도 알고 있었다.

"버릴게. 버릴 테니까……."

세운의 말을 막아버리듯 가예가 세차게 고개를 저었다. 세운의 손을 꼭 잡은 가예가 그와 시선을 맞추었다. 말 없는 시선이 빠르게 오고 갔다. 무언가를 하려는 듯 주저하던 가예가 한참 후 그에게 한 걸음 다가갔다. 목을 감싸는 온기에 세운의 눈이 커졌다.

그의 어깨를 끌어당겨 세운을 안은 가예가 팔에 힘을 주었다.

"당신이 가진 거 버리지 말아요. 당신이 평생을 지켜온 거 외면하지 말아요."

가예가 원한 건 세운이 행복해지는 것이었다. 좋지 않았던 기억 따위, 흐르는 시간 속에 묻기를 바랐을 뿐이다. 그런데 가예를 보는 세운의 눈에서 지독한 아픔이 느껴졌다. 2년 전 가예가 가지고 있던 시선이 세운의 눈에서 보였다.

"아파하지 마요."

세운이 가예를 흔들면 안 되는 것처럼 가예도 그를 흔들면 안 되었다. 그의 이런 모습은 보고 싶지 않았다.

"나 때문에 아파하지 말아요."

조곤조곤 나지막이 들려오는 가예의 목소리가 듣기 좋았다. 천천히, 그리고 조심스럽게 가예가 세운의 상처를 어루만졌다.

"나 때문에 당신의 모든 걸 버리지 말아요. 그러지 말아요."

달래는 목소리에 위로받고, 느껴지는 온기에 안식을 찾고, 등을 쓸어내리는 여린 손에 안심하였다.

몸을 맡기고 있던 세운이 품 안에 가예를 가두었다.

이래서 포기할 수 없었다. 그가 아무리 갈구해도 얻을 수 없는 것. 그것을 줄 수 있는 유일한 존재가 그녀였다. 마치 세운의 답을 기다리듯 가예가 포기하지 말라는 말을 하고 또 하였다.

불안해하는 가예는 보고 싶지 않았다. 그녀가 불안하면 그도 불안하다.

"알았어. 안 그럴게."

고개를 끄덕이며 하는 세운의 대답에 가예가 안도의 숨을 내쉬었다. 어느새 가예의 눈에 맑은 눈물이 가득 고여 있었다. 흘러내리기 직전의 눈물을 세운이 손으로 닦았다.

"울지 마. 당신이 울면 무서워."

세운의 말에 가예가 어색하게 미소를 지었다. 그 모습조차 눈을 멀게 할 정도로 고왔다.

굳어 있던 세운의 입가에 편안한 미소가 떠올랐다.

"봐. 당신은 웃는 게 훨씬 고와."

세운의 말에 가예의 뺨에 홍조가 일었다. 부끄럽다며 도망가려는 가예를 세운이 잡았다.

시선과 시선이 만나고, 세운이 가예의 입술에 입을 맞추었다.

조심스럽게 가예가 그를 맞이하였다.

가예의 앞에서는 몸을 사리는 세운이어도 어찌 되었든 그는 황제의 하나밖에 없는 동생이었다. 아무리 정양을 와 있어도 휘왕이 해야 할 일은 산더미였다. 청궁으로 돌아오자 도하를 포함한 몇 명이 그의 앞에서 몸을 숙였다.

"전하."

도하의 굳은 표정이 눈에 거슬렸다. 밀린 일은 나중에 보겠다는 말로 사람을 물린 세운이 도하만을 데리고 집무실 안으로 들어갔다. 열려 있던 창문을 전부 닫은 도하가 세운의 바로 앞에서 고개를 숙였다.

"담제융이 명룡국으로 오고 있다는 보고입니다."

세운의 눈이 날카로워졌다. 뇌리 속에 미소 짓는 가예의 모습이 지나갔다.

화수를 향해 검을 휘둘러야 할 제융이 명룡국을 향해 움직였다.

어차피 세운이 가예를 찾은 이상, 제융이 아는 것은 시간문제였다.

"화수 가문은?"

"아직 눈치를 챈 것 같지는 않지만 담제융이 움직인 이상 움직일 것입니다."

"화수 태선에게 사람을 보내. 한마디면 될 것이다."

"……."

"이번에 살아남기를 원한다면 죽은 듯이 집안을 다스리라고 해."

말을 마친 세운의 눈에서 전쟁터에서 보았던 살기가 감돌았다. 가예를 찾은 이상, 그리고 그녀가 자신의 삶을 지키기를 바란다면 세운 또한 가예를 지킬 것이다.

제융에게 압박당하고 있는 태선의 입장에서는 세운이 필요했다. 그렇다면 세운이 자세히 요구하지 않아도 태선은 알아서 잘 처리할 것이다.

"그리고 실력이 괜찮은 이들을 뽑아서 가예의 주변에 배치해. 되도록 그녀가 모르게."

"바로 처리하겠습니다, 전하."

"그나저나 도착했나? 슬슬 올 때가 된 것 같은데."

"오후에 도착했습니다. 들어오게 할까요?"

"아, 마침 부탁할 것도 있고 하니 들어오라고 해."

세운의 말에 고개를 숙인 도하가 밖으로 나가고 잠시 후, 소란스러운 소리와 함께 문이 열렸다. 추운 겨울 밤바람 때문인지, 아니면 다른 것 때문인지 문을 열고 들어온 여인과 사내의 뺨이 뻘겋게 얼어 있었다.

"진짜 찾았어요?"

다급한 여인의 물음에 세운이 고개를 끄덕였다. 여인의 눈에 가득 고여 있던 것이 바닥으로 떨어졌다.

"찾는다고 말만 하는 줄 알았더니 진짜 찾기는 찾았네."

"당신, 말조심을……."

"괜찮아. 새삼스럽게. 이번에는 확실해. 가예, 찾았어."

"안 되겠어요. 내가, 내가 직접 가봐야겠어요. 눈으로 확인해야……."

"그 사람 자. 자는 거 확인하고 온 거야. 그러니까 내일 가."

당장에라도 나가려는 여인을 세운이 막았다. 가예가 자고 있다는 걸 확인하고 왔다는 세운의 말에 여인의 눈이 좁아졌다. 말 없는 물음에 세운이 고개를 저었다.

"이제 시작하는 중이야."

가예가 사라지고 그녀를 위한 준비를 하던 중 자선 할멈 말고도 가족같이 지낸 언니가 있다는 것을 알아냈다.

"천천히 다가갈 거야. 외면하고 상처를 준 만큼 그녀가 결심하기 전까지는 절대 내 멋대로 안 할 거야. 그러니까 도와줘."

해왕의 도움을 받아 화수 가문의 손에서 여인 부부를 데리고 왔다. 가예를 잡기 위한 덫으로 화수 부인이 절대 놔주지 않으려 했지만, 어차피 화수 태선은 세운의 손아귀에 있었다. 더군다나 가예가 사라진 후 도움을 주고 있는 해왕이 직접 움직이니 쉽게 여인 부부를 명룡국으로 데려올 수 있었다.

세운이 모르는 가예를 알려준 여인.

피로 연결된 사이는 아니었으나 마음으로 연결된 자매.

앞의 여인을 가예가 본다면 그 어느 때보다도 좋아할 것이다.

"도와줘, 송연."

✻ ✻ ✻

똑똑.

문을 두드리는 소리에 바느질을 하고 있던 가예가 자리에서 일어났다.

세운이 또 온 것일까? 하지만 그가 오기에는 이른 시각이었다.

"누구세요?"

별생각 없이 문을 열었다. 그리고……

눈이 크게 떠졌다. 믿을 수 없는 듯 굳어버린 몸이 시간이 멈춘 것처럼 움직이지 않았다.

놀란 가예 대신 문 앞에 서 있던 이가 그녀를 와락 안았다.

"바보 아가씨! 나한테 오면 되잖아요! 왜 여기서 이러고 있어요?"

"송연 언니."

놀란 눈가에 촉촉이 눈물이 고였다. 뺨이나 팔을 어루만지며 송연이 이리저리 가예를 살폈다. 그녀를 살피는 송연의 눈가에 다시 물기가 차올랐다.

"자선 할멈이 이 모습을 봤으면 날 혼내도 한참을 혼냈을 거요! 잔뜩 마른 아가씨가 더 말랐네."

"잘 지내는걸요."

"잘 지내기는! 진짜 휘왕인지 바보 전하인지에게 말해서 아가씨 약 좀 지어달라고 해야겠소."

세운을 편하게 말하는 송연의 태도에 가예의 눈이 다시 커졌다.

감정을 숨기지 못하는 가예의 표정에 송연이 눈물을 닦으며 웃음을 터뜨렸다.

가예의 손을 잡은 송연이 집 안으로 들어왔다. 꼼꼼히 집 안을 살피며 송연이 말을 계속했다.

"아가씨가 사라지고 휘왕이 찾아왔소. 아가씨에 대해 듣고 싶다면서 명룡국에 터를 잡아줄 수 있느냐고 하더군요."

손이 빠른 만큼 송연은 가예가 미처 보지 못한 집 안 구석구석을 단숨에 정리하고 닦아냈다. 처음 듣는 송연의 이야기에 가예가 그 자리에 서서 가만히 귀를 기울였다.

"처음에는 명룡국의 추운 날씨가 영 적응이 안 되더니 그래도 1년이 넘으니 지낼 만하더이다. 솔직히 처음에는 아가씨에게 한 짓이 괘씸해서 명룡국이고 휘왕이고 거들떠보지도 않으려 했는데, 내가 생각한 것보다 훨씬 더 절박했는지 제법 잘해주었소."

어느새 집 정리를 마친 송연이 차까지 준비해 가예 앞에 내려놓았다. 집 안을 깔끔하게 쓰는 가예였지만 송연의 손을 거치자 한결 보기가 나아졌다. 송연이 마련해 준 자리에 앉은 가예가 믿을 수 없다는 눈으로 그녀를 바라보았다.

"영화국에서 살다가 이곳으로 왔으면 힘들었을 텐데……."

"힘들 게 무에 있소? 아니, 도리어 화수 고것이 없으니 아주 속이 다 시원하더이다. 물론 소예 그것이 제 어미를 닮아 눈에 거슬렸지만 말이오."

모처럼 만난 송연은 거침없이 말을 늘여놓았다. 갑자기 튀어나오는 소예의 이름에 가예가 고개를 갸웃했다. 말을 해보라는 표정의 가예를 보고 있던 송연이 주변을 둘러보더니 나지막이 물었다.

"휘왕과는 제법 잘돼가시오? 그쪽 이야기를 들어보면 노력하고 있다는데 말이오."

"언니, 만나자마자 그게 무슨……. 다른 할 이야기도 많잖아요."

"아가씨 성격에 다른 이야기부터 하다가는 중요한 이야기는 피할 것이 뻔하오. 그리고 아가씨가 궁금해하는 거야 한 가지뿐이더 있겠소? 명룡국에서 지내고 있어도 자선 할멈의 기일이 있는 달에는 영화국에서 지내고 있소. 할멈의 묘는 해왕께서 신경 써서 봐주시니 언제 가도 잘 관리되어 있다오. 그러니 어서 말 좀 해보시오. 그 사람이 그렇게 싫으시오?"

성격이 급한 송연답게 어서 대답해 보라고 재촉이 이어진다.

하지만 그녀의 물음에도 가예의 입은 쉽사리 열리지 않았다.

그가 보여주는 관심이, 거르지 않고 들려주는 고백에 설레었다. 그렇기에 밀어내야 한다고 생각하면서도 어느 순간 그가 주는 마음을 받아들이는 자신이 보였다.

그래서 무서웠다. 이번에도 그녀의 것이 될 수 없는 것이라면, 그런 것을 욕심내고 있는 것이라면……. 그렇기에 그의 마음을 받아들이기가 겁났다.

답을 재촉하면서도 가예의 성격을 아는 송연이 길게 한숨을 내쉬었다.

"우리 아가씨는 예전이나 지금이나 달라진 것이 하나도 없소."

송연의 말에 굳어 있던 가예의 입가에 희미한 미소가 생겨났다. 말없이 미소만 짓고 있던 가예를 보던 송연이 입을 열었다.

“아가씨가 없어지고 해왕 전하나 휘왕이나 혼이 나간 듯이 하고 다니셨소. 누가 먼저랄 것도 없이 사람을 풀어 아가씨를 찾더이다. 특히 휘왕 그 사람은 아가씨와 비슷하다는 사람만 봤다고 해도 반 정신이 나간 채로 영화국엘 왔소. 그 탓에 제융 전하와도 퍽 많이 부딪치기도 했고 말이오. 영화국에서 제발 행동을 조심해 달라고 공식적으로 요청해도 그 성격이 어디 가겠소?”

“…….”

“휘왕이 싫다면 단번에 자르시오. 훗날의 일이 걱정된다면 지금이라도 정이랑 같이 영화국으로 돌아갑시다. 하지만 그게 아니라면 어서 잡으시오. 소예 고것한테 홀랑 빼앗기기 전에 말이오.”

“도대체 소예가 무슨…….”

“언제부터 그렇게 좋아했다고, 뻔질나게 궁에 드나들면서 휘왕에게 노골적으로 관심을 보이더군요. 그뿐이면 말도 하지 않소. 아주 노골적으로 이 안채는 자기 것이라면서 주접떠는 모습이 아주 가관이었다오. 지난번에도 그가 없을 때 멋대로 아가씨가 머물던 안채에 들어갔다가 쫓겨나듯이 끌려 나갔소. 진짜 그때는 사람이라도 죽일 것같이 휘왕이 화를 내는 터에 아주 죽는 줄 알았다오.”

처음 듣는 이야기에 가예의 얼굴이 굳어졌다. 어떻게 소예와 세운이 알게 된 것일까? 아니, 그건 중요하지 않았다.

고개를 숙인 가예가 자신도 모르게 잡고 있는 옷자락에 힘을 주었다.

어차피 그에게서 떠난 가예이다. 혼인은 없던 것으로 되었고, 소예가 그에게 다가간다고 잘못된 일을 저지르는 건 아니다. 하지만 생각하는 것만으로도 싫었다.

조용히 가예의 감정 변화를 보고 있던 송연이 옆으로 다가왔다.

"아가씨가 건강한 모습을 보니 그래도 한시름 덜겠소. 매번 자선 할멈의 묘에 갈 때마다 얼마나 마음에 걸리던지. 이제부터는 어디 도망가지 말고 나하고 같이 있읍시다. 그리고…… 휘왕이 싫은 게 아니라면 마음 가는 대로 한번 해보시오."

"하지만……."

"언제나 고민하고 거절하다가 힘들어하지 않았소? 마음 가는 대로 하시란 말이오. 이제는 아가씨에게 화수가 함부로 해코지를 할 수도 없고, 나라 간의 사이에서 이래라저래라 할 일도 없소. 더군다나 휘왕의 마음속에 아가씨가 있지 않소? 그것이면 다 되는 것이지 또 무엇을 걱정하오?"

그녀의 말에도 가예는 아무 말도 꺼낼 수가 없었다.

"이제는 할멈 유언대로 행복하게 살아도 되지 않겠소?"

고민하는 가예를 보고 있던 송연이 미소를 지었다. 세운이 도와달라고 했어도 우선은 가예였다. 만약 그녀가 세운을 마음으로 거부하는 것이었다면 송연은 아무 도움도 줄 생각이 없었다.

하지만 가예 또한 세운에게 마음이 가 있었다. 어차피 서로에게 향해 있는 마음이라면 질질 끌 필요가 없었다. 그렇기에 만나자마자 소예의 이야기를 꺼내놓았다.

겉으로는 담담해 보여도 가예의 표정은 복잡했다.

이제 할 만한 이야기는 전부 했다. 결정은 가예가 하면 될 것이고, 행동은 세운이 옮기면 되는 것이다.

목이 타는지 앞에 있는 차를 마신 송연이 빙긋 웃었다.

"자, 내가 할 이야기는 다 했으니 이번에는 아가씨가 좀 말해보오. 어떻게 지냈소? 진짜 연락 하나도 없이 이렇게 지내다니, 서운하오."

송연의 말에 고개를 숙이고 있던 가예가 고개를 들었다. 속은 복잡했지만 그래도 송연 앞이다. 찜찜한 마음을 한편으로 밀어놓은 가예가 담담한 표정으로 이야기를 시작했다.

하지만 즐겁게 대화를 하고 있음에도 불쑥불쑥 튀어나오는 불안이 송연이 집을 떠난 뒤에도 계속되었다. 더군다나 하루가 멀다 하고 오던 세운이 송연이 왔다 간 이후로 오지를 않으니 자꾸 신경이 쓰였다.

결국 그가 주고 간 책을 손에 든 가예가 청궁을 향해 걸음을 옮겼다.

❀ ✱ ❀

태선의 움직임에도 화수 부인과 소예의 움직임은 잠재워지지 않았다. 그녀를 안부를 확인해야 한다며 오겠다는 소예를 정중한 말을 가장한 협박으로 막았다. 그리고 궁에 있을 마야에게는 절대로 그녀를 들여보내지 말라고 말을 전했다.

제융이 보낸 자객을 가예 모르게 처리한 것이 벌써 두 번째이다. 그녀가 불안해할 것을 대비해 최대한 은밀히 뒤처리하였다.

"누가 왔다고?"

믿을 수 없다는 표정의 세운이 도하를 바라보았다. 세운의 시선에 도하가 고개를 숙였다.

"가예 부인께서 오셨습니다. 안으로 모시려 했는데 그건 부담스럽다며 현재 문밖에서……."

도하의 말이 끝나기도 전에 세운이 밖으로 뛰어나갔다.

보고 싶은 마음이야 간절했지만 그래도 그녀의 안전이 우선이었다. 연이어 터진 일을 수습하느라 세운은 그동안 청궁 밖으로 한 걸음도 나가지 못했다.

정신없이 달려가던 세운이 문 앞에서 걸음을 멈추었다. 뛰는 심장을 진정시킨 그가 자신의 모습을 대충 훑었다.

항상 가예를 보러 갈 때만큼은 깔끔한 모습으로 갔건만, 며칠 내내 제대로 쉬지 못했더니 꼴이 엉망이었다. 급한 대로 엉망인 머리와 옷을 정리한 세운이 떨리는 손으로 문을 열었다.

문의 앞, 단정히 서 있는 가예의 모습이 보였다.

천천히 두근거리던 심장이 빠르게 뛰었다. 바닥에 쌓인 눈을 보느라 숙인 얼굴에 감도는 미소를 보는 순간, 쌓여 있던 피로가 단숨에 풀리는 기분이었다.

행복하다.

고개를 돌린 가예가 세운의 안색을 보며 얼굴을 굳혔다. 그녀가 왜 그렇게 보는지 알기에 세운은 더 환하게 미소를 지었다.

"미안. 밀린 것 좀 처리하느라 꼴이 엉망이네."

"무슨 일 있었나요? 안색이……. 괜찮은 거예요?"

"아, 잠을 좀 못 잤을 뿐이야. 그런데 어떻게 여기까지 온 거야? 나 보러?"

괜찮다며 미소를 짓고 있었지만 확실히 그는 지쳐 보였다. 무슨 일이 있었던 것일까? 하지만 그녀가 물어본다 한들 세운은 말해줄 것 같지 않았다.

무슨 일이냐며 물어보는 그에게 가예가 들고 있던 짐을 그에게 내밀었다.

“책을 돌려주러 왔어요. 그리고…….”

불안했다는 말이 목 끝까지 치솟았지만 가예는 말하지 못했다. 송연의 말로 그가 소예를 거부했다는 것은 알고 있었지만 그래도 신경 쓰였다. 그래서 책을 핑계로 그를 보러 왔다. 자신을 보며 웃는 그를 보면 마음속의 감정이 조금은 가라앉을 것 같았다.

“그리고?”

“아니에요. 이거 좀 받아줘요.”

그에게 속마음을 들킬까 두려운 가예가 고개를 숙이며 들고 있던 짐을 건네었다. 그가 가예에게 건네었던 책과 작은 보자기로 싼 물건이 함께 들어 있었다.

“책하고 같이 든 건 뭐지?”

“별거 아니에요. 그냥…….”

“그냥?”

“중요한 건 아니니까 천천히 확인해요. 전했으니까 가볼게요.”

도망치듯 짐을 주고 사라지려는 가예의 팔을 세운이 잡았다. 등을 돌리며 가버리는 모습이 마음에 걸렸다. 아무 일도 없다는 듯 담담해 보였지만 세운의 눈에 보이는 가예의 분위기가 지난번과는 다르게 느껴졌다.

전이라면 별것이 아니라며 그냥 넘어갔을 것이다. 하지만 이제는 아니었다.

문에서 대기하고 있던 시종에게 짐을 넘긴 세운이 가려는 그녀를 잡았다.

"바쁜 게 아니면 좀 걸을 수 있을까?"

세운의 말에 도망가려던 가예의 걸음이 멈추었다. 세운과 마주하는 시선이 떨렸다.

"당신이랑 걷고 싶어."

세운에게 잡힌 것은 손이었으나 그에게 잡힌 것은 손뿐만이 아니었다.

'마음 가는 대로 해도 된다면…….'

그의 곁에 있고 싶다. 그와 함께 같은 곳을 보며, 함께 걸어가고 싶다.

손을 잡고 있는 세운의 손을 가예가 감쌌다. 그녀의 반응에 세운의 눈이 커졌다.

단순한 충동일지도 모른다. 하지만 가예는 후회하지 않으려 했다.

'세상에서 딱 하나만 가질 수 있다면…….'

눈앞의 사내를 가지고 싶다.

생전 처음 그녀가 욕심냈던 것. 하지만 자신의 것이 아니었기에 포기했던 사내.

만약 지금의 상황이 그녀에게 생애에 처음이자 마지막으로 온 기회라면…….

"같이 걸어요."

놓치고 싶지 않다. 아니, 절대로 놓치지 않을 것이다.

세운이 이끌고 가예가 따라갔다. 그랬던 것이 점점 양옆에서 같은 보폭으로 걷기 시작했다. 명룡국의 바람은 차가웠지만 둘 사이에 흐르는 바람은 온풍이었다.

바쁘게 움직이는 사람들 사이, 둘이 천천히 그 안으로 스며들었다.

❀ ✱ ❀

예전에도 이렇게 둘이 걸은 적이 있었다. 하지만 처음부터 어긋났던 사이였기에 그때는 함께했음에도 엇갈렸다.

세운의 손을 꼭 잡은 채 걸어가던 가예가 고개를 돌려 그를 보았다. 가예의 시선에 세운이 그녀를 바라보며 미소 지었다. 굳게 닫혀 있던 마음의 문을 조금이나마 열었기 때문일까? 전과는 다른 느낌으로 그가 다가왔다.

"왜?"

"아니에요."

속마음을 들킨 것 같아 가예가 그를 외면했다. 아직 자신의 마음을 그에게 보이고 싶지 않았다. 하지만 송연이 왔다 간 이후로 소예라는 이름이 자꾸 머릿속에서 맴돌았다.

세운의 옆자리가 자신의 것이라 말하는 소예의 모습이 눈앞에서 아른거렸다.

자신과는 다르게 아름답고, 집안의 힘을 가지고 있는 소예.

자신이 마음을 여는 것이 그에게 해가 되는 것은 아닐까? 언제나 자신감 넘치고 많은 것을 가진 소예라면 세운에게 더 도움이 될 것이다.

"말없이 걷기만 하고…… 재미없지?"

가예가 말이 없자 걸음을 멈춘 세운이 조심스럽게 물었다. 그의 물음에 가예가 고개를 저었다. 그가 해주는 배려가 마음속의 아물지 않은 상처를 천천히 감싸주었다.

그가 함께하는 지금의 시간이 행복하다. 그래서 소예의 이야기가 더 불안하게 다가왔다.

"당신은 어떤데요? 재미없나요?"

세운의 물음에게 답을 하는 대신 가예가 그에게 되물었다. 걸음을 멈춘 세운이 옆에 서 있는 그녀를 바라보았다.

단순한 기분 탓일지는 몰라도 가예는 무언가에 계속 불안해했다.

혹 세운에게 서운했던 일이라도 있었던 것일까? 아니면 송연을 만나고 역시 그만두자는 말을 하려는 것일까?

당장에라도 무슨 일이 있었느냐며 물어보고 싶었지만, 세운이 아는 가예는 스스로가 참을망정 마음속 고민을 말하는 성격이 아니었다.

"대답 안 해줄 건가요?"

세운이 말이 없자 가예가 다시 물었다.

그녀의 물음에 대답하는 대신 세운이 잡고 있던 가예의 손을 당겼다. 순식간에 코앞까지 다가온 가예의 팔에 세운이 팔을 감았다. 손을 잡고 걸어가던 모양새가 어느새 팔짱을 끼는 것으로 바꿔자 놀란 가예가 그녀도 모르게 세운의 팔을 쳤다.

가예의 작은 항의에 세운이 입을 쭉 내밀었다.

“아무리 생각해도 꿈 같으니까 현실로 되돌아오기 전에 가장 해보고 싶었던 걸 해볼 거야. 당신을 만나게 되면 이렇게 같이 걸어보고 싶었거든.”

팔을 빼려던 가예의 움직임이 멈추었다. 동그래진 가예의 눈을 보고 있던 세운이 빙긋 미소를 지었다.

“그만큼 좋다는 거야.”

다시 만나게 된 세운은 아무렇지도 않다는 모습으로 가예의 마음을 흔들었다. 그를 선택한다면 그만큼 힘들어질 것이다. 어쩌면 그때보다도 더 힘들고 고통스러울지도 모르는 일이다.

“당신은 어때?”

세운과 함께 있는 시간이 꿈처럼 떨렸다. 그리고 무서웠다.

차라리 이대로 아무것도 선택하지 않은 채 있는 것이 훨씬 행복하지 않을까? 아니, 어쩌면 지금 이 순간은 좀처럼 깨고 싶지 않은 꿈일지도 모른다.

그럼에도 행복하다.

세운의 물음에 대답하는 대신 가예가 세운의 팔에 감겨 있는 자신의 팔에 힘을 주었다. 가예를 보는 세운의 눈이 커졌다. 그의 시선에 홍조를 띤 가예가 수줍게 그를 이끌었다.

알면서도 모르는 척 세운이 그녀의 이끌림에 말없이 따라갔다.

이곳저곳에서 웅성대는 주변의 소리는 더 이상 들려오지 않았다.

쿵쾅대는 심장 소리, 떨리는 팔, 빨갛게 상기된 얼굴, 바로 옆에서 느껴지는 상대의 체온.

그의 곁에 자신이 아닌 다른 여인이 있는 건 싫다. 그런 모습은 절대로 보고 싶지 않았다. 특히 소예가, 자신과는 다르게 모든 걸 가진 소예가 그의 품에 안겨 있는 모습은 끔찍했다.

"소예는……."

자신도 모르게 나온 말에 놀란 가예가 손으로 입을 가렸다. 생각으로 끝날 말이었다.

"음? 소예?"

"아! 아니에요."

무심코 나온 말 한마디. 사색이 된 가예가 고개를 저었다. 꿈 같은 시간 속에서도 불안함은 계속 얼굴을 들이밀었다. 원래 그에게 꺼낼 말이 아니었다. 그저 마음속에서 머물다 사라질 말이었다.

창백해진 가예가 세운을 보고 있던 시선을 옆으로 돌렸다.

"소예라……. 송연한테서 무슨 이야기라도 들은 거야?"

"아니에요. 그게 아니라……."

속마음을 들켜 버린 가예가 세운에게서 도망가려 하였다. 팔을 빼고 도망치려는 그녀를 잡아 세우곤 자신의 시선을 외면하는 가예의 턱을 잡아 자신을 보게 하였다.

불안.

흔들리는 가예의 눈에서 그제야 그녀가 무엇을 불안해하고 있는지 알게 되었다.

"놔줘요. 진짜 아무것도 아니에요."

"가예야."

"놔달란 말이에요! 그냥 잘못 나온 말이라니까요!"

"그냥 잘못 나온 말이 아니잖아!"

낮지만 강한 어조로 세운이 그녀에게 말했다. 차가운 세운의 눈빛에 가예는 말문이 닫혔다.

들키고 싶지 않았다. 그저 마음속에서 사라져야 할 감정이었다. 이미 혼인을 포기한 자신이 그에게 투기를 부리다니……. 그에게 이런 모습은 보여주고 싶지 않았다.

"놔줘요, 제발."

잡혀 있는 가예의 몸이 사시나무 떨리듯 떨렸다. 촉촉하게 젖은 눈이 새삼 원망스럽다는 듯 세운을 바라보고 있었다.

그녀가 저런 눈으로 자신을 보고 있으면 무서웠다.

보고 싶지 않았다.

그에게 있어서 가예는 누구와도 비교할 수 없는 여인이었다.

"겨우 그깟 계집애 때문에 참지 마."

"……나와는 다르잖아요. 나와는 다르게 당신에게 많은 걸 줄 수 있잖아요."

마음을 열려고 해도 현실은 그렇지 않았다. 괜찮을 것이라며 스스로 위안해도 자신과 소예의 차이는 너무나 컸다.

자신은 바보가 아니다. 세운에게 더 필요한 사람은 소예였다.

"소예가 가지고 있는 그 어느 것도 나한테는 필요 없어."

밀어내던 손길이 어느새 멈춰 있었다. 하지만 흔들리는 눈빛만큼은 여전히 그대로였다.

"담소예는 나한테 단 하나도 필요 없는 것만 잔뜩 가지고 있지.

내게 필요한 전부를 가지고 있는 당신과는 다르게 말이야."

가예가 가지고 있는 마음의 상처가 느껴졌다.

아프다.

그녀가 아프면 그도 아팠다.

"바보."

세운의 말에 가예가 몸을 움찔했다. 턱을 잡고 있던 손길을 내린 세운이 팔을 끌어 가예를 품에 안았다. 떨림 따위 모두 가져가 버릴 기세로 세운이 가예를 안고 있는 팔에 힘을 주었다.

"2년 전에도 봤겠지만 난 아주 이기적이야. 내가 원하는 것만 생각하고, 내가 바라는 것만 가지길 원해. 나에게 전부를 줄 수 있는 사람은 당신밖에 없는데, 당신은 자꾸 내 옆에 필요 없는 사람을 붙이려고 하는 것 같아. 당신은 뭔가 알찬 것 같으면서도 제 몫은 하나도 못 챙겨."

"그게 아니라……!"

항의하려는 가예를 더욱 깊게 품에 안았다. 세운이 듣고 싶은 건 그녀의 변명이 아니라 진심이었다.

"뭐, 당신이 못 챙기면 내가 챙겨주면 되는 거니까. 당신과는 다르게 난 아주 욕심이 많거든."

언제 노려봤느냐는 듯 세운의 미소가 다시 부드러워졌다. 그녀의 차가워진 뺨을 손으로 어루만진 그가 가예를 달래듯 나지막이 말했다.

"그러니까 당신도 날 좀 욕심내 줘. 당신 마음속에 내가 있다면 눈 딱 감고 나 한 번만 잡아줘."

꿈 같은 시간은 현실로 돌아와도 깨지지 않았다.

이제는 그녀가 밀어내도 세운이 놔주지 않았다.

그를 놓치고 싶지 않다. 지금 잡고 있는 이 손, 절대로 놓고 싶지 않았다.

가예만을 원한다는 세운의 진심에 가예가 흔들렸다.

"내가 욕심내면…… 내가 가지고 싶다고 하면……."

"난 당신 거야."

"절대 안 놔줄 거예요."

"아, 진짜 그래 주면 좋겠다. 놔주지 마. 절대 옆에서 안 떨어질게."

닫혀 있던 마음의 빗장이 천천히 풀렸다.

가예가 눈을 감자 맑은 눈물 한 방울이 얼굴을 타고 흘러내려왔다.

세운의 목에 팔을 두른 가예가 고개를 들어 그의 입술에 자신의 입술을 조심스레 갖다 댔다.

가예를 안은 팔에 힘을 준 세운이 그녀의 표현에 화답하였다.

맴돌기만 하고 엇갈리던 마음이 드디어 만났다.

❀ ✱ ❀

초롱초롱한 눈이 칭찬을 기다리는 어린아이처럼 빛났다.

"잘 썼지?"

빨리 말해보라며 재촉하는 그의 시선에 가예가 모르는 척 고개를 돌렸다.

그렇게 마음을 연 지 사흘이 지났다. 가예의 집에서 세운이 머무는 시간이 늘어갔다.

하지만 전처럼 밀어내거나 거부하지 않았다. 아니, 도리어 그가 늦게 오는 날에는 불안한 가예가 그를 마중 나가기도 하였다.

그녀의 마중에 세운이 놀란 표정으로 가예를 보았다. 하지만 그것도 잠시, 그는 환한 미소를 가예에게 보여줬다.

"어? 말이 없다? 왜? 이 정도면 필사도 제법 잘했잖아!"

어떻게 알았는지 황궁에 있는 상국, 아니, 책 노인이 가예에게 산더미같이 많은 필사할 책을 보내왔다.

—이제는 돈을 받고 옷 짓기는 어려울 것이 아니냐? 이참에 보내주는 책이나 필사해 놓으렴. 내 섭섭지 않게 보수는 주마.

마치 보고 있던 것처럼 하는 책 노인의 행동에 세운은 분노했고, 가예는 웃음을 터뜨렸다. 어쩌면 책 노인은 오래전부터 가예를 보고 있었는지도 몰랐다. 하지만 이제는 아무런 상관이 없다.

어차피 책 노인의 말대로 더 이상 보수를 받고 옷을 짓는 일은 불가능했다. 그렇기에 가예는 대부분의 시간을 책을 필사하는 것으로 보냈다.

부지런히 보내오는 책 때문에 세운은 가예와의 시간을 또 빼앗겼다.

조금만 더 하겠다며 일어나지 않는 가예의 모습에 결국 세운이 직접 붓을 들었다.

"이상…… 해?"

아무 말도 없이 미소 짓는 가예의 모습에 세운의 시선이 필사를 한 종이와 가예 사이를 바쁘게 오갔다. 그런 그의 모습에 가예가 손가락으로 종이에 찍힌 작은 점을 가리켰다.

"이게 찍혀 있어서 안 돼요."

"겨우 먹물 한 방울인데? 그것도 손톱보다도 작잖아!"

"책 할아버지가 아니더라도 이렇게 자국이 남으면 다시 해달라고 해요. 필사하는 책은 글자 이외에 먹물이 묻으면 안 돼요."

가예의 말에 세운이 기가 막힌다는 듯 입을 벌린 채 멍하니 그녀를 바라보았다. 필사라면 그냥 낡은 책의 내용을 베끼는 정도로만 생각하고 있었다. 그런데 작은 먹물조차 안 된다니……. 그 소리는 일찍 끝내고 자신과 놀기는 글렀다는 것이 아닌가.

손톱만 한 먹물이 묻은 종이를 원망스럽게 바라보는 세운에게서 종이를 받아 든 가예가 자리에서 일어났다. 그녀의 행동에 앉아 있던 세운이 같이 일어났다.

"왜 가져가? 잘못 만든 거면 없애야지."

"다른 사람들의 눈에는 잘못 만든 것이지만 나한테는 그게 아닌걸요. 내가 가지고 있을 거예요."

마치 보물이라도 되는 양 책 사이에 종이를 조심스럽게 끼워놓았다.

사소한 행동에 마음이 따듯해졌다. 고백을 받은 것보다도 작은 행동이 세운의 심장을 흔들었다. 어느새 가예의 뒤로 다가간 세운이 말없이 그녀를 안았다.

"아!"

놀란 가예가 짧게 비명을 질렀지만 모르는 척 여린 어깨에 얼굴을 묻었다.

코끝에 스미는 그녀의 매화 향이 좋았다.

안겨 있던 가예가 손을 들어 세운의 팔을 감쌌다. 손가락 끝에 닿는 매화 수의 감촉이 꿈 같았다.

"옷은 편한가요?"

"응! 도하한테도 자랑했다. 도하가 엄청 부러워했는데 어차피 내 옷이잖아. 신나게 약 올리고 왔지."

"당신! 그냥 책하고 같이 준 옷일 뿐인데…… 부끄럽잖아요."

눈이 소복이 내리던 날, 그에게 줄 것이라고는 생각하지 않고 만들었던 옷이다. 마음을 열고 함께하면서 떨리는 마음으로 그에게 만들어놓았던 옷을 건네었다.

"당신이 전에 주고 간 옷은 입어보지도 못했어. 당신이 남긴 유일한 것이니까. 상할까 봐 무섭더라고."

처음으로 듣는 세운의 고백에 가예는 아무 말도 할 수 없었다. 그저 가예가 할 수 있는 유일한 행동은 그에게 만든 옷을 직접 입혀주는 일뿐. 어림으로 만든 옷이었으나 다행히 세운에게 딱 맞았다.

말문이 막힌 그가 먹먹한 표정으로 가예를 보았다. 하얀 천에 꽃물이 들 듯 서로에게 물들어갔다.

말없이 헤어진 그날 후, 세운은 자주 그녀가 만든 옷을 입고 이 곳을 방문하였다.

"당신이 편하면 그만이에요. 그러지 말아요."

홍조를 띤 얼굴로 가예가 고개를 숙였다. 더 이상 대화는 없었지만 서로에게서 느껴지는 감정은 똑같았다. 그렇게 긴 정적 후, 품에 안겨 있던 가예가 몸을 돌려 세운을 바라보았다.

그녀의 입가에 고운 미소가 생겨났다. 그녀를 보고 있는 세운의 입가에도 어느새 진한 미소가 감돌았다.

"나 한 번만 더 말해줘요."

"어…… 아무리 나라도 자꾸 말하면 좀 부끄러운데."

주저하는 세운의 모습에 가예가 눈썹 사이를 좁혔다. 품에서 빠져나가려는 가예를 냉큼 잡은 세운이 긴장되는 듯 떨리는 숨을 내쉬었다.

"연모해."

"……."

"이 세상 누구보다도 당신을 연모해."

눈썹 사이를 좁힌 가예의 표정이 환해졌다. 달콤한 미소를 짓던 가예가 팔을 들어 그를 안았다. 마주 닿은 심장이 콩닥콩닥 뛰었다. 그에게서 나는 향이 좋았다. 자신만을 보아주는 세운의 시선이 가예의 눈을 멀게 했다.

"나도 당신 연모해요."

마음을 활짝 연 가예는 표현에 수줍어하지 않았다.

보는 것만으로도 마음이 떨린다. 닿아 있는 마음에 점점 욕심이 커졌다.

옆에 둘 것이다.

그녀가 마음먹을 때까지 기다릴 것이다. 하지만 딱 한 번, 그녀가 선택해 준다면 세운은 주저 없이 그녀를 부인의 자리로 되돌릴 것이다.

"필사도 좋지만 날이 좋아. 나가자."

부인이라는 호칭보다도 가예라는 이름을 불러주는 게 좋았다. 세운의 말에 가예가 고개를 끄덕였다. 품에서 가예를 놓아준 세운이 그녀에게 손을 내밀었다. 이제는 그의 손을 잡아도 어색하지 않았다. 아니, 도리어 그가 잡아주지 않으면 왠지 모르게 서운했다.

가예가 웃으면 그도 웃었다. 그녀가 손을 잡자 세운이 그녀를 이끌었다.

꿈처럼 행복한 현실이 흘러갔다. 세운과 함께 걸어가며 가예가 행복한 미소를 지었다.

❀ ✿ ❀

사람들 사이를 함께 걸어 다니고, 그가 가져온 찻잎으로 우려낸 차를 함께 마셨다. 필사를 하는 가예를 보며 툴툴대다가도 어느새 그녀의 모습을 말없이 바라보고 있었다.

어느 순간 등에서 느껴지는 따듯한 기운에 옆으로 시선을 돌리면 어깨에 턱을 올린 세운이 그녀를 안았다.

굳이 가예가 먼저 손을 뻗지 않아도 그녀의 시선을 본 세운이 먼저 다가왔다. 말없이 그를 보고 있으면 미소를 짓고 있던 그가 고개를 숙여 입을 맞춰왔다.

그가 떠나고 어두운 집 안에 홀로 앉아 있던 가예가 손가락으로 입술을 쓸었다.

이제는 그와 함께하는 삶이 무섭지 않았다. 도리어 그가 없을 때의 공허함이 마음을 심란하게 하였다.

"당신과 함께 있어야 한다면……."

가예와 있어 행복하다고 말하면서도 세운은 절대 궁으로 가자는 말을 먼저 하지 않았다. 더군다나 기다리고 있으니 답을 달라고도 하지 않았다.

"나도 이제는 선택해야겠죠?"

가예에게 소중한 사람이지만 명룡국에서도 세운은 중요한 사람이었다. 많은 사람이 우러러보고 신임하는 휘왕, 명룡국의 빛을 품고 있는 사내가 지금 그녀 하나만을 보며 이곳에 있다. 그런 그를 자신의 욕심만으로 이곳에 계속 머물게 할 수는 없었다.

그가 자신을 위하는 만큼 가예도 세운을 위하고 싶었다.

"다시 돌아가면 힘들겠지만……."

예전의 그곳으로 다시 돌아간다는 게 아직은 무서웠다. 하지만 한편으로는 그렇게 해서라도 그의 곁에 머물고 싶었다. 한참을 생각에 빠져 있던 가예가 고개를 돌려 창밖을 보았다. 그새 어두워진 밖에선 조금씩 눈이 내리고 있었다.

앉아 있던 가예가 자리에서 일어나 창으로 걸어갔다.

"그래도 당신을 욕심내기로 했으니까."

오늘 밤이 지나고 해가 뜨면 환한 미소를 지은 그가 올 것이다.

마음을 연 지는 얼마 되지 않았지만 이제는 그를 믿는다. 그를 연모하는 자신의 마음을 믿었다.

'궁으로 가자고 하면 당신은 많이 놀라겠죠?'

믿고 있는 이상 더 이상 주저하지 않을 것이다.

하늘 아래 하나뿐인 자신의 사람, 이제는 그와 함께 같은 꿈을 꿀 것이다.

부스럭.

밖에 내리는 눈을 보고 있던 가예의 귀에 이질적인 잡음이 들렸다.

늦은 밤, 이 시각에 자신을 찾아올 사람은 한 명밖에 없었다.

"당신이에요?"

몇 시진 전에 돌아간 세운이 다시 올 리 없었다. 하지만 그래도 혹시나 하는 생각에 가예가 장옷을 걸친 채 밖으로 나갔다.

천천히 내리는 눈 사이, 비릿한 혈향이 느껴졌다.

자신도 모르게 가예가 손을 들어 코를 막았다.

불안하다. 그리고 무서웠다.

희미하게 들려오던 소리가 점점 선명해졌다. 놀란 가예가 몸을 돌려 무작정 집으로 들어가려 하였다.

"가예야."

안으로 들어가려던 가예의 걸음이 순간 멈추었다. 믿을 수 없다는 듯 크게 떠진 눈이 소리가 들려온 쪽으로 향하였다.

손에 들린 검에 묻어 있는 피가 무서웠다. 후각을 마비시킬 정도로 진하게 나는 혈향이 두려웠다.

하지만…….

적어도 그녀의 앞에 나타난 사내만큼은 낯설지 않았다. 오랫동안, 아니, 어쩌면 마음을 준 세운보다도 더 먼저 알고 지내던 이였다.

"제융…… 오라버니."

믿을 수 없다는 듯 가예가 이름을 부르자 앞에 서 있던 사내가 미소를 지었다.

기분 탓인가? 제융이 짓고 있는 미소가 무서웠다.

제융이 한 걸음 그녀를 향해 걸어왔다.

자신도 모르게 가예가 뒷걸음질을 쳤다.

2년이 지났지만 가예는 여전히 고왔다. 처음 만났던 그때처럼 제융은 심장이 떨렸다.

그녀를 데려오기 위해 보낸 수많은 병사들이 휘왕에 의해 저지당했다. 결국 제융이 직접 움직였다.

"가예야."

제융이 한 걸음 다가가자 놀란 가예가 한 걸음 뒤로 물러났다. 그녀의 모습에 눈을 좁힌 제융이 자신의 모습을 보았다. 세운의 병사들을 제거하느라 온몸이 피로 엉망이었다.

"미안하다. 휘왕의 병사를 처리하고 오느라 이리되었다. 놀라지 마라."

"그 사람의 병사를 없앴다는 건가요?"

세운을 그 사람이라는 부르는 가예의 말이 미묘하게 거슬렸다.

하지만 제융은 찡그리는 대신 미소를 지었다.

귀하고 귀한 가예. 하늘 아래 유일하게 자신을 맡길 수 있는 고운 꽃.

"돌아가자."

가예가 숨을 들이마셨다. 그를 보며 떨지는 않았지만 창백한 얼굴이 쓰러질 듯 위태로웠다. 문에 쓰러질 듯 몸을 기대고 있는 가예에게 제융이 다가갔다.

"더 이상 진세운이 널 괴롭히지 못하게 하겠다. 영화국의 황제 폐하는 연로하시고 곧 내가 황위에 오르게 될 것이다. 이제는 누구도 널 괴롭히지 못하게, 이런 춥고 어두운 곳에서 힘들어하지 않게 내가 지켜주마. 같이 가자."

"오라버니, 전……."

"억지로 혼례복을 입혀 명룡국에 보낸 그때와는 다르다. 화수도, 진세운도, 그 누구도 널 멋대로 괴롭히지 못하게 하겠다. 영화국으로 돌아가자."

기쁨에 환해진 제융의 목소리가 가예에게는 무섭게 느껴졌다.

세운이 바뀐 2년 동안 제융은 또 어떻게 바뀌어 버린 것일까?

언제나 오라버니같이 다가오던 제융의 느낌이 달라졌다.

"많이 힘드셨습니까?"

가예를 보고 있던 제융의 입가가 굳었다. 그를 보고 있는 가예의 눈가에 물이 차올랐다. 눈에서 떨어지는 맑은 물방울이 쌓여 있는 눈 위에 떨어졌다. 울음을 터뜨리는 가예를 보고 있던 제융이 몇 걸음 더 그녀에게 다가갔다.

"무엇을 묻고 있는 것이냐, 가예야? 지금은 이런 이야기를 할 때가 아니다. 진세운이 오기 전에 떠나야 한다. 이미 모든 준비가 되어 있……."

"죄송합니다, 오라버니."

제융의 걸음이 멈추었다. 눈을 감고 울음을 터뜨리던 가예가 고개를 들어 제융을 보았다.

지금 가예가 하는 말은 제융에게 상처가 될 것이다.

하지만 세상에서 단 한 명, 가예에게도 얻고자 하는 이가 생겼다.

"저는 갈 수 없어요."

가예의 말에 제융은 심장이 내려앉았다. 다급히 말하려는 제융에 앞서 가예가 먼저 말문을 열었다.

"욕심이 생겼습니다, 오라버니. 생애에 처음으로 누군가와 함께하기를 바라게 되었습니다. 그 사람의 옆에서 그가 보고 있는 세상을 보고 싶어졌습니다."

"진세운을 말하는 것이냐?"

제융의 물음에 가예가 천천히 고개를 끄덕였다.

세상이 무너져 내린다. 끄덕이는 것은 가예였으나 흔들리는 것은 제융의 세상이었다.

"그때나 지금이나 저는 오라버니의 마음을 받을 수 없습니다. 아니, 받지 않을 것입니다."

"널 외면하고 상처 준 사내다. 잔인한 그의 행동에 궁에서 도망 나온 것이 아니더냐? 그가 널 어떻게 대했는데! 그가 너에게 무슨 일을 저질렀는데! 어째서 그를 선택한단 말이냐! 왜? 왜!"

글썽이던 눈물을 소매로 닦아냈다. 제융의 절규가 비수가 되어 가예의 심장에 박혔다.

더 이상 피하지도, 외면하지도 않을 것이다. 끊어내야 할 인연이라면, 닿을 수 없는 마음이라면 잘라낼 것이다.

"제가 진세운이라는 사내를 원합니다."

"……."

"그 사내가 내 것이기를 바랍니다."

가예의 눈은 흔들리지 않았다. 언제나 회피하며 부정하던 가예가 처음으로 자신의 마음을 다른 누군가에게 또렷하게 말하였다.

하지만 제융은 그런 그녀의 시선을 부정했다.

"네가, 네가 잘못 알고 있는 것이다."

"오라버니."

"네가 이런 곳에 있으니 판단이 흐려진 것이다. 네가 너무 외롭게 지내다 보니 진세운의 달콤한 말에 넘어간 것이야. 내가 그것까지는 생각하지 못했다."

"오라버니, 이러지 마세요."

"데리고 가마. 영화국에 가서 내 곁에 있다 보면 생각이 달라질 것이다."

"싫습니다! 놔주세요!"

어느새 가예의 앞으로 다가온 제융이 거칠게 팔을 잡았다. 놀란 가예가 힘껏 밀어내려 했으나 제융의 악력을 그녀가 이길 수 있을 리 없었다. 따라갈 수 없다며 저항하는 가예를 잡은 제융이 막무가내로 끌고 갔다.

가예를 잡은 채 끌고 가려던 제융의 발걸음이 멈추었다. 제융의 뒤에서 무릎을 꿇고 있던 병사들이 어느새 무기를 들고 반대편에서 나타난 이들에게로 향하였다.

눈이 내리는 차가운 명룡국임에도 제융을 노려보는 사내의 눈에서 나오는 기운은 타오를 듯 뜨거웠다. 성주의 아들이 누군가에 의해 살해당했다는 정보와 성혜에 제융이 도착했다는 보고에 세운은 곧바로 가예에게로 달려왔다.

아슬아슬하게 맞춘 시간. 억지로 끌려가는 가예의 모습이 보이자 그나마 간신히 유지하고 있던 평정심이 무너져 내렸다.

"영화국에 있어야 할 당신이 왜 여기서 이러고 있지?"

언제나 세운의 입가에 감돌던 여유 있던 미소는 완전히 사라져 있었다. 시선만으로 사람을 죽일 수 있다면, 단번에 제융의 목을 꿰뚫을 듯 그의 시선은 포악하고 날카로웠다.

"내 여인이 여기에 있으니 데리러 온 것일 뿐이오. 그런데 어디서 말도 안 되는 하루살이가 내 여인의 현명한 눈을 멀게 했군."

"눈이 먼 건 너잖아, 담제융. 가예가 말하고자 하는 의미, 넌 하나도 받아들이지 못하고 있잖아."

가예를 붙잡은 손을 놓지 않은 채 제융이 세운을 노려보았다.

마주하는 시선이 치열하게 대립하였다.

제융의 눈을 보고 있던 세운의 시선이 그에게 잡혀 있는 가예에게로 향했다. 담담하려 했지만 지금의 상황이 힘든 듯 가는 몸이 미약하게 떨리고 있었다.

날카로웠던 세운의 입가에 미소가 감돌았다.

"당신이 바라지 않아도, 욕심내지 않아도 난 당신 거야."

세운의 말에 가예의 눈이 커졌다. 세운을 노려보던 제융의 눈에 진한 살기가 감돌았다. 세운이 가예를 보며 빙긋 미소를 지었다.

"그러니까 조금만 기다려."

떨리던 몸이 안정되었다. 말없이 그를 바라보고 있던 가예가 알겠다는 듯이 고개를 끄덕였다. 둘을 보고 있던 제융이 가예를 잡고 있던 손을 놓았다.

세운이 검을 뽑자 제융 또한 검집에서 검을 뽑았다.

한 번은 정리해야 할 일. 어쩌면 지금의 상황은 하늘이 자신들에게 기회를 준 것일지도 몰랐다. 제융이 세운을 향해 검을 휘두르고, 서로의 병사들이 상대를 향해 달려들었다.

❀ ✻ ❀

검과 검이 만났다.

조용하다 못해 고요한 집 주변에 싸우는 소리가 치열했다. 제융의 손에서 벗어난 가예가 세운의 병사가 있는 쪽으로 몸을 숨겼다. 상황은 한 치 앞을 내다볼 수 없을 정도로 치열했다. 제융의 병사가 세운에 의해 쓰러지면 곧바로 제융의 검에 의해 세운의 병사가 쓰러졌다.

이 상황에서 가예가 할 수 있는 최선은 그녀를 잡으려는 제융의 병사를 피해 몸을 숨기는 일뿐이었다.

적을 베어 넘기던 제융과 세운의 검이 다시 만났다. 제융의 검이 세운의 뺨을 스쳤다. 동시에 세운의 검이 제융의 팔을 베었다. 전투의 광기가 제융과 세운을 포함한 모든 이들을 물들였다.

싸움이 계속될수록 가예의 시선이 불안해졌다. 세운의 몸 곳곳에 보이는 상처가 불안했다. 아무것도 할 수 없는 자신이 답답했다.

'제발…….'

초조해하는 가예의 모습이 보였다. 부정하고 싶은 현실에 제융은 으득 이를 갈았다.

치열한 대치 속에서 좀처럼 결과가 나오지 않자 제융은 초조해졌다. 수적으로는 제융이 위였지만 시간이 끌수록 불리해지는 것은 이쪽이었다.

힘으로 세운의 검을 밀어낸 제융이 숲을 향해 시선을 주었다. 전쟁터였다면, 아니, 일대일로 검을 마주하는 상황이었다면 투신이라는 이 사내와 끝을 보고 싶었다.

하지만 여기서는 아니다. 지금의 목적은 진세운과 겨루고자 함이 아니라 가예를 데리고 가는 것이다. 제융의 시선을 받은 이들이 길게 활시위를 당겼다.

숲 속에 있는 이들의 기척을 느낄 수 없도록 제융이 세운을 더 몰아쳤다. 수많은 병사를 베어 넘기며 자잘한 상처가 수없이 많이 생긴 세운임에도, 제융을 상대하는 검은 그 횟수를 더할수록 날카로워져 갔다.

제대로 활을 맞힐 수 있도록 제융이 세운을 몰아갔다. 그리고 기다렸다는 듯 이어진 검의 대치. 순간 숲 속에서 몇 개의 화살이 세운을 향해 날아들었다.

자신을 향해 날아오는 화살을 보아도 피할 수가 없다. 이를 악문 세운이 제융을 노려보았다.

'피할 수 없는 화살이라면.'

맞으면 그만이다. 하지만 혼자 당하지는 않겠다.

날아오는 화살을 외면한 채 제융을 향해 검을 휘두르려 했다. 동시에 제융 또한 세운을 향해 검을 날렸다.

그리고 그 순간, 세운의 몸이 타인의 힘에 의해 떠밀려 휘청거렸다.

화살이 와 박혔다. 하지만 세운이 맞은 것이 아니었다.

세운의 눈이 커졌다.

"가예야!"

세운을 밀어낸 가예의 팔에 굵은 화살이 박혀 있었다. 팔에서 나오는 피가 허공에 뿌려졌다. 흔들리는 그녀의 뒤로 화살이 다시 날아왔다.

들고 있던 검을 버린 세운이 가예를 향해 달려갔다. 그리고 그 순간, 미처 멈추지 못한 제융의 검이 세운을 향해 휘둘러졌다.

어깨서부터 허리까지 길게 베인 검상이 세운의 몸에 새겨졌다. 뿜어져 나오는 피에도, 온몸을 휘감는 고통 속에서도 세운의 걸음은 멈추지 않았다.

자신 대신 화살을 맞은 가예, 그리고 그녀와 그에게 날아드는 새로운 화살.

가예가 다치면 안 된다.

그 생각만이 가득한 세운이 가예를 감쌌다.

세운의 몸에 화살이 박히는 울림이 품 안의 가예에게 느껴졌다.

"안 돼……!"

세운의 입가에서 뿜어져 나오는 피가 가예의 어깨를 적혔다. 그에게서 흐르는 피가, 그리고 가예의 팔에서 흘러나오는 피가 바닥을 흥건히 적셨다. 세운의 거친 숨소리가 가예의 귓가에 각인되듯 들려왔다.

세운의 몸에서 흐르는 피를 손바닥으로 막았지만 아무 소용이 없었다. 손가락 사이로 흐르는 세운의 피가 뜨거웠다. 가예의 팔에서도 끊임없이 피가 흘러내렸지만 그의 것에 비하면 적은 양이었다.

"괜찮…… 컥."

힘없이 미소를 짓고 있던 세운이 다시 피를 토해냈다. 붉고 뜨거운 피가 눈 위로 번져 나갔다. 안 된다며 고개를 젓는 가예의 귓가에 세운이 작게 속삭였다.

"도…… 도망가."

팔의 고통은 더 이상 느껴지지 않았다.

유일하게 욕심을 낸 단 한 사람.

언제나 여유로운 미소로 그녀에게 손을 내밀어주던 자신의 사내.

힘없이 늘어지는 세운을 가예가 안았다. 그에게서 흘러내리는 피가 가예의 옷을 적셨다.

칼에 베인 상처를 손으로 감싸도 피는 멈추지 않았다. 마치 몸에 있는 피가 전부 빠져나갈 듯이 점점 그 양을 더해갔다.

"아……."

제융에 의해 멈춰 있는 병사들이 보였다. 다친 세운의 이름을 처절하게 부르는 이들도 눈에 들어왔다.

하지만 그뿐이다.

나의 세상이 다쳤다.

"아아아악!"

진세운이 쓰러졌다.

하지만 기쁘지 않았다. 놀란 제융의 시선이 화살이 꽂혀 있는 가예에게로 향했다.

진세운만 맞히려 했던 화살이 가예를 맞혔다. 영화국에서 특별히 개량해서 만든 화살이라 일반 화살과는 다르게 상처가 벌어지고 피를 더 흘리게 했다.

"가, 가예야……."

가예의 팔에서 흘러내리는 피가 심상치 않았다.

없애고자 했던 이는 진세운뿐이었다. 그런데 가예가 다치고 말았다.

어서 가예를 데리고 가야 했다.

"어서 상처를……. 진세운을 놓아라. 치료부터 받자꾸나."

세운의 어깨에 얼굴을 묻고 있던 가예가 고개를 들어 제융을 노려보았다. 가예에게 다가가려던 제융이 걸음을 멈추었다.

핏발이 선 눈이 증오를 담아 제융을 보고 있었다.

"다가오지 마세요."

"가예야, 진세운을 놓아라. 화살을 빼지 않으면 위험하다. 피가, 피가 많이 나고 있지 않으냐."

마치 세운은 보이지 않는 것처럼 제융은 가예만을 보고 있었다.

그의 모습에 가예가 몸을 떨었다.

그녀가 알던 제융이 아니었다. 그녀가 알던 제융은 이렇게 잔인한 이가 아니었다. 가예를 보는 제융의 시선이 무서웠다. 그에 의해 세운을 완전히 잃을까 두려웠다.

제융이 한 걸음 더 다가오자 가예가 세운을 안고 있는 팔에 힘을 주었다. 그를 잃을 수는 없었다.

“제 하나뿐인 세상이었습니다. 그 세상을 오라버니가, 오라버니께서 이렇게 만드셨습니다.”

서릿발같이 차가운 거부의 목소리가 가예에게서 나왔다. 처음으로 듣는 그녀의 차가운 목소리에 제융의 걸음이 멈추었다. 믿을 수 없다는 듯 제융이 눈을 감았다가 다시 떴다. 하지만 가예의 시선은 달라지지 않았다.

마치 제융에게서 세운을 지키겠다는 듯 가예는 그를 잡고 있는 팔을 놓지 않았다. 눈에 가득 고여 있던 눈물이 얼굴을 타고 흘러내렸다. 여린 몸은 공포로 떨고 있었지만 세운을 안고 있는 팔에는 힘이 들어가 있었다.

“항상 절 귀하게 봐주시는 오라버니께 언제나 죄송한 마음을 가지고 있었습니다. 드릴 수 없는 마음이기에…… 제가 어찌할 수 없는 마음이기에 항상 죄송하고 미안해했습니다.”

“가예야, 그런 이야기를 할 때가…….”

“하지만 이제는 아닙니다. 전 오라버니의 여인이 아닙니다. 과거에도, 현재에도, 앞으로도 그럴 일은 없습니다.”

흔들림이 전혀 없는 가예의 시선이 창백한 제융에게로 향했다.

지킬 것이다.

아무것도 할 수 없는 가예였지만 최소한 지금 잡고 있는 이 사람의 손을 놓칠 수는 없었다. 누구도 그녀에게서 세운을 데려갈 수 없었다.

하나밖에 없는 세상이다.

그는 이제 자신의 사내였다.

“이제 오라버니에게 남은 연민과 죄책감은 없습니다.”

“무슨…… 무슨 소리를 하고 있는 것이냐?”

“오라버니의 손에 끌려가지 않을 겁니다. 당신은 내가 알았던 그 제융 오라버니가 아닙니다.”

입에서 나오는 말 한마디 한마디가 비수가 되어 제융을 찔렀다.

믿을 수 없다는 듯 제융이 고개를 저었다.

자신이 잘못 들었을 것이다. 가예는 저렇게 모진 말을 하는 여인이 아니었다.

상처받은 제융의 시선에도 가예의 시선은 그대로였다.

“이 사람을 죽이실 거라면 저부터 죽이셔야 할 것입니다.”

세운을 감싼 가예가 제융을 노려보았다.

가예의 말에 눈빛이 바뀐 세운의 병사들이 제융과 가예의 사이를 막아섰다. 무기를 든 그들의 눈빛이 달라졌다.

그들의 방해에도 제융의 눈은 가예에게 고정되어 있었다. 하지만 가예의 시선은 쓰러진 세운을 향해 있었다. 제융은 단 한 번도 보지 못했던 가예의 걱정스러운 시선이 세운만을 향해 있었다.

제융의 세상이 무너져 간다. 바닥까지 깨져 버린 정신 사이로 질투가 치밀어 올랐다.

저 시선도, 그녀도 모두 자신의 것이었다.

애초에 진세운의 것은 아무것도 없었다.

"가예만 데리고 가면 된다. 전부 죽여라."

제융의 말에 병사들이 다시 세운의 병사를 향해 무기를 들고 달려 나갔다. 그들의 공격에 세운의 병사들 또한 힘껏 고함을 내지르며 그들을 향해 달려갔다.

상대를 향한 서로의 무기가 부딪치기 직전, 가예와 세운의 뒤로 나타난 한 무리의 병사들이 제융의 병사를 공격하기 시작하였다.

그리고 그 뒤로 제융의 주변을 포위한 병사들이 제융을 향해 활을 겨누었다. 제융에게 압도적으로 유리했던 상황이 갑작스럽게 역전되자 그가 입술을 깨물었다.

"누구냐!"

제융의 고함에 포위하고 있던 병사들 사이에서 젊은 사내가 모습을 드러냈다.

세운과 비슷한 외모, 아니, 실제로는 그보다 굵은 이목구비에 나이가 더 있어 보이는 이였다. 어림잡아 제융과 동갑으로 보이는 사내. 누군지는 알 수 없었으나 꼿꼿한 자세에 주변을 휘감는 분위기가 세운과는 또 다른 위압감을 느끼게 하는 사내였다.

갑자기 나타난 사내의 모습에 제융의 눈이 커졌다.

그럴 리가 없다.

명룡국의 수도에 있어야 할 그가 이곳에 올 리가 없었다.

믿을 수 없었던 제융이 고개를 젓고는 다시 사내를 바라보았다.

"정명 황제."

제융의 말에 정명이 차가운 미소를 지었다.

세운의 하나밖에 없는 형이자 명룡국의 주인.

명룡국 황궁에 있어야 할 제융이 병사를 이끌고 이들 앞에 모습을 드러냈다.

세운의 모습에 정명은 조용히 숨을 들이마셨다.

저렇게까지 다친 세운을 본 적은 없었다. 저 정도면 생명이 위험했다. 명룡국을 위해서라면, 정명 자신을 위해서라면 목숨도 버리려 했던 자신의 동생이다.

'감히 영화국의 황태자 따위가…….'

담제융을 바라보는 정명의 시선이 차가워졌다.

"휘왕을 어의에게 데려가라. 무슨 수를 써서라도 살려야 한다."

"네!"

정명의 옆에 있던 무관 몇이 세운을 안고 있는 가예에게 다가갔다. 모르는 사람들이기에 세운을 안고 있는 가예가 그들 또한 경계하였다. 떨고는 있으나 정명의 시선을 피하지는 않았다.

그녀의 모습에 차가운 표정으로 담제융을 보고 있던 정명이 힘없이 미소를 지었다.

혼례 때 본 것 이외에는 처음 본 여인이지만 정명은 앞의 여인이 누구인지 알 수 있었다. 세운을 꼭 잡고 있는 가예의 손이 정명의 눈에 들어왔다.

둘은 인연이었던 것인가?

그렇다면 정명이 세운을 위해 해야 할 일은 하나였다.

"가예 부인, 내 동생을 살리고 싶소. 도와주시오."

"아……."

동생이라는 말에 그가 누군지 안 가예가 세운을 안고 있던 팔을 풀었다. 다가온 정명의 무관들이 세운을 부축하였다.

세운이 움직일 때마다 그에게서 흘러나온 피가 바닥에 흩뿌려졌다. 불안한 눈으로 세운을 보고 있던 가예가 정명을 향해 짧게 고개를 숙여 보였다. 세운을 따라가는 가예를 제융이 막으려 했지만 그보다도 먼저 정명이 그를 사납게 노려봤다.

"영화국의 황태자가 내 나라에서 내 동생을 죽이려고 하다니……. 용감한 것인지 무식한 것인지 알 수가 없군."

언제나 대신들에게 부드럽고 자비로운 황제의 모습을 보여주던 정명은 이곳에 없었다. 제융을 바라보는 시선에 살기가 진하게 묻어 나왔다.

유하다는 평을 받고 있는 정명이었지만 그 또한 세운의 형이자 한 나라의 황제였다. 감춰져 있을 뿐 명룡국 황족 특유의 투기를 가지고 있는 이였다.

주변은 물론 정명의 시선을 받고 있는 제융 또한 조용히 숨을 삼켰다. 하지만 이대로 압도되면 안 된다. 정명의 살기를 억지로 밀어낸 제융이 힘들게 입을 열었다.

"내 여인을 데리러 왔을 뿐이오. 그 과정에서 휘왕과 마찰이 있었지만, 내 본래의 의도는 아니었소."

"말은 제대로 해야지. 가예 부인은 휘왕과 혼인을 했으니 이제는 명룡국의 사람이지 않은가?"

"혼인동맹은 깨졌소!"

"가예 부인이 내 동생을 저렇게 아끼는데 그깟 동맹, 얼마든지 되살릴 수 있지. 하지만 그 어쩔 수 없는 의도에 의해 내 동생이 잘못되어 버린다면……."

"……."

"영화국은 명룡국과의 전쟁을 피할 수 없을 것이다."

"그렇게 겁박한다면 내가 겁이라도 먹을 줄 아시오?"

휘왕을 이용하여 아무런 노력도 없이 명룡국의 땅덩이를 늘리고 있다는 말까지 듣고 있는 정명이다. 혹자는 휘왕 진세운만 없어지면 명룡국은 아무것도 아닐 것이라고 대놓고 말하는 이들도 있었다. 그 정도로 세운에 비해 정명의 존재는 황제 이상 그 무엇도 아니었다. 하지만 눈앞에 보이는 이는 세간의 평과는 달랐다.

"겁이라……. 난 그저 앞으로의 명룡국의 계획을 말해준 것뿐이다. 그리고 오늘의 일은 대신들을 설득하는 제법 괜찮은 방법이 되겠지."

"으득."

정명의 말에 제융이 이를 갈았다. 하지만 다른 사람도 아니고 명룡국의 황제에게 직접 걸려 버렸다. 황제와 황태자 사이의 간극은 크다. 아무리 영화국의 황제인 아버지가 병약하다 해도 이렇게 일을 저지른 제융을 가만히 두고 보지 않을 것이다.

"무엇을 원하는 것이오?"

진세운이 죽기를 바라지만 한편으로는 명룡국과는 원만한 관계를 유지해야 했다. 냉정히 보았을 때 영화국은 요 몇 년 새 주변국을 복속시킨 명룡국의 상대가 되지 않았다.

가예를 영화국으로 데려가지도, 진세운의 목숨을 제대로 빼앗지도 못한 것이 한이 되었지만 오늘은 더 이상 어찌할 방법이 없었다.

"그대의 손으로 혼인동맹을 되살려라."

정명에게 있어서 세운은 황제(皇帝)를 위협하는 황제(皇弟)가 아닌, 가장 믿을 수 있는 동생이었다. 그 동생의 안위를 담제융이 멋대로 위협했다. 자신이 황제만 아니었다면 정명은 직접 제융의 목을 베었을 것이다.

"휘왕이 죽으면 명룡국은 바로 영화국에 선전포고를 할 것이다."

"진정명!"

"휘왕이 살아나도 열흘 안에 혼인동맹이 되살려지지 않으면 영화국에 선전포고를 할 것이다."

"영화국을 어찌 보는 것이오?"

"영화국을 어찌 보느냐가 아니라 담제융을 어찌 보느냐겠지."

"……."

"혼인동맹 따위 필요 없으나 가예 부인이 휘왕에게로 돌아가면 또 쓸데없는 말만 많아질 테지. 무엇보다도 내 동생이, 내 동생의 부인이 될 여인이 너란 놈 하나에 흔들리는 모습 또한 보고 싶지 않다. 네 스스로 영화국에서 일어나는 분란을 잠재워라. 네 스스로 혼인동맹을 되살려 가예 부인을 포기해라. 그러면 명룡국에서도 이번 일을 조용히 넘어가겠다."

제융의 눈이 불을 뿜을 듯 분노로 빛이 났다. 이곳에서 제융을 살려주는 대신 그가 평생을 갈구해 오던 것을 정명은 포기하라고 하고 있었다.

그럴 수는 없었다. 하지만 지금으로서는 방법이 없었다.

제융의 눈가에 핏발이 섰다. 시선은 절대 그럴 수 없다고 항변하고 있음에도 말은 더 이상 나오지 않았다.

제융의 모습을 보고 있던 정명이 말이 끝났다는 듯 몸을 돌렸다.

"제융 황태자를 명룡국 밖으로 모셔다 드려라. 조금이라도 허튼짓을 하면 본래의 의도와는 다른 결과가 일어나도 상관하지 않겠다."

반항을 하면 죽여 버려도 상관없다는 정명의 뜻에 제융이 이를 갈았다. 하지만 더 이상 어찌할 수 없는 일, 끌려가듯 제융이 집 밖으로 나갔다.

그의 모습이 완전히 사라지자 정명이 분노에 찬 숨을 힘겹게 내쉬었다. 당장에라도 목을 베고 싶은 것을 간신히 참아냈다.

"세운이는?"

"마을에 모셨습니다. 현재 어의께서 보고 계십니다."

상처는 심했지만 살아남을 것이다.

샘솟는 불안에 정명이 걸음을 빨리했다.

❀ ✻ ❀

"황제 폐하를……."

"인사는 되었다. 어떠한가?"

"워낙 강골이신 분이라 버티고는 계시지만 피를 많이 흘리신 터라 오늘 밤이 고비이실 듯하옵니다."

어의의 말에 정명이 굳은 표정으로 세운을 보았다.

혹시라도 모를 상황에 대비하여 황궁의 어의를 데려온 것이 다행이었다. 지혈을 마친 상처에 조심스러운 손길로 어의가 천을 감고 있었다. 고통이 상당한 듯 입술을 문 세운에게서 낮은 신음이 흘러나왔다.

그리고 그의 앞, 팔의 상처를 치료한 가예가 하얗게 질린 얼굴로 그를 지키고 있었다.

화살을 맞은 상처가 상당했지만 옷조차 갈아입지 않은 듯 가예는 세운의 피가 묻은 그 옷 그대로였다.

정명이 시선에 어의가 고개를 숙였다.

"한사코 곁에 계시겠다고 하셔서 치료만을 하였사옵니다. 화살이 피부를 찢기는 하였사오나 부인의 상처는 심하지 않으셨습니다."

어의가 치료를 하는 데 방해가 되지 않도록 한 걸음 물러나 있음에도 가예의 시선만큼은 세운에게 고정되어 있었다. 마치 세운의 고통을 같이 느끼듯 그가 신음을 흘릴 때마다 가예의 눈도 찡그려졌다.

옆에 있는 어의를 다시 세운에게 보낸 정명이 가예의 옆으로 다가왔다. 정명이 코앞에 온 다음에야 그를 느낀 듯 가예가 고개를 들었다.

자리에서 일어나려는 가예를 다시 앉힌 정명이 그 옆자리에 마련된 의자에 앉았다.

옆에 앉아 있는 정명을 물끄러미 보고 있던 가예가 다시 시선을 돌려 세운을 보았다.

"제대로 된 인사를 드리지 못해 죄송합니다, 황제 폐하."

"인사를 원했다면 자리에 앉아 있으라 하지도 않았겠지요."

제융에게 차갑게 대하던 정명의 모습은 어디에도 없었다. 가예를 대하는 그의 모습은 마치 세운을 대하는 그것과 똑같았다.

정명의 부드러운 태도에 가예가 짧게 고개를 숙였다.

'조용하면서도 강하다고 했던가?'

가예가 어떤 여인이냐고 물었던 정명에게 세운은 그렇게 대답했다.

보는 것만으로도 겁에 질릴 정도로 세운의 상처는 끔찍했다. 옷을 가득 적신 피, 어지럽게 늘어져 있는 약과 잘려 있는 천들. 그런 모습은 사내가 보기에도 무서운 것이었다.

그런 곳에서 가예라는 여인은 참고 견뎌냈다.

"휘왕은…… 아니, 세운이는 부인을 많이 찾았습니다."

세운을 보고 있던 시선이 정명에게로 옮겨졌다.

"그래서 부인을 찾았다는 전갈을 받았을 때는 궁으로 함께 오라며 응원을 하기도 했습니다. 부인의 모습을 보니 세운이가 제법 잘해낸 것 같습니다."

"……제가 너무 늦게…… 마음을 먹은 것 같습니다. 조금만 더 빨리 그 사람에게 궁으로 가자고 했으면 이런 일은 안 일어났을 것입니다."

"부인 잘못이 아닙니다. 그리고 부인의 생각보다 세운이는 악운에 강한 아이입니다. 지금은 힘들겠지만 이겨낼 것입니다. 그러니……."

"……."

"우선은 옷을 갈아입고 조금이나마 쉬십시오. 그래야 세운이가 깼을 때 부인을 보면 안심하지 않겠습니까."

고개를 저으려던 가예가 자신의 옷을 내려다보았다. 세운과 자신의 피로 붉게 물든 옷을 보자 울컥 눈물이 샘솟았다.

그의 몸에서 흘러나온 피였다. 자신을 막다가 세운이 저렇게 되었다. 피는 그쳤지만 침상 곳곳에 묻어 있는 피가 진득하게 엉겨 있었다. 정신을 잃기 전 가예에게 지어 보이던 미소가 눈가에 아른댔다. 싫다며 밀어내고 외면했던 예전 일이 떠올랐다.

"죄송합니다, 폐하."

눈가에 가득 고인 것을 옷으로 닦아낸 가예가 정명을 바라보았다.

"저 사람이 깨어나면, 괜찮다는 소리를 듣게 되면 그때 쉬겠습니다."

"부인."

"혼자 있을 때보다 같이 있는 것이 덜 무서울 것 같습니다. 혼자서 그를 걱정하며 속을 졸이느니 함께 있겠습니다."

"부인도 다치셨습니다."

정명의 만류에 가예가 물끄러미 그를 바라보았다. 말을 하지는 않았으나 바라보는 시선에서 정명은 많은 것을 느낄 수 있었다.

조용하지만 강한 여인.

시선을 마주한 다음에야 세운이 왜 그렇게 앞의 여인에게 마음을 빼앗겼는지 알 수 있었다.

"알겠습니다. 하지만 무리하지는 마십시오."

정명의 배려에 고개를 숙인 가예가 다시 세운에게 시선을 고정하였다.

힘들어 보였지만 가예는 용케 버텨냈다. 길었던 하루가 지나가고, 다행히 세운은 고비를 넘겨냈다. 하지만 워낙 상처가 깊은 탓인지 세운은 좀처럼 깨어나지 못했다.

그의 주변을 지키던 어의가 방 밖으로 나가고, 세운의 옆을 지키던 정명조차 주변의 만류에 할 수 없이 세운의 방을 떠났다.

누워 있는 세운과 그의 옆을 지키는 가예만이 남은 방.

힘없이 늘어져 있는 세운의 손을 가예가 잡았다.

그렇게 하루가, 또 하루가 지나갔다.

* * *

화살을 맞은 팔에 약을 바르고 깨끗한 천으로 감쌌다.

아프지 않은 것은 아니었으나 참을 수 있었기에 소리 한 번 내지 않았다.

치료를 끝낸 어의가 이마의 땀을 닦아내며 가예를 보았다.

"많은 분을 치료해 보았지만 부인처럼 잘 참는 분은 또 처음입니다."

어의의 말에 가예가 힘없이 미소를 지었다. 팔을 치료하느라 벗어두었던 옷을 조심스럽게 입은 가예가 어의를 향해 고개를 숙였다.

"덕분에 빨리 낫고 있습니다. 항상 감사드립니다."

왕의 부인으로 돌아갈 여인임에도 정중하고 예의가 있었다. 유약한 영화국 여인이라 휘왕과의 혼인을 버티지 못하고 도망갔다는 소문이 돌았었지만, 실제로 보니 확실히 소문은 소문일 뿐이었다.

"누누이 말씀드리는 것이지만 부인께서도 쉬셔야 합니다. 상처가 빠르게 아물기는 하고 있으나 몸이 피곤하면 낫지를 않는 법입니다."

"조심하겠습니다."

쉬라는 말을 부드럽게 넘기는 가예를 보며 어의가 고개를 저었다.

옷을 갈아입을 때와 식사를 할 때를 제외하고는 언제나 가예는 세운과 같이 있었다. 사흘이 지났지만 마치 자고 있는 것처럼 세운은 미동도 하지 않았다. 그런 그를 기다리듯 가예는 세운의 곁을 떠나지 않았다.

송연이나 정명이 아무리 쉬시라 권해도 가예는 요지부동이었다. 강한 만큼 고집도 상당하다는 것일까? 결국 그녀를 만류하던 사람들도 이제는 그러려니 하였다.

어의가 밖으로 나가고, 가예가 세운의 침상 끝에 앉았다. 이마에 흐트러져 내려온 머리카락을 쓸어 넘겼다.

"나 오래 기다리게 하지 마요."

마치 미뤄놓은 잠을 자듯 누워 있는 세운의 모습은 고요했다.

가지런히 내려놓은 세운의 손을 가예가 붙잡았다. 따뜻한 세운의 체온이 차가운 가예의 손을 데웠다.

세운이 잘못될 거라고는 생각하지 않았다. 걱정하게 하고는 있지만 어느 순간 따뜻하게 불어오는 온풍같이 그녀에게 환한 미소를 보여줄 것이라는 걸 의심하지 않았다.

"조금만 쉬고 나한테 돌아와요."

그의 곁에 천천히 누운 가예가 세운의 손을 더욱 꽉 잡았다.

전에는 그의 손을 놓고 떠났었다. 그때만 해도 그게 최선이라고 생각했다.

"이번에는 내가 기다릴게요."

하지만 이제는 놓지 않을 것이다.

손을 잡은 가예가 잠을 청하기 위해 눈을 감았다.

❀ ✿ ❀

발밑에 쌓여 있는 시체에서 흘러나온 피가 강처럼 흘렀다. 피의 강을 보고 있던 시선을 위로 올리자 산처럼 쌓여 있는 시체가 보였다. 왜 이곳에 와 있는지 아무리 되새기려 해도 기억이 나지 않았다. 걸어갈수록 푹푹 꺼지는 피의 강이 세운의 기운을 빠지게 했다.

알지 못하는 얼굴, 혹은 알 것 같은 모습이 걸어가는 내내 보였다.

조각조각 나 있는 시체들, 그것의 위에서 세운이 고개를 들어 하늘을 보았다.

핏빛의 붉은 하늘. 코를 찌르는 피비린내와 끔찍한 배경이 그가 보고 있는 전부였다.

"내가 죽인 사람들인가?"

수많은 전쟁터를 다니며 알지도 못하는 사람들을 적이라는 이유로 죽여왔다. 그가 꿈꿔오던 삶은 아니었지만 피할 수도 없는 삶이었기에 당연한 듯 받아들였다. 전쟁이라는 핑계로 수많은 사람의 생명을 빼앗아왔다.

"이번에는 내 차례라는 것인가?"

피곤하다.

지친 세운이 눈을 감았다. 조각조각 나 있어 아무것도 못하는 시체임에도 한 걸음 한 걸음 옮기면 옮길수록 그를 잡아맸다. 발목까지 깊게 담그고 있는 피의 강이 그를 옴짝달싹하지 못하게 휘감았다.

"그렇게 죽자사자 잡을 필요 없어."

이곳을 뚫고 나갈 기운이 없다. 그리고 왜 나가야 하는지도 알 수 없었다.

세운이 주저앉자 산더미처럼 쌓여 있던 시체가, 발을 휘감고 있던 피의 강이 세운에게로 점점 다가왔다. 움직여야 하는데 그저 모든 게 귀찮았다.

"그렇게 데려가고 싶으면 데리고 가."

말을 마친 세운이 힘없이 미소를 지었다. 이대로 잠드는 것도 나쁘지 않았다.

하지만……

무언가 빼놓은 것 같은 허전한 기분.

아주 중요하게 것이었는데 아무리 떠올리려 해도 생각이 나지 않았다.

'뭐였지?'

스스로를 쉽게 놓았던 것과는 달리 그것은 목의 가시처럼 쉽게 포기가 되지 않았다.

코를 얼얼하게 하는 혈향 사이로 스치는 익숙한 향기.

초점을 잃었던 세운의 눈에 희미한 빛이 돌아왔다.

자신에게로 다가오는 시체를 보고 있던 세운이 코끝을 스치는 아련한 향에 고개를 뒤로 돌렸다.

꽉 막혀 있던 생각이 천천히 돌아왔다.

눈 속에 서 있는 여린 인영.

세운을 외면하고 있던 인영이 그를 향해 고개를 돌렸다.

새하얀 눈보다도 깨끗하여 보는 것만으로도 눈이 멀었다. 아련한 향이 그녀만이 가지고 있는 매화 향으로 바뀌었다. 세운을 보고 있던 여인이 고개를 돌려 고운 미소로 그를 바라보았다. 굳게 닫혀 있던 기억이 밀물이 들어오듯 세운을 채웠다.

코앞까지 다가온 시체를 보고 있던 세운이 입을 열었다.

"너희를 따라가면 안 되겠다."

다가오던 시체 더미가 순간 거리를 두고 멈추었다. 주저앉아 있던 세운이 몸을 일으켰다.

조금 전까지만 해도 한 걸음도 제대로 걸을 수 없었는데, 어찌 된 일인지 지금은 움직일 기운이 생겨났다.

핏빛으로 가득했던 앞의 모습과는 다르게 아련한 향이 맡아지는 곳은 시꺼먼 어둠밖에 없었다. 그럼에도 겁이 나거나 두렵지 않았다.

희미한 매화 향. 아무것도 보이지 않는 곳에서 세운을 부르고 있는 것은 그의 세상이었다.

"기다리는 사람이 있어서. 미안하다."

뒤에 있던 시체 더미에서 가지 말라는 듯 날카로운 비명 소리가 들렸으나 세운은 개의치 않았다. 한 걸음 한 걸음 다가갈수록 세운은 어둠에 삼켜졌다.

깊은 어둠 속에 다리가 삼켜지고, 팔이 삼켜졌다. 몸이 삼켜지고, 마지막으로 얼굴까지 전부 삼켜졌다.

깊은 심연. 아무것도 보이지 않던 어둠 속에서 세운이 눈을 감았다.

고요하다. 바닥까지 꺼질 것 같던 몸과 정신이 언제 그랬냐는 듯 평온해졌다.

달라진 분위기 속에서 세운이 감았던 눈을 떴다.

처음 보는 방의 모습. 온몸에서 느껴지는 고통. 매화 향 대신 코를 찌르는 약 냄새.

그리고 손에서 느껴지는 그리운 온기.

힘겹게 고개를 돌리자 옆에서 보이는 여인의 모습에 세운이 미소를 지었다.

'가예야.'

목소리가 나와야 하는데 그것조차 힘들었다. 대신 가예가 잡고 있던 손을 조금 움직여 그녀의 손을 붙잡았다.

무언가를 느낀 듯 잠들어 있던 가예가 눈을 떴다. 미소를 짓고 있는 세운의 모습에 가예의 눈이 커졌다. 촉촉하게 젖어드는 눈으로 세운을 보고 있던 가예가 부드러운 미소를 지었다.

"좀 쉬었어요?"

고개를 끄덕인 세운이 힘들게 입을 열었다. 하지만 며칠 내내 의식이 없던 탓인지 목소리조차 쉽게 나오지 않았다.

"억지로 말하지 마요."

몸을 일으킨 가예가 세운의 뺨을 어루만졌다.

"늦게 깨어나면 많이 삐치려고 했는데……."

그러지 말라는 듯 세운이 가예를 보며 고개를 저었다. 가예를 보고 있던 세운의 시선이 그녀의 팔에 있는 상처를 보았다.

"내 상처는 그렇게 심하지 않았어요. 걱정 안 해도 돼요. 많이 아물었어요."

"다행…… 이다."

천천히 나오는 세운의 목소리에 가예의 눈이 촉촉해졌다. 시야를 가리는 눈물을 닦아낸 가예가 세운을 향해 고개를 숙였다.

세운의 마른 입술 위에 가예의 입술이 닿았다. 마치 마른 입술에 물을 주듯 오랫동안 세운의 입가에 가예가 머물렀다.

말을 나누지 않아도 이제는 서로가 무엇을 말하는지 알았다.

힘겹게 손을 든 세운이 가예의 뺨을 쓰다듬었다. 그의 손을 자신의 손으로 포개며 가예가 고개를 끄덕였다.

일주일 뒤, 영화국에서 깨어졌던 혼인동맹을 되살리자는 국서가 명룡국의 정명에게 전해졌다. 영화국의 제안에 명룡국은 조건 없이 수락하였다.

상처를 치료하는 데 전념하는 세운의 옆에서 가예가 당연하다는 듯 한시도 떨어지지 않았다.

핑계뿐인 정양이 아닌 진짜 몸의 정양을 위해 세운이 청궁으로 돌아왔다.

치료를 위해 청궁에서 머무는 시간이 흘러가고, 틀어 올린 가예의 머리엔 새하얀 매화잠이 꽂혀 있었다.

二章

초야(初夜)

머리에 꽂히는 긴 매화잠에 놀란 가예가 세운을 바라보았다. 가예의 시선에 세운이 조심스럽게 그녀의 앞에 몸을 숙였다.

놀란 시선에 세운이 떨리는 미소를 지었다.

"이제는 받아주면 안 될까?"

"……."

가예가 말없이 그를 보고만 있자, 몸이 단 세운이 한 걸음 가예의 앞으로 다가왔다.

혹시 기분이 상한 것은 아닐까? 세운의 속이 바짝바짝 타들어 갔다.

"내가 좀 더 노력할 테니까, 그러니까……."

"그때와 모양이 달라요, 지금 당신이 꽂아준 거."

머리 뒤에 꽂아놓은 매화잠을 손으로 만지고 있던 가예가 세운에게 물었다. 같은 색에 길이도 그대로였지만 확실히 2년 전 세운에게 건넸던 것과는 만져지는 모양이 달랐다.

"그게 다른 거니까. 예전 거는 없앴어."

가예가 그에게 주었던 매화잠은 그녀가 떠났던 날 세운의 손에 의해 부러졌다.

거짓된 마음으로 주었던 것이기에, 상처 입히고 미워할 생각으로 그녀에게 주었던 것이기에 보고 싶지 않았다.

"그건 마음으로 준 게 아니니까, 그래서 당신이 아팠으니까 있으면 안 되는 거라 생각했어. 그래서…… 새로 만들었어."

혼약의 선물로 줄 것이기에 고민하고 또 고민했다. 아무리 최고의 실력을 가진 장인이 만든 것이라 해도 마음에 들지 않으면 몇 번이고 다시 만들어 오라 시켰다.

새로운 매화잠을 꽂아준다고 해서 그때의 상처가 사라지는 것은 아니다. 하지만 이렇게 해서라도 마음속의 상처를 하나씩 지워주고 싶었다. 함께할 여인. 이제는 그녀가 싫다고 해도 놔줄 수 없었다.

"나랑 혼인하자."

세운의 말에 가예가 숨을 삼켰다. 마주 잡고 있는 가예의 손에 얼굴을 묻은 세운이 떨리는 목소리로 천천히 말했다.

"혼인동맹에 휘둘리는 혼인 따위가 아니라 당신과 나, 진세운과 담가예가 부부로 오래오래 같이 살자."

치열한 전쟁터 속에서도 이렇게 떨어본 기억이 없었다.

아직 가예는 준비가 되어 있지 않은데 또 멋대로 밀어붙이고 있는 것은 아닐까? 말이 없는 가예의 모습이 유난히 무섭게 느껴졌다.

"그때와는 다르게 잘할 테니까. 내가 더 노력하고 더 열심히 다가갈 테니까."

"가군."

가예의 말에 세운의 눈이 커졌다. 그의 반응에 뺨에 홍조를 띤 가예가 고개를 숙였다.

그가 자신 때문에 다쳐 사경을 헤맬 때 이미 마음은 정했다. 이제는 아무리 힘들어도 함께할 것이다. 그가 자신을 놔주려 해도 이제는 그녀가 그를 놔줄 생각이 없었다.

"오랜만에 부르니까 좀 어색하네요. 그래도…… 아!"

침상에 단정히 앉아 있던 가예가 순식간에 세운의 품 안으로 끌려가듯 안겼다. 그의 심장이 빠르게 뛰는 게 뺨으로 느껴졌다. 그의 표정을 보기도 전에 가예의 숨이 세운에게 삼켜졌다.

부어오를 정도로 입술을 문 세운이 작게 벌어진 입술 안으로 단번에 들어왔다. 숨을 삼키듯, 아니, 그 이상의 흔적을 남기듯 가예의 안을 거칠게 침범하였다. 격한 그의 침입에 놀라 하던 가예도 어느새 팔로 그를 감쌌다. 온몸을 곤두세우던 긴장이 노곤하게 풀어졌다.

"하아, 하아."

내쉴 숨을 모두 빼앗고 삼킨 뒤에야 세운이 가예를 놓아줬다. 상기된 뺨이, 거듭 물리고 씹혀 부어오른 입술이, 거친 입맞춤에 힘겹게 내쉬는 숨이 세운의 눈에는 모두 다 유혹적이었다.

고개를 숙이고 있는 가예의 턱을 들어 자신을 보게 했다. 세운의 시선에서 느껴지는 열기에 가예의 뺨에 홍조가 피었다.

새하얀 이마에 입술을 맞춘 세운이 오뚝한 코에, 빨간 입술에 입을 맞췄다.

그의 말 없는 물음에 가예가 그를 껴안는 것으로 허락하였다.

초야(初夜)였다.

머리에 꽂았던 매화잠을 빼 침상 옆에 두었다. 머리를 고정하던 비녀가 빠지자 물결처럼 가예의 긴 머리카락이 흘러내렸다. 귓불에 닿는 생소한 감각에 가예가 몸을 떨었다.

단단히 여밈을 한 두꺼운 겉옷이 세운의 손길에 천천히 아래로 흘러내렸다. 새하얀 속적삼 사이로 여린 어깨가 보이자 귓불을 희롱하고 있던 세운이 어깨에 입을 맞추었다.

얇은 옷 사이로 들어오는 한기가 몸을 시리게 했다. 그와 반대로 세운의 흔적이 남겨지는 곳은 데일 듯 뜨거웠다.

"하아."

닿는 것은 사람의 손이었으나 느껴지는 것은 불이었다. 얇은 옷 위로 느껴지는 세밀한 감각에 가예가 자신도 모르게 몸을 떨었다.

작고 여린 어깨를 잡고 있던 세운이 옆으로 고개를 돌리고 있는 가예의 턱을 잡아 자신을 보게 했다. 허락은 했지만 처음 있는 일이기에 가예의 눈이 떨렸다.

"나에겐 아무것도 안 해줄 거야?"

세운의 물음에 놀란 가예가 무슨 소리냐는 듯 그를 쳐다보았다.

하지만 그것도 잠시, 세운이 말하는 의도를 눈치챈 그녀는 그대로 터질 듯 얼굴이 빨개졌다.

얇은 속옷만을 입고 있는 가예와는 다르게 세운은 옷을 다 갖춰 입은 채였다.

부끄럽다는 듯 고개를 숙이고 있던 가예가 떨리는 손으로 세운의 옷 매듭 끝을 잡았다. 조심스럽게 매듭을 풀고 열린 겉옷 안으로 가예의 손이 들어갔다. 그의 겉옷을 벗기느라 가예가 한 걸음 세운에게 가까이 다가왔다. 얇은 속옷 위로 느껴지는 가예의 손이 부드러웠다.

거치적거리는 겉옷을 적당히 던져 버리며 세운이 가예의 허리를 감쌌다. 얇은 옷 사이로 느껴지는 세운의 체온에 놀라는 것도 잠시, 빨갛게 부어오른 가예의 입술에 세운이 다시 다가왔다.

부운 입술을 혀로 부드럽게 쓸었다. 바로 앞에서 느껴지는 세운의 숨이 따뜻했다. 조금 열린 가예의 입안으로 세운이 들어왔다. 전부 삼킬 듯 거칠었던 전과는 달리 이번에는 그녀에게 허락을 구하듯 조심스럽고 세밀히 입안을 휘저었다.

"음……."

가예의 손이 뺨을 감싸는 게 느껴졌다. 당장에라도 태워 버릴 듯 치밀어 오르는 욕심을 세운은 억지로 자제하였다. 이제 시작이었다. 일방적으로 쏟아내고 제 욕심만 채우고 끝내기에는 가예의 내쉬는 달콤한 숨이, 부끄러워하면서도 피하지 않는 몸짓이 세운을 자극하였다.

이 순간을 조금 더 즐기고 싶다. 세운의 손이 바빠졌다.

가예가 입고 있는 얇은 속적삼을 풀자 소담한 가슴이 눈에 들어왔다.

"부끄러우니까 보지 마요."

가슴을 가리며 피하려는 가예를 세운은 놓아주지 않았다. 허리를 감싼 팔에 힘을 주니 세운의 몸에 가예가 완전히 밀착하였다. 가예의 손을 떼어낸 세운이 빠르게 심장이 뛰는 둔덕에 입술을 갖다 댔다. 거침없이 다가오는 세운의 감각에 남아 있는 이성이 가루처럼 사라져 버릴 것 같았다.

몸을 가리고 있던 얇은 속적삼이 전부 바닥에 떨어졌다. 실오라기 하나 걸치지 않은 가예를 안아 든 세운이 침상에 그녀를 눕혔다.

차가워진 침상에 누운 가예가 춥다는 듯 몸을 떨었다. 그것도 잠시, 뚫어질 듯 그녀를 바라보는 세운의 시선에 가예가 질끈 눈을 감았다.

"곱다."

뺨에 닿는 그의 손에, 곱다고 말해주는 목소리에 떨리던 마음이 안정되었다. 감고 있던 눈을 뜬 가예가 숙이고 있던 고개를 들어 세운을 보았다.

처음으로 함께하는 이 순간이 두렵기도 했지만, 그 이상으로 떨렸다.

"많이 아플 거야."

세운의 말에 가예가 괜찮다는 듯 고개를 끄덕였다.

"내 멋대로 할 텐데……."

"괜찮아요. 당신이잖아요."

그나마 자제하고 있던 것이 가예의 말과 미소에 완전히 무너져 내렸다. 달콤한 과일을 물 듯 붉은 입술을 그대로 깨물었다. 몸을 가리고 있던 가예의 손을 떼어낸 세운이 한 손 가득 가슴을 움켜쥐었다.

가예의 짧은 비명이 세운의 입안에서 삼켜졌다. 부드럽게 잡히는 가슴의 정점에 있는 작은 꽃을 손가락으로 희롱하였다.

쉬고 있는 모든 숨을 삼키듯 머물러 있던 세운의 시선이 유려한 곡선의 목으로 향하였다. 자신의 것이라고 각인하듯 입술로 가예의 목을 길게 눌렀다. 입술에서 느껴지는 가예의 맥은 빠르게 뛰고 있었다.

희롱하고 있던 가슴의 작은 꽃을 손가락으로 가볍게 비틀자 가예가 본능적으로 허리를 비틀었다. 그 모습이 꼭 자신에게서 도망가는 걸로 느껴진 세운이 단번에 가예의 허리를 휘어 감았다.

"도망가지 마."

"그게 아니라…… 앗!"

항의하던 가예가 다음에 이어진 세운의 행동에 짧게 비명을 질렀다.

헐떡이며 들이쉬고 내쉬는 가슴을 세운이 입안에 가득 담았다. 혀를 굴려 맛보기도 하고, 이를 세워 긁기도 하였다. 다른 한 손 또한 가슴 위에서 끊임없이 움직이며 그녀를 자극했다.

그가 닿는 자리, 말로는 표현할 수 없는 미묘한 기분에 가예가 세운의 머리를 손으로 감쌌다. 이제 시작이라는 것을 알면서도 땅

끝까지 가라앉는 듯 아득했다.

"이제 그만, 그만해요."

잔뜩 달아오른 유두를 혀로 굴리던 세운이 가예의 울 것 같은 목소리에 고개를 들었다.

달뜬 목소리에서 흘러나오는 신음이 고혹적이다. 눈 끝에 맺혀 있는 눈물을 혀로 삼킨 세운이 가예의 귓가에 속삭였다. 평소 보여주는 조용한 모습이 단아했다면 지금의 모습은 사내의 인내를 흔들게 하는 자극이었다.

"맛있어."

"하아, 하아, 나는……."

"그냥 나한테 맡겨. 조금만 더, 조금만 더 맛볼게."

나지막이 들려오는 목소리가 녹아들 듯 감미로웠다. 하지 말라며 거부하던 가예가 자신도 모르게 고개를 끄덕였다.

그녀의 허락에 미소를 지은 세운이 곱게 파인 가예의 쇄골에 입술을 갖다 댔다. 아무리 입안에 넣어도, 힘껏 손안에 쥐어도 부족했다. 어느 여인에게서도 느껴보지 못한 초조함이 가예를 가지면 가질수록 더 심해졌다.

곱게 휘어진 허리를 감싸고 있던 세운의 팔이 매끈한 가예의 허벅지를 어루만졌다. 허벅지 안, 여린 피부를 애무하자 수줍은 듯 가예의 다리가 모였다.

자신에게 나오는 신음이 어색한 듯 가예가 손으로 입을 막았다. 그 모습이 마음에 들지 않는 듯 가예의 손을 떼어낸 세운이 입을 맞췄다. 동시에 다리 안, 가장 깊은 속에 세운의 손가락이 닿았다.

누구의 손도 닿지 않은 가장 여린 살이 세운의 손에 의해 촉촉이 젖어갔다. 세운의 손가락이 움직일 때마다 가예의 허리가 휘었다. 그녀도 모르게 그녀 안에 들어온 세운의 손가락을 여린 살이 압박하였다.

참을 만큼 참은 세운의 분신이 이제는 때가 되지 않았느냐는 듯 그를 자꾸 채근하였다. 몸을 떠는 가예의 엉덩이를 잡은 세운이 모여 있는 가예의 다리를 벌렸다.

천천히, 하지만 조금의 망설임도 없이 가예의 안으로 세운이 들어갔다.

"아악!"

세운이 깊게 들어올수록 가예의 허리가 휘었다. 감당하기 벅찬 듯 비명을 지른 가예의 눈가에 맑은 눈물이 고였다. 고통으로 팽팽해진 몸이 좀처럼 가라앉지 않았다.

그녀의 반응에 세운의 몸이 멈추었다. 가예의 안에 있는 것만으로도 쾌감이 일었으나 그녀는 처음이었다. 준비가 되었다고 생각하고 들어왔지만 좀 더 기다렸어야 하는 것일까?

"괜찮…… 아요."

받아들이기 힘들어하면서도 괜찮다며 가예가 미소를 지었다. 버거웠으나 마음을 준 사람이기에 참아낼 수 있었다.

자신을 받아주는 가예의 모습 하나하나가 모두 사랑스러웠다.

가예를 다독이듯 등을 쓸어내린 세운이 그녀의 안에서 천천히 움직였다. 원하던 이의 안에서 머무는 느낌은 정신을 아득하게 할 정도로 쾌락적이라 세운은 그대로 모든 이성을 놓아버렸다.

천천히 시작된 움직임은 어느새 사라져 버린 이성만큼이나 격해졌다. 받아들이는 것만으로도 벅차하던 가예도 어느새 그의 움직임에 같이 맞춰갔다.

침상을 붙잡고 있던 가예의 팔이 세운의 목을 감았다. 한 손으론 가예의 가슴을 움켜쥔 세운이 조금 전보다도 깊게 들어왔다.

고통스러워하던 가예의 표정이 점점 바뀌어갔다. 바로 코앞에서 느껴지는 세운의 거친 숨소리에 가예의 신음 소리가 섞여 들어갔다.

원하는 가예를 품 안에 안고 있음에도 점점 더 갈증이 났다. 아래쪽부터 밀려오는 절정이 머릿속을 하얗게 태웠다.

자신에게 몸을 맡기고 있는 가예의 허리와 어깨를 품에 안은 세운이 그녀의 안에 자신을 쏟아내었다.

아래에 가득 차는 세운의 정에 가예가 몸을 떨었다.

욕구를 풀었어도, 가예에게서 나오기 싫은 세운이 분신을 가예의 안에 둔 채로 그녀를 끌어안았다. 제멋대로인 자신을 받아주느라 지친 가예의 이마에 세운이 입술을 맞추었다.

"연모해."

세운의 말에 지친 가예가 힘없이 미소를 지었다. 손끝 하나 움직이지 못할 정도로 힘이 빠졌지만 세운이 나른하게 내쉬는 숨소리가 듣기 좋았다. 뺨을 만질 기운조차 없어 보이는 가예에게서 분신을 빼낸 세운이 그녀를 품에 안았다.

"그러니까 당신도 나만 연모해 줘."

나른한 세운의 목소리와는 달리 그 안에서 느껴지는 것은 강한 집착이었다.

그가 보여주는 집착이 좋았다.

세운의 품 안에서 가예가 고개를 끄덕였다. 그 모습이 미치도록 고와서 세운이 길게 가예의 입술에 입을 맞췄다. 몸과 마음을 나눈 상대의 품에서 가예가 작게 하품을 하였다. 좀 쉬라며 어루만져 주는 세운의 품 안에서 가예가 단잠에 빠져들었다.

그녀의 하늘 아래서 설화가 활짝 피었다.

잠들었던 가예가 눈을 떴다. 아무것도 입지 않은 자신의 모습에 부끄러워하는 것도 잠시, 바로 옆에서 자는 세운의 모습에 미소를 지었다. 단잠이라도 자는지 고른 숨소리를 내며 세운은 미동도 하지 않았다.

이마에 흘러내린 머리카락을 손으로 쓸어 올려준 가예가 그의 입술에 짧게 입을 맞추었다. 그녀의 행동에 깰 법도 하건만 깊이 잠들었는지 세운은 그대로였다.

허리와 어깨를 감싸고 있는 세운의 팔을 떼어낸 가예가 상체를 일으켰다.

"아……."

온몸이 두들겨 맞은 것같이 욱신댔다. 특히나 그를 받아들인 하부는 여전히 아릿했다. 어둠 속에서 몸을 보니 그와 함께한 흔적이 몸 가득 울긋불긋하게 꽃피어 있었다.

그가 깨지 않도록 조용히 몸을 일으킨 가예가 침상에 앉아 창밖을 바라보았다. 슬슬 눈이 그칠 때가 되었는데도 이번에는 유난히 눈 내리는 기간이 길었다.

"그러고 있으면 감기 걸려."

"깼어요? 좀 더 자요."

이불로 몸을 둘둘 싼 세운이 가예를 뒤에서 안았다. 한기를 느끼던 몸이 체온에 달궈진 이불 안으로 들어가자 나른해졌다. 울긋불긋 꽃물이 든 어깨에 입을 맞춘 세운이 가예를 안고 있는 팔에 힘을 주었다.

"당신이 없으니까 추워."

"이불 덮고 있었잖아요. 춥기는 뭐가 추워요. 아앗! 당신 정말!"

가예의 어깨를 안고 있던 손이 자연스럽게 가예의 가슴으로 옮겨갔다. 한 손에 가득 잡히는 가슴 끝에 난 작은 꽃을 희롱하며 세운이 가예의 목에 얼굴을 묻었다.

연한 피부에 얼굴을 묻으니 가예에게서 나는 달콤한 향이 코끝에 감돌았다.

"으음, 따뜻하다."

"이러지…… 마요. 조금 전에도…… 으읍."

고개를 돌려 항의하는 입술을 세운이 막아버렸다. 아무리 삼키고 흔적을 남겨도 부족했다. 처음에는 꼬물꼬물 반항하던 가예도 어느새 몸을 돌려 세운의 허리에 팔을 감았다.

오랫동안 가예를 놔주지 않던 세운이 빙긋 웃으며 그녀를 놔주었다.

그와 입을 맞추면 온몸이 녹아들 듯 풀어졌다. 조용해진 가예를 보고 있던 세운이 자신의 무릎 위에 그녀를 앉혔다.

적나라하게 느껴지는 세운의 몸에 긴장한 것도 잠시, 창을 바라보는 세운의 어깨에 얼굴을 기대니 안정이 되었다. 차가운 한기에 차가워진 팔을 손으로 어루만지며 창으로 시선을 옮겼다.

"이번에는 눈이 길게 오네."

"지금쯤 그쳤어야 하는데 좀처럼 안 그치네요."

어깨에서 느껴지는 가예의 숨소리가 간지러웠다. 가예의 어깨를 감싸 품 안으로 이끄니 가예가 좀 더 그에게 밀착해 왔다. 고개를 숙여 그녀를 보니 가예는 창밖의 눈을 보는 데 온 정신이 팔려 있었다.

자신의 품 안에 있어도 내리는 눈에만 시선을 주고 있는 가예의 모습이 이상하게 불만스러웠다. 어차피 보기 좋은 광경이라 해도 그저 눈일 뿐이다. 그런데 지금 가예의 표정은 자신을 바라볼 때보다도 더 부드러웠다.

그녀의 저런 시선은 자신만이 받고 싶었다. 가예의 얼굴을 손으로 감싼 세운이 눈을 보고 있는 가예의 시선을 자신에게로 돌렸다.

"눈만 보지 마!"

세운의 말에 당황한 가예가 말도 안 된다는 듯 항의했다.

"무슨 소리를 하는 거예요? 당신도 보고 있었으면서!"

"나만 연모해 달라고 했잖아! 솔직히 당신은 눈을 너무 좋아해. 지금도 나하고 같이 있으면서 어느새 일어나서는 눈만 보고 있잖아. 몇 달 그쳤다가 또 내리는 건데 그만 봐."

세운의 투정을 듣고 있던 가예의 입가에 작은 미소가 생겨났다.

그녀의 전부를 가지고 있는 세운임에도 그는 더 욕심을 냈다.

이미 가예가 그만을 보고 있다는 것을 알면서도 불퉁불퉁 관심을 주지 않는다며 시샘을 냈다.

이미 당신의 부인이 아니냐고 말하려던 가예가 순간 떠오르는 생각에 음흉한 미소를 지었다.

"싫어요."

생각지도 못한 가예의 대답에 세운의 눈이 커졌다.

"눈을 보는 것도, 당신을 연모하는 것도 내 마음이에요. 명룡국에 처음 와서 제일 먼저 반한 것도 새하얀 눈인걸요. 당신이 날 외면할 때도 눈은 그러지 않았다고요. 내가 보고 싶을 때 마음껏 볼 거라고요."

말문이 막혀 버린 세운을 보던 가예가 까르르 웃음을 터뜨렸다. 그와 이런 모습으로 이런 이야기를 할 거라고는 상상하지도 못했다. 당황하는 그의 모습에 절로 미소가 지어졌다.

아무 말도 못하는 세운을 안으며 가예가 나지막이 속삭였다.

"내리는 눈은 보기만 할 수 있지만 당신은 이렇게 만질 수도 있고 이야기를 할 수도 있잖아요. 아무리 눈이 좋아도 내가 원할 때 같이 있어줄 수 있는 건 당신뿐인걸요. 아무리 눈이 좋아도 나한테는 당신이 가장 우선이에요."

당황하던 세운의 입가에 그제야 미소가 감돌았다. 굳어 있던 세운의 표정에 안도의 미소가 감돌자 짓궂게 미소를 짓고 있던 가예의 입가에 고운 미소가 감돌았다.

그와 함께하는 가예는 자신의 표현에 서툴지 않았다.

이런 여인이기에 아무리 가져도 부족했다. 지금 보여주고 있는 모습이 세운에게 얼마나 큰 유혹인지 가예는 알 수 없을 것이다.

결국 세운은 무릎에 앉아 있던 가예를 안아 다시 침상에 눕혔다. 결 좋은 머리카락이 하얀 침상 위에 꽃을 피우듯 흐드러졌다.

"당신, 아까도 했……."

"당신이 나 있을 때 눈만 보고 있는 건 싫어. 그런데 그걸 내가 강제할 수는 없는 거니까 할 수 없이 당신이 나한테 집중할 유일한 방법을 쓰는 수밖에 없잖아."

뭐라 반항하려던 가예의 입을 세운이 당연하다는 듯 막았다. 아득해지는 이성 속에서 가예의 손이 세운의 얼굴을 부드럽게 감쌌다. 도망가듯 몸을 빼는 가예의 허리를 세운이 휘감았다.

아직은 어색한 감각에 몸을 사리는 것도 잠시, 어느새 밀고 들어온 세운의 움직임에 가예가 함께하였다. 단단한 실타래를 만들 듯 닿은 마음이 단단히 엮였다.

절정의 순간, 자신을 풀어놓는 세운을 가예가 단단히 껴안았다. 나른하게 내쉬는 세운의 한숨에 가예의 눈가가 부드러워졌다.

눈이 내렸다.

희미하게 나던 매화 향이 달콤하고 진한 향을 뿜기 시작했다.

❀ ✿ ❀

준비를 끝낸 가예가 밖으로 나왔다.

밖에 서서 기다리고 있던 세운의 모습에 가예가 얼굴을 붉혔다.

"눈도 내리는데 안으로 들어오지 그랬어요?"

뺨에 오른 홍조가 가예답게 고왔다. 빙긋 미소를 지으며 가예를 보고 있던 세운이 그녀에게 다가갔다. 추위에 상기된 뺨을 세운이 손으로 감쌌다. 그의 손 위의 가예가 자신의 손을 포갰다.

"도하한테 들었는데, 여인이 치장할 때 사내가 들어가서 보는 건 예의가 아니래."

소소한 그의 배려에 가예의 입가에 미소가 감돌았다.

"어디 보자."

가예의 손을 잡은 세운이 위아래로 그녀를 훑어보았다. 감모라도 걸리지 않게 단단히 준비하라 해놓았더니 제법 따듯하게 입혀 놓은 듯했다. 머리에 쓴 털모자를 좀 더 깊게 누른 세운이 빙긋 웃었다. 그의 시선에 가예가 자신의 옷을 보며 입을 열었다.

"신경 써줘서 따뜻해요."

"당신보다 다들 아랫사람들이야. 적응이 안 돼도 이제부터는 하대하려고 해봐."

"아직은 어려운걸요."

할 수 없다며 고개를 숙이는 모습이 진짜 이대로 다시 방에 들어가고 싶을 정도로 고왔다.

왜 하필 오늘 올라간다고 정명에게 말한 것일까? 지금이라도 사람을 보내 며칠 후에 올라간다고 할까? 이대로 가기에는 진짜 무언가 너무너무 아쉬웠다.

"가군?"

"아아……."

정명이야 서신을 보내면 얼마든지 늦게 오라고 하겠지만. 올곧은 자신의 부인은 절대 그러지 않을 사람이었다. 그렇기에 일찍 출발한다는 말에 새벽부터 일어나 준비를 한 가예였다.

'조금만 더 안겨 있었어도 좋았잖아.'

옆에 안겨 있던 따뜻한 체온이 사라지니 새벽잠이 많은 세운도 저절로 눈이 떠졌다. 추우니 좀 더 있자고 달콤한 말로 유혹해도 가예는 요지부동이었다.

그 덕분에 원래라면 느긋하게 준비할 세운도 같이 움직일 수밖에 없었다.

"내 부인은 너무 부지런해. 천천히 올라가도 되는데 말이야."

"폐하께서 기다린다고 하신걸요."

"아, 그래 놓고 형님 폐하는 종종 잊어버린단 말이야. 이번에도 뻔해. 벌써 왔네? 이럴 거라고."

"그래도 약속은 지키라고 있는 거예요. 일찍 출발한다고 했으니 가야죠."

가예의 고집에 결국 세운이 손을 들고 말았다.

"돌아가자."

그의 말에 가예가 고개를 끄덕였다.

2년 전, 스스로 나왔던 궁으로 다시 돌아가는 날이었다.

그때는 몰래 집을 나왔다. 다시는 그곳으로 돌아가지 않을 것이라는 결심 속에서 최대한 몸을 숨기며 살았다.

"돌아가요."

그녀의 대답에 그가 미소를 지었다. 가예의 손을 잡은 세운이 부드럽게 그녀를 이끌었다. 둘의 주변에서 대기하고 있던 시종이 몸을 숙였다. 대문이 열리고 도하가 둘을 향해 고개를 숙였다.

도하의 인사에 가예가 미소를 지으며 마주 인사하였다. 아랫사람임에도 예의를 표하는 가예의 인사에 얼떨떨해하는 것도 잠시, 옆에서 느껴지는 살기에 도하가 고개를 숙였다.

'제가 인사를 해달라고 한 것도 아니지 않습니까!'

도대체가 저렇게 좋았으면 진작 아껴주던가. 가예 부인은 그대로인데 세운은 딴사람이 되어버렸다. 부인의 앞이라 함부로 나서지는 않았으나 그녀가 미소를 지으며 관심을 보이는 사람에게는 어서 사라지라는 살기를 아낌없이 보냈다.

세운의 무조건적인 보호를 받는 가예야 그 사실을 알지 못했지만 청궁에서 가예를 모시던 시종들은 그야말로 세운의 살기를 받을 때마다 피가 쭉쭉 닳는 기분이었다.

"무슨 일 있어요?"

부인이 미소를 지으며 바라보았다는 이유만으로 세운의 살기를 무자비하게 받고 있던 도하에게 한 줄기 빛이 비쳤다. 가예의 말에 도하를 노려보고 있던 세운이 몸을 돌렸다. 조금 전까지 시선 가득 있던 살기는 언제 그랬느냐는 듯 말끔히 사라져 있었다.

"아무것도 아니야. 어서 마차에 타자."

세운의 말에 가예가 고개를 끄덕였다. 앞으로는 조심하라는 세운의 시선에 도하가 소리 없이 한숨을 내쉬었다. 가예를 다시 만나고 나면 예전보다는 좀 나아질 것이라 꿈꾼 적도 있다.

하지만 그때나 지금이나 달라진 것은 없었다. 아니, 도리어 내뿜고 있는 살기는 지금의 것이 훨씬 강했다.

'그래도…….'

가예를 태운 후 마차에 오르는 세운을 보며 도하가 조용히 미소를 지었다.

답이 보이지 않는 어둠 속에서 허우적대던 예전의 세운보다야 지금의 모습이 훨씬 나았다. 그때는 아무도 세운에게 빛을 보여줄 수 없었지만, 이제는 바로 옆에 그가 원하던 빛이 있었다.

마차의 문이 닫히고 도하가 출발 명령을 내렸다.

가예와 세운을 태운 마차가 수도의 궁을 향해 출발하였다.

* * *

세운이 머무는 궁의 문 앞에서 새 가구와 물건이 부지런히 들어갔다. 급한 일이 있는 듯 궁의 시종장인 마야까지 직접 나와 들어오는 물품을 검사하고 있었다.

그 모습을 반대편 객주에서 보고 있던 소예가 자신도 모르게 주먹을 쥐었다.

'멍청한 담제융.'

세운이 부상을 입었다는 소리에 뒤도 생각하지 않고 명룡국으로 왔다. 하지만 야멸친 박대뿐, 궁에는 들어가지도 못하고 쫓겨났다. 더군다나 도대체 무슨 명령을 받았는지 해볼 테면 해보라는 시종들의 엄포에 궁 앞도 제대로 갈 수 없었다.

그러던 와중 들려오는 소리는 명룡국에 와 있는 소예의 속을 뒤집어지게 하였다.

혼인동맹의 부활. 무엇보다도 그걸 부활시킨 사람이 바로 담제융이었다.

동맹의 부활이야 소예 또한 원하던 일이니 상관은 없었다. 하지만 그 상대가 소예가 아니라 가예라는 것이 문제였다.

당장에라도 돌아오라는 화수 부인의 엄명이 있었지만 소예는 무시했다.

"내 눈으로 확인해야겠다."

세운의 옆자리에 누군가가 앉는다면 그건 자신일 것이라 추호도 의심하지 않았다. 그렇기에 화수 가문의 재력과 자신만의 힘으로 천천히, 그리고 치밀하게 그의 옆에 앉기 위해 노력했다. 이번에 청궁에서 돌아오면 담소예와 혼인동맹을 해야 한다며 명룡국의 대신들이 일어설 예정이었다.

그런데 멍청한 담제융이, 그리고 생각 없는 가예가 자신의 노력을 물거품으로 만들어 버렸다. 황제가 직접 나서서 가예와의 혼인동맹을 부활시키겠다고 했으니 그녀가 손을 쓴 대신들은 나서려야 나설 수 없는 상황이 되어버렸다.

"만약 가예가 세운의 옆에 있다면……."

절대 용서하지 않을 것이다.

그가 싫다고 떠난 가예였다. 이제 와서 무슨 자격으로 그의 곁에 부인으로 있겠다는 것인가. 그 꼴은 절대 보지 않을 것이다.

"아가씨, 휘왕이 탄 마차가 도착했습니다."

옆에 있던 시종의 말에 소예의 고개가 반대편으로 옮겨졌다. 여섯 마리의 말이 이끄는 마차가 눈에 들어왔다.

쿵쾅대는 심장을 억지로 가라앉힌 소예가 객주 밖으로 걸음을 옮겼다.

✻ ✻ ✻

"전하, 거의 다 도착했습니다."

마차 밖에서 들리는 도하의 목소리에 한 손으로 문서를 보고 있던 세운이 고개를 옆으로 돌렸다. 일하는 세운의 옆에서 짐이 되기 싫다며 밖을 보고 있던 가예가 어느새 그의 어깨에 머리를 기대고 잠들어 있었다.

마주 잡은 손에서 느껴지는 체온이 따뜻했다. 이마에 흐트러져 있는 머리카락을 옆으로 넘겼다. 티 없이 하얀 이마에 입을 맞추니 평온한 가예의 눈썹이 살짝 찡그려졌다.

일어나라는 말 한마디만 해도 가예는 일어날 테지만 그렇게 깨우고 싶지 않았다.

손을 부드럽게 어루만지고 앙다문 입술에 입을 맞추었다. 간지럽다며 밀어내는 뺨을 어루만지고 솜털이 보송보송하게 난 귓불을 매만졌다.

작은 움직임이라도 자꾸 괴롭히니 깊게 잠들었던 가예가 눈을 떴다. 멍한지 몸을 일으킨 가예가 손으로 눈을 비볐다.

"다 왔어."

아직 완전히 깨지 않은 듯 고개를 끄덕이면서도 가예가 작게 하품을 하였다. 헝클어진 옷매무새를 다듬은 가예가 미안한 듯 세운을 보았다.

"당신은 제대로 쉬지도 못했을 텐데 나 혼자 자버렸네요."

"아, 난 밤에 쉬면 되니까. 설마 그때도 이렇게 혼자 자버리지는 않겠지?"

세운의 농담에 빨개진 가예가 그의 팔을 퍽퍽 내려쳤다. 그녀의 반응에 세운이 아프다는 듯 몸을 숙였다. 그의 반응에 놀란 가예가 치던 팔을 내리고는 서둘러 다가왔다.

"괜찮아요? 혹 아문 상처가 잘못되기라도…… 악!"

아픈 척하던 세운이 다가온 가예를 품에 가뒀다. 그의 행동이 거짓이었다는 걸 안 가예가 화를 내려는 찰나, 가는 목에 얼굴을 묻은 세운이 깊게 자국을 만들었다. 세운의 입술이 스쳐 간 곳, 하얀 가예의 목에 진한 그의 흔적이 새겨졌다.

민감하게 와 닿는 그의 숨이 뜨거웠다. 도망가려고 꼬물꼬물 움직이던 가예가 상기된 표정으로 그를 보았다.

"아, 그렇게 바라보면 나 흔들리는데? 나 그만 흔들어."

장난스럽게 쳐다보는 시선에도 애정이 가득했다.

자신만을 봐주는 그가 좋다. 그는 자신을 보며 흔들린다고 말했지만 그건 그녀도 마찬가지였다.

애정 어린 시선으로 보고 있던 세운을 향해 가예가 얼굴을 숙였다.

미소를 띤 세운의 입술이 가예의 입술이 닿으려 했다.

그 순간, 마차가 멈추었다. 그리고 마차 문이 열렸다.

"전하, 도착했습…… 전하?"

어느새 마차 끝쪽에 밀려 있는 세운과 빨개진 얼굴로 도하의 시선을 외면하는 가예가 보였다. 세운의 눈에 도하를 꿰뚫을 듯 짙은 살기가 생겨났다.

'도대체 이번에는 또 제가 무엇을 잘못한 것입니까?'

그의 시선에 도하가 울 것처럼 길게 한숨을 내쉬었다. 어차피 항변한다고 한들 저 시선이 달라지지는 않을 것이다. 모르는 척 살기를 외면하며 도하가 문 옆으로 몸을 옮겼다.

먼저 내리려는 가예를 말린 세운이 먼저 내렸다. 시종들의 인사를 대충 넘기며 궁의 주변을 둘러보던 세운은 무엇을 보았는지 잠시 어느 한곳을 바라보았다.

세운의 입가에 알 수 없는 미소가 생겨났다. 달라진 분위기에 도하가 무슨 일이냐고 물어보려는 찰나, 세운의 도움으로 마차에서 내린 가예가 순식간에 그의 품에 갇혀 버렸다.

미처 반항할 틈도 없이 세운이 가예의 입술에 깊게 입을 맞췄다.

길게 늘어선 시종과 주변에 있던 사람들의 시선이 모두 둘에게로 향하였다. 순간 일어난 일에 놀란 가예가 세운을 밀어냈다. 하지만 작정하고 침입해 오는 세운을 밀어낼 수 있을 리가 없었다.

숨을 쉬느라 작게 벌린 입으로 단숨에 들어온 세운이 놀란 가예의 입안을 휘저었다. 거칠게 시작한 입맞춤이었지만 그 안에서 이루어지는 움직임은 따뜻하고 부드러웠다.

오랜 시간 맛볼 대로 맛본 세운이 그제야 가예를 놓아주었다.

"당신! 정말!"

부끄러운 가예가 세운에게서 한 걸음 물러나며 작게 소리쳤다. 수많은 사람들 앞에서 이러다니, 아무리 진정하려 해도 부끄러웠다.

화가 난 가예에 비해 정작 세운은 무엇이 그리 만족스러운지 빙글빙글 미소까지 짓고 있었다.

"잘못했어."

부끄럽다며 화를 내는 가예를 부드럽게 다독이며 세운이 손을 내밀었다. 그의 일방적인 행동에 화가 난 가예가 말없이 그를 노려보았다.

"화내지 마. 당신이 그러면 무섭다니까."

"거짓말하지 마요. 안 속아요."

"진짜라니까. 그렇게 보면 나 진짜 무서워."

무섭다는 말과는 달리 세운의 표정은 장난기가 가득했다.

화를 내보았자 무슨 소용인가? 세운의 미소를 보고 있노라면 어느새 울컥했던 감정이 사그라진다.

결국 가예가 고개를 설레설레 저었다.

"다음에는 이러지 마요!"

터질 듯 얼굴이 붉어진 가예를 보고 있던 세운이 고개를 끄덕였다. 세운의 대답에 고개를 푹 숙인 가예가 그의 손을 붙잡았다.

바로 옆으로 다가온 가예의 어깨를 팔로 감싸며 세운이 웃음을 터뜨렸다. 그 와중에 가예가 뭐라 하자 알았다는 듯 그가 고개를 끄덕였다. 투덜대는 가예를 살살 달래가며 세운이 부드러운 미소를 지은 채 그녀를 궁 안으로 이끌었다.

궁의 주인인 휘왕과 부인이 안으로 들어가고, 대기하고 있던 시종들이 바쁜 걸음으로 둘의 뒤를 따랐다.

굳게 닫힌 궁의 문.

그곳에서 멀지 않은 곳에서 소예는 분노로 몸을 파르르 떨고 있었다.

❀ ✲ ❀

"부인!"

안채에 서 있던 이가 달려오자 가예의 눈가에 맑은 물이 고였다.

"자윤."

아무도 없을 때 마지막까지 자신의 곁을 지켜주던 이다. 2년간 홀로 지내며 외로울 때면 종종 생각나던 이다.

그렁그렁 가득 고여 있는 눈물을 손으로 닦아낸 가예가 그녀를 보며 미소 지었다.

"잘 지냈어요?"

"너무하셨어요, 부인. 말도 없이 사라지셔서…… 정말로 그렇게 가실 거라고는 생각하지 못했는데……."

"자윤아! 어찌 부인 앞에서!"

옆에 있던 마야가 서둘러 자윤의 입을 막았다. 하지만 그런 마야를 가예가 저지했다.

"아니에요. 그때는 그렇게 해서 미안해요."

예전이나 지금이나 달라지지 않은 가예의 모습에 결국 자윤이 울음을 터뜨렸다.

안채로 돌아온 부인 앞에서 울었다는 이유로 마야에게 크게 꾸중을 듣겠지만 자윤은 지금의 모습이 꿈을 꾸는 것처럼 행복했다.

좀처럼 울음을 그치지 못하는 자윤의 눈물을 닦아주며 가예가 조용히 말했다.

"이제 어디에도 안 가요."

가예의 말에 울던 자윤이 고개를 들어 그녀를 보았다. 말 없는 물음에 가예가 고개를 끄덕였다.

"여기가 집인걸요. 다시는 그렇게 가지 않아요."

가예의 말에 자윤이 고개를 끄덕였다. 난감해하는 마야에게도 환한 미소를 보인 가예가 뒤에 있는 세운을 보았다. 안채에 들어가도 되느냐는 가예의 물음에 세운이 고개를 끄덕였다. 고맙다는 미소를 보인 가예가 자윤을 데리고 안채로 들어갔다. 가예가 안채로 들어가자 세운의 입가에 떠올라 있던 부드러운 미소가 순식간에 사라졌다.

"마야."

세운의 부름에 마야가 소리 없이 다가왔다. 행여나 가예가 들을까 봐 안채 밖으로 나가는 세운의 뒤를 마야가 따랐다.

"담소예가 와 있더군."

"전하께서 피습을 당하셨다는 소문이 돌자마자 와 있었습니다. 막무가내로 안으로 들어오려는 것을 막느라……. 상국께서 힘을 써주지 않으셨다면 아마 안채에 들어와 있었을 것입니다."

마야의 말에 세운의 입꼬리가 씩 올라갔다. 어차피 이제 안채의 주인은 돌아왔다.

더군다나 돌아온 가예는 이제 어디에도 가지 않겠다는 말까지 하였다.

'보내지도 않을 거지만.'

"담소예가 심어놓은 관리들은?"

"이미 처리를 끝냈습니다. 모레까지 지시한 대로 처리할 것입니다."

혼인동맹의 상대를 담소예로 해야 한다는 대신들은 당장 오늘부터라도 자신의 태도를 달리해야 할 것이다. 어차피 명룡국의 관리로 있는 한 세운과 정명의 영향력 아래 있는 이들이다. 가예의 존재를 인정하지 않는다면 제거되는 것은 그들이었다.

도하의 보고에 세운이 손으로 턱을 쓸었다.

"마야."

"네, 전하."

"가예에게는 담소예가 와 있다는 건 비밀로 해. 내 선에서 처리하겠다. 그래도 혹시 모르니 마야가 알아서 따로 준비해 줘. 그리고 도하는 발이 빠른 자로 하나 뽑아 영화국의 해왕 전하께 준비해 놓은 것을 보내라."

"시작하시는 것입니까?"

가예를 떠나보낸 후 좀처럼 볼 수 없던 미소가 세운의 입가에 생겨났다. 예전으로 돌아온 그의 미소에 도하와 마야가 더 이상 묻지 않고 고개를 숙였다.

"이제 정리해야지."

미소를 지은 세운에게서 조용히 살기가 흘러나왔다.

"명룡국에서도 영화국에서도 이제 그녀에게 뭐라 할 수 있는 사람은 없을 거야. 그러려면 제대로 보여줘야지. 화수를 재물 삼아서 말이야."

지금까지 괴롭히던 생각을 모두 떨쳐 낸 듯 세운의 표정은 한층 편해 있었다. 모두에게 지시를 내린 세운이 자신의 집무실을 향해 걸음을 옮겼다.

❀ ✱ ❀

"부인, 이건 아무것도 아니니까……."

자윤의 거부에도 가예의 손은 멈추지 않았다. 얼핏 본 것이라 잘못 봤다고 생각했다. 하지만 보면 볼수록 그게 아니었다. 자윤의 목을 가리고 있는 옷깃을 아래로 내렸다. 눈앞의 모습에 가예가 숨을 삼켰다.

목에서부터 길게 내려오는 흉터가 참혹했다. 더군다나 흉터는 한두 개가 아니었다.

"누가 이랬어요?"

"부인, 아무것도……."

"마야에게 물어보게 할 건가요? 누가 이랬어요?"

가예가 떠날 때까지만 해도 이런 상처는 없었다. 도대체 누가 그녀에게 이런 해코지를 했단 말인가. 하물며 여인의 몸이다.

"소예 아가씨께서 그러셨습니다, 부인."

문이 열리고 차를 가지고 들어온 마야가 가예를 보며 말했다. 마야의 대답에 가예의 시선이 다시 자윤에게로 향했다. 사뭇 무서운 가예의 시선에 자윤이 고개를 끄덕였다.

"자윤, 잠시만 나가 있어요. 마야와 할 이야기가 있어요."

"부인, 이거는 말이죠."

"자윤이 잘못했다는 게 아니에요. 그냥 이야기일 뿐이니까 나가 있어요."

조용하지만 단호한 가예의 말에 자윤이 밖으로 나가고 그녀의 앞에 마야가 따뜻한 차를 내려놓았다. 하지만 차를 마시는 대신어서 설명을 해달라는 듯 가예가 마야를 쳐다보았다.

"전하께서는 부인께서 아시는 걸 원하지 않으실 것입니다."

"그럼에도 자리에 앉으신 것은 알려주실 생각인 거죠?"

가예의 말에 마야가 빙긋 웃었다.

소예를 세운이 처리한다고 했지만 마야의 생각은 달랐다. 소예 같은 성격은 사내가 뭐라 한다 해서 들을 성격이 아니었다. 자매라고는 하지만 어차피 교류라고는 거의 없는 어색한 관계. 그렇다면 안채의 주인인 가예가 직접 소예를 처리하는 것이 훗날을 위해서라도 훨씬 깔끔했다.

"소예 아가씨께서는 전하를 마음에 두시고 계셨습니다. 그건 송연에게서 이야기를 들으셨지요?"

마야의 물음에 가예가 고개를 끄덕였다.

"부인께서 사라지시고 소예 아가씨께서 이 안채는 자신의 것이라며 노골적으로 들어오려 하셨습니다. 그리고 자윤 저 아이는 안채는 부인의 것이라며 위험할 정도로 소예 아가씨에게 대들었지요. 휘왕 전하의 눈이 있기에 함부로 하지는 않았지만 아무래도 저 아이의 행동이 아가씨의 심기를 불편하게 한 듯합니다.”

“…….”

“휘왕께서 황궁에 일이 있어서 가시고 저 또한 휘왕 전하의 명을 받아 궁을 나간 사이 소예 아가씨께서 사람 몇을 이끌고 안채로 억지로 들어오셨습니다. 그때 아가씨를 막는 자윤을 아가씨가 데려온 사람들이 손을 댔습니다. 우연히 자윤을 보러 온 송연이 아니었다면 저 아이는 죽었을지도 모릅니다. 송연이 평민이기는 하지만 휘왕 전하의 손님으로 와 있었기에 소예 아가씨도 함부로 건들지 못했지요.”

치마를 잡고 있는 손에 힘이 들어갔다. 무슨 권리로 사람에게 저런 흉터를 남긴다는 것인가? 도대체 얼마나 패악을 부렸기에 사람을 죽기 직전까지 저렇게 손을 댄단 말인가.

화수 부인이 어떤 사람인지는 알고 있었으나 소예는 아니라고 생각했다.

‘그 어머니에 그 딸이라는 건가?’

가예의 기억 속의 소예는 부담스럽기는 했지만 그래도 종종 그녀를 도와주는 모습들이었다. 가예가 세운을 떠난 지 2년, 그사이에 소예가 어떻게 변했는지는 알 수 없다. 하지만 세운을 그녀가 가지려고 한다면 가예는 무슨 수를 써서라도 막을 생각이었다.

“마야, 한 가지만 물어볼게요.”

"말씀하소서."

"소예가 지금 명룡국에 있나요?"

"궁의 바로 앞 객주에서 머물고 있다고 합니다."

마야의 대답에 가예가 생각에 잠겼다. 하지만 고민하는 시간은 길지 않았다.

"그 사람은…… 또 자신이 처리한다면서 나에게는 아무 말도 하지 말라고 했겠죠?"

마치 세운을 보고 있던 것처럼 가예가 다 안다는 듯이 마야에게 물었다. 그녀의 물음에 놀란 것도 잠시, 긍정하듯 마야가 고개를 숙였다.

"그 사람이 자리를 비우면 소예에게 슬쩍 말을 남겨주세요. 알아서 이곳까지 소예가 오게 놔두세요. 물론 그 사람에게는 비밀로 해주세요."

"어찌하시려는 것입니까?"

마야의 물음에 가예가 미소를 지었다.

애초에 방법이라 할 만한 것은 없었다. 이제 그녀를 자신의 부인으로 봐주는 세운의 마음을 믿었고, 이곳에서 왕의 부인으로 살아가려는 자신이 해야 할 일이라 생각할 뿐이었다.

어머니인 난을 잃고 아버지인 해왕에게는 버림받은 딸로 살아왔다. 화수 부인에게 목숨을 위협받으며 살아왔어도 그 또한 어쩔 수 없다고 생각했기에, 자신의 감당해야 할 것이라 믿었기에 그러려니 하면서 살아냈다.

그랬던 자신이 유일하게 가지게 된 세상이다. 아무것도 없던 그녀에게 누구에게도 내어줄 수 없는 사람이 마음 안에 들어왔다. 자선 할멈에게 들은 이야기로는 가예의 어머니인 난은 평생을 화수 부인의 눈치를 보아가며 살았다고 했다.

'난 그렇게 살지 않을 거야.'

세운은 그녀에게 얼마든지 욕심을 부리라고 했다.

그 누구와도 나누지 않을 것이다. 세운을 지키기 위해서라면 그녀는 무엇이든 할 것이다.

안채의 주인인 자신이 지켜야 할 사람들이라면, 그리고 그 사람들과 자신의 자리를 위협하고 있는 게 소예라면 가예는 피하지 않을 생각이었다.

❀ ❀ ❀

좋은 비단에 제법 치장을 해놓으니 가예도 제법 왕의 부인 같아 보이기는 했다.

'그래 보았자 아무것도 없던 가예인 것을…….'

바느질로 돈을 벌며 살았던 그 모습이 어디로 가겠는가? 결국은 버림받은 왕의 자식일 뿐이다. 시종의 도움을 받아 안채에서 나오는 가예를 보며 소예가 코웃음을 쳤다.

"가예야, 오랜만이구나."

"오랜만이에요."

2년 만에 본 소예는 여전히 아름다웠다. 시선을 사로잡는 미소와 자신 있게 다가오는 소예의 모습에 가예가 떨리는 숨을 내쉬었다.

각오를 한 일임에도 긴장되는 것은 어쩔 수 없었다. 더군다나 소예와는 웃으며 대화할 생각으로 오게 한 것이 아니었다.

피할 수 있으면 피하고 싶었다. 하지만 그럴 수 없다는 것을 알기에 가예가 애써 마음을 가라앉히며 소예를 보았다.

가예의 모습에 소예가 미소를 지었다.

“난 네가 다시는 이곳으로 돌아오지 않을 줄 알았단다.”

난 네가 다시는 이곳에 돌아오지 않기를 바랐다.

소예의 말이 가예에게는 그런 식으로 들렸다. 예전의 가예였다면 참고 모르는 척 외면하며 넘겼을 것이다. 하지만 이제는 아니다.

소예의 말에 가예가 부드러운 미소를 지었다. 소예에게 떠는 모습을 보일 수는 없다. 소예에게만큼은 빼앗기지 않을 것이다. 영화국에서 숨어 살았던 과거와 지금은 많은 것이 달랐다.

“저도 그럴 줄 알았습니다. 그런데 사람의 일은 진짜 알 수 없다는 말이 맞더군요.”

“너에게는 너무 부담스러운 자리가 아니었니? 그런데 또 버틸 수 있겠어?”

“무거운 자리지만 그 사람이 믿어주는 만큼 노력하려고요. 가군에게 받은 만큼 저도 줘야지요. 아직 부족한 것이 더 많지만 최선을 다할 것입니다. 이제 전 그 사람의 부인이니까요.”

예전의 가예는 소예의 시선조차 마주하지 못했었다. 그런데 지금의 그녀는 소예의 눈을 마주 보며 미소까지 짓고 있다. 더군다나 가군이라고 하였다. 이제 자신이 그의 부인이라 선언이라도 하는 것인가?

'겨우 버림받은 딸인 주제에!'

불쾌한 소예의 시선이 가예를 노려봤다. 그런 소예의 시선을 보다 못한 마야가 뭐라 하려던 찰나 가예가 조용히 마야를 말렸다.

아무리 좋게 보려 해도 소예의 시선과 말투는 가예를 아랫사람으로 대하고 있었다. 불쾌한 일이었으나 가예는 평온했다.

하지만 그건 겉으로 보았을 때의 모습일 뿐이다.

떨리는 손을 긴 옷소매로 가린 가예가 소리 없이 숨을 내쉬었다. 누군가에게, 특히 소예에게 이런 말을 하기는 처음일 것이다. 단 한 번도 화수와 연결된 누구와도 맞선 적이 없었다. 처음이기에 떨리고 무서웠다.

하지만…….

"그러니 영화국으로 돌아가세요. 당신이 궁의 안채까지 올 정도로 큰일은 없을 테니 더 이상 이곳의 일에 신경 쓰지 마세요."

옆에 서 있던 자윤이나 마야가 놀란 눈으로 가예를 보았다. 하지만 가예의 시선은 눈을 크게 뜨고 있는 소예에게 고정되어 있었다.

너무 놀라 말문까지 막힌 소예를 향해 가예가 쐐기를 박았다.

"이제 이 궁에서의 일은 휘왕과 그의 부인인 제가 해결할 일이니까요. 그동안 이곳에 종종 들르셔서 신경 써주신 것은 감사드려요. 그렇지만 이제부터는 아니에요."

"네가 서 있는 그 자리, 네가 포기하고 도망갔던 그 자리, 그 자리를 간절히 원했다. 그리고 지금도 원하고 있어."

간신히 유지하고 있던 소예의 가면이 부서졌다. 적의를 드러낸 소예가 죽일 듯한 시선으로 가예를 보았다. 소예에게서 화수 부인의 모습이 보였다. 떨면서 움츠러드는 대신 가예가 고개를 세웠다.

"내 자리입니다. 그리고 이 자리를 처음 나에게 준 사람은 당신 어머니 화수 부인이었어요."

"원래는 내 것이 될 자리였다. 어머니께서 실수하셨기에 내가 되돌리려고 하였다. 그리고 곧 내 것이 될 예정이었지. 그런데 너 때문에……. 그 자리가 싫다고 도망간 주제에 이제 와서 네 자리라며 돌아오다니, 예전부터 생각이 없는 건 알고 있었지만 이 정도인 줄은 몰랐구나."

빠르게 오고 간 말에서 팽팽한 긴장감이 흘렀다. 가예의 눈을 보고 있던 소예가 고개를 세웠다.

"그 사람 곁에는 너보다 내가 더 어울린다. 도대체 네가 그 사람에게 뭘 해줄 수 있지? 넌 아무것도 없잖아. 하지만 난 아니야. 난 그에게 이득이 될 모든 것을 해줄 수 있어."

한때 가예가 고뇌했던 주제가 소예의 입에서 흘러나왔다. 가예도 한때는 그렇게 생각했기에 세운에게 소예가 더 어울린다고 생각했었다.

하지만 이제는 아니다.

"가군은 당신에게서 아무것도 얻을 수 없다고 하셨죠."

"……!"

"본인이 원하는 전부를 줄 수 있는 사람은 당신이 아니라 저라고 했습니다. 당신이 가군에게 절대 줄 수 없는 것을 난 언제든지 그분에게 줄 수 있어요."

가예에게서 느껴지는 자신감에 소예가 숨을 삼켰다.

2년 동안 소예가 세운에게 갈구했던 것, 하지만 단 한 번도 얻지 못했던 것. 그걸 가진 자의 여유가 가예의 표정에서 드러났다.

처음 느끼는 패배감이 소예를 휘감았다. 하지만 곧 소예가 고개를 저었다. 어차피 일시적인 충동일 뿐이다. 아무 능력도, 매력도 없는 가예 따위 오래가지 않을 것이다.

"그게 언제까지 갈 수 있을 거라 생각하니? 결국 사내는 더 많이 가지고 있는 여인에게 끌릴 수밖에 없어."

"그럼 제가 없는 사이, 휘왕의 부인이라는 자리에 당신이 있었겠죠. 당신이 가지고 있는 건 가군을 흔들게 하기에는 많이 부족했나 보네요. 이 자리가 저에게 다시 돌아온 것을 보면 말이죠."

으드득. 가예의 말에 소예가 이를 갈았다. 세운을 향한 갈망이 질투가 되어 독으로 변하였다. 자신이 가질 수 없었던 세운의 마음을 가진 가예의 목을 비틀어 버리고 싶었다.

"건방진 계집애."

소예의 거친 말에 가예가 아무렇지도 않다는 듯 미소 지었다.

"그 마음이 얼마나 갈지 참 궁금하구나. 어차피 영화국에서도 바느질이나 해가며 살았던 계집, 몇 번 품에 안고 나면 질릴 것이 뻔한데 말이다."

"그건 걱정하지 마세요. 당신이 그렇게 신경 써주지 않아도 난 노력할 것입니다. 그러니 이제 이곳에는 얼씬도 하지 마세요. 내가 그의 부인으로 궁에 있는 한 당신이 패악을 부리게 두지 않을 테니까요."

"패악? 아, 네 옆에 있는 계집 시종을 말하는 거냐? 겨우 시종일 뿐이란다. 저런 건 바닥에 널리고 널렸어."

"안채의 주인이 될 사람이라면서 왜 이곳에서 일하는 사람을 존중하지 않죠? 사람의 몸에 흉이 남을 정도로 위해를 가하는 것이 부인으로서의 덕목은 아니라고 생각해요. 무엇보다 안채가 시끄럽다면 그건 궁의 주인인 그 사람에게 도움이 되는 게 아니라 피해를 줄 뿐이죠. 부인으로서 당신은 자격이 없어요."

"네 옆에 있는 저 계집은 맞을 만했어! 감히 너 따위가 날 판단하려 들어? 망할 것!"

정신없이 욕설을 쏟아내는 소예의 고함에 가예가 조용히 그녀를 쳐다보았다.

죽은 정실부인의 소생이라는 이유만으로 화수 부인에게 평생 목숨을 위협받으며 살아왔다. 겉으로는 미소로, 자애로운 모습으로 그녀의 모든 것을 감싸줄 듯 화수 부인은 다가왔다. 하지만 그녀의 본심을 알고 있었기에 화수 부인의 그런 모습이 소름 끼치도록 무섭고 끔찍했다.

그랬던 화수 부인의 모습이 소예에게서 겹쳐 보였다.

"당신도 똑같군요."

"무슨 소리를 하는 거야?"

"적어도 영화국에서 본 당신은 화수 부인과는 다르다고 생각했어요. 하지만 제가 당신을 잘못 봤군요. 부인이 있는 사내를 욕심 하나로 멋대로 빼앗으려 하는 것도, 그게 잘못된 일이라는 것을 알면서도 제멋대로 정당화하고 있는 모습도 당신 어머니와 똑같아요."

"담가예! 네년 따위가!"

"이제 어리광은 그만 부려요."

말 한마디 제대로 꺼낼 수 없는 차가운 분위기 속에서 가예가 소예의 말을 잘랐다. 그 목소리가 사뭇 섬뜩하여 소리를 치던 소예가 한 걸음 뒤로 물러났다.

"그 사람이 건넨 매화잠을 머리에 꽂은 사람은 당신이 아니라 나입니다. 명룡국 휘왕의 부인으로 인정받은 것은 나란 말입니다."

"너!"

"좋은 조건에 많은 것을 가지신 당신이라면, 부인이 있는 사내를 욕심내기보다는 당신의 어머니께서 권해주시는 사내와 혼인하세요. 그게 당신이 받고 있는 혜택에 대한 책임이지 않겠습니까?"

"그 입 못 다물어? 너 따위가 감히 나한테!"

"그 사람의 옆에 있을 사람은 지금도, 앞으로도 나 하나입니다. 당신에게 절대 빼앗기지 않아요."

소예의 몸이 파르르 떨렸다. 겨우 영화국에서 자신이 주는 호의나 받으며 살던 가예였다.

당장에라도 뺨이라도 때릴 듯 노려보던 소예가 새로운 생각이라도 떠올랐는지 비아냥대는 미소로 고개를 세웠다.

"그런데 말이야. 네가 지금 이러는 거 진세운 그 사람은 알고 있니? 지금의 네 모습, 그가 보면 널 다르게 볼 것 같은데 말이다."

소예의 비웃는 미소에 가예가 눈썹을 모았다. 상대하면 할수록 화수 부인의 모습이 소예에게 보였다. 더는 그녀와 할 말이 없다.

"가군이 여기에 있었다면 당신과 이런 대화를 하고 있지 않았겠지요. 그리고 이곳에 있는 이들은 지금이 일을 가군에게 말할 정도로 입이 가벼운 분들이 아닙니다. 패악이나 부리는 당신만 영화국으로 돌아가면 오늘 일은 조용히 묻힐 것입니다."

"……."

"오늘은 말로 끝났지만 다음은 장담할 수 없습니다. 전 화수 부인을 참기만 했던 어머니와는 다르니까요. 영화국으로 돌아가세요. 당신의 자리는 이곳에 없습니다."

"돌아가지 않는다면? 그 사람이 올 때까지 내가 이곳에서 나가지 않을 생각이라면? 지금 네 모습, 그 사람에게 똑바로 보여줄 생각이라면?"

마지막까지 응수하는 소예를 보며 가예가 눈을 찡그렸다. 소리 없이 숨을 내쉰 가예가 고요한 시선으로 옆에 있는 마야를 보았다. 그녀의 시선에 마야가 고개를 끄덕이며 밖을 향해 들어오라고 말하였다.

마야의 말이 끝나기가 무섭게, 소예의 주변으로 병사 몇 명이 에워쌌다.

병사의 모습에 놀란 소예가 가예를 노려봤지만 그녀는 태연했다.

"영화국 해왕 전하의 따님답게 스스로 궁 밖을 나가시든지, 아니면 병사들에 의해 끌려 나가실 것인지 소예 아가씨께서 선택하세요."

분노로 떨리는 몸이 좀처럼 가라앉지 않았다. 으드득 이를 갈았지만 병사들에게 포위된 이상 어찌할 방법이 없었다. 나가기 위해 몸을 돌린 소예가 비틀거리며 문 앞으로 걸어갔다.

"이대로 이겼다고 생각하지 마!"

으르렁대는 소예의 말에 가예의 눈이 가라앉았다.

"다시는 궁 주변에 얼굴조차 보이지 마세요. 당신이 얻고자 하는 것이 이 자리라면 저 또한 가만히 있지 않겠습니다."

가예의 응수에 소예가 고개를 돌려 그녀를 노려보았다. 하지만 이미 말을 마친 가예는 자윤의 시중을 받으며 방 안으로 들어간 후였다.

비틀거리는 몸을 억지로 버틴 소예가 이를 갈며 궁 밖으로 나갔다. 난생처음 당해보는 모욕에 입술을 깨문 소예의 입가로 가는 피가 흘러내렸다. 궁 밖으로 나간 소예가 몸을 떨게 하는 굴욕에 그대로 정신을 놓았다.

한편, 방 안으로 담담히 들어온 가예가 현기증이 나는지 손으로 이마를 감쌌다. 그 모습에 놀란 자윤이 서둘러 그녀에게 다가왔다.

"부인, 괜찮으세…… 아!"

두꺼운 명룡국의 옷임에도 가예의 몸이 떨리는 게 느껴졌다. 창백한 피부에 파랗게 질린 입술의 가예가 자윤을 보며 힘없이 미소 지었다.

"두 번 할 짓은 못 되네요."

소예와의 대화가 침착하고 담담했기에 이렇게 떨고 있을 줄은 몰랐다. 끌려가듯 나가는 소예의 모습이 너무나도 고소해서 정작 가예가 이런 상태인지 꿈에도 생각하지 못했다.

"부인, 기다리세요. 어서 의원을."

"차 한 잔만 갖다 주세요. 조금 쉬면 나아질 거예요."

가예의 말을 들은 자윤이 서둘러 방 밖으로 나왔다. 그리고 방 밖에 서 있는 세운의 모습에 놀란 자윤이 허리를 숙였다.

인사를 하려는 자윤을 막은 세운이 조용히 차를 가져오라며 그녀를 보냈다. 도망가듯 자윤이 사라지고, 가예가 있는 방을 보고 있던 세운이 조심스레 문을 열고 안으로 들어갔다.

"보지 마요."

침대에 무릎을 모은 채 팔에 얼굴을 묻은 가예에게서 작은 목소리가 흘러나왔다.

그리고 그녀의 바로 옆, 앉아 있는 세운이 가예의 옆에서 눈썹을 내렸다.

"난 정말 아무렇지 않다니까. 얼굴 좀 보여줘."

"나중에 봐요. 그냥 가란 말이에요!"

가져가야 할 문서를 두고 왔기에 별생각 없이 황궁으로 가던 마차의 방향을 돌렸었다.

내심 소예를 어떻게 상대하느냐는 문제로 꽤 머리가 아픈 상태였다. 그러던 중 가예와 소예의 대치를 보게 되었다. 떨려 하면서도 침착하게 소예의 말에 반박하고 압박하는 모습에 다시 한 번 반하였다.

가예라면 얼마든지 궁 안의 살림을 맡겨도 충분히 잘해낼 것이다. 나가지 않겠다는 소예를 깔끔하게 내보내는 모습에 내심 자신이 사람 보는 눈이 있다며 자화자찬까지 하고 있던 세운이다.

"가예야."

세운의 조름에도 팔 깊숙이 묻은 가예의 얼굴은 좀처럼 위로 올라오지 않았다. 그녀의 모습에 화를 내기는커녕 세운의 입가에 미소가 감돌았다.

그에게 그런 모습은 보여주고 싶지 않았단다. 곱고 착한 모습만 보여주고 싶었단다.

그래서 자윤이 나가자마자 들어오는 세운을 보는 순간 가예는 손으로 얼굴부터 가렸다. 그때 이후로 아무리 달래고 애원해도 가예는 요지부동이었다.

"내가 가장 원하는 걸 당신만이 줄 수 있다며? 얼굴 좀 보여줘. 보고 싶단 말이야."

그의 애원에 팔에 고개를 묻고 있던 가예의 고개가 아주 조금 위로 올라왔다. 빨개진 얼굴에 눈 끝에 그렁그렁 눈물방울이 매달려 있다.

세운과 시선이 마주치자 가예의 고개가 순식간에 안으로 다시 들어가려 하였다. 순간이라고 할 수 있는 짧은 틈, 세운이 팔을 끌어 가예를 품에 안았다.

평소라면 부드럽게 안겼겠지만 보여주기 싫은 모습을 그에게 들켜서인지 가예는 연신 그를 밀어냈다.

"당신이 잘못한 게 하나도 없잖아. 그런데 왜 자꾸 숨으려고 해? 난 소예에게 딱 자르는 당신 모습에 다시 한 번 반했단 말이야."

"일부러 안 보여주려고 했단 말이에요. 그런 모습 보여주고 싶지 않았는데 왜 다시 왔어요. 황궁으로 간다고 하고서는."

"그런 모습이 어때서? 지금이랑 아무런 차이도 없어."

외면하려는 가예의 얼굴을 감싼 세운이 시선을 마주했다. 그렁그렁 맺혀 있는 눈물에, 불안에 흔들리는 눈동자가 마음 안에 가득 들어왔다.

손가락으로 눈물을 쓸어준 세운이 진정시키듯 그녀의 등을 천천히 쓸었다. 세운이 천천히 다독이자 당황하던 가예도 안정을 찾아갔다.

"당신이 나를 욕심내고 있다는 증거잖아. 그런데 내가 왜 그런 당신 모습을 싫어할 거라고 생각해? 안 좋기는 뭐가 안 좋은 모습이야? 그럼 내가 가지고 있는 걸 빼앗아가려는데 미소를 지으며 가져가라고 할 사람이 어디 있어?"

"그래도…… 보여주기 싫었어요. 안 봤으면 했다고요."

세운의 품 안에 얼굴을 묻은 가예가 항변하였다.

무섭게 소예에게 세운을 건들지 말라고 할 때는 언제고, 이제는 또 그의 품에서 나긋한 가예로 바뀌어 있었다. 좋은 모습만 보여주고 싶다는 가예의 항변을 들으며 세운이 입가에 진한 미소를 지었다.

정명에게 인사하러 황궁으로 가야 했지만 이러고 있으니 가기 싫어졌다. 희미하던 매화 향은 초야를 지낸 이후로 더 달콤해졌다. 두꺼운 옷이 아니라 하얀 속살 안에서 진한 매화 향을 맡고 입안 가득 물고 싶었다.

황궁이고 뭐고 더 이상 아무 생각도 안 났다. 황궁에 가야 한다는 걸 머릿속에서 지워 버리며 세운이 가예를 안은 채 자리에 누웠다.

"황궁으로 다시 돌아가야……."

"그렇게 보여주기 싫은 모습이면 당신이 잊어버리게 해줘."

무슨 소리인가 싶어 고개를 든 가예가 세운의 말뜻을 알고는 얼굴이 빨개졌다. 가예를 눕힌 세운이 위로 올라왔다. 아직 촉촉하게 젖어 있는 눈 끝에 입술을 맞춘 세운이 여유로운 손길로 가예의 옷고름을 풀었다.

밝은 대낮이라 부끄럽기는 했지만 그의 손길이 싫지 않았다.

가예가 팔을 들어 세운을 안았다.

거짓이라고는 하나도 없는 그녀만의 순수한 표현에 세운이 만족스러운 미소를 지었다.

더운 숨이 세운의 귓가를 간질였다. 세운을 안은 가예가 그의 어깨에 얼굴을 묻었다. 침상 위 세운의 무릎 위에 앉아 있는 가예가 가는 손으로 그의 뺨을 쓸었다. 앉아 있는 상태에서 몸을 채우는 그의 분신이 버거웠지만 견딜 수 있었다.

앉아 있는 세운이 움직이자 그 위에 있던 가예의 허리가 뒤로 휘었다. 허리가 휘면서 보이는 탐스러운 가슴을 세운이 한입 가득 베어 물었다. 천상의 과일을 베어 문 것처럼 부드럽고 달았다. 한꺼번에 밀려오는 감각에 가예가 몸을 비틀었다.

"으읍."

멋대로 나오는 신음에 가예가 손으로 입을 막았다. 하지만 세운의 손에 의해 입을 막고 있던 손이 떨어졌다.

"하아, 하아."

빠르게 내쉬는 소리가 세운을 더 자극하였다. 가예의 허리를 움켜잡은 세운이 좀 더 깊이 안으로 들어갔다.

"하악."

세운의 등을 잡고 있던 가예의 손에 힘이 들어갔다. 아래를 가득 채우는 그의 존재에 그나마 남아 있던 이성까지도 그대로 사라져 버릴 것 같았다.

세운의 어깨에 몸을 의지하며 가예가 눈을 감았다. 나갔다 들어오기를 반복하는 세운의 움직임에 숨조차 마음대로 내쉴 수 없었다.

맨 처음 그를 받아들일 때의 고통이 지금은 열락으로 바뀌었다.

"날 봐."

눈을 감은 가예의 턱을 잡아챈 세운이 가예에게 나지막이 말했다. 세운이 말하는 소리가 들려도 가예는 쉽사리 감고 있던 눈을 뜨지 못했다. 눈을 뜨고 그를 보면 간신히 유지하고 있던 정신이 그대로 사라져 버릴 것 같았다.

"눈 떠. 날 보라고."

감겨 있던 가예의 눈이 힘겹게 떠졌다. 바로 앞에서 보이는 세운의 모습에 그녀가 잡고 있던 모든 것이 그대로 사라졌다. 세운의 어깨에 얼굴을 묻은 가예가 밀려오는 감각에 교성을 질렀다.

여린 교성이 세운을 더욱 자극했다. 가예의 등을 감싼 세운이 그녀를 침상에 눕혔다.

가예의 하얀 다리를 어깨 위로 올린 세운이 그대로 밀고 들어갔다. 온몸 가득 밀려오는 감각에 가예의 고개가 꺾였다. 턱을 잡아 자신을 보게 한 세운이 달금한 숨을 내쉬는 가예의 입술을 그대로 삼켰다.

"제발……."

이제는 그만 와달라는 애원이 가예에게서 흘러나왔다. 하지만 입안으로 들어온 세운의 혀에 엉켜 그대로 묻혔다. 허리를 감싸고 있던 손으로 민감해진 가슴을 움켜잡으니 한 손 가득 보드라운 촉감이 손안에 머물렀다.

아무리 가져도 갈증은 쉽게 가시지 않았다. 잔뜩 움켜잡은 가슴 정점에 난 작은 꽃을 손가락으로 당기니 세운에게 갇혀 있던 가예가 짧은 비명을 질렀다.

수줍어하는 움직임도, 그의 행동 하나에 자지러지듯 지르는 교성도 모든 게 유혹이자 도발이었다. 밝은 대낮, 이리저리 붉은 물이 든 가예의 모습은 시선을 사로잡는 이름 모를 고운 꽃이었다.

'내 거야.'

가예와 함께하는 시간은 언제나 그에게 최상의 쾌락을 주었다.

아무리 안아도 만족할 수 없는 상대라면 평생 소유하면 그만이다.

자신의 여인이다.

그의 손에 반응하고, 그의 움직임에 흥분하는 자신의 소유였다.

움켜잡았던 손으로 가예의 허리를 휘감았다. 더 이상 참기 힘들다는 듯 가예가 세운의 등을 팔로 감쌌다. 헐떡대는 가예의 입에 깊게 침범한 세운이 허리를 잡은 손에 힘을 주었다.

그 어느 때보다도 깊게 들어온 침입, 그리고 그 안에서 세운이 파정하였다. 가예의 몸이 부르르 떨렸다. 세운의 귓가로 지친 가예의 숨소리가 들려왔다.

땀이 송골송골 맺힌 이마에 입술을 맞춘 세운이 천천히 자신의 분신을 빼내었다. 연이어 이어졌던 정사, 그 증거로 세운이 분신을 빼내자 그의 정이 가예의 안에서 흘러나왔다.

기진한 가예의 손이 세운의 이마에 흐른 땀을 쓸었다. 그녀의 손길에 세운이 미소를 지으며 그녀를 안았다.

나른하게 내쉬는 세운의 숨소리를 들으며 가예가 그의 품에 얼굴을 묻었다.

"으음, 행복하다."

"행복해요?"

"응. 당신하고 있어서 행복해."

세운의 말에 가예가 환한 미소를 지었다. 허리와 어깨를 감싸고 있는 세운의 팔을 어루만졌다. 지친 가예가 세운의 심장 소리를 들으며 눈을 감았다.

"나도 당신하고 있어서 행복해요."

가예의 고백에 세운의 입가에 진한 소유욕이 감돌았다.

그에게 보여주는 모습 하나하나가 전부 새로웠다. 소예에게 그녀가 말했던 것처럼 그가 가장 원하는 것을 줄 사람은 가예밖에 없었다.

잠이 든 가예를 안고 있는 세운의 팔에 힘이 들었다. 코끝을 간질이는 달콤한 매화 향에 취한 세운이 오랜 시간 잠든 가예를 어루만지고 바라보았다.

✽ ✽ ✽

—생애에 한 번은 가예를 위해 움직여 주십시오.

명룡국에서 보내온 문서 위에 놓여 있는 서신에는 저 말 이외에는 아무것도 쓰여 있지 않았다. 짧은 문장 한 줄. 하지만 그 안에 내포되어 있는 의미는 강했다.

궁의 안정을 위해, 그리고 힘이 없다는 이유로 선은 단 한 번도 가예를 도와주지도, 아껴주지도 못했다. 그럼에도 반듯하게 잘 커준 가예. 다행히 휘왕과 함께 궁으로 되돌아갔다는 소식이 들려왔다.

서신을 접으며 선의 시선이 쌓여 있는 문서로 향하였다.

"내 손으로 내 부인의 가문을 쳐내라는 것인가?"

자선이 죽고 휘왕에 억지로 끌려간 가예를 데리러 갔던 선을 막은 세운이 그를 보며 말했었다.

"아버지로서 당신은 가예를 데려갈 자격이 없습니다."

세운의 말에 아무 말도 하지 못했다. 휘왕과 함께 가예가 명룡국으로 돌아가고, 그 후 가예가 사라졌다는 이야기를 들었다.

어떻게든 찾아야 한다는 생각에 사람을 풀었지만, 화수 가문이 신경 쓰여 직접 움직이지는 못했다. 하지만 진세운은 달랐다. 영화국의 제지에 코웃음을 치며 죽일 테면 죽여보라는 식으로 휘왕은 영화국 내에서 가예의 흔적을 찾고 다녔다.

그때는 휘왕이 젊기에 그럴 수도 있다고 생각했다. 하지만 가예를 찾고 원래대로 하나씩 되돌리는 그를 보며 선은 휘왕이 젊어서가 아니라 자신이 우유부단하다는 걸 깨달았다.

이미 늦은 깨달음. 이제 와 후회해 봤자 아무것도 되돌릴 수 없었다.

그렇게 포기하던 중 오늘의 문서가 그 앞에 도착하였다.

화수 가문의 비리가 전부 적혀 있는 문서와 증거들. 그 안에는 선의 부인인 화수 부인에 대한 것도 있었다.

"영화국 최대의 권력을 쥐고 있음에도 무엇이 아쉬워서 이런 것이냐? 네가, 화수 가문이 저지른 일이 얼마나 무서운 것인지 정녕 모르고 있다는 것이냐?"

영화국, 아니, 어느 나라에서도 절대로 해서는 안 되는 짓을 화수는 해버렸다. 하지만 아무리 봐도 화수 가문 혼자 이런 일을 저지를 수는 없었다. 제나라에서 일어난 내분. 본의 아니게 영화국은 자신도 모르는 사이 내분에 깊숙이 관여되어 버렸다.

'애초에 화수는 동맹이 아니라 표적이었단 말인가?'

선에게 보내온 문서 그 어디에도 휘왕의 흔적은 없었다. 모든 것이 화수 가문의 독단으로 저지른 일. 만약 이 일이 겉으로 드러나게 된다면 철저하게 영화국만 소란스러워질 것이다.

"영화국은 어떻게든 수습을 하려 할 것이고…… 그러려면 명룡국의 힘이 필요하겠군. 무서운 사내구나. 그리고 너를 맡기기에 충분한 사내구나, 가예야."

두려움과 왠지 모를 뿌듯함이 밀려왔다. 자신은 난에게 해줄 수 없었던 것을 세운은 가예에게 얼마든지 해줄 것이다. 세운이 보내온 문서를 정리한 선이 밖에서 대기하고 있는 시종을 불렀다.

"부르셨습니까?"

"휘왕이 보낸 이는?"

"흔적이 남으면 안 된다며 서둘러 화수 부인이 계시는 곳으로 가셨습니다."

"으음."

해왕과 휘왕은 표면적으로는 어색하고 불편한 관계였다. 가예가 사라진 이후 비밀리에 서신을 보내기는 했어도 공식적인 자리에서 세운은 선을 같은 왕으로서 대할 뿐 절대로 그 이상의 대접은 하지 않았다.

어쩌면 해왕과의 불편한 관계를 알았기에 화수 가문이 세운에게 접근한 것일 수도 있었다.

모든 것은 휘왕이 계획했던 대로…….

화수 가문은 절대로 알지 못한 휘왕과 해왕의 관계.

2년 동안이나 유지해 온 비밀스러운 관계를 세운은 슬슬 끝낼 생각인 듯했다.

"이번 황제 폐하의 탄일에 휘왕이 사절로 온다고 했던가?"

"그런 줄로 알고 있사옵니다, 전하."

시종의 말을 들은 선이 고개를 끄덕였다.

되돌릴 수 없다면, 아니, 어쩌면 이번이 기회일 수 있다.

어차피 일어날 일이라면 자신의 손으로 터뜨리는 것이 부인인 화수를 위해서라도 나은 일이 될 것이다. 화수와의 대립은 피할 수 없겠지만, 이제는 더 이상 잃을 것도 지킬 것도 없었다.

결심을 한 선이 눈을 감았다.

✽ ✽ ✽

결국 세운은 그날 황궁에 가지 못했다. 그 다음날, 무슨 생각에서인지 세운은 가예와 함께 황궁으로 들어갔다. 세운이 정명을 만나는 동안 가예는 세운의 명을 받은 내시의 안내로 상국인 책 노인과 함께 있었다.

"예전에는 금방금방 잘해오더니 요즘에는 영 해오는 권수가 적구나. 귀찮은 것이냐?"

필사를 해온 책을 보며 책 노인이 퉁명스럽게 말했다. 오랜만에 듣는 그의 불평에 가예의 입가에 미소가 번졌다.

"볼수록 어려운 책이라서요. 죄송해요. 읽으면서 하다 보니 늦어버렸어요."

단순히 책을 좋아하는 노인으로만 알고 있었는데 알고 보니 황제인 정명과 세운의 스승이자 명룡국의 재상이었다고 하였다. 성격은 괴팍해도 명룡국을 여기까지 키우는 데 톡톡히 일조한 공신이라고 들었다.

"책을 이해하기 어려워서가 아니라 다른 이유가 있는 거 아니냐? 듣자 하니 요즘 아주 사이가 좋다 못해 밤낮도 가리지 않는……."

"할아버지!"

금세 빨갛게 익은 얼굴을 아래로 숙인다. 부끄러워하는 가예의 모습에 책 노인의 입가에 작은 미소가 감돌았다. 떠나기 직전의 가예는 부서지고 무너져 빛이라고는 하나도 없었다. 그랬던 가예의 얼굴에 환한 미소가 감돌았다.

"얼굴이 많이 좋아졌구나. 전에 매화잠을 뽑았을 때는 다 죽어가는 상이었는데 말이다."

지그시 바라보는 상국의 시선에 가예가 고개를 끄덕였다.

"그 꼬맹이 도련님은 얼굴이 활짝 폈고 말이지."

까르르 가예가 웃음을 터뜨렸다. 목이 말랐는지 책 노인이 남아있던 식은 차를 완전히 비웠다. 찻주전자를 든 가예가 빈 잔에 다시 차를 따랐다.

"아무리 휘왕이 널 아껴준다 한들 쉽진 않을 것이다."

"알고 있어요."

"어쩌면 네 나라인 영화국과 척을 질지도 모른다. 아니, 조만간 그렇게 될 것이다. 아무리 인연이라고는 남지 않았어도 고향은 고향이다. 힘들 것이다."

"전에…… 저를 키워주신 할머니께서 해주신 이야기가 있어요. 하나를 선택하면 하나를 버려야 한다고요. 버릴 수 있을지는 모르겠지만 선택을 해야 한다면 그래도 그 사람 곁에 있을래요. 할아버지도 있고 이제 명룡국에도 지켜야 할 사람들이 있는걸요."

차를 마시고 있던 상국의 입가에 미소가 감돌았다.

"그 죽었다는 할멈, 제법 괜찮게 널 가르쳤구나. 뭐, 아직은 멀었지만."

책 노인의 칭찬 아닌 칭찬에 가예가 미소 지었다. 주거니 받거니 대화를 하는 사이, 휘왕이 오셨다는 말과 함께 세운이 안으로 들어왔다. 쪼르르 가예의 뒤로 온 세운이 그녀의 어깨를 손으로 잡았다.

"할아범이랑 대화는 다 끝났어?"

"지금 하고 있었어요."

"이 녀석! 폐하와의 대화는 끝내놓고 온 것이냐?"

"다 끝났으니까 왔지. 그러니까 할아범도 내 가예 좀 놔줘. 가예에게 황궁 구경시켜 주기로 했단 말이야."

세운의 등장에 분위기가 깨졌다는 듯 책 노인이 툴툴댔다. 책 노인의 반응에 세운의 눈썹이 꿈틀했다.

황궁에 온 순간부터 폐하와의 약속을 어긴 일로 내내 구박을 들었다. 하지만 세운도 억울했다. 이제야 마음을 열고 모든 걸 같이 하고 있다. 전쟁이 일어난 것도 아니고 재미없는 일보다 당연히 가예와의 운우지정이 더 즐거운 것을 어찌하겠는가?

왠지 모르게 험악해지는 분위기에 가예가 자리에서 일어났다.

"그러지 말아요. 할아버지, 이만 가볼게요."

"사람을 시켜 몇 권 더 보내놓으마. 필사 끝나는 대로 보내거라."

책 노인의 말에 세운의 눈썹이 다시 꿈틀댔다.

"다른 사람 시켜서 하면 안 돼? 그거 하느라 내 가예가 잠도 제대로 못 잔다고!"

"가예에게도 물어본 것이지만, 필사 탓이 아니라 다른 이유 때문이겠지! 낮에는 좀 그만 괴롭혀라! 내 보기에는 필사가 늦어지는 게 네 탓이 가장 크다!"

"한창 젊을 때잖아! 그리고 내 가예라고! 할아범의 가예가 아니라!"

"둘 다 그만하세요!"

얼굴이 빨개진 가예가 세운의 팔을 끌었다.

"할아버지, 가볼게요. 책 꼭 보내주세요. 어서 나와요, 빨리!"

"왜, 이참에 정리를…… 악! 갈게! 간다고!"

이참에 필사 일을 막겠다는 세운을 끌며 가예가 밖으로 나갔다. 나갈 때까지 둘을 보고 있던 책 노인이 문이 닫히자마자 피식 웃음을 터뜨렸다. 서로에게 엇갈릴 때는 보는 사람을 그렇게나 조마조마하게 하더니만 상대에게 마음을 열자 누구보다도 어울렸다. 괴팍한 책 노인의 눈에도 둘의 모습은 보기 좋았다.

가예가 떠난 후 무너지는 녀석을 볼 수 없어 할 수 없이 다시 맡은 상국의 자리였지만, 이제는 슬슬 다시 자리에서 내려와 서가로 돌아갈 준비를 해도 괜찮을 듯했다.

차를 마시고 있던 책 노인이 사람을 부르자 밖에서 대기하고 있던 내시가 그를 향해 고개를 숙였다.

"부인에게 어울리는 비단과 패물을 좀 골라 궁으로 보내게."

책 노인의 명에 고개를 끄덕인 내시가 조용히 방 밖으로 나갔다.

휘왕의 부인으로 살 결심이 든 가예라면 적어도 영화국의 다른 여인들과 비교할 생각조차 들지 않게 만드는 것이 나았다. 물론 왕의 부인이라 비단이나 패물이 없는 것은 아니었으나, 그래도 황궁에 직접 들어오는 것과는 차이가 있을 것이다.

'영화국의 어쭙잖은 것들과는 다르다는 걸 보여줘야지.'

존재 자체도 외면당한 채 무시하던 여인이 완전히 다른 모습으로 나타난다면 그들의 표정이 제법 재미있을 것이다. 필사를 하며 부려 먹은 것도 있으니 이참에 조금 도와주는 것도 나쁘지 않을 듯했다.

가예가 온 터에 잠시 미뤄놓았던 일을 다시 시작하며 책 노인이 의미심장한 미소를 지었다.

* * *

책 노인의 일로 툴툴댔던 것도 잠시, 황궁의 모습에 가예의 눈이 바쁘게 움직였다.

하얀 눈이 내리는 명룡국, 그리고 그 눈과 똑같은 색의 하얀 원목으로 이루어진 궁은 영화국처럼 화려하지는 않았으나 주변을 압도하는 웅장한 분위기가 있었다.

길을 잃어버리면 안 된다는 핑계로 가예의 손을 잡고 가는 세운이 그녀를 보았다.

"볼만해?"

세운의 물음에 가예가 환한 미소를 지었다.

가예는 궁을 보며 행복해했지만, 세운은 즐거워하는 가예를 보며 행복해했다.

"당신은 언제까지 황궁에서 살았던 거예요?"

"으음. 전쟁에 나간 후부터였으니까 열다섯 살? 그 전후였던 것

같은데.”

세운의 말에 궁을 보고 있던 가예가 걸음을 멈추었다. 가예가 왜 저런 시선으로 자신을 보는지 알기에 세운이 미소로 적당히 얼버무렸다.

“괜히 투신이라는 별명이 붙은 게 아니잖아? 심각하게 생각할 필요 없어. 그저 남들보다 조금 일찍 전장에 나간 것뿐이야. 그때도 이야기했지만 나가는 편이 편하기도 했고 말이지.”

아무렇지도 않다는 듯 웃고 있었지만 그가 어떻게 살아왔는지 가예도 알고 있었다.

어제 세운의 품에서 그의 이야기를 들었다. 눈으로 직접 본 것은 아니었으나 담담하게 나오는 말속에서 감정이 모두 느껴졌다.

가예를 낳자마자 죽은 난. 세운을 낳자마자 죽은 그의 어머니.

귀한 피를 이어받았음에도 둘 다 세상의 누구에게도 존재를 인정받지 못하며 살아왔다. 살기 위해 가예는 스스로를 숨겼고, 살기 위해 세운은 검을 잡았다.

궁을 보고 있던 가예가 몸을 돌려 세운과 마주했다. 가예의 시선에 세운이 고개를 갸웃했다.

“당신하고 나는 오래오래 같이 있어요.”

매화 향이 상처받았던 과거를 어루만졌다. 가예의 허리에 팔을 감은 세운이 여린 어깨에 얼굴을 묻었다. 세운의 머리카락을 손으로 쓰다듬으며 가예가 눈을 감았다.

“나는 내 어머니처럼, 당신 어머니처럼 그렇게 가지 않을 테니까, 그러니까 당신도…….”

“난 당신한테 눈이 멀었으니까. 내 옆에 있을 사람은 지금이나 앞으로나 당신 이외에는 아무도 없어.”

단순히 지금의 감정에 휩쓸려 하는 약속일지도 모른다. 하지만 그럼에도 상대방에게서 느껴지는 신뢰가 좋았다. 세운의 품에서 빠져나온 가예가 손을 들어 그의 뺨을 어루만졌다.

가예의 손을 잡은 세운이 빙긋 미소를 지었다.

정명과 대화를 끝낸 후 어떻게 말을 꺼내야 할지 고민하던 세운이다. 하지만 가예의 대답에서, 그녀가 지금 자신에게 보여주는 시선 속에서 세운은 마음속에 있던 고민을 지웠다.

“영화국 황제의 탄일에 사절로 가게 되었어.”

“사절이요?”

“응. 근데 당신이 부담스러워할까 봐 혼자 갈까 했는데 욕심이 생겼어.”

세운의 이야기를 듣고 있던 가예가 그의 뜻을 알고는 곱게 미소 지었다.

“왜 혼자 가려고 해요. 당연히 같이 가야죠.”

“담제융도, 어제 쫓아낸 담소예도 만나게 될 텐데?”

주저하듯 말을 흐리는 세운을 향해 가예가 고개를 저어 보였다.

이제는 숨지도 피하지도 않을 것이다.

그를 선택하지 않았을 때도 쉬운 일은 하나도 없었다. 하지만 그때와 달리 지금은 곁에 세운이 있었다.

“나는 휘왕 진세운의 부인이잖아요. 같이 가요.”

나오는 말 한마디 한마디가 세운을 흔들었다. 팔을 끌어 가예를 품에 안은 세운이 머릿속에 생각했던 계획을 조금씩 수정하였다.

영화국에 가게 되면 조용히 화수의 일을 처리할 계획이었다. 다만 화수 부인에게 질리도록 시달려 온 가예를 위해 세운은 되도록 그녀를 연관시키지 않을 생각이었다.

하지만 생각이 바뀌었다.

'차라리 이참에 확실히 다 받아내는 것도 나쁘지 않겠지.'

해왕의 버림받은 딸이라는 말 따위 다시는 나오지 못하게 할 것이다. 담제융에게도, 담소예에게도 아직도 꿈에 젖어 있는 화수 가문에도 이번 기회에 확실히 보여줄 것이다.

가예는 더 이상 그들이 무시하고 괴롭히던 아무것도 없는 여인이 아니다. 대륙의 절반, 명룡국에게 고개를 숙인 나라의 왕들조차 함부로 할 수 없는 휘왕의 하나뿐인 정실이었다.

"영화국에 같이 가자. 그리고 이번 기회에 확실히 사과받자."

"사과? 무슨 사과를 받아요?"

가예의 물음에 세운이 의뭉스러운 미소를 지었다.

시간이 흐르고, 휘왕 부부가 영화국에 가는 마차에 몸을 실었다.

2주 동안의 긴 여정. 영화국 황제의 탄일에 맞춰 명룡국의 사절로 온 부부가 수도에 도착하였다.

三章

결자해지(結者解之)

명룡국에서 온 마차가 멈춰 섰다. 문이 열리고 휘왕이 내렸다.

마차에서 내린 휘왕이 손을 내밀자 그의 손을 잡은 가예가 마차에서 내려왔다.

그 모습을 멀찌감치 보고 있던 화수 부인의 손에 힘이 들어갔다. 불을 뿜을 듯 뜨거운 시선이 미소를 짓고 있는 가예에게로 향했다.

소예는, 자신의 귀한 딸은 잠조차 제대로 이루지 못했다.

가예에게 모욕을 당했다며, 이런 굴욕으로 더 이상 살 수 없다며 방에 누워 물 한 모금도 마시지 못했다. 그런데 가예는 희희낙락, 휘왕이 이끄는 대로 영화국으로 왔다.

"절대로 용서하지 않을 것이다."

하나밖에 없는 자신의 귀한 딸이다. 평생을 소예가 황후가 되는 모습을 보기 위해 여기까지 달려왔다. 그런데 소예가 휘왕을 마음에 두고, 그 휘왕이 가예를 원하게 되면서 일은 꼬이기 시작했다.

'이게 모두 저것의 탓이다.'

애초 소예가 휘왕에게 마음을 두기 전에 가예가 알아서 잘 관리했으면 되었을 것이다. 그게 아니라면 적어도 소예가 휘왕에 대한 마음을 접을 수 있도록 절대 궁을 떠나지 말았어야 했다.

소예보다도 가예를 먼저 생각하는 제융을 봤을 때도 이 모든 분란의 원인은 가예였다.

"죽여 버릴 것이다."

명룡국의 사절로 온 것이기는 하지만 영화국 안에 있는 이상 좋은 기회였다. 앞으로 어떠한 꿈을 꾸더라도 가예가 살아 있는 이상 아무것도 이루지 못할 것이다.

위험하지만 이번만큼은 반드시 성공할 것이다.

"내가 말한 것은 준비하였느냐?"

"네. 오늘이라도 당장 움직일 수 있다고 했습니다."

시종의 말에 화수 부인이 미소를 지었다. 무모하지만 어쩌면 마지막 기회일 수 있었다.

가예만 없어진다면……. 어떻게든 죽일 수만 있다면…….

소예에 대한 맹목적인 집착이, 그리고 가예가 살아 있다는 부담감이 화수 부인의 냉철한 이성을 흐리게 했다.

물 한 모금 제대로 넘기지 못하는 소예.

그 아이에게 가예가 죽었다는 것을 알려준다면 어쩌면 지금까지 어긋났던 모든 것이 원래의 자리로 돌아갈 것이다.

"황제 폐하의 탄일 전까지는 성사되어야 한다. 오늘이라도 준비가 되면 당장에라도 움직여라.”

고개를 끄덕인 화수 부인이 타고 있던 마차를 이동시켰다.

❀ ✱ ❀

황제의 탄일에 방문한 사절들은 영화국에서 마련해 준 숙소에서 각각 머물렀다. 하지만 무슨 연유에서인지 휘왕은 자신들이 미리 준비해 놓은 곳에 짐을 풀었다.

왜 마련해 준 숙소에서 머무르지 않느냐는 물음에 휘왕 진세운은 대수롭지 않다는 듯 가볍게 답했다.

“영화국까지 왔는데 궁에 틀어박혀서 무엇을 하겠소? 내 부인은 혼인한 이후로 처음 오는 고향이 아니오? 부인과 내가 알아서 입궁할 터이니 걱정하지 마시오.”

다른 나라의 사절이었다면 영화국의 제안을 거절했다며 불쾌하다는 반응을 쏟아냈겠지만, 상대는 기행을 하기로 유명한 휘왕이었다. 늦지나 않게 와주시라는 말을 남긴 사람의 뒤로 세운이 입꼬리를 올렸다.

‘궁에 들어가 버리면 화수 부인이 못 움직이잖아? 그러면 안 되지.’

딸이나 어머니나 이제야 웃는 가예를 못 죽여 안달 난 눈이었다. 당장에라도 눈앞에서 치워 버리고 싶었지만 어차피 며칠만 참으면 될 일이었다.

그전에 화수 부인의 꼬리를 하나라도 더 잡는 편이 수월했다.

"뭐 하고 있어요?"

어두워지자 자리옷으로 갈아입은 가예가 방에 먼저 들어와 있는 세운의 곁으로 다가왔다.

창 너머의 배경을 보고 있던 세운이 옆에 와 있는 가예의 눈가에 가볍게 입을 맞췄다.

"오랜만에 고향 오니까 어때? 좋아?"

"잘 모르겠어요. 피곤할 뿐 좋다거나 싫다거나 그런 건 못 느끼겠어요. 그래도…… 굳이 나 때문에 입궁을 미룬 건 걸려요."

가예의 말에 세운이 빙긋 미소 지었다. 말로는 구경이라 했지만 세운이 입궁을 미룬 건 가예를 위해서였다. 입궁을 하게 되면 보고 싶지 않아도 제융을 보게 되고 소예와 만날 수도 있었다.

그럴 바에야 제대로 인사조차 못한 자선 할멈의 묘에도 들르고, 며칠이라도 편안하게 쉬었다가 들어가는 것이 가예나 자신을 위해서도 나았다.

"편하지도 않은 황궁에 들어가 봤자 신경만 쓰여. 그리고 내가 예쁜 짓을 해야 당신이 나만 봐주잖아. 열심히 해야지."

"내가 언제 다른 사람을 보기라도 했나요? 그리고 당신이 날 많이 아껴주는 것도 안다고요."

"에이, 그런데 왜 칭찬을 안 해줘? 예쁘다고 상도 안 주고."

"칭찬은 무슨……. 그리고 내가 언제 아무 말도 안 했어요? 그리고 상은 무슨! 아앗!"

창을 닫은 세운이 옆에서 항의하는 가예를 안아 들었다. 갑자기 높아진 높이에 가예가 비명을 질렀다. 명룡국과는 다른 얇은 침상

위에 가예를 앉힌 세운이 빙긋 웃었다.

그의 시선에 가예가 고개를 숙였다. 빨갛게 달아오른 뺨에 세운이 가볍게 입을 맞췄다.

"……워요."

"응?"

가예가 말한 내용이 뭔지 알면서 세운이 짐짓 모르는 척 되물었다. 그의 반응에 가예가 작게 그를 노려봤다.

"항상 고맙다고요. 들었으면서 모르는 척할 건가요?"

"쉽게 들을 수 있는 칭찬이 아니잖아. 한 번 더 듣고 싶었어."

팔을 끌어안으면 진한 매화 향과 함께 품에 꼭 안겼다. 새하얀 목에 깊게 입을 맞추자 붉은 꽃물이 곱게 들었다.

세운은 진심으로 가예와 조용히 살고 싶었다. 하지만 어쩌겠는가? 화수와 영화국의 모든 것이 가예를 편하게 해주지 않으니 이참에 확실히 정리를 해놓을 생각이었다.

"이대로 상까지 받고 싶지만……."

작게 떨리는 입술을 삼키고 깨물고 싶던 세운이 가예의 입술 안에서 속삭였다. 그가 이끄는 대로 몸을 맡기고 있던 가예가 토끼눈으로 세운을 바라보았다.

품에 안고 희롱하느라 어깨까지 풀려 있던 자리옷의 고름을 세운이 다시 묶었다.

"화수 부인이 당신과 날 가만두질 않네."

"무슨 소리를……."

"전하!"

세운에게 묻자마자 방 밖에서 도하의 다급한 목소리가 들려왔다. 동시에 무기와 무기가 맞닿는 소리가 들려왔다. 겁에 질린 가예를 품에 안은 세운이 그녀의 여린 등을 토닥였다.

"오늘만 지나면 전부 끝날 거야. 같이 있을 테니까 겁내지 마."

나지막이 들려오는 목소리에 공포로 떨리던 몸이 안정되었다. 그가 같이 있어준다면 무섭지 않다. 세운의 손을 잡은 가예가 괜찮다는 듯 고개를 끄덕였다.

가예의 뺨에 입을 맞춘 세운이 도하가 있는 창밖으로 시선을 옮겼다.

"반항이 심하다면 죽여도 좋다. 단, 그들이 쓰고 있는 무기는 반드시 회수해야 한다."

세운의 명에 대답한 도하가 바쁘게 움직였다. 시간이 흐를수록 밖에서 들려오는 전투 소리가 처절해졌다.

혼자였다면 두려움에 떨었을 것이나 지금은 세운과 같이 있다. 왕인 그가 나갈 필요까지는 없는 듯 그는 가예의 손을 잡은 채로 밖의 소리만을 듣고 있었다.

괜찮은 것일까? 화수 부인이 보낸 것이라면 상당한 실력의 사람들일 것이다. 그의 귀한 병사들이 자신 때문에 다치는 것은 아닐까?

잡고 있는 가예의 손이 차가워지자 세운의 고개가 그녀에게로 향했다. 말은 하지 않았지만 근심 어린 가예의 모습에 세운이 괜찮다는 듯 미소를 보였다.

"휘왕의 병사들을 얕보면 안 돼. 영화국에서 귀하게 자란 부인이 키운 병사들과는 비교가 안 된다니까."

"믿어요. 하지만 많이 안 다쳤으면 좋겠어요."

"으음. 전투니까 안 다칠 수는 없겠지. 하지만 당하지는 않을 거야. 그렇게 약한 놈들이었다면 진즉 나하고 전장을 다니는 동안 죽었겠지."

격하게 들려오던 소리가 점점 사그라졌다. 도망치라는 소리와 모두 잡아들이라는 목소리가 겹쳐졌다. 잠시 후, 모든 정리가 끝났다는 도하의 보고가 방 밖에서 들려왔다.

품에 안은 가예의 팔을 어루만지며 세운이 의미심장한 미소를 지었다.

"가예야."

세운의 말에 가예가 그를 바라보았다.

"이번 일이 다 끝나면 나한테 상 줘야 해?"

영화국에서 세운이 무슨 일을 준비하는지는 알 수 없었다. 하지만 세상에서 단 하나, 그녀가 모든 걸을 주고 믿는 사람이었다. 그가 그녀에게 해가 될 일은 하지 않을 것이다.

세운을 안고 있는 팔에 힘을 주며 가예가 고개를 끄덕였다.

이날 있었던 사건은 가벼운 침입이 있었다는 말로 적당히 무마되었다. 화수 부인의 무모한 짓에 태선이 분노했지만 어차피 무마된 일, 그저 대수롭지 않게 넘겼다.

이날의 일이 태선 자신과 화수 가문의 목을 조르는 계기가 됐다는 것도 모른 채 그렇게 일은 사라지는 것처럼 보였다.

사흘 후, 영화국 황제의 탄일이 되었다.

❀ ✱ ❀

세운의 손을 잡고 들어온 가예는 그곳의 누구보다도 고왔다. 적어도 제융의 눈에는 그러했다. 아니다. 제융만의 시선이 아니었다. 모든 이의 시선이 둘에게 향하였다.

혼인동맹을 스스로 되살린 후 제융은 자신이 돌이킬 수 없는 데까지 망가졌다는 것을 깨달았다. 하지만 그 사실을 알면서도 멈출 수 없는 것은 저 모습을 보고 있는 자신의 심장이 여전히 두근거리기 때문일 것이다.

'가예야…….'

수도의 궁으로 돌아간 후 휘왕의 아낌없는 사랑을 받는다는 이야기를 들었다. 어렵게 다시 찾은 정실부인이라 행여나 잘못될까 누구보다도 귀하게 여기고 있다고 했다.

영화국 귀족들은 물론 타국에서 온 사절의 시선까지도 모두 휘왕과 그 옆에 있는 가예에게로 향해 있었다.

지금의 명룡국을 만든 사내.

현 황제의 대리라는 말을 들을 정도로 명룡국 안에서도, 밖에서도 압도적인 힘을 가진 휘왕, 그리고 그 왕이 가장 귀하게 여기고 있는 그의 부인.

영화국 황제와의 담화가 끝난 둘이 내관의 안내에 따라 이동하였다.

그리고 그 찰나, 가예의 시선이 제융을 향해 옮겨졌다.

사내는 여인을 연모하는 마음으로, 여인은 사내를 안타까운 마음으로 바라보았다.

맞닿아 있는 시선, 엇나가는 감정.

하지만 얼마 가지 않아 가예의 시선이 바로 옆에 있는 휘왕의 손에 의해 가려졌다.

"보지 마."

나지막이 하는 말에 제융을 보고 있던 가예가 세운을 보았다. 평소처럼 웃는 표정이었지만, 시선의 깊은 곳에서 느껴지는 감정은 격한 질투였다.

"시선 주지 마."

억누르는 감정이 세운의 눈 안에 가득 머물렀다. 물끄러미 그를 바라보고 있던 가예가 말없이 고개를 끄덕였다. 미안한 듯 세운의 손을 꼭 잡은 가예가 어서 가자는 듯 그를 이끌었다.

가예의 외면에 제융은 심장이 내려앉았다. 이제 그와는 아무런 인연이 아니라는 듯 가예가 제융의 시선을 피했다.

'내 세상이 날 외면했다.'

멀지 않은 곳, 세운을 보며 미소 짓는 가예의 모습을 제융은 마음에 담았다.

'왜 나는 안 되는 것인가?'

하루에도 수천 번 묻고 또 묻는 물음이다. 그가 원한 것은 하나였다.

과거에도 하나였고 지금도 하나뿐이다.

진세운의 옆에 있는 가예처럼, 만약 담제융의 옆에도 가예가 있었다면 자신도 저런 미소로 저런 당당함을 가졌을 것이다.

가예를 뚫어지게 바라보고 있던 제융의 시선이 사이를 가로막는 세운에 의해 가려졌다. 제융을 바라보는 세운의 표정에는 미소라고는 없었다. 순수한 살기, 자신의 것을 지키려 하는 사내의 소유욕만이 보일 뿐이었다.

세운의 기운에 제융 또한 차가워졌다.

자신의 세상을 빼앗아간 사내. 그에게 세상이 지옥이라는 것을 알려준 하늘 아래 원수. 역시 무슨 일이 있어도 그때 죽였어야 했다.

터질 듯 팽팽하게 이어지던 대치가 세운의 옆으로 다가온 가예의 의해 멈추었다.

제융을 바라보던 세운의 시선은 어디에도 없었다. 그녀의 귀에 부드럽게 속삭인 세운이 제융의 살기를 무시했다.

그가 부럽다. 그렇기에 증오한다.

제나라의 황태자가 연회장에 들어올 때까지 제융의 시선은 오랫동안 가예 옆에 있는 세운을 향해 있었다.

당장에라도 가예를 향해 뛰쳐나가려는 소예와 화수 부인을 말리며 태선이 길게 한숨을 내쉬었다. 황제의 탄일, 하지만 무언가 수상했다.

황궁에 입궁하기 직전, 휘왕과 제나라의 황태자가 비밀리에 만난 일은 알고 있다.

제나라는 황좌를 놓고 1년 동안 치열하게 내분이 일어나던 곳이다. 그랬던 곳이 최근 1황태자가 2, 3황자를 제압하면서 끝났다. 제나라의 황제로 즉위할 황태자가 직접 영화국까지 오다니, 왠지 모르게 불안했다.

"황제가 될 그대가 직접 이곳까지 오다니, 제나라의 호의에 영화국은 오랫동안 감사할 것이오."

병마에 핼쑥해진 영화국 황제가 부축을 받으며 제나라의 황태자를 보았다. 젊고 훤칠한 이목구비, 단련되어 있는 단단한 체격의 청년이 흔들림 없는 눈으로 영화국 황제를 쳐다보았다.

"오늘은 영화국 황제 폐하의 탄일을 축하드리기 위해서 온 것도 있지만, 한편으로는 황제 폐하께 직접 부탁할 일이 있어 오게 되었습니다."

말을 마친 제나라의 황태자가 자신의 뒤에 있는 이들에게 시선을 보냈다.

커다란 두 개의 나무 상자가 영화국 황제의 시선 끝에 놓였다.

한 곳에는 상자 가득 보석과 황금이, 다른 한 곳에는 피가 잔뜩 묻은 수많은 무기가 놓여 있었다.

"이게 무슨 무례인가!"

황제의 옆에 있던 제융이 자리에서 벌떡 일어났다. 그냥 무기가 아니라 굳은 피가 잔뜩 묻어 있는, 무뎌질 대로 무뎌진 병기였다.

제나라의 황태자가 영화국 황제에게 선물로 내민 것은 내분에 쓰인 병기였다.

놀란 나머지 말문이 막혀 버린 황제를 보며 황태자가 고개를 숙였다.

"난 내 손으로 두 명의 동생을 죽였소. 내분을 정리하면서 직접 내 나라 사람들의 목을 베면서 누가 배후인지 찾아내었소. 제나라의 내분은 제나라 안에서 일어난 일이기에 그건 내가 책임지는 것이 맞지만, 만약 그 내분에 사용된 병기가 영화국의 병기라면 그건 영화국에서 책임져야 할 일이라고 생각하오."

황태자의 말에 제융이 무기가 담겨 있는 상자를 향해 걸어갔다. 떨리는 손이 피가 묻어 있는 병기를 들어 올렸다.

화기애애하게 이어지던 연회가 멈추었다.

돌아가는 상황을 보고 있던 세운이 손으로 입을 가렸다. 가린 입가에 진한 미소가 감돌았다.

이제 정리의 시작이다.

세운의 시선이 반대편에 있는 해왕 선에게로 향했다. 준비되었느냐는 세운의 물음에 선이 천천히 고개를 끄덕였다.

일이 어떻게 진행돼 가는지 알 수 없는 제융이 황태자를 보며 물었다.

"영화국은 제나라의 두 황자에게 무기를 거래한 적이 없다. 그대는 겨우 무기 하나로 영화국에 모욕을 주려 하는 것인가? 어쩌면 제나라의 황자들이 영화국에서 무기를 빼내간 것일 수도 있다. 그렇다면 이건 제나라에서 영화국에 항의를 할 일이 아니라 우리가 그대들에게 사과를 받아야 할 일이란 말이다."

"나 또한 이 정도의 정보를 가지고 영화국에 이런 무례를 저지를 생각은 아니었소. 처음에는 조용히 이 일의 배후를 밝혀달라 부탁할 생각이었소. 하지만 이번 영화국의 방문에서 아는 분의 소개로 모든 것을 알고 계시는 분을 만났소. 그리고 그분은 영화국에서 무기가 사적으로 빠져나갔다는 것을 증명해 주셨소."

이야기가 진행될수록 태선의 얼굴이 하얗게 질려갔다. 그건 옆에 있는 화수 부인 또한 마찬가지였다.

지금까지 그 누구도 모르는 일이었다. 하지만 제나라의 황태자가 짓고 있는 표정은 확신이었다.

'설마 휘왕인가?'

태선은 고개를 저었다. 휘왕 진세운은 태선에게 비자금을 만들 기회라며 3황자를 직접 연결해 준 사람이다. 그뿐인가? 휘왕 또한 태선의 앞에서 3황자와 직접 거래하기까지 했다. 태선을 건들면 휘왕도 위험해진다. 그가 그걸 모를 리 없었다.

"화수 가문은 사사로이 제나라의 황자들과 무기를 거래했소. 그 무기가 제나라에 내분을 가져오게 했소. 그리고 이 자리에 이 모든 일의 증거를 가지고 계신 분이 있소."

말을 끝낸 황태자의 시선이 태선에게서 해왕 선에게로 향했다.

화수 부인의 눈이 경악으로 가득 찼다. 절대 그럴 리 없다는 태선의 시선을 말없이 받고 있던 선이 황제와 제융의 앞에 무릎을 꿇었다.

"이제야 모든 것을 말하게 된 소인을 죽여주시옵소서."

"이제는 더 이상 숨지 않겠다. 당장은 어렵겠지만 천천히 아버지로서 다가가마."

일이 터지기 조금 전 가예의 옆을 스쳐 지나가던 선이 나지막이 한 말이다. 이상하다고 생각하면서도 대수롭지 않게 넘겼다.

제나라의 내분. 황좌를 노리던 2황자와 3황자가 현 황태자에 의해 제거되었다. 그들을 모두 제거한 후 마무리하는 과정에서 영화국의 무기가 사용되었다는 것이 드러났다. 알고 보니 화수 가문이 몰래 사사로이 제나라의 황자들에게 영화국의 무기를 팔아온 사실이 발각되었다.

나라 간의 사적인 무기 거래는 역모에 해당하는 중죄였다.

"억울하옵니다, 폐하! 이건 모함입니다!"

선이 제시한 문서를 보고 있는 황제와 담제융 앞에 태선이 무릎을 꿇었다.

지금은 자존심이 문제가 아니었다.

어디서 무슨 정보를 얻은 것인지는 알 수 없으나 절대로 부정해야 한다.

"이건 제나라의 음모입니다! 모함입니다! 어찌 나라의 녹을 먹는 자가 사사로이 무기를 거래할 수 있겠습니까? 이건 영화국에 충성하는 화수 가문을 표적으로 노린 누명이옵니다! 억울합니다! 정말로 억울하옵니다, 폐하!"

태선의 목소리가 연회장에 울렸지만 함부로 그의 편을 들 수 없었다.

만약 해왕 선이 넘긴 저 문서가 진실이라면 편을 드는 것만으로도 반역이 될 수 있는 것이다. 온몸이 떨려오는 공포에 화수 부인이 이를 악물었다.

상황이 좋지 않다. 만약 저 사실이 진실이라 밝혀지면 아무리 화수 가문이 대단해도 순식간에 끝장나는 일이었다.

'도대체 저 사람은 무슨 생각을 하는 것인가?'

지금 선이 저지르고 있는 일이 부인인 화수의 목을 조르고 있다는 것을 모른단 말인가? 하물며 이 일이 사실로 되어버리면 해왕 또한 무사하지 못한다.

억울하다는 태선의 말을 듣고 있던 해왕이 문서를 읽고 있는 황제에게 고개를 숙였다.

"축하드려야 할 탄일에 이렇게 나서게 된 것은 제나라는 물론 차후 명룡국과 영화국의 관계에 영향을 미칠까 두려웠기 때문입니다."

"명룡국과 영화국의 관계? 그게 무엇인 것이냐? 혹 명룡국의 휘왕께서는 알고 계시는 것이오?"

떨리는 손으로 문서를 읽고 있던 영화국의 황제가 시선을 돌려 세운에게 물었다. 그의 물음에 세운이 시선을 들어 무기를 바라보았다.

겉으로는 미묘하다는 표정이었지만 속마음은 착착 진행되어 가는 일에 쾌재를 불렀다.

저기에 있는 무기를 모를 리가 있겠는가?

태선을 꼬여 제나라에 무기를 팔게 하고, 영화국의 관리를 구워삶아 빼돌려 놓은 것을 3황자에게 거래랍시고 넘긴 것이다. 무엇보다도 화수 부인을 충동질하여 그녀가 암살자를 보내왔던 밤, 사로잡았던 이들에게서 빼앗았던 것이다.

오랜 시간 동안 만들어놓은 깊은 덫 안으로 화수 가문이 들어왔다.

"글쎄요. 저는 명룡국의 사내라 영화국의 무기에는 무지합니다. 하지만 며칠 전 저희가 머물고 있던 침소에 침입한 암살자들이 쓰고 있던 것과 아주 모양이 흡사하군요."

세운의 말이 끝나자 연회장 안이 술렁거렸다. 아무것도 모르겠다는 세운의 얼굴에 잘 만들어진 분노가 자리 잡았다. 하얗게 질린 표정으로 자신을 보고 있는 태선에게 세운이 쐐기를 박았다.

"제 목숨을 노리신 분이 화수 사도이실 줄은 상상하지 못했습니다."

"억울합니다, 휘왕! 이건 음모란 말이오! 그리고 휘왕 당신은 날 믿어줘야 하는 것이 아니오! 내가 설명하리다! 내가 다시 설명을……."

"닥쳐라! 네가 이런 극악무도한 죄를 저지르고도 살아남을 줄 알았더냐!"

병으로 인해 몸은 쇠약해졌어도 황제는 황제였다. 도를 넘어 저지른 화수 가문의 행동에 분노한 황제가 태선을 향해 일갈했다.

"제나라도, 하물며 동맹으로 이어진 명룡국과의 관계도 네 가문의 사심에 의해 무너질 뻔했다. 어찌…… 콜록콜록!"

분노하던 황제의 허리가 꺾였다. 놀란 제융이 황제의 옆으로 다가갔다.

제융의 부축을 거부한 황제가 태선을 보며 소리를 질렀다.

"무엇하고 있는가! 저 죄인을 잡아들이지 않고!"

"폐하! 억울하옵니다!"

아무리 억울하다 한들 이미 증거가 완벽했다. 어느새 나타난 병사들이 태선을 붙잡았다. 그와 동시에 화수 가문의 사람들, 즉 화수 부인과 소예까지도 병사들에게 붙들렸다.

고함을 지르며 반항하는 이들을 보고 있던 영화국의 황제가 시선을 돌려 제나라의 황태자를 보며 말했다.

"영화국 황제의 이름으로 이번 일은 철저히 조사하고 죄를 명명백백하게 밝혀낼 것이다. 그러니……."

황제의 말끝이 흐려졌다. 만약 이번 일이 진짜라면 제나라에서 선전포고를 하더라도 어찌할 수 없는 것이다. 현 상황을 보고 있던 황태자가 고개를 저었다.

"제나라는 영화국과의 전쟁이 아니라 친선을 원합니다. 하지만 이번 일은 나라와 나라 간의 문제. 만약 폐하께서 괜찮으시다면 저는 제3국이 중재하는 방향으로 이번 일을 정리하고 싶습니다."

제3국이라는 말에 제융의 눈이 좁아졌다.

다행히 제나라와의 전쟁은 피하는 것처럼 보였지만 무언가 이상했다.

잘 만들어진 하나의 이야기를 보는 듯한 기분.

만약 제융이 떠올린 생각대로라면 이번 일의 최대 수혜자는…….

"저는 명룡국의 휘왕이 이번 일의 중재자가 되기를 바랍니다. 만약 휘왕께서 겪었다는 암살자가 화수 가문의 사람들이라면 그 또한 이번 일과 무관하지 않습니다. 더군다나 명룡국은 영화국과도, 제나라와도 원만한 관계. 이번 일을 중재하기에는 적합하다고 생각합니다."

황태자의 말에 제융은 자신도 모르게 세운을 바라봤다.

하지만 싱글벙글 유연한 표정을 짓고 있을 뿐 별다른 변화는 없었다.

'그도 모르는 일이란 말인가?'

그럴 리가 없다. 2년 동안 누구보다도 화수와 친하게 지낸 세운이다.

"제나라에서 그러기를 원한다면 나 또한 그렇게 하도록 하겠다. 휘왕께서는 받아들여 주시겠소?"

"우선은 명룡국 폐하께 이 일을 보고드리겠습니다. 저에게 일어났던 일은 큰일이 아니기에 그냥 넘긴 것이었으나 이렇게 되어버린 이상 말씀을 드려야 할 것 같습니다. 그 후 저희 폐하께서 허락하신다면 제 이름을 걸고 최선을 다하겠습니다. 하지만 그전에 지난밤 제가 잡아들였던 암살자들을 영화국에 넘기겠습니다. 답이 나올 때까지 그들을 심문하다 보면 배후가 누구인지 아시게 될 것입니다."

미소 짓는 세운을 보고 있던 제융이 질끈 눈을 감았다.

덫이다.

진세운의 덫에 제나라도 연관되어 있는지는 알 수 없었으나, 이번 일은 화수 가문을 노리고 그가 움직인 것이 뻔했다.

명룡국의 황제에게 물어본다? 정명 황제가 동생인 그를 얼마나 아끼는지는 이미 직접 겪어봐서 알고 있다. 서신에 묻은 먹이 마르기도 전에 정명 황제는 세운을 중재인으로 내세울 것이다.

'중재인이라는 걸 내세워 진세운은 화수 가문에 대한 심문에 간섭하겠지.'

끌려가는 태선을 보며 제융은 힘껏 주먹을 쥐었다.

자신은 생각만 할 뿐 실행에 옮기지 못한 것을 휘왕은 이루어냈다.

몸을 일으킨 선이 짧게 세운과 눈을 마주치는 것을 보았다.

'저 우유부단한 해왕을 움직였다.'

화수 가문은 살아남지 못할 것이다. 아직 시작도 하지 않은 일이나 보지 않아도 결과는 뻔했다.

그렇다면 제융이 할 일은 하나였다.

'화수 가문의 힘은 내가 가져야 한다.'

화수 가문이 무너지게 되면, 그리고 그 힘의 대부분이 세운에게 들어가게 되면 진심으로 위험해진다. 어차피 화수 가문의 몰락은 제융도 바란 일이었다.

가예도 빼앗겼다. 이제 제융에게 남은 것이라고는 이 영화국밖에 없었다.

전부를 잃기 전에 먼저 움직일 것이다.

그리고 전부를 가질 것이다.

❊ ✱ ❊

들려오는 고신 소리가 끔찍했다. 떨고 있는 소예의 손을 화수 부인이 괜찮다는 듯 움켜잡았다. 하지만 연이어 들리는 태선의 신음 소리에 화수 부인의 몸조차 떨렸다.

항변은 통하지 않았다. 화수 가문을 뒤지자 지금까지 해온 모든 비리가 기다렸다는 듯 줄줄이 나왔다. 분노를 참지 못한 황제는 자리에 몸져누웠고, 화수 가문에 대한 모든 조사는 제융에게 일임되었다.

기회를 잡은 제융은 거침없이 화수를 압박해 왔다.

조금 전 고신으로 너덜너덜해진 태선이 다시 끌려가는 것을 보았다. 화수 가문과 연관이 있다면 누구라도 잡아갔다.

'이대로 끝낼 순 없어.'

어떻게든 방법을 생각해야 한다. 아직 아무것도 이루지 못했다.

'생각해야 한다.'

아직 완전히 화수 가문이 무너진 것은 아니다. 분명히 팔 수 있는 게 있을 것이다.

"지낼 만하십니까?"

감옥 밖에서 들려오는 목소리에 화수 부인의 고개가 위로 올라갔다. 하지만 그것보다도 먼저 소예가 감옥 바로 앞까지 달려갔다. 떨리는 손으로 소예가 서 있는 사내의 옷을 붙잡았다.

"살려줘요!"

"……내가 왜?"

"당신이라면 살려줄 수 있잖아? 살려줘요. 당신이라면 할 수 있잖아!"

절망적으로 매달리는 소예의 모습을 보고 있던 세운이 씩 미소를 지었다. 손을 들어 소예의 손을 매몰차게 떼어냈다.

세운의 거부에 소예의 얼굴이 창백해졌다. 힘이 빠져 버린 몸이 바닥에 주저앉았다.

일말의 동정조차 느껴지지 않는 세운의 시선이 화수 부인에게로 향하였다.

"지금의 모습을 가예에게 꼭 보여주고 싶었는데 말이야. 그녀를 못 데려온 게 아쉽네."

"화수 가문을 건들면 휘왕에게도 좋은 일이 아니지 않소? 겨우 가예 그깟 계집 때문에 화수 가문과 대립하시겠다는 것이오?"

"그 입 닥쳐! 네 입에서 그깟 계집이니 할 사람이 아니야! 그리고 언제부터 내가 그렇게 화수 가문과 친했다고? 솔직히 말해서 화수 가문이 날 옭아맬 증거나 물건이라도 있나?"

비웃는 세운의 말에 화수 부인의 몸이 떨렸다. 하지만 화를 내고 분노해도 세운의 말은 틀리지 않았다.

2년 동안의 동맹을 맺었으면서도 화수 가문의 깊숙한 부분까지 들어온 휘왕에 비해 태선도, 화수 부인도 그의 약점이나 흠을 잡지 못했다. 아니, 어느 하나 그와 연관되었다는 사실을 증명할 방법이 없었다. 휘왕의 힘에 의해 지금까지 손쉽게 물질적인 풍요와 힘을 키워왔을 뿐이다.

그리고 지금 그 모든 것이 검이 되어 화수 가문을 겨냥했다.

"힘을 준다고, 자금을 준다고 넙죽넙죽 받아버린 화수가 잘못한 거지. 그리고 이제 와서 열심히 찾아보았자 내 흔적은 없을 거야. 애초에 흔적이라곤 만든 게 없었거든."

감옥만 아니었다면 죽을힘을 다해 그의 목을 졸랐을 것이다. 2년 동안의 달콤한 말과 제안에 의해 당해 버렸다. 휘왕의 안내로 추진했던 모든 일이 화수 가문의 독단으로 진행한 것이 되어버렸다.

"죽여…… 버릴 거야!"

그를 보고 있던 소예가 광인처럼 철창에 달려들었다. 어떻게든 잡아보려고 소예가 팔을 뻗었지만 이미 한 걸음 뒤로 물러난 세운에게 닿을 리 없었다.

"죽일 거야! 도대체 무슨 이유로? 왜? 우리가 도대체 무슨 잘못을 그렇게 했다고! 내가 뭘 그렇게 해코지를 했다고! 왜? 왜?!"

"가예는 무슨 잘못을 그렇게 해서 너희한테 평생을 그렇게 당하며 살아왔어야 했던 건데?"

"가예! 가예! 가예! 그 망할 계집애! 죽였어야 했어! 죽여 버렸어야 했다고!"

"소예야! 그만해라!"

정신을 놓은 듯 발악하는 소예를 보다 못한 화수 부인이 말렸다. 헝클어진 머리, 찢어진 옷. 언제나 화려한 모습으로 매혹적인 미소를 흘리던 담소예의 모습은 그곳에 없었다.

엉망인 모녀의 모습을 보며 세운이 코웃음을 쳤다.

겨우 이 정도 가지고 저런 모습이라니, 한심해서 말조차 나오지 않았다.

평생을 그들에게 목숨을 위협당해 온 가예는 언제나 소리 없이 참았다. 무서워도, 억울해도 항변을 해보았자 달라지는 것은 없었기에 가예는 그만하라는 소리 대신 견딜 수 있다는 말부터 하였다.

한참을 난리 치던 소예가 울음을 터뜨렸다. 억울하다며, 이대로 죽을 수는 없다며 통곡하는 모습에 세운이 혀를 찼다.

"이제 겨우 시작이잖아. 좀 버텨봐, 담소예."

"휘왕! 당장 사라지시오! 당장 꺼지란 말이오!"

"조금은 버텨줘야 살려줄 생각이라도 들잖아? 살고 싶지 않아?"

세운의 입에서 나온 말에 화수 부인은 말문을 닫았다. 울음을 터뜨리던 소예도 마찬가지였다. 빤히 자신을 보고 있는 모녀의 모습에 세운이 비틀게 웃었다.

"염치없는 부탁이라는 것은 알고 있네. 하지만 딱 한 번만, 단 한 번만 자비를 베풀어주게."

용서할 수 없는 짓을 했음에도 그래도 부인과 딸이니 선은 살려달라고 했다. 목숨이 위험했던 가예는 제대로 도와준 적도 없으면서 그래도 가족이라 목숨은 살려달라 하였다.

입안이 썼지만 이번 일은 해왕이 움직였기에 세운의 흔적을 없앨 수 있었다.

화수 가문은, 태선은 구할 생각이 없지만 아무 힘도 없는 모녀따위 마음에 들지 않아도 한 번 정도는 구제해 줄 수 있었다.

"목숨을 구제받기를 원한다면…… 가예에게 무릎을 꿇어."

세운의 말에 놀란 화수 부인이 자신도 모르게 몸을 일으켰다. 믿을 수 없다는 듯 소예가 엉망인 얼굴로 입을 벌렸다.

"무릎을 꿇고 잘못했다고 해. 살려달라고, 불쌍한 목숨 가엾게 여겨 한 번만 자비를 베풀어달라고 고개를 숙여. 이마가 땅에 닿을 정도로 몸을 숙이고 다시는 눈조차 마주치지 않겠다고 빌어. 가예가 살려준다고 하면 목숨은 구해주지."

"휘왕!"

"사흘이야. 사흘 안에 여기에 있는 병사에게 전갈을 보내. 그럼 가예를 데리고 올 테니까."

소예와 화수 부인이 광기를 부렸지만 몸을 돌린 세운은 주저 없이 감옥 밖으로 걸음을 옮겼다.

화수 가문은 끝났다.

이제는 화수 가문의 전체를 삼키려는 제융을 막아야 했다. 담제융이 힘을 가지면 가질수록 영화국과의 대립은 피할 수 없게 된다.

담제융과의 전쟁을 원하지 않는 것은 아니다. 자신의 세상을 탐내는 사내 따위, 전쟁을 핑계로 죽이는 것도 나쁘지 않았다. 하지만 지금은 아니다. 화수 가문에 이어 담제융까지 잘못되어 버리면 가예가 자책하게 된다. 화수는 몰라도 담제융은 아직도 그녀에게는 오라버니였다.

'기회는 언제든지 오는 거니까.'

딱 한 번이면 된다. 담제융 스스로가 명룡국에 검을 겨두는 그 순간, 세운은 그 찰나를 절대 놓치지 않을 것이다.

세운은 머릿속에 하나씩 조각을 늘어놓았다. 그리고 천천히 조각을 맞추고 예상하였다.

"아, 머리 아파."

점점 복잡해지는 생각에 세운이 이마를 붙잡았다.

역시 영화국은 그에게 맞지 않았다. 명룡국에 비해 날은 덥고 습기도 많았다. 가예의 고향만 아니었다면 화수 가문이고 제융이고 당장에 없애려고 달려들었을 것이다. 괜찮으시냐는 도하의 물음을 적당히 넘긴 세운이 마차에 올랐다.

"제나라의 황태자에게로 가자."

당장에라도 가예에게 돌아가고 싶었지만 아직 할 일이 남아 있었다.

세운을 태운 마차가 부지런히 움직였다.

❀ ✱ ❀

밤이 깊어서야 세운은 영화국의 처소로 돌아왔다. 뻐근한 어깨를 두드리며 안으로 들어온 세운의 시선에 얇은 장옷을 걸친 가예가 들어왔다.

"왔어요?"

피곤한 세운의 표정에 편안한 미소가 감돌았다. 팔을 끌어 가예를 안은 세운이 안도의 숨을 내쉬었다.

"아, 이제 살 것 같다."

"늦었어요."

"이리저리 좀 건들고 다니느라……. 먼저 자고 있지 왜 기다렸어?"

"당신이 안 왔잖아요."

고개를 숙이고 나지막이 말하는 모습이 세운을 흔들었다.

이 사람만 옆에 있어주면 된다.

"씻을 준비 해놓았어요."

"아, 손 하나 움직일 힘도 없는데……."

정말로 힘든 듯 기운이라고는 하나도 없는 세운의 말에 가예가 걸음을 멈췄다. 무슨 일이냐고 물어보는 대신 세운의 뺨을 손으로 감쌌다.

"내가 해줄 수 있는 게 아무것도 없네요."

나오는 말 한마디 한마디가 모두 유혹이었다. 뺨에 있는 가예의 손을 끌어 세운이 입을 맞췄다. 달콤한 매화 향이 녹아들 듯 그를 흔들었다.

"나 씻겨주면 안 될까?"

"당신! 무슨 소리를!"

"내내 못된 사람들만 상대했더니 피곤하다. 당신이 씻겨주면 바로 잠들 수 있을 것 같아."

이미 모든 것을 함께하고 있는 사이지만 그래도 아직은 부끄러웠다. 하지만 거절하기에는 힘들어하는 표정이 마음에 걸렸다.

이윽고 홍조를 띤 가예가 세운의 팔을 끌었다. 수줍어하면서도 세운의 애정 표현을 피하거나 거부하지 않았다.

가예가 이끄는 대로 따라가는 세운의 입가에 즐거운 미소가 감돌았다.

시종이 준비한 물에서 나는 따뜻한 김이 안을 가득 채웠다. 그렇다고 완전히 가려지는 것은 아니었기에 가예가 시선을 아래로 내렸다. 물에 적신 수건이 조심스럽게 세운의 팔을 닦았다.

가예에게 완전히 몸을 맡긴 채 세운이 조용히 그녀를 보았다.

홍조를 띤 얼굴이, 가까운 접촉에 떨려 하는 손이, 화장하지 않았음에도 붉고 탐스러운 입술이 세운을 달아오르게 했다.

세운을 닦아주느라 젖어버린 옷에 희미하게 하얀 속살이 비친다. 이에 참지 못한 세운이 가예를 탕 안으로 이끌었다.

"당신, 씻는다면서…… 피곤하다면서요."

"지금 쉬고 있잖아."

젖은 손으로 붉게 달아오른 입술을 쓸었다. 풀어내린 옷고름이 물에 젖어 푸는 것이 여의치 않자 그대로 잡아채 끊어냈다. 자욱한 김 사이로 몸을 가리는 가예의 허리를 잡았다. 어설프게 어깨에 걸려 있는 옷을 젖은 손으로 벗겨냈다.

달아오른 입술을 단번에 삼켰다. 세운의 숨을 조심스럽게 받아들이는 가예의 입안으로 단번에 들어왔다. 단정한 이를 쓸고 보드라운 혀를 점령하였다. 한 팔에 담뿍 안기는 어깨를 끌어 세운에게 밀착시켰다.

"아……."

물속에 담겨 있던 하얗고 가는 팔이 언제나처럼 세운을 안았다. 떨리는 숨을 모두 삼켜 버릴 기세로 입을 맞추고 있던 세운이 한 손 가득 가예의 가슴을 움켜잡았다. 처음은 아니지만 언제나 어색했다. 세운의 손길이 지나갈 때마다 가예의 몸에 붉은 꽃이 새겨졌다.

탕 안에 있는 물은 천천히 식어갔지만, 두 사람 사이에 흐르는 열기는 점점 더 뜨거워졌다.

"가예야."

오랫동안 입술에서 머물던 세운이 어느새 가는 목에 입술을 깊게 눌렀다.

"이름 불러줘."

"하아, 이제 그만."

그의 손길이 지나갈 때마다 온몸의 신경이 바짝 곤두섰다. 세운 위에 올라타 있는 가예가 다리를 모았다. 하지만 그것도 잠시, 세운의 손에 의해 다시 벌려진 사이로 세운이 들어왔다.

뻐근하게 밀려오는 고통에 가예가 숨을 삼켰다. 그 모습조차 달콤하여 세운이 가예의 눈가에 입을 맞췄다.

"세, 세운……."

작지만 또렷하게 들려오는 이름에 세운의 입가에 미소가 생겼다. 허리를 감싼 세운이 가예의 안으로 좀 더 깊이 들어갔다.

어깨를 안고 있는 가예의 손에 힘이 들어갔다. 매끈한 어깨에 세운이 입을 맞추었다.

"한 번만 더 불러줘."

"하, 하지만…… 아앗!"

묵직하게 들어오는 그가 가예를 자극했다. 그와 함께하는 시간이 가예에게는 언제나 소중했다. 그녀를 안으며 뛰는 세운의 심장 소리가 좋았다. 투명한 땀이 흐르는 뺨을 손으로 어루만지며 그녀의 입술에 격하게 입을 맞추는 세운의 숨이 느껴졌다.

이름을 불러달라는 세운의 요구에 가예가 눈을 감았다.

"세운, 세운…… 아, 하악!"

격해지던 움직임의 끝, 세운이 가예 안으로 가득 들어왔다. 이

질적인 기운에 몸을 떨던 가예가 세운에게 안겼다. 파정의 끝, 나른해진 세운이 품에 있는 가예의 등을 쓸었다.

"씻어야 하는데……."

"아, 난 씻은 거야. 밖에서 안 좋을 것들만 잔뜩 묻히고 왔거든. 당신이 씻겨줬으니까."

"안 좋은 일 있었나요? 혹시 화수 가문이……."

"가예야."

세운의 부름에 품에 있던 가예가 고개를 들어 그를 보았다.

"화수 때문에 참지 마. 이제는 그럴 필요 없어."

격렬한 정사에 홀린 듯 세운을 보고 있던 가예의 시선에 빛이 돌아왔다. 고개를 갸웃대는 가예의 뺨에 입을 맞추었다.

누구에게도 줄 수 없다. 그리고 누구도 그녀를 막 대하는 모습도 볼 수 없다. 그렇다면 방법은 하나, 그녀를 누구보다도 귀한 존재로 만들면 되는 것이다.

"당신은 휘왕의 부인이잖아. 화수 가문 따위, 이제 아무것도 아니야. 휘둘리지 마."

세운의 말에 동그랗게 눈을 뜨고 있던 가예의 입가에 고운 미소가 감돌았다. 고개를 끄덕이는 가예를 보며 세운이 입꼬리를 올렸다.

보고 또 봐도 저 미소는 그에게 절제하기 힘든 유혹이었다.

식어버린 탕 속에서 세운이 가예를 안아 들었다.

"감모 걸리겠다. 이만 나가자."

"내가 걸을 수 있어요. 피곤하다면서요."

"아직 잠들기는 좀 부족한 것 같아서. 꽃잠 자러 가자."

방금 전에 한 것은 무엇이냐는 항의는 나오지 않았다. 갑자기 높아진 높이에 가예가 비명을 질렀다. 본능적으로 팔을 들어 세운을 안았다.

토끼처럼 놀란 눈을 보고 있던 세운이 웃음을 터뜨렸다.

그녀와 함께 있으면 행복하다.

침상에 가예를 눕히며 세운이 환한 미소를 지었다.

창밖으로 빛이 들어오자 감고 있던 가예의 눈이 떠졌다. 몽롱한 눈을 손으로 비빈 가예가 고개를 들었다. 유난히 아침잠이 많은 세운이 가예의 어깨에 팔을 감싼 채 깊이 잠들어 있었다.

명룡국에서 제일 강한 휘왕이 아침에 쉽게 잠에서 깨지 못한다는 걸 아는 사람은 어쩌면 가예뿐일지도 모른다. 혼자만의 생각에 가예가 소리 없이 웃음을 터뜨렸다.

자고 있는 세운의 뺨을 부드럽게 어루만진 가예가 어깨에 있는 세운의 팔을 조심스럽게 내렸다. 자리에서 일어난 가예가 어색한 듯 세운과 같이 있던 방을 물끄러미 바라보았다. 그와 혼인을 하기 전에 이 집은 감히 가예가 들어올 생각은커녕 시선조차 주지 못했던 곳이다.

유궁.

아버지이자 해왕 선의 궁, 그리고 그의 정실부인이었던 화수 부인과 소예가 살았던 곳.

평생을 걸음조차 하지 못할 것이라 생각했던 곳에 벌써 이틀째

선의 딸이자 휘왕의 부인으로 머물고 있었다.

미리 준비해 놓은 소세 물에 씻고 나오니 기다리고 있던 유궁의 시종이 일사불란하게 가예의 수발을 들었다.

"고마워요."

가예의 인사에 놀란 시종이 한동안 그녀를 보더니 움찔 고개를 숙였다. 화수 부인이나 소예는 단 한 번도 그들에게 그런 인사를 건넨 적이 없었다. 아니, 도리어 조금이라도 눈 밖에 나면 쫓겨나거나 피가 터질 때까지 맞는 것이 다반사였다.

준비해 놓은 옷을 입고 머리에 매화잠을 꽂자 가예가 자리에서 일어났다.

"이제 장신구는 그만 달아도 될 것 같아요."

"하지만 겨우 비녀만 꽂으시고……. 해왕 전하께서 최대한 신경을 써드리라는 명을 내리셨습니다."

"전 매화잠 하나면 충분해요. 궁 안에만 있을 것이니 이 정도로만 하지요."

화수 부인이나 소예와는 너무나 달랐다. 준비를 끝낸 가예가 자리에서 일어났다.

따라오겠다는 시종을 물린 가예가 아침의 유궁을 걷기 시작했다.

뜬금없이 세운이 유궁에 가자는 말을 했을 때는 잠시 인사만 하러 가자는 줄 알았다. 하지만 이미 선과 이야기가 끝난 듯 유궁에는 예전에 난 부인이 머물던 처소가 새로 단장되어 있었다.

이만 돌아가자는 가예의 말에 세운은 구렁이가 담 넘어가듯 며칠 머물자며 그녀를 잡았다.

"일어났느냐?"

멀지 않는 곳에서 들려오는 목소리에 가예가 고개를 돌렸다. 해왕의 모습에 가예가 본능적으로 고개를 숙였다. 그녀의 모습에 선의 눈매가 안타까움으로 물들었다.

선을 그어야 가예가 살 수 있다는 생각에 딸임에도 멀리하였다.

"덕분에 편히 쉬었습니다, 전하."

전하라는 말에 선의 눈이 흔들렸다.

아버지라는 말 대신 전하라는 호칭만이 남았다.

"편히 쉬었다니 다행이구나."

해왕의 말에도 가예는 여전히 고개를 숙인 채였다. 아직 선의 존재가 가깝게 다가오는 것은 아니었다. 하지만 화수 부인과 소예의 일로 그는 이제 혼자였다. 더군다나 이번 일로 크게 곤욕을 치를지도 모른다는 이야기를 듣기도 했다.

"이제라도 아버지가 있으면 좋지 않을까? 예전에는 화수 가문에 의해 막혔지만 이제는 아니잖아. 하지만 원하지 않으면 바로 말해. 당장에라도 유궁에서 나갈게."

세운이 했던 말이 뇌리를 스쳤다. 솔직히 가예도 자신의 마음이 어떤지 알 수 없었다.

그만큼 선과 그녀의 거리는 멀었다.

하지만 처음으로 선과 아버지와 딸로 마주하였다. 지금의 기회를 가예는 버리고 싶지 않았다.

"아직 전하 이외의 말은 좀 어색하네요."

가예의 말에 긴장하고 있던 선이 작게나마 안도의 미소를 지었다.

영화국을 떠날 때까지 유궁에 머물겠다는 휘왕의 말을 처음에는 농으로 들었다.

"이제라도 아버지 노릇을 해주셔야지요. 후회하실 일은 이미 충분히 하지 않았습니까?"

하지만 그 말을 하고 난 다음날 넉살 좋게 휘왕은 유궁 안으로 들어왔다. 이틀 동안 마치 자신의 집에 온 것처럼 휘왕은 해왕과 가예 사이에서 다리가 되어주고 있었다.

어색했던 처음과는 달리 지금은 가예와 둘이 이야기를 시도할 정도로 관계는 많이 나아져 있었다.

"가예야."

마주 보며 짧은 대화를 나누기는 했으나 이름을 불러준 것은 처음이었다. 가예의 놀란 눈이 선에게로 향하였다. 가예의 반응에 선이 미안해졌다.

그의 우유부단함이 가예를 언제나 뒤로 미루게 했다. 자신은 모르는 사이 가예의 마음속에 상처를 하나씩 만들어냈다.

세운의 말이 맞았다. 후회할 일은 이미 충분히 하였다.

"딸아, 미안하구나."

소리 없이 가예가 숨을 삼켰다. 빠르게 뛰는 심장이 좀처럼 가라앉지 않았다. 아침부터 이런 말을 들을 줄은 상상도 하지 못했다.

가예가 한 걸음 해왕에게 걸어갔다. 긴 옷소매 사이에서 나온 가예의 손이 해왕을 향해 내밀어졌다.

"산책하시는 중이셨다면 같이 걸어요, 전하. 아니, 아…… 죄송해요."

아직 아버지라는 호칭이 어색한 듯 가예가 눈썹을 내렸다. 하지만 선의 눈가가 붉어졌다.

먼저 손을 내밀고 미안하다고 무릎을 꿇어도 시원치 않은 아버지이다. 그는 난도, 그리고 난의 딸도 지키지 못한, 아버지로서도 사내로서도 부족한 이였다.

그럼에도 난처럼 가예가 먼저 그에게 손을 내밀어주었다. 어려워하면서도 다가오려 하였다.

가예의 손을 잡은 선이 눈에 고여 있던 것을 손으로 닦아냈다.

"넌 네 어미를 많이 닮았구나. 네 어미인 난도 그렇게 환하게 웃었다. 그 미소를 보고 있으면 세상을 다 얻은 것같이 행복했단다."

가예의 손을 꼭 잡은 채 선이 난의 이야기를 시작했다. 어색한 것도 잠시, 난의 이야기에 가예는 빠져들었다. 긴 세월을 넘어 어렵게 만난 부녀가 아침부터 정답게 궁을 걸어 다녔다.

그 모습에 시종들이 부드러운 미소를 지었다.

"아, 저건 저 모습대로 부럽네. 괜히 유궁으로 온 건가?"

가예를 위해 온 유궁이지만 아침부터 그녀를 빼앗기니 그건 그것대로 시샘이 났다. 적어도 잠에서 깨기 전까지는 같이 있을 것이지, 자신의 부인은 아침잠이 없어도 너무 없었다.

그래도 둘의 모습은 제법 보기 괜찮았다.

턱에 머리를 기댄 채 세운이 오랫동안 둘의 모습을 바라보았다.

✻ ✻ ✻

생전 난에게도 무릎은커녕 고개조차 숙여 보이지 않았다. 가문으로도, 외모로도, 모든 면에서 그녀는 난에 비해 우월했다. 그런데 오늘 휘왕의 압력에 의해 난의 딸인 가예에게 무릎을 꿇게 되었다.

끔찍하고 소름 끼친다.

'내가 도대체 무슨 잘못을 했단 말인가!'

억울하다. 화가 났다. 당장에라도 감옥을 빠져나가 가예의 뺨이라도 후려치고 싶었다.

하지만 살아야 한다.

우선은 자신도 소예도 살아남아 이 감옥에서 빠져나가야 했다.

그래야 휘왕이나 가예에게 복수를 하든지 죽이든지 할 수 있었다.

충혈된 눈이 현재의 심정을 말해주었다. 떨떨 떨리는 몸으로 힘겹게 무릎을 꿇었다. 먼지와 오물로 엉망인 감옥의 바닥에 화수부인과 소예의 이마가 닿았다.

"잘못했다. 사, 살려, 살려다오."

꿇은 건 무릎이었으나 부서진 것은 자존심이었다. 하지만 살 수만 있다면 지금의 치욕은 참아낼 수 있었다.

죽어도 가예에게만큼은 사과할 수 없다는 소예를 간신히 다독였다.

무릎을 꿇고 머리를 숙였다.

"한 번만 자비를 베풀어다오. 그럼 죽은 듯이 살겠다. 목숨만 살려다오."

깨문 입술에서 피가 뚝뚝 떨어졌다. 굴욕으로 떨리는 몸이 좀처럼 가라앉지 않았다.

하지만 잠시일 뿐이다. 지금만 잘 견디면 언제든 기회는 다시 온다. 그때 얼마든지 가예를 무릎 꿇게 하면 되었다. 이번만 잘 넘기면 백배, 아니, 그 이상의 고통을 준 후 죽일 수 있는 기회도 올 것이다.

"싫어! 내가 왜 너 따위에게!"

그때, 같이 무릎을 꿇고 있던 소예가 거칠게 일어났다. 화수 부인의 얼굴이 창백해졌다. 하지만 소예의 눈에는 더 이상 보이는 것이 없는 듯했다.

세운의 옆에 있는 가예에게 손가락질을 하며 소리쳤다.

"사내 하나 잘 만나서 사람들이 오냐오냐 해주니까 꼭 진짜 왕의 부인이나 되는 줄 아는데, 그거 얼마 안 가! 어차피 사내들이야 마음 바뀌면 그만이라고! 무릎을 꿇으라고? 사과를 하라고? 망할 계집애! 죽어버려!"

"소예야! 그만하거라!"

사색이 된 화수 부인이 그녀를 말렸지만 이미 이성을 잃은 소예에게는 아무것도 들리지 않았다. 연이은 폭언에 가예의 옆에 있던 세운의 눈썹이 좁아졌다. 화가 난 세운이 앞으로 나서자 무릎을 꿇고 있던 화수 부인이 감옥에 매달렸다.

"저 아이가 힘들어서 그런 거네! 살려주게! 내가 저 아이 몫만큼 빌겠네! 잘못했네! 가예야, 잘못했다! 목숨만 살려주게! 살고 싶어! 살려주게!"

"어머니! 빌지 말아요! 저런 계집애 따위!"

"시끄럽다! 이대로 죽을 것이냐!"

자신은 안 된다면 적어도 소예만이라도 살려야 한다. 평생을 귀하게 키워온 하나뿐인 딸이다. 이대로 이 젊은 나이의 소예를 죽일 수는 없었다.

세운의 표정이 나아지지 않자 화수 부인이 옆에 있는 가예의 앞에 무릎을 꿇었다. 핏발이 선 눈에 보이는 광기가 섬뜩했다.

그녀의 행동에도 가예가 아무런 반응이 없자, 화수 부인이 바닥에 이마를 찧었다.

"우리 둘 다가 아니라면 소예만이라도 살려줘. 내가 죽을 테니 저 아이만큼은 살려주게!"

"어머니! 이러지 마요! 왜 우리가!"

"시끄럽다! 너만큼은 살아야 해! 어떻게든 너만큼은 살아야 한단 말이다!"

화수 부인의 고함이 감옥에 울렸다. 그녀의 처절한 외침에 소예의 움직임이 멈추었다.

"너 하나만 보고 살아왔어! 둘 다 살 수 없다면 너만큼은 살아야 한다! 불쌍히 여겨 목숨만 살려주게! 죽은 듯이 숨조차 쉬지 않고 살아가겠네."

화수 부인과 소예를 보고 있던 가예의 표정이 복잡하게 변했다. 자비조차 필요 없다는 듯 이만 나가자는 세운을 말린 가예가 화수 부인을 쳐다보았다.

"당신의 모습이 거짓이라는 것을 알면서도 기분이 참 미묘하네요."

거짓이라는 말에 화수 부인이 몸을 움찔했다. 하지만 이대로 들킬 수는 없었다. 시선을 마주하던 화수 부인이 고개를 숙였다.

"당신 같은 어머니를 둔 소예가 처음으로 부럽네요."

가예의 말에 화수 부인이 숙였던 고개를 들었다. 시선을 마주하고 있는 가예에게서 난의 모습이 보였다. 자신도 모르게 화수 부인이 뒤로 몸을 뺐다.

"무, 무슨 소리를 하는 것이냐?"

물끄러미 화수 부인과 소예를 보고 있던 가예가 자리에서 일어났다.

가예를 걱정스럽게 바라보고 있는 세운을 보며 그녀가 힘없이 미소 지었다.

"이만 돌아가요."

"답을 들려줘! 난 답을 들어야 해!"

가려는 가예의 옷소매를 화수 부인이 손을 뻗어 움켜쥐었다.

이제 자존심이고 뭐고 아무것도 중요하지 않았다. 살 수 있는지 없는지는 순전히 가예에게 달려 있었다.

"숨을 죽이고 살든지 마음대로 해요. 오늘 이후로 난 당신들을 다시는 보고 싶지 않아요."

살려준다는 소리에 비로소 화수 부인이 가예의 옷가지를 놓았다. 더 이상 보고 싶지 않다는 듯 가예가 감옥 밖으로 나갔다. 가예가 나가고 세운이 조용히 화수 부인을 응시했다.

"그 가면도 제법 어울리네. 문제는 너무 뻔해서 거짓이라는 게 한눈에 보인다는 것이지만."

세운의 말에 눈물범벅이던 화수 부인의 눈매가 바뀌었다. 순식간에 바뀐 화수 부인의 모습에 난리를 치던 소예가 몸을 떨었다.

"가예는 우리를 살려준다 했어. 휘왕은 반드시 그 약속을 지킬 것이라 믿소."

"왜? 어쩔 수 없이 죽였다고 해도 되는데?"

"당신에게 있어서 저 아이는 단 하나의 존재일 테니까."

광기와 악의가 섞인 화수 부인의 시선이 세운을 노려보았다. 한 방 먹었다는 듯 세운이 헛웃음을 터뜨렸다.

"내가 당신을 좀 쉽게 봤나 보네? 맞아. 내 착한 가예가 살려주라고 했으니까 살려줄 거야. 마음에 들지는 않지만."

살려준다는 말에 화수 부인의 입가에 희미한 미소가 생겼다.

그 모습을 보고 있던 세운의 눈썹이 꿈틀댔다.

'그냥 죽여 버릴 걸 그랬나?'

적어도 거짓으로나마 가예에게 사과를 하는 모습은 보고 싶었다.

그럼에도 역시 마음에는 차지 않았다. 아니, 어쩌면 세운의 마음 한편에서는 화수 부인과 소예가 이렇게 나오기를 바랐을지도 모른다.

"나에게 가예가 소중한 것처럼 당신에게는 소예가 중요하겠지?"

"또 무슨 짓을 하려고 그러는 거지?"

"아니, 아무것도 하지 않을 거야. 그냥 가예에게 거짓으로나마 사과한 것으로 이번에는 만족하도록 하지. 어차피 기회는 어디서든 오거든. 그러니까……."

"……."

"숨을 죽이고 살도록 해. 계속 지켜볼 테니까. 그 목숨을 부지하고 싶으면 나에게 기회를 주지 마."

소예를 흘낏 본 세운이 밖으로 나갔다. 세운이 나가자 몸에 힘이 빠진 화수 부인이 살았다는 듯 웃음을 터뜨렸다. 그 옆에서 소예가 멍청이라며 같이 웃음을 터뜨렸다.

귀에 거슬리는 소음을 들으며 세운이 감옥 밖으로 나왔다. 감옥에서 멀리 떨어진 곳, 눈을 감은 채 가예가 서 있었다.

어설프게나마 사과를 받게 해주려고 했던 것이 도리어 독이 되었다.

애초에 반성할 거라고는 생각하지 않았다. 다만 조금이나마 그럴듯한 사과를 했다면 세운은 화수 부인과 소예를 편안히 죽이는 것으로 얌전히 정리할 생각이었다.

하지만 둘은 그 기회를 버렸다.

"화수 부인의 가장 귀한 것이 소예라면……."

기회를 버린 둘에게 이제는 미련이 없다.

오늘 터뜨린 웃음만큼 절규하고 고통스럽게 만들 것이다.

생각을 정리한 세운이 눈을 감고 있는 가예에게로 다가갔다.

"왜 화수 부인의 말이 거짓이라는 것을 알면서도 용서해 달라고 했어?"

세운의 물음에 그를 보고 있던 가예가 힘없이 미소 지었다.

"마음 같아서는 그냥 당신의 처분대로 하라고 하고 싶었어요. 하지만 모처럼 아버지와도 가까워졌는걸요. 나에게는 미운 사람들이지만 아버지에게는 가족이니까요. 저 둘이 없어지면 아버지는 이곳에서 혼자 계시게 되잖아요."

"……하지만 살아 있는 내내 당신에게 독이 될 거야."

세운의 물음에 가예가 그를 바라보았다.

그의 말대로 화수 부인과 소예는 살아 있는 한 그녀를 괴롭히고 위협할 것이다. 하지만 사람을 죽이는 것으로 마음속 응어리를 푼다고 해서 모든 게 해결되는 것은 아니라 생각했다. 적어도 자선 할멈에게서 그렇게 배우지는 않았다.

"난 욕심이 아주 많아서 이제는 당신도, 아버지인 해왕 전하도 절대로 놓치지 않을 거예요. 난 시기도 많아서 앞으로의 나의 모습을 날 죽이려 했던 화수 부인에게도, 날 시샘하던 소예에게도 보여주고 싶어요."

"……."

"당신들의 방해에도 난 아주 행복하게 잘살 거라고요. 지금도 행복하지만 앞으로는 더 행복할 거라고요. 무엇보다도 그들이 독이 되더라도 당신이 지켜줄 거잖아요."

생각지도 못한 고백에 세운의 눈이 커졌다. 부끄러운 듯 몸을 돌려 도망가려는 가예를 끌어 품에 안았다.

❀ ✱ ❀

회상하던 세운의 입가에 미소가 감돌았다.

조금씩이지만 가예는 점점 자신에게 믿음을 가지기 시작했다. 부끄러워하면서도 자신의 감정에도 충실하고, 세운에게도 자신만을 보아달라고 표현하였다.

가까이할수록, 마음을 열고 받아들이면 들일수록 탐이 났다.

그녀가 원하는 것은 무엇이든지 해줄 수 있다.

그리고 그녀를 위협하는 독이라면 얼마든지 제거할 수 있었다.

"늦었소. 많이 기다리셨소?"

문을 열고 제나라의 황태자가 안으로 들어왔다. 그의 모습에 앉아 있던 세운이 자리에서 일어났다.

"급할 게 무엇이 있겠습니까? 어차피 정리만 끝내면 되는 것 아닙니까?"

"말을 놓으시오. 내가 이 자리에 있는 것도 따지고 보면 휘왕과 명룡국 덕분이지 않소."

황태자의 말에 세운의 입가에 미소가 감돌았다.

화수 태선에게는 무능하고 능력 없는 2황자와 3황자를 소개해 줬다. 겉핥기식으로 3황자를 지원하는 세운의 모습에 화수가 안심하고 3황자와 교류하는 동안, 휘왕은 황제의 재목인 1황자를 지원하였다.

2황자와 3황자에 의해 제나라가 무너지는 방향도 좋았지만 그렇게 되면 옆에 있는 효국이 제나라를 삼키고 힘을 가지게 된다.

'효보다는 제가 여러모로 상대하기가 편하니까.'

"어찌 황제가 되실 분에게 말을 편히 하겠습니까? 다시 한 번 감축드리옵니다."

"휘왕, 그러지 마시오. 내 명룡국과 휘왕의 도움이 아니었다면 절대 황제의 자리에 오르지 못했을 것이오. 물심양면으로 도와준 덕분에 내 살아남아 황제가 될 수 있었소."

황태자의 말에 세운이 고개를 숙였다.

화수 가문이 무슨 소리를 지껄여도 제나라의 황태자는 세운을 절대 의심하지 않을 것이다. 자신의 부와 권력을 위해 화수 가문이 움직일 동안, 세운은 그들을 위한 덫을 차곡차곡 준비했다.

'담소예와 화수 부인은 살아남을 것이다.'

하지만 그들을 처분할 권리는 휘왕 자신이 가지게 될 것이다.

제나라의 황태자를 보며 세운이 미소를 지었다.

"이번 무기 밀매에 대한 보상은 역시 금전적으로 받으시게 될 것 같습니다. 영화국에서도 그렇게 처리를 해줬으면 하는 의사가 있었고 말이지요."

"내분으로 인해 제나라는 내적으로나 외적으로 많은 것이 부족하오. 영화국이 금전적으로 보상을 한다면 이쪽에서도 수용할 의사가 있소. 다만 내 동생들에게 무기를 준 화수 가문은 절대로 그냥 넘길 수 없소! 그들이 아니었다면 내분은 일어나지 않았을지도 모르오!"

아직도 분이 풀리지 않는지 황태자가 주먹으로 탁자를 쿵 내려쳤다. 황태자의 분노를 말없이 바라보고 있던 세운이 부드러운 미소를 지었다.

말없이 바라보고 있는 세운의 모습에 헛기침을 한 황태자가 주먹을 풀었다.

"이번 일로 제나라가 명룡국에 많은 신세를 졌소. 이걸 어찌 갚아야 할지 모르겠소."

황태자의 모습에 세운이 알 수 없는 미소를 지었다.

지금의 제나라는 명룡국에 아무런 도움이 되지 않는다.

하지만…….

"명룡국이 제나라에 도움을 요청할 일이 있을 것입니다. 그때 폐하의 재량으로 저희를 도와주시면 됩니다. 그것뿐 신세라고 생각하지 말아주십시오."

폐하라는 말에 굳어 있던 황태자의 입가에 미소가 감돌았다. 그의 변화된 모습을 보며 세운은 미소로 정중히 고개를 숙였다.

명룡국은 제나라에 아낌없이 지원할 의사가 있다는 것을 보여줘야 했다. 그래야 훗날 명룡국을 위한 장기짝으로 제나라를 이용할 수 있었다.

황제의 동생이나 명룡국의 투신은 외교에 아무런 도움이 되지 않는다. 아무리 작은 나라라고 해도 황제는 황제. 지금 만들어놓는 관계가 훗날 명룡국의 힘이 될 것이다.

결정적으로 그의 마음에 들어놓아야 현재 황태자가 가지고 있는 권리 중 가장 세운이 원하는 것을 가져올 수 있었다. 영화국에서 제나라를 달래기 위해 황태자에게 준 것, 현재 세운은 그게 절실히 필요했다.

세운을 보고 있던 황태자가 품에 있는 문서를 꺼내 그에게 내밀었다.

"이건 영화국의 황제가 화수 가문에 대한 처리를 나한테 맡긴다고 하는 문서요. 물론 현재 영화국의 황태자인 담제융이 전권을 맡아 처리하고 있으나 가문에 대한 최종적인 처리는 이 권리를 가진 나와 상의를 하려 할 테지."

"어찌 제가 이런 것을 맡겠습니까?"

"그대의 부인이 해왕 선의 여식이라 들었소. 물론 화수 가문과의 연결은 없다고 들었으나 정치적 일이라는 것이 본래 보이지 않는 곳에서 더 복잡한 것. 이걸 휘왕에게 넘기겠소. 휘왕이라면 누구보다도 최선의 결과를 낼 것이라 생각하오. 받아주시오."

원하는 물건이 나오자 세운이 고개를 숙였다.

세운의 입꼬리가 소리 없이 올라갔다.

해왕의 부탁대로 화수 부인과 소예는 살아남을 것이다. 하지만 살아남더라도 결국은 세운의 손아귀에서 벗어나지 못할 것이다. 제융이 전권을 가지고 있는 한, 화수 가문의 전부를 얻지는 못하겠지만 적어도 둘은 자신의 것이었다.

나라를 뒤집히게 만든 화수 가문의 일은 정해진 만큼 빠르게 정리되기 시작했다.

화수 태선은 참형에 처해졌다. 그 밖에 무기 밀매와 관련이 있던 귀족들 또한 유배를 가거나 엄벌에 처해졌다. 연관이 되어 있는 전부를 밝혀내지는 못하였으나 그래도 화수 가문의 큰 뿌리는 사라졌다.

다만 해왕 선이 직접 밝힌 일이기에 그의 부인이자 딸인 화수 부인과 소예는 영화국 가장 서쪽에 있는 사궁에 감금되는 것으로 처벌되었다. 궁 밖을 나가지도, 궁 안으로 사람이 들어가지도 못하는 철저한 감시 속에서 화수 부인과 소예는 연금되었다.

빠른 처벌에 제나라의 황태자가 만족해하며 돌아가고, 나머지 일 처리를 위해 가예와 세운이 해왕이 있는 유궁에 머물렀다.

그렇게 모든 일이 해결되는 것같이 흘러갔다.

사람들의 기억 속에서 화수 가문이 사라져 갈 때쯤, 깊은 밤 담제융이 비밀리에 사궁의 화수 부인을 만났다.

✻ ✻ ✻

처음 화수 부인이 만나자는 요청을 했을 때만 해도 제융은 거절하려 하였다.

말이 좋아 살아남은 것이지 화수 부인과 소예의 상황은 차라리 죽느니만 못했다. 제나라의 황태자에게서 권한을 넘겨받은 휘왕은 둘을 살려놓되 아무것도 할 수 없게 만들었다. 심지어 시중을 드는 사람조차 하루의 일과를 보고하고 감시하는 사람으로 배치해 놓았다.

왕의 부인이었던 자신에게 이럴 수는 없다며 화수 부인은 분노했지만, 이번만큼은 세운의 처사가 싫지 않았기에 제융 또한 무시하고 넘겼다.

—나와 거래를 하지 않겠소?

어떻게 보냈는지 사람을 통해 제융에게 보낸 서신.

그녀의 제안을 계속 거부하던 제융은 결국 호기심에 그녀를 만나기 위해 사궁으로 들어갔다.

그리고 이루어진 독대.

화려하고 아름답던 여인은 소복 차림에 초췌했지만 그 눈빛만큼은 여전했다.

"이제야 오셨소, 제융 황태자?"

"거래를 하자는 것이 무슨 말이오?"

"성격이 급하시기는. 우선 차라도 한잔하셔야지요."

"서론이 길어지면 이만 가보겠소."

질질 끌고 별 내용이 아니라면 시간 낭비였다. 자리에 앉아 있던 제융이 몸을 일으켰다.

"남아 있는 내 가문의 세력들, 그리고 화수 가문과 연결되어 있던 귀족들과 타국의 관리들에 대해 알고 싶지 않소?"

나가려던 제융이 화수 부인의 말에 몸을 돌렸다.

"화수 가문이 멸문이 되었다고는 하나 아직 그 세력을 완전히 거두지는 못하지 않으셨소? 더군다나 아버지가 사라지신 이상, 자기들이 제2의 화수 가문이 되겠다면서 멋대로 움직이고 있겠지. 연금이 되어 있다고는 하지만 난 그들을 내 사람으로 움직일 수 있소. 그리고 제융 황태자에게 그 힘을 넘겨 드릴 수도 있소."

화수 부인의 말에 제융의 눈썹이 꿈틀댔다.

그녀의 말은 맞았다. 화수 가문이 타격을 입자 황후 또한 본래 자리만을 유지했을 뿐, 궁에 연금되었다. 외척으로 절대 권력을 누리던 화수가 무너지자, 이참에 권력을 잡겠다며 힘 좀 있다는 귀족들이 부지런히 물밑 작업을 하고 있었다. 하물며 아직도 공석인 제융의 옆자리에 어떻게든 자신의 딸을 앉히겠다며 노골적으로 제융에게 손을 잡자는 이도 있었다.

더군다나 그들 중에는 연금이 되어 있는 화수 부인에게 자신의 가문을 밀어달라는 이들도 있었다. 예전처럼 막강한 영향력을 발휘할 수는 없어도 아직은 힘이 있는 화수 부인이었다. 그녀를 무시하기에는 아직 그녀가 가지고 있는 패가 많았다.

결국 자리에서 일어났던 제융이 다시 의자에 앉았다.

"이제야 들으실 준비가 되었군요."

"부인이 가지고 있는 전부를 나에게 넘기면 더 이상 부인에게 남는 패가 없지 않소? 그런데도 말하겠다는 것이오?"

"대신 그만큼의 가치를 전하에게 얻게 될 테니까요."

화수 부인의 말에 제융이 눈을 좁혔다.

언제나 큰 것을 얻기 위해서는 선택을 해야 한다.

자신이 원하는 것을 말하는 대신 무엇을 말할 것인지부터 던진다.

그만큼 믿을 수 있는 정보라는 것일까, 아니면 제융을 떠보려는 의도인가?

하지만 지금 화수 부인의 의도를 바로 판단할 필요는 없었다.

"무엇을 원하는가?"

"나에게 그리고 소예에게 붙어 있는 감시자들을 물려주시오. 그리고……."

"그리고?"

"처음에 했던 약조대로 소예를 황태자비로 삼아주시오."

화수 부인의 말에 제융이 고개를 갸웃했다.

가문이 멸문된 소예를 황태자비로 들이는 일은 어렵기는 해도 못할 일은 아니었다. 당장이야 황제와 신하들이 반대할 것이었지만 어차피 자신의 사람을 움직인다면 결국은 해결할 수 있는 일이었다. 더군다나 아무것도 하지 못할 소예가 황태자비가 된다 한들 화수 부인이 당장 달라지는 것도 없었다.

하지만 잘 선택해야 했다.

상대는 외척으로 오랫동안 영화국을 우롱하던 화수 가문이다. 언제 다시 제융을 노릴지도 모른다.

제융의 표정이 복잡해지자 화수 부인이 자조적인 미소를 지었다.

목숨을 건졌다고 하지만 아무것도 남지 않았다. 자신은 어쩔 수 없어도 소예만큼은, 하나뿐인 딸만큼은 살 수 있는 길을 마련해야 했다. 소예가 황태자비가 된다면, 그리고 훗날 황후가 된다면 전부를 잃더라도 기회는 올 것이다.

"황태자비라……. 내가 저 아이에게 손끝 하나 대지 않을 수도 있는데? 그래도 상관없다는 것인가?"

"그 이후의 일은 소예가 헤쳐 나가야 할 일. 내가 할 수 있는 최선은 이 정도뿐이겠지요. 어찌하시겠소? 그리고 제융 황태자도 힘이 필요하지 않소. 어찌 되었든 그대와 나는 적이 같지 않소."

"……휘왕 진세운."

"대의를 위해서는 때로는 위험한 제안이라도 받아들이셔야지요."

화수 부인의 제안에 제융이 미소를 지었다.

어차피 소예의 일은 나중에 처리해도 된다.

황태자비를 만들어달라고 했지 황후를 만들어달라고 한 것이 아니니까. 화수 부인이 알려주는 정보를 바탕으로 귀족을 압박한다면, 그리고 그들에게서 사병들과 힘을 얻을 수 있게 된다면 조만간 명룡국을 향해 선전포고를 할 수 있게 될 것이다.

서로의 조건이 담긴 각서가 오가고, 일주일 후 사궁의 시종이 화수 부인과 소예의 사람으로 바뀌었다. 표면적으로는 그대로인 연금 상태이지만 비밀리에 조금씩 사궁의 안이 바뀌어갔다.

하지만 제융도, 화수 부인도 모르는 사실이 하나 있었다.

소예를 최측근에서 모시던 이들은 세운이 예전부터 그녀에게 붙여놓았던 첩자였다는 사실을. 겉모습은 잠시 떨어졌던 주인을 다시 모시게 된 것이지만 실제로는 그게 아니었다.

사궁으로 그들이 들어가기 전날, 이 소식이 유궁에 있는 세운에게 전해졌다.

❀ ✲ ❀

“사궁의 시종이 바뀌었다?”

“그리고 담소예에게 예전에 붙여놓았던 이들이 다시 사궁으로 들어갔다는 보고입니다.”

조금 떨어진 곳에서 비단을 보고 있던 가예가 세운을 보며 미소 지었다. 그녀의 미소에 세운이 같은 미소로 화답하였다. 세운을 보며 미소를 짓던 가예가 다시 비단으로 시선을 옮겼다.

동시에 입가에 짓고 있던 미소가 사라진 세운이 바로 뒤에서 보고하는 도하에게 말했다.

“담제융과 화수 부인이 손을 잡았다는 이야기인데, 결국 화수 부인이 넘길 만한 건 가문과 연관되어 있는 이들의 목록일 것이고……. 거래 조건은 나 아니면 담소예일 텐데 나한테 별말이 없는 것을 보면 담소예인가?”

보고가 채 끝나지도 않은 상태임에도, 세운은 마치 그 상황을 보고 있었던 것처럼 내용이 바로 나왔다. 작정하고 움직이는 세운은 때로는 도하도 따라갈 수가 없었다.

“담소예를 황태자비로 들이겠다는 약조를 받은 것 같습니다.”

“화수 부인도 늙었군. 담소예를 황후로 만들어 복귀를 노리겠다는 것인데, 담제융이 그 꼴을 그냥 두고 볼까? 황태자비는 황후가 아닌데 말이야. 결국 담제융의 배만 부르는 일이 되겠군."

"전하."

"하지만 화수 부인이 하라는 대로 할 담소예도 아니니까 우선은 담소예가 원하는 대로 따르라고 전해라. 그리고 조금이라도 달라지는 게 있으면 그때그때 보고하라고 하고."

"하지만 둘이 손을 잡은 것은……."

말을 하던 도하를 세운이 막았다. 세운의 행동에 도하가 숙였던 고개를 조금 들었다.

몇 걸음 떨어져 있는 곳에서 비단을 고르고 있던 가예가 어느새 세운의 앞에 다가와 있었다. 굳어 있던 세운의 표정이 어느새 부드럽게 변해 있었다. 뒷짐을 지고 있던 손을 들어 가예의 뺨을 어루만졌다.

"같이 비단 보자고 나오고서는 왜 여기에 있어요? 혹시 안 좋은 일이라도 있는 거예요?"

어두운 도하의 표정을 보자 무언가를 느낀 듯 걱정스러운 눈으로 가예가 세운을 바라보았다. 그녀의 물음에 세운이 고개를 저었다.

"무슨 일은……. 걱정할 일 없어. 비단은 정했어?"

도하에게 그만하라는 시선을 보낸 세운이 가예의 손을 잡았다.

유궁에 머물면서 해왕과도 많이 가까워졌다. 예전에는 받지 못했던 애정을 받으니 가예의 얼굴에 생기가 감돌았다.

"색을 못 정하겠어요. 그러니까 이쪽으로 와보세요."

그의 곁에서 항상 울던 가예는 이제 더 이상 없었다. 달콤한 미소로 자신의 손을 끄는 가예의 모습은 언제나 그의 눈을 멀게 했다.

그를 보면 미소 짓고, 그가 반응을 하지 않으면 심통도 부렸다.

"얼른!"

"알았어, 갈게. 가서 보면 되잖아."

가예의 보폭에 맞춰 걸으며 세운이 웃음을 터뜨렸다.

화수 부인과 제융이 손을 잡는 것은 불편한 일이기는 했으나 절대로 막아야 할 일은 아니었다. 어차피 사궁에 가두어놓은 이들이 평생을 그렇게 조용히 살 것이라고는 생각하지 않았다. 어떻게든 움직일 것이라 생각했다. 그렇기에 명룡국으로 가는 대신 영화국에서 기다렸다.

생각보다는 이른 감이 있었지만 차라리 둘이서 같이 움직인다면 세운으로서는 반가운 일이었다.

'이참에 한꺼번에 잡아버렸으면 좋겠는데 말이지.'

딸을 위하는 화수 부인.

가예만 보고 있는 담제융.

받아주지 않는 세운을 저주하면서 가예를 원망하고 있는 담소예.

가예에게도, 그리고 세운에게도 그들은 모두 독이었다.

"진녹색이랑 청색 중 못 고르겠어요. 당신은 어떤 색이 좋아요?"

"난 둘 다 좋은데. 그냥 두 벌 만들어주면 안 될까?"

"안 돼요. 당신이 색을 선택하고 나면 나머지 색으로는 아버지

옷을 만들 거란 말이에요. 아무 색이나 상관없다고 하셨지만, 그래도 여기서는 이 두 색이 제일 눈에 들어오는걸요. 그러니까 따라온 당신이 먼저 골라요. 어서요!"

채근하는 얼굴에 빛이 가득했다. 이제야 품 안에 들어온 귀한 이였다.

화수 부인이 제융과 손을 잡든 말든 상관없었다. 어차피 세운에게는 그들을 막을 힘도, 능력도 있었다. 더군다나 가장 귀하게 여기는 가예 또한 자신의 곁에 있었다.

이제 무서운 것은 아무것도 없었다.

청색 비단을 선택한 세운이 그녀를 보며 미소 지었다.

❀ ✱ ❀

유궁에 마련된 집무실에 들어가자 언제 와 있었는지 가예가 세운의 자리에서 그의 문서를 보고 있었다.

"언제 왔어?"

그녀가 봐도 상관은 없지만 현재 그가 보고를 받고 있는 내용 중에는 화수 가문과 제융에 대한 것도 있었다. 물론 그녀는 알 수 없는 말로 되어 있기에 걱정하지는 않았지만, 그래도 혹 모르는 일이기에 세운은 숨을 삼켰다.

"조금 전에 왔어요. 같이 차라도 마실까 했는데. 그런데 나 이거 물어봐도 되나요?"

가예의 물음에 가까이 다가간 세운이 숨을 삼켰다.

그 많고 많은 서류 중 가예가 집어 든 것은 하필이면 사궁에 대한 보고였다.

화수 부인, 소예, 제융에 대한 동태와 어떻게 움직이고 있는지에 대해 적어놓은 것으로 화수 부인은 암사자, 소예는 여우, 제융은 범으로 돌려 적은 것이었다.

"으음, 뭐가 궁금한데?"

속으로는 가예가 알아챌까 조마조마했지만 세운은 최대한 담담히 대답했다.

말이야 적당히 얼버무리면 그만이지만 더 이상 가예를 화수 가문과 제융과는 연결시키고 싶지 않았다.

"범하고 암사자가 손을 잡았다고 적혀 있는데 왜 당신은 움직일 때까지 가만히 있으라고 하는 거예요? 여기에 적혀 있는 게 누구를 말하는 것인지는 몰라도 당신과는 좋은 관계가 아닌 걸로 보여서요."

문서에 나와 있는 사람들이 누구냐고 물어볼 줄 알았던 세운이 안도의 숨을 내쉬었다. 가예가 들고 있던 문서를 집어 든 세운이 슥 내용을 훑었다.

"그다지 걱정하지 않아도 될 것 같아서. 이미 동향을 파악하고 있는 사람들이거든."

세운의 대답에 무언가 걸리는 듯 가예가 눈썹을 찌푸렸다. 그녀의 표정에 세운이 옆에 있던 의자를 끌어 그녀의 옆에 앉았다. 얼굴 옆으로 내려온 머리카락을 귀 뒤로 넘겨주며 세운이 가예를 바라보았다.

그의 시선에 가예가 굳어 있는 시선 그대로 조심스럽게 입을 열었다.

"당신이 강하다는 것도, 내가 생각하는 것보다도 훨씬 앞서 간다는 것도 알고 있어요. 하지만 사람의 일이라는 것이 언제나 좋은 일만 생기는 것은 아니잖아요. 기다리라는 명을 내린 이유는 모르겠지만, 그래도 먼저 처리할 수 있는 일이라면 기다리는 것보다는 먼저 해결하는 게 낫지 않을까요?"

"미리 대비할 수 있는 일이라면 미루지 마라?"

"방심할 때가 가장 공격하기 좋을 때라고 하잖아요. 당신이 방심하고 있다는 건 절대 아니에요. 다만……."

"다만?"

"당신에게 위험한 사람들이라면 수습할 수 있을 때 정리하는 게 좋지 않을까 싶어요. 이제 난 당신이 다치는 모습은 절대 보고 싶지 않아요."

그의 기분이 상하지 않게 조심스럽게 말하는 어조에 진심이 담겨 있었다.

앉아 있는 그녀의 팔을 당기자 여린 여체가 부드럽게 안겨왔다. 마냥 부드럽고 지켜줘야 할 것 같았던 가예에게서 예상외의 뼈 있는 충고를 들었다. 가예는 세운의 기분이라도 상했을까 걱정하는 듯했지만 도리어 그는 가예의 충고에 정신이 확 들었다.

가예가 품 안에 있어서, 생각했던 모든 일이 계획대로 진행이 되어서 자신도 모르게 마음이 늘어진 것도 있었다.

"미안해요. 나도 모르게……."

"내 부인은 내가 생각하는 것보다도 괜찮은 조언자 같아. 당신 덕분에 방심하고 있던 정신이 확 돌아오네."

"화 안 났어요?"

안고 있는 팔에 힘을 준 세운이 가예의 어깨에 얼굴을 묻었다.

"맞는 말을 했는데 화를 낼 이유가 없지. 도리어 종종 당신하고 이런 이야기도 해야겠다는 생각이 들었어. 당신이 아니면 누가 나한테 방심하지 말라며 충고해 주겠어?"

"약 올리지 마요."

"아, 진심이라니까. 자주자주 해야겠어."

긴장하고 있던 가예의 입가에 그제야 미소가 감돌았다. 품에 쏙 안겨 있던 가예가 팔을 들어 세운을 안았다. 그녀의 말이 맞았다. 어차피 내버려 둔다 한들 그들이 조용히 있을 리도 없고, 세운과 가예에게 좋은 일을 꾸밀 리도 없었다.

가예가 나간 후 세운이 도하를 불렀다.

고개를 숙이고 있는 도하를 보던 세운이 집무실에 있던 문서 하나를 꺼내 들었다. 담소예, 즉 여우에 관한 이야기였다.

"암사자와 여우가 싸웠다……."

"담제융과 화수 부인의 거래 내용을 들은 여우, 아니, 담소예가 화수 부인과 격하게 대립했다고 합니다. 자신은 죽으면 죽었지 담제융의 부인으로는 들어갈 수 없다는 말을 여러 번했다고 합니다."

"담제융이라면 치를 떠니까. 더군다나 이번에 일이 꼬인 것도 담제융 탓이라며 원망하고 있을걸. 남의 탓으로 잘 돌리는 담소예는 그러고도 남을 거야. 그러니까 믿을 수 있는 시종에게 효과가 좋은 독을 구해오라고 했겠지."

"스스로의 목숨을 가지고 담제융이나 화수 부인에게 거래를 하려는 걸까요?"

도하의 물음에 세운이 미묘한 미소를 지었다. 들고 있던 문서의 끝을 초에 가까이 댔다.

불이 붙은 문서가 연기를 내며 활활 타올랐다.

"담소예에게는 본인이 원하는 대로 효과가 좋은 독을 구해줘. 그리고……."

세운의 말에 도하의 눈이 커졌다. 실로 간단한 명령이었으나 그것이 가져다줄 효과는 무서운 것이었다. 개인적인 의견일 뿐이지만 도하는 세운이 좀 더 기다릴 것이라 생각했다.

"바로 정리할 생각이십니까?"

도하의 물음에 세운이 미소 지었다.

"방심하면 위험하다는 말을 내 부인이 했으니까. 물론 가예는 본인이 물어본 일이 화수 가문과 제융에 관한 일이라는 걸 모르지만 말이야. 해왕의 부탁대로 한 번은 살려줬으니 이제는 뭐, 마음대로 처리해도 괜찮겠지. 무엇보다도…… 나나 가예의 손을 빌리지 않고도 간단히 해결될 문제니까."

세운의 말에 도하가 마른침을 삼켰다.

어서 움직이라는 세운의 명에 도하가 밖으로 나왔다.

가예 부인이 무슨 말을 했는지는 알 수 없으나 괜찮다며 기다리고 있던 세운을 곧바로 움직이게 했다. 예상하기로는 일주일. 그 안에 확실히 사궁의 일은 정리될 것이다.
몇 명의 사람을 부른 도하가 몇 가지를 지시하기 시작했다.

✻ ✻ ✻

첩으로 시작했던 어머니, 화수 부인은 정실, 특히나 황후에 대한 미련이 많았다. 그렇기에 그녀는 가지고 있는 전부를 바쳐서 소예를 다시 황태자비로 만들었다.

하지만 소예는 황태자비 따위, 원하지 않았다.

미련스럽다는 것도, 어리석다는 것도 알고 있으면서도 그녀는 아직도 세운에 대한 마음을 버리지 못했다. 그가 가예에게 빠져 있다는 것을 알면서도 그를 원했다.

'이대로라면 불행해질 뿐이야.'

조용히 제융의 부인이 되라는 화수 부인에게 반항해 보았자 달라지는 것은 하나도 없었다.

그래서 준비했다. 사람을 시켜 최상의 독을 구하고 혼인에 관한 일로 할 말이 있다며 제융을 불렀다.

"무슨 말을 하고 싶은 것이냐?"

그리고 소예의 앞, 제융이 앉아 있다.

소예의 시선이 제융 앞에 놓여 있는 차에 잠시 머물렀다.

이기적이고 제멋대로라고 해도 그녀도 살고 싶었다. 살아남아 원하는 사람 옆에서 누구보다도 행복하게 살고 싶었다. 그러기 위해서는 그녀에게 있어 가장 큰 걸림돌인 제융을 없애야 했다. 다시는 소예의 삶에 담제융이 간섭하지 못하도록 확실히 제거할 생각이었다.

"우, 우선 차라도 마시며 이, 이야기하죠."

"너와 말이냐? 그러고 싶지 않구나. 용건만 말하렴."

"그, 그게……."

담담하려 했으나 목소리가 떨렸다.

떠는 손이 찻잔을 간신히 들었다. 자신이 먼저 마신다면 제융 또한 마실 것이다.

잔을 들어 입으로 가져가는 소예를 물끄러미 보고 있던 제융이 그녀를 향해 말했다.

"소예야."

"네? 네, 오라버니."

제융의 부름에 소예가 몸을 움찔했다. 손으로 잔을 감싼 채 제융이 소예를 바라보았다.

"왜 그렇게 떨고 있는 것이냐? 몸이 안 좋은 것이냐? 아니면……."

"무슨 소리를 하시려는 것입니까? 저는 아무 일도 없습니……."

"나에게 숨기는 것이라도 있는 것이냐?"

잔을 놓치려는 것을 억지로 붙잡았다. 피가 바짝바짝 말랐지만 소예는 최대한 들키지 않으려 노력했다. 무언가 알아챈 것인가? 아니, 그렇다고 하기에는 제융은 조용했다.

한 모금이면 된다. 제융이 마시기만 한다면…….

"소예의 뒤에 있는 자네, 이리 가까이 오게."

소예의 뒤에 있는 시종을 제융이 불렀다. 갑자기 부르는 그의 행동에 소예나 시종이 의아해하는 것도 잠시, 시종이 제융 앞에 몸을 숙였다.

시종을 보고 있던 제융이 자신의 앞에 있는 차를 건넸다.

"마셔라."

"제융 오라버니! 그게 무슨……. 어찌 오라버니에게 건넨 차를……."

"전하, 어찌 저따위가 전하의 차를……."

"아니야. 마셔라, 내가 주는 상이다."

제융의 말에 소예의 얼굴이 창백해졌다. 절대로 일어나면 안 되는 일이 일어나려 하였다. 다급해진 소예가 시종을 말리려 몸을 일으켰다. 하지만 그보다도 먼저 제융의 차를 받아 든 시종이 차를 한 모금 마셨다.

"컥!"

차를 마시자마자 피를 뿜은 시종이 바닥을 뒹굴며 고통스럽게 몸을 뒤틀었다. 손톱으로 바닥을 긁던 시종은 얼마 후 조용해졌다. 분위기가 바닥으로 치달았다. 살아 있는 다른 시종과 소예의 얼굴이 창백해졌다.

"지금 목숨 하나가 죽었다."

"오라버니! 이건, 그러니까 이건……!"

"저 목숨이 내가 될 뻔했구나."

노기 어린 제융의 모습이 두려웠다.

들켜 버렸다.

소예의 몸이 파르르 떨렸다. 하지만 너무 놀란 나머지 무릎조차 꿇을 생각도 못하였다.

떨고 있는 소예를 향해 제융이 나지막이 소리쳤다.

"너는 너무 잘 보인다. 그래서 너를 황태자비로 거두려 했다. 쓸데없는 짓 따위 저지르지 못할 테니까. 그리고 황후가 되기 전에 죽여 버리면 그만이니까."

"무슨, 무슨 소리를 하시는 것입니까?"

제융의 독설에 떨던 소예의 눈이 표독해졌다. 잔을 잡고 있는 손은 여전히 떨렸으나 제융을 보는 시선에는 독기가 가득했다.

그런 소예를 보는 제융의 시선은 무미건조했다. 애초에 마음을 주지 않았지만, 내내 독한 성질이나 부리는 모습을 보니 그나마 있던 동정조차 사라졌다.

조용하지만 생각이 깊은 가예는 제융에게 언제나 봄이었다. 하지만 소예는 자매임에도 불구하고 증오 그 이상의 감정은 들지 않았다.

"소예야, 이 자리에 계셔야 할 분이 한 명 빠졌더구나. 그래서 내 직접 그분을 모셔왔단다. 들어오시게 하라!"

문이 열리고 사람들에 의해 강제로 끌려 들어온 화수 부인의 모습에 소예가 자리에서 벌떡 일어났다. 표독한 눈이 제융을 날카롭게 노려봤지만 정작 그는 평온했다.

제융과 소예의 사이, 창백한 화수 부인이 억지로 앉혀졌다.

화수 부인의 예리한 시선이 소예를 바라보았다. 하지만 그 시선을 고개를 돌리는 것으로 소예는 외면했다.

불길한 기운이 화수 부인을 감쌌다. 고요해 보였지만 담제융의 눈엔 노기가 감돌았다. 딸인 소예는 죄라도 지은 것처럼 연신 불안해했다.

"무슨 짓을 한 것이냐?"

화수 부인의 말에 소예의 몸이 흠칫 떨렸다.

둘의 분위기에도 제융의 표정에는 별다른 것이 없었다. 앞에 있는 찻잔을 탁자의 가운데로 밀어놓으며 제융이 쓰게 입술을 비틀었다.

소예를 만나러 오기 전 입수한 정보가 아니었다면 제융은 독이 든 차를 마실 뻔했다. 화수 부인의 해명을 듣지 않아도 담소예의 독단으로 일어난 일이라는 것은 알 수 있었다.

그럼에도 불쾌했다. 애초에 상대해서는 안 되는 것이었다.

"무슨 잘못을 했다고 하는 거예요! 전 잘못한 게 없어요!"

"잘못이 없다?"

항변하는 소예의 말을 제융이 잘랐다. 손을 깍지 낀 제융이 의자에 몸을 기댔다.

조금은 인내하며 화수 부인의 힘을 가지려 했다.

하지만 이제는 그러고 싶지 않았다. 하루하루가 초조하다. 진세운의 곁에서 해맑게 웃고 있는 가예의 모습이 눈앞에 아른댔다.

포기하려 해도 포기가 되지 않는다면 강제로라도 취할 것이다. 진세운에게 보여주는 미소를 평생 볼 수 없어도 상관없다. 가질 것이다. 소유할 것이고 한평생 탐할 것이다.

"소예야, 난 네가 이 차에 독을 넣은 것을 알고 있었단다."

제융의 말에 소예가 몸을 떨었다. 담제융의 말을 들은 화수 부인이 창백한 시선으로 독이 든 잔을 바라보았다. 제융의 시선이 사시나무처럼 떨고 있는 소예에게로 향하였다.

"황태자의 독살을 꾀한 죄의 대가는 죽음이다."

"제융 황태자!"

"하지만 담소예가 살 수 있는 방법이 하나 있지."

살 수 있다는 말에 소예의 눈에 빛이 감돌았다. 그 모습에 제융의 입가에도 미소가 감돌았다. 이제야 화수 가문과 영화국의 질긴 인연을 끊을 수 있게 되었다.

"네 대신 화수 부인이 이 차를 마신다면 소예 너는 살려주마."

담제융의 목소리가 소름 끼쳤다. 믿을 수 없는 그의 말에 화수 부인이 숨을 삼켰다.

지금 그가 무슨 말을 꺼내고 있는 것인가? 아무리 화가 났어도 지금 꺼낸 말은 그 정도를 넘어섰다.

"지금 무슨 말을 하고 계시는지…… 아시는 것이오, 제융 황태자?"

"알다마다요. 그리고 소예도 아주 잘 알고 있는 것 같습니다만?"

제융의 말에 화수 부인이 소예를 향해 고개를 돌렸다. 어느새 다가온 소예가 화수 부인의 옷깃을 부여잡고 있었다.

불길함이 스멀스멀 온몸으로 기어오르기 시작했다.

"어, 어머니, 살려주세요."

한평생을 금이야 옥이야 귀하게 키워온 딸이 화수 부인의 목을 조여오기 시작했다.

"이번 일은 실수였어요! 그러니까 왜 나한테 황태자비가 되라는 소리를 했어요! 가예에게 복수를 해야 하잖아요! 어머니는 죽어도 저는 살아야 한다면서요!"

"소예야!"

"어머니가 저 차를 마시면 저는 살 수 있대요. 어머니는 날 사랑하니까, 훗날을 위해 희생해 줄 수도 있는 거잖아요!"

온몸의 피가 차갑게 식어간다.

"어머니, 제발이오! 다음에는 실수하지 않을게요. 가예에게만큼은 실수하지 않고 제대로 복수할게요. 그리고…… 고통도 그렇게 없대요. 마시기만 하면 잠들 듯이 그렇게 갈 수 있대요. 응? 어머니, 제발 살려주세요."

화수 부인에게 삶이란 언제나 투쟁이었다.

죽은 난을 밀어내고 정실부인이 되었다. 수많은 적을 제거하며 지금의 힘을 얻었다. 아버지가 실수하여 가문이 멸문되기는 했지만, 살아 있기에 기회가 있었다.

모든 이의 원망을 들어가면서도 버티고 버텼던 단 하나의 이유.

소예, 자신의 하나뿐인 딸.

"난 어머니의 하나뿐인 딸이잖아요. 부탁이에요. 아니, 이렇게 빌게요. 어머니가 마셔줘요. 어머니가 죽으면 난 살 수 있어요."

마음에 담았던 선의 마음을 얻지 못했어도 소예가 있었기에 버틸 수 있었다.

자신의 하나뿐인 딸이 황후에 오르는 모습만 볼 수 있다면 얼마든지 수라라는 오명도 견디어낼 수 있었다.

소예도 당장은 이해하지 못하겠지만 훗날 황후에 오르면 화수 부인을 이해할 것이라 철석같이 믿었었다.

"지금 네가 나에게 독이 든 차를 마시라는 거니? 그게 무슨 의미인지 정녕 모른단 말이냐?"

"원하는 게 있다면 무슨 짓을 저질러서라도 빼앗아야 한다고 가르치셨잖아요. 전 어머니에게 그렇게 배웠어요. 황태자를 독살하려 했다는 것이 밝혀지면 전 죽어요. 죽기 싫어요, 어머니. 그리고 나 아직 세운, 그 사람을 얻지 못했어. 가예 그것의 목숨도 빼앗지 못했어."

"……딸아."

"어머니만이 날 살려줄 수 있어요. 희생해요. 당신은 내 어머니잖아!"

화수 부인의 세상이 무너졌다.

평생을 버텨오던 모든 것이 제융의 한마디에 흔들리는 소예에 의해 부서졌다.

"어머니가 날 이렇게 만들었잖아요! 그러니까 어머니가 책임져요! 어머니가 죽어줘요! 그럼 살아남아서 반드시 어머니가 가지고 싶었던 모든 걸 내가 다 가질게요! 어머니가 가진 한, 내가 다 풀어줄게요!"

가장 귀하게 여기던 딸이 어머니인 화수 부인을 향해 검을 찔러왔다. 그럼에도 화가 나지 않았다. 아니, 화를 낼 수가 없었다. 단 한 번도 흐르지 않았던 화수 부인의 눈에서 한 방울 눈물이 흘러내렸다.

"이 어미가 저 차를 마시고 네 대신 죽기를 바라니?"

물음을 마친 화수 부인이 눈을 질끈 감았다.

스쳐 지나가는 것이었지만 그녀는 똑똑히 보았다.

소예의 입가에 생기는 미소를, 드디어 살았다며 짓는 환희의 빛을.

끝을 보게 된다면, 그렇게 된다면 정적이나 휘왕에 의해 보게 될 것이라 생각했다. 한데 아니었다. 이제는 아무것도 없다. 언제나 투쟁을 해오던 삶의 끝이 눈앞에 보였다.

잔은 든 화수 부인이 핏줄이 선 눈으로 제융을 노려보았다.

"그대 또한 비틀린 것을……. 그대 또한 나처럼 후회하다 파멸할 것이오."

말도 안 된다는 듯 제융이 그녀를 향해 비웃음을 흘렸다. 제융을 향해 있던 시선이 다시 소예에게로 향했다.

세상의 그 무엇과도 양보할 수 없던 딸이 그녀에게 독이 든 차를 권했다.

"살아온 삶을 후회하지는 않으나 딸을 어리석게 키운 것은 후회한다."

화수 부인의 말에 소예의 눈이 커졌다. 어찌할 바를 모르는 입가가 웃지도 울지도 않는 기괴한 모습으로 변해갔다.

그녀를 보고 있던 화수 부인이 이미 식을 대로 식은 차를 단번에 들이켰다.

쓰디쓴 차는 몸을 태울 듯 휘몰아쳤다. 몸을 찢는 듯한 고통에 화수 부인이 울컥 피를 토해냈다. 바닥에 흥건히 고이는 피를 보던 소예가 한 걸음 뒤로 물러났다.

도망가려는 소예의 옷자락을 화수 부인이 움켜잡았다.

"절대…… 가예에게 지지 마라. 너는…… 내 딸…… 쿨럭!"

절망과 패배감에 무너지는 정신이 점점 아득해졌다.

살고 싶었다. 자신의 끝은 겨우 이곳이 아니었다.

소예가 황후가 되고, 화수 부인이 국대부인이 되고, 마지막으로 선이 그녀를 보며 고생했다고 말해야 했다. 적어도 그녀가 지금까지 한 투쟁은 그 미래를 위한 것이었다.

몰려오는 고통에 화수 부인이 심장을 움켜쥐었다.

자신은 난과는 다르다. 모든 걸 다 얻을 것이다. 전부 자신의 것이었다. 그저 꿈일 뿐이다. 이대로 죽고 나면 꿈같이 깨어날 것이다. 딸에게 느낀 배신감이나 분노 따위, 꿈속에서 사라질 것이다.

"난 전부를 얻을 것……."

아무것도 보이지 않는 지독한 어둠 속에서 난이 화수 부인을 내려다보고 있었다. 이십여 년 만에 만난 난은 여전히 질투 날 정도로 곱고 아름다웠다.

'웃는 것이냐? 이렇게 죽어가는 날 보며 그리 웃고 있는 것이냐?'

온몸에 퍼지는 독에 고통스러웠다. 핏발이 선 눈이 멀찌감치 떨어져 있는 난을 노려봤다. 하지만 화수 부인의 독한 시선에도 난은 그대로였다.

'네 딸을 그렇게 만든 나에 대한 복수인 것이냐?'

화수 부인의 물음에도 그녀를 보고 있는 난의 시선은 여전했다.

난이 화수 부인에게 다가왔다. 예전이나 지금이나 난은 웃는 것밖에 하지 못했다.

'바보 같은 계집애.'

저렇게 한심하니 사내를 빼앗기고 귀한 아이조차 제대로 지키지 못한 것이다.

하지만 그럼에도 난을 보니 웃음이 터져 나왔다.

아이를 지키지 못한 난, 아이를 잘못 키운 자신.

'어차피 무슨 상관인가. 결국 똑같은 것을.'

난이 화수 부인에게 손을 내밀었다. 그리고 그 손을 화수 부인이 붙잡았다.

허공에서 팔을 휘젓던 화수 부인의 몸이 멈추었다. 흘린 피가 쓰러진 화수 부인의 옷에 스며들었다. 살았다는 것에 감사한 것도 잠시, 소예가 그 옆에 주저앉았다.

부들부들 떨리는 손이 화수 부인의 몸을 흔들었다.

"어, 어머니?"

딱딱하게 굳어가는 화수 부인을 몇 번 흔든 소예가 뒷걸음질을 쳤다.

살았다는 안도와 제 손으로 어머니를 죽였다는 충격이 한꺼번에 밀려왔다.

소예가 떨리는 손으로 입을 틀어막았다.

"이건 아니잖아! 내가 무엇을 그렇게 잘못했다고! 어머니! 어머니!"

애절한 외침이 방 안에 울렸다. 그녀의 비명에 밖에 있던 시종과 병사들이 안으로 들어왔다. 죽은 화수 부인과 절규하고 있는 소예를 보고 있던 제융이 차갑게 말했다.

"명룡국과 손을 잡은 간자다. 당장 추포하여 옥에 넣어라."

"무슨 소리예요? 어머니가 차를 마셨잖아요! 그게 명룡국과 무슨!"

"차에 든 독이 명룡국의 것이었다는 걸 모른다고 변명할 생각이냐?"

제융의 말에 소예는 말문이 막혔다. 그의 목소리가 허공에 맴돌았다.

멍한 소예의 표정에도 제융은 그대로였다.

"너에게 독을 구해준 시종도, 그리고 네 주변에 있던 시종들도 모두 자취를 감추었다. 그들을 조사하니 모두 명룡국에서 온 이들이었다. 어리석은 담소예. 힘을 원한 네가 한 짓이 겨우 명룡국의 간자질이었던 것이냐!"

제융의 말이 메아리처럼 울렸다가 되돌아왔다.

간신히 몸을 지탱하고 있던 소예가 바닥에 주저앉았다.

힘이 필요하다는 말에, 그녀의 시종이 소개한 사람들이었다. 시종이 소개한 이들이었으나 소예가 직접 거두고 키운 사람들이었기에 수족처럼 부려왔다.

그런데 그들이 자신에게 보였던 충성이 모두 거짓이었다.

철저히 진세운에 의해 농락당했다. 스스로의 생각대로 진행되고 있다고 믿었건만, 결국 자신은 진세운이 만들어놓은 장기짝 중 하나였을 뿐이다.

"내가…… 가예를……."

가예를 죽여야 했다. 그 목적 하나를 위해 악착같이 살아남았다.

"어머니를…… 죽이고……."

세운을 얻을 것이다. 그의 곁에서 행복하게 모든 것을 다 갖고 살아갈 것이다. 그러기 위해 살아왔다.

"그 사람의 곁에서 부인으로 살기 위해서…… 장기짝이 아니라 부인으로……."

그녀에게 세운은 순수한 연모의 대상이자 단 하나의 꿈이었다.

그림자이던 가예에게 잠시 동안 빼앗기더라도 언젠가는 그의 품에서 부인으로 있을 것이라는 목표 하나로 살아왔다.

그게 지금 부서졌다.

"아……."

소예가 손으로 머리를 붙잡았다. 화수 부인의 시신 앞에서 소예의 눈에 빛이 꺼졌다.

제융의 눈에 보일 정도로 떨던 소예가 현실을 부정하듯 고개를 젓고 또 저었다.

뒤에 있던 시종과 병사들이 소예에게 가려는 것을 제융이 손으로 막았다. 무슨 일이 일어나고 있는지 알면서도 제융의 눈은 차가웠다.

천천히 고개를 젓던 소예의 표정이 어두워졌다. 눈에서 흘러내린 눈물이 바닥에 떨어졌다.

"아아아아악!"

현실을 부정하듯 소예가 비명을 질렀다. 화수 부인이 뿜은 피웅덩이 가운데 미쳐 버린 소예가 몸을 굴렸다. 절규는 웃음이 되고, 웃음은 통곡이 되었다. 흐트러진 모습 사이사이 간헐적으로 보이는 눈에서 광기가 엿보였다.

"옥에 가두어라."

부서진 소예를 보고 있던 제융이 차갑게 명을 내린 후 방을 나갔다.

화수 부인이 죽고, 담소예가 미쳤다.

그리고 제융은 화수 가문이 가지고 있는 모든 힘을 얻었다.

❀ ✱ ❀

소예에게 독을 구해주고, 그 사실을 담제융에게 흘렸다.

'아무리 바보라도 그 정도까지 판을 깔아줬으면 알아서 움직일 테니까.'

그리고 움직인 대로 결과는 드러났다.

황태자를 독살하려다 실패한 담소예 대신 화수 부인이 음독하여 그 생을 마감했다. 그 와중에 정신을 놓은 담소예는 영화국의 가장 서쪽에 있는 승명사라는 절에 유폐시키기로 결정났다. 아마 죽을 때까지 그 안에서 나오지 못할 것이다.

그리고 제융은 화수 가문의 힘을 얻었다.

"괜찮겠어?"

세운의 물음에 준비를 마친 가예가 고개를 끄덕였다. 연이어 일어난 일에 해왕 선은 충격을 받고 몸져누웠다. 그를 간호하느라 가예는 한시도 떨어지지 못했다.

가예의 간호 덕분인지, 아니면 해왕 스스로도 어느 정도 각오했던 일이었는지 얼마 후 그는 기운을 차리고 화수 부인과 소예가 해놓은 일을 정리하기 시작했다.

그렇게 시간이 흐른 후, 소예가 승명사에 가는 당일날, 문득 가예는 소예가 보고 싶다고 말하였다.

"미쳤다고는 해도 위험할 텐데 가지 않으면 안 될까?"

"아니에요. 한 번은 보고 싶어요."

"가예야, 하지만……."

"정리하고 싶어요. 도와줘요."

일을 저지르고 처리한 것은 화수 가문과 제융이었으나, 그 일이 그렇게 일어나도록 손을 쓴 사람은 세운이었다. 하지만 세운은 그 사실을 가예에게는 단 하나도 흘리지 않았다.

지금도 앞으로도 가예에게는 좋은 것만 보여줄 생각이다. 어차피 끝나 버린 화수 따위, 그녀가 빨리 잊어버리길 바랐다.

"오늘까지만이에요. 이 이후로는 더 이상 관심 안 가질게요."

무슨 생각인지는 알 수 없었지만 소예를 보겠다는 가예의 고집은 꺾이지 않았다.

가예의 고집에 세운이 결국 손을 들었다.

반나절 후, 가예와 소예가 마주하였다.

❀ ✱ ❀

언제부터 상황이 달라졌을까?

가예가 소예에게 고개를 숙이고, 소예가 그런 가예를 내려다보던 시절이 있었다. 그때만 해도 가예는 외면받는 해왕의 자식이었고, 소예는 정실부인인 화수 부인의 적녀였다.

당연한 듯 정해졌던 관계, 그랬던 것이 완전히 달라졌다.

가예는 휘왕의 부인으로 영화국에서 국빈으로 머물렀다. 예전 그녀를 보며 하대를 하던 사람들이 이제 휘왕의 부인으로 그녀에게 고개를 숙였다.

그리고…….

해왕 선의 여식으로 모든 혜택을 누리던 소예는 죄인이 되었다. 평생을 승명사에서 유폐되어 살게 될 것이다.

허공에 맴돌던 소예의 눈이 가예를 보자마자 위험한 빛이 돌아왔다.

가예를 보며 달려들려는 소예를 옆에서 지키고 있던 여인들이 붙잡았다.

"망할 년! 죽여 버리겠어!"

쏟아져 나오는 폭언이 듣기에도 민망했다. 소예의 입을 막으려는 여인을 가예가 저지했다. 씩씩거리는 소예를 보고 있던 가예가 입을 열었다.

"널 보면 내 안에 있던 울분이 풀릴 줄 알았는데 그것도 아니네."

"망할 가예! 너 때문이야! 네가 우리 어머니를 죽인 거야!"

"말은 똑바로 해. 화수 부인에게 독이 든 차를 건넨 건 너라고 들었어."

"진세운이 날 우롱했어! 그가 나에게 자신의 사람을 붙이고 날 조종했어! 담제융에게 내 계획을 일부러 흘렸어! 진세운이 구한 독으로 어머니가 죽었어! 그 사람이 그런 거야! 네가 그를 시킨 거야! 네가 진세운 그 사람에게 시킨 거란 말이야!"

소예의 말에 가예의 눈이 좁혀졌다.

마음의 한구석, 세운이 이번 일과 연관되어 있을지도 모른다는 생각은 들었다. 영화국에서의 일이 다 끝났음에도 조금 더 머물자고 했던 세운이 화수 부인과 소예의 일이 일어나고 얼마 후 명룡국으로 돌아가자는 말을 꺼냈다.

같은 잠자리에 눕고 많은 것을 공유하는 부부여도 가예가 생각하는 것보다 세운의 생각은 넓고 컸다. 가늠할 수 없는 그의 생각을 전부 알 수는 없어도 가예는 그를 믿었다.

그가 화수 부인과 소예에게 진짜 그런 짓을 한 것이라면 그건 그녀를 위한 일이었다.

마음속 깊이 솟아오르는 호기심을 가예는 잠재웠다. 소예에게 휘말리면 안 된다.

"너와 세운이 내 어머니를 죽인 거야! 하하하! 바보 같은 담제융! 멍청한 진세운! 다 네 그 치마폭에 휩싸여 생각할 겨를도 없었겠지? 호호호! 어떻게 꾀었니? 어쩜 하는 짓이 네 어머니랑 똑같……."

말을 하던 소예의 뺨을 가예가 힘껏 후려쳤다. 조용하고 다소곳

한 가예의 평소 모습과는 다르게 소예를 후려친 손은 매서웠다. 가예에게 맞은 뺨이 빨갛게 부어올랐다.

폭언을 하던 소예가 놀란 눈으로 가예를 보았다. 하지만 가예는 그 표정 그대로였다.

"이제 그만 떠넘겨. 네가 저지르고, 이용당하고, 자초한 일이야! 너에게 틈이 없었다면 누구도 너에게 이렇게 되라고 다가오지 않았을 거야. 네 탓이야. 네가 그랬다고!"

"시끄러워! 내 탓이 아니야! 아니라고! 진세운이 그랬어! 담가예 네가 그랬다고!"

"설령 그 사람이 그랬어도 결국 행동으로 옮긴 건 너야."

여인들에게 잡혀 있어도 소예의 발악은 진정되지 않았다. 그녀의 모습에 가예가 물끄러미 그녀를 보았다.

피로 연결되었을 뿐 가예와 소예의 길은 달랐다. 그랬던 것이 하나로 모이고 악연이 되었다. 당당하고 아름다웠던 소예는 이제는 발악 이외에는 아무것도 못하는 추한 존재가 되어 있었다.

개운한 것일까, 아니면 씁쓸한 것인가?

"네가 내 그림자였잖아! 너는 내 뒤에서 죽은 듯이 살아야 하는 그림자였잖아! 그런데 왜 그림자가 내 앞을 가려? 모두에게서 숨어 살아야 하는 네가 왜 날 이렇게 망가뜨려? 내 그림자면 내 그림자답게 살았어야지! 내가 해왕의 적녀고, 내가 진세운의 부인이 되었어야 하는 게 맞다고!"

더 이상 그녀에게 화조차 나지 않았다.

소예와의 만남이 불필요하다며 말리던 세운의 모습이 스쳐 갔다.

그가 화수 부인과 소예를 이렇게 만든 원인이어도 상관없었다. 그리고 자신이 그녀의 그림자였다며 또 떼를 쓰는 소예도 이제는 아무 상관 없었다.

마음속 응어리져 남아 있던 것이 우습게도 순식간에 풀어졌다.

"난 네 그림자가 아니야. 난 그냥 나야. 담가예는 담가예일 뿐이야. 담소예가 담소예인 것처럼 말이야."

"담가예!"

"지금도, 앞으로도 너와 난 아무런 관계가 아니야. 네가 그럴 거라고는 생각하지 않지만 절에 들어가서 지금까지의 죄를 반성해. 그게 네가 앞으로 할 수 있는 유일한 일일 테니까. 앞으로는 날 보며 화를 내거나 분노할 일은 없을 거야. 다시는 보지 않을 테니까."

말을 끝낸 가예가 몸을 돌려 방 밖으로 나갔다. 그녀의 뒤에서 소예가 비명을 질렀지만 그녀는 더 이상 듣지 않았다. 광증이 도지자 옆에서 그녀를 잡고 있던 이들이 소예의 입을 묶었다.

뜻을 알 수 없는 고함 소리가 닫힌 방 안을 울렸다.

걸음을 하나씩 옮길 때마다 옆에서 대기하고 있던 시종이 고개를 숙였다. 집 밖에서 대기하고 있던 세운에게 갈 때까지 가예는 그 어디도 돌아보지 않았다.

가예가 모습을 드러내자 다른 곳을 보고 있던 세운의 시선이 그녀를 향해 옮겨졌다.

자신들을 파멸시킨 사람이 세운이라 했던 소예의 절규가 뇌리를 스쳤다.

그게 사실이라면 어쩌면 그녀가 생각하는 것보다도 세운은 무서운 사람일지도 모른다. 하지만 상관없다. 그를 선택한 건 자신, 그를 욕심내고 원한 사람도 바로 가예 자신이었다.

소예의 절규를 가예는 기억 속에 깊이 묻었다.

"끝났어요."

가예의 말에 세운이 옅은 미소를 지은 채 고개를 끄덕였다.

"내내 험한 소리만 들었겠네. 혹 담소예가 내 욕이라도 한 거 아니야?"

웃고는 있었지만 세운의 눈이 흔들렸다. 혹시라도 자신이 한 일을 가예가 알지도 모른다는 불안이 시선을 통해 드러났다.

그를 보고 있던 가예가 미소로 고개를 저었다.

그녀에게 소중한 것은 이미 죽은 화수 부인이나 소예가 아니었다. 자신을 위해 험하고 더러운 일을 한 세운이었다.

"아무 일도 없었어요. 이제 명룡국으로 돌아가요."

가예의 말에 작게 안도의 숨을 내쉰 세운이 고개를 끄덕였다.

언제나처럼 손을 잡고 앞장서는 세운을 보며 가예가 편안한 미소를 지었다.

四章

연(緣)

"와."

작은 탄성이 연이어 나왔다. 집집마다 나무에 매달아놓은 아이 손바닥만 한 복주머니가 알록달록했다. 걸어가는 거리 내내 작은 주머니가 꽃처럼 소복이 매달려 있었다.

명룡국으로 돌아온 지 두 달, 어느새 한 해가 지나갔다.

각각의 운과 작은 선물이 담긴 복주머니를 집 안팎의 나무에 매달았다. 해를 넘기고 바로 다음날, 사람들은 밖에 나와 다른 집의 복주머니를 꺼내 그 안의 내용물을 보고 한 해의 운을 보는 풍습이 명룡국에는 있었다.

대길이나 흉의 운세를 적어놓은 종이부터 과일 편이나 떡을 잎으로 포장하여 넣어놓은 것도 있었다.

소란스럽게 움직이는 사람들 사이로 손을 잡은 가예와 세운이 걸어갔다. 복주머니를 열어보며 웃음을 터뜨리는 이들을 보고 있던 가예의 입가에 미소가 감돌았다.

좋아하는 그녀의 모습에 세운이 빙긋 웃었다.

“역시 둘이 나오길 잘했어. 그렇지?”

그의 물음에 가예가 고개를 끄덕였다. 언제나 안전을 위해 도하나 병사들이 뒤따랐다. 하지만 오늘은 신년의 첫날, 세운은 부인인 가예와 단둘이 걷겠다며 사람을 모두 물렸다.

웅성거리는 사람들 속에서 잃어버리지는 않을까 걱정되는지 세운은 잡고 있는 가예의 손에 힘을 주었다. 몇 년이나 명룡국에 머물렀음에도 수도의 모습이 새로운지 가예의 눈이 빛났다.

“수도는 확실히 사람이 많아요. 성혜는 나무에 매달려 있는 주머니도 적고 열어보는 사람도 적어서 왠지 주머니를 열어보기가 민망했거든요. 매년 조용히 보기만 하고 돌아갔었어요.”

가예의 말에 걷고 있던 세운의 걸음이 멈추었다. 갑자기 굳어진 표정에 가예의 눈썹이 아래로 내려갔다.

“이제는 매년 당신하고 나오면 되겠어요. 그렇게 해줄 거죠?”

굳어 있던 세운의 입가에 이내 미소가 감돌았다. 잡고 있는 손을 끌어 가예의 팔에 자신의 팔을 감은 세운이 만족스러운 웃음을 터뜨렸다.

팔에 닿는 그의 체온도 따뜻했고 편안한 웃음을 터뜨리는 그도 좋았다. 그의 어깨에 얼굴을 기대고 있던 가예가 앞의 나무 끝에 보이는 자색 주머니에 시선이 갔다.

가예의 시선에 세운 또한 그녀가 보고 있던 주머니로 시선을 옮겼다. 그냥 평범한 주머니 중 하나였지만 유난히 가예의 시선을 끈 듯했다.

"저거 따줄까?"

세운의 손가락이 가예가 보고 있는 주머니를 가리켰다. 다른 주머니에 비해서는 수수했지만 무엇이 들어 있는지 볼록했다. 꽤 높은 가지에 매달려 있는 것이라 손을 뻗어도 가예에게는 무리였다.

"제법 높은데 닿겠어요? 다른 걸 가져가도 되는데……."

가예의 걱정에 세운이 미소를 띤 채 팔을 들었다. 조금 모자랐던 듯 손끝을 스치는 주머니에 눈을 좁힌 세운이 발끝을 들어 단번에 주머니를 챘다.

가예에게 주머니를 내밀며 세운이 의기양양하게 말했다.

"당신 가군은 생각보다 훨씬 키가 크다고."

"처음에는 안 닿았잖아요?"

"키가 안 닿은 게 아니라 손이 미끄러진 것뿐이야. 어? 맞다니까."

세운의 항변에 가예가 입을 손등으로 막은 채 까르르 웃음을 터뜨렸다. 그녀의 웃음에 멋쩍어한 것도 잠시, 곧 그의 시선이 가예가 들고 있는 주머니로 향했다.

"그런데 뭐가 들어 있는 거야? 손에 느껴지는 건 무슨 열매 같던데."

"잠시만요."

단단히 묶여 있는 매듭을 푸는 가예의 눈에 호기심이 깃들었다. 매듭을 완전히 풀어낸 가예가 천천히 주머니를 열어보았다. 안을 확인한 가예의 얼굴이 빨갛게 익었다. 그녀의 반응에 세운의 시선이 주머니의 내용물로 향했다. 화들짝 놀란 가예가 주머니를 든 손을 등 뒤로 숨겼다.

"뭔데? 뭐가 들었는데?"

무엇을 보았는지 얼굴이 빨개진 가예는 세운의 물음에도 고개를 푹 숙인 채 말을 하지 못했다. 세운이 볼세라 자색 주머니를 냉큼 품에 넣은 가예가 세운의 팔을 끌었다.

"어? 뭔데? 왜 숨겨? 안 좋은 거야?"

"집에 가서 보여줄게요."

"이상하다? 도대체 뭐기에 그래?"

안 보여준다는 가예와 보여달라는 세운 사이에 작은 실랑이가 일어났다. 하지만 결국 품에서 주머니를 꺼내지 않은 가예가 세운을 이겼다.

그녀가 숨기는 게 있다는 사실이 마음에 안 드는지 세운이 입을 뾰루퉁하게 내밀었다.

"나 은근 서운하다. 난 가예한테 숨기는 거 하나도 없는데."

"하지만 이건……."

세운의 반응에 당황한 가예가 우물쭈물했다. 결국 나오지 않을 것 같던 주머니가 조심스럽게 가예의 손에서 나왔다. 주머니의 입구가 열리고, 세운의 시선이 안의 내용물을 보았다.

"어라, 밤이네? 지금은 보기 힘든 건데 용케 넣어놓았네. 근데 겨우 밤 가지고 얼굴을 붉힌 거야?"

"밤이 가지고 있는 의미가 뭐냐면요."

홍시처럼 빨개진 가예가 세운의 귀에 작게 속삭였다. 말을 끝낸 가예가 부끄러운 듯 도망가려 하였다. 본능적으로 가예의 팔을 잡은 세운이 자신도 모르게 미소를 지었다.

고개를 푹 숙인 채 입을 꾹 다문 가예를 보고 있던 세운이 빙긋 웃었다.

"당신이 낳아주는 아이면 엄청 벅찰 것 같아."

밤은 아이, 즉 부부 사이의 자식을 가리키는 열매였다.

세운의 말에 숙이고 있던 가예의 고개가 올라갔다. 농담인가 싶어 세운의 눈을 오랫동안 보았지만 그에게서 그런 기색은 보이지 않았다.

그의 아이. 생각하는 것만으로도 울컥 알 수 없는 감정이 솟아올랐다.

"나도요."

"응?"

"나도 당신 아이면 벅찰 것 같아요."

수줍게 하는 고백에 세운의 입가에 미소가 감돌았다. 단단히 엮인 마음은 이제 상대에게 믿음으로 다가왔다. 다소곳이 앞에 있는 가예를 보고 있던 세운이 고개를 숙였다.

입술에 닿는 따뜻한 그의 입술에 가예의 눈이 크게 떠졌다. 사람들 사이에서 대담하게 다가온 세운의 행동에 부끄러운 가예가 놀라 그를 밀어내려 했다.

하지만…….

맞닿아오는 입술에서 느껴지는 그의 감정이 좋았다. 어차피 아는 사람들보다는 모르는 사람들이 더 많은 곳이다. 밀어내는 대신 가예가 세운을 안았다.

서로의 숨결을 탐하고 있는 둘 사이로 눈이 내리기 시작했다.

❀ ✱ ❀

화수 가문을 삼키고 제융은 힘을 얻었다.

영화국의 그 누구도 더 이상 제융에게 간섭을 하지 못했다. 더군다나 제융의 아버지인 황제의 병환도 점점 더 깊어갔다. 그토록 원하던 외척에게서 벗어난 삶, 그것을 제융은 얻었다.

“왕의 자리에서 물러나시고 싶다 하시는 것입니까?”

해왕 선이 제융의 말에 고개를 끄덕였다.

“이제는 조용히 여생을 보내고 싶소. 전하도 알다시피 이제 영화국에서 나에게 남은 것은 없지 않소?”

화수 부인이 그렇게 떠나고, 정신을 놓은 소예는 평생 절에 갇히게 되었다.

이제 남은 것이라고는 해왕이라는 이름뿐 아무것도 없었다. 그러던 와중 명룡국으로 간 가예 부부가 괜찮으시다면 그쪽으로 오라는 서신을 보내왔다. 영화국의 왕이라 완전히 의탁할 수는 없지만 종종 머무시면 좋지 않겠냐는 것이다.

허울뿐인 왕은 필요 없다. 이제는 그저 나이 든 노인으로서 여생을 가예에게 애정을 쏟으며 지내고 싶었다.

“아무리 왕을 내려놓으셔도 해왕께서는 아바마마의 하나뿐인

동생이십니다. 왕을 거두는 일은 어렵지 않으나 명룡국에는 가시지 못합니다.”

“무, 무슨 소리를 하는 것이오, 태자 전하. 어찌…….”

“가예가 이곳으로 오게 되면 해왕께 의지할 것입니다. 그런데 어찌 명룡국으로 가시겠다는 것입니까?”

제융의 말에 선은 말문이 막혔다. 그가 무슨 말을 하고 있는지 모르는 것은 아니다. 아니, 도리어 알기에 말이 나오지 않았다. 해왕의 눈에 안타까움이 깃들었다.

처음에 가예를 원한다는 말을 들었을 때만 해도 일시적인 애정이라 생각했다. 하지만 시간이 흐르면 흐를수록 제융에게서 느껴지는 감정은 집착이었다.

“그 아이를 놔줄 수는 없는 것이오?”

선의 물음에 제융이 소리 없이 미소 지었다. 그 미소가 슬프도록 처연해서 선은 자신도 모르게 고개를 돌려 버렸다.

선을 보고 있던 제융이 고개를 돌렸다. 맑고 깨끗한 하늘. 하지만 명룡국은 눈이 내릴 것이다. 가예에게 차가운 눈이 아니라 따뜻한 영화국의 하늘을 보여주고 싶었다. 그의 하늘 아래에서 웃게 하고 싶었다.

일방적이고 제멋대로인 그만의 소원이었어도 반드시 그렇게 해주고 싶었다.

“화수 가문에게서 황권을 찾을 수 있을까? 아바마마처럼 화수 가문에 영영 시달리는 것은 아닐까? 나는 할 수 있을까? 빛이라고는 없는 어둠 속에서, 숨이 막히다 못해 죽을 것 같은 압박 속에서 처음으로 맛본 휴식이라면…… 생전 처음으로 느껴보는 안식이었다면 해왕께서는 포기할 수 있습니까?"

"태자 전하."

"해왕께는 난 부인이 그런 존재였겠지요. 그러니 화수 부인과 20년을 넘게 같이 살아오셨어도 난 부인에게 항상 미련을 가지고 있는 것이 아닙니까? 나한테는 가예가 그런 존재입니다."

미소 속에 느껴지는 절규가 선의 심장을 먹먹하게 했다. 동시에 시선에서 느껴지는 집착에 소름이 끼쳤다. 제융에게 가예가 어떤 의미인지 이제야 알 수 있었다.

안쓰럽다. 제융이 너무나도 가여웠다.

"가예는 이제 휘왕의 부인이오. 전하를 위해서라도 놓으……."

"놓을 수 있는 감정이었다면 여기까지 독을 품고 달려오지 않았겠지요."

"태자 전하."

"거의 모든 준비가 다 되어갑니다. 이번에야말로 명룡국과 담판을 지을 생각입니다. 해왕께서 왕위를 내려놓으시겠다면 받아들이겠습니다. 하지만 명룡국으로는 가실 수 없습니다. 가예가 이곳으로 오게 되면 해왕의 곁에 머물게 할 것입니다."

"태자 전하!"

"처음에는 받아들이기 힘들어하겠지만 강한 아이이니 잘 이겨낼 것입니다. 그리고 해왕께서는 저의 장인이 되실 테니 그만큼 대우를 해드릴……."

"그것만은 안 되오! 제발 부디 멈춰주시오!"

선의 외침에 제융의 말이 멈추었다.

언제부터 이렇게 뒤틀리게 되었던 것일까?

예전에는 조카이던 제융이 지금은 타인보다도 더 멀게 느껴졌다.

그가 불쌍하다. 그리고 두려웠다.

그렇기에 가예를 그에게 보낼 수 없었다.

"전하, 가예가, 이제야 내 딸이 환하고 웃으며 행복해하고 있소."

"……."

"태자 전하도, 아버지인 나도 해줄 수 없었던 일을 내 사위가 딸아이에게 해줬소."

사위라는 단어에 제융의 눈이 매서워졌다.

하지만 제융의 시선에도 선의 표정은 담담했다.

시작은 어긋났을지 몰라도 지금의 가예와 세운은 사이가 좋았다. 제멋대로에 난폭한 휘왕이라는 소문과는 다르게 세운은 가예에게만큼은 극진했다. 그의 무조건적이라 할 수 있는 보호와 애정 속에서 굳게 마음을 닫고 있던 가예가 활짝 피었다.

그 모습이 보기 좋았다. 무능했지만 할 수 있는 한 둘을 지켜주고 싶었다.

그렇기에 은애하는 가군으로부터 억지로 끌려온 가예를 달래는 역할이 앞으로 해왕이 해야 할 일이라면 그건 거부해야 하는 것이었다.

"진세운은 가예의 진정한 짝이 아닙니다."

"그건 태자 전하만의 생각이오."

"해왕!"

"가예는 행복하다고 했소. 태자 전하, 나는 말이오, 못나고 무능하기는 하지만 그래도 그 아이의 아버지요. 내 아이에게 생긴 미소를 없애느니…… 내가 희생하겠소. 가예의 가군은 하나요. 난 그 이외에 누구도 내 사위로 받아들일 생각이 없소."

해왕의 선언에 제융의 눈에서 불이 뿜어졌다.

감히 마주할 수 없는 분노 속에서 선이 편안한 미소를 지었다.

다음날, 해왕은 궁에 연금되었다.

황궁에서 온 병사들이 궁의 입구를 완전히 포위하기 직전, 비밀리에 해왕이 보낸 사람이 명룡국을 향해 출발하였다.

❀ ✱ ❀

몸을 가리는 옷이 모두 바닥에 떨어져 있었다. 명룡국의 찬바람에 몸이 떨리는 것도 잠시, 더운 기운이 어느새 그녀를 가두었다.

두 살 어린 자신의 가군. 그리고 그녀에게 더 많은 세상이 있다는 걸 보여준 정인.

은은한 달빛에 은은히 빛나는 가예의 어깨가 부드러운 곡선을 만들어냈다. 달빛에 보이는 자신의 모습이 부끄러운 듯 가예가 가는 팔로 몸을 가렸다.

가슴을 가리고 있는 팔을 잡은 세운이 가예의 얼굴 옆으로 팔을 옮겼다. 한 손으로 가예의 양팔을 잡아 올린 세운은 달빛에 온전히 보이는 하얀 나신에 시선을 빼앗겼다.

"그만 봐요."

다리를 모은 가예가 세운의 시선을 외면했다. 하지만 그것도 잠시, 세운의 손에 의해 시선이 되돌아왔다. 분명히 밖은 시리도록 추운데 그의 품은 숨이 막히도록 따뜻했다.

"곱다."

세운의 말에 가예가 자신도 모르게 눈을 감았다.

마음 안이 벅차오른다. 언제나 오롯이 자신 혼자 받는 시선임에도 항상 마주하고 볼 때마다 심장이 떨렸다.

굳게 다문 입술이 살짝 열리자 기다렸다는 듯 세운이 다가왔다. 깊게 누른 입술을 살짝 깨물었다. 고른 치아와 잇몸을 부드럽게 애무한 그가 삼킬 듯 가예의 혀를 삼켰다.

턱을 잡고 있던 손이 매끄러운 어깨와 팔을 지나 소담한 가슴을 움켜잡았다. 가슴의 작은 꽃을 손가락으로 희롱하자 가예가 숨을 삼켰다. 어느새 자유로워진 가예의 가는 손이 세운의 심장 위에 머물렀다.

"하아."

이대로 녹아내려도 상관없을 것 같았다. 평소에는 천천히 뛰던 심장이 그녀와 함께 있으면 빠르게 뛰었다.

세운의 심장을 이렇게까지 뛰게 할 사람은 자신밖에 없었다.

그 사실이 가예는 좋았다.

"세, 세운."

함께하는 시간 동안에는 가군이라는 호칭 대신 이름을 불렀다.

가예의 입에서 들리는 이름이 듣기 좋았다. 오랫동안 거칠고 제멋대로 탐하던 입술에서 자신의 입술을 뗀 세운이 가예를 보며 빙긋 미소 지었다.

"듣기 좋다."

세운의 말에 땀이 송골송골 맺힌 가예의 입가에 미소가 감돌았다. 부은 입술을 손가락으로 쓴 세운이 가는 목에 얼굴을 묻었다. 깊게 누른 입술에서 가예의 생생한 맥이 느껴졌다.

이를 세운 세운이 가예의 목을 깨물었다. 부어오른 목에 붉은 꽃이 피었다.

자지러지는 가예의 허리에 팔을 감았다. 그에게서 도망가지 못하게 더욱더 깊이 밀착시켰다. 오르내리는 가슴을 한입 가득 물으니 아득해질 정도로 달콤했다.

소름 돋게 하던 명룡국의 한기는 더 이상 느껴지지 않았다. 자신의 가슴 위에 머물고 있는 세운의 머리를 자신도 모르게 움켜쥐었다.

가예의 고개가 뒤로 꺾였다. 더운 숨을 내쉬는 가예가 눈을 감았다. 움켜쥐고 희롱하던 가슴에서 입을 뗀 세운이 오므리고 있는 가예의 허벅지를 잡았다.

평소와는 다른 행동에 고개를 돌리고 있던 가예가 물어보듯 그를 바라보았다. 빨갛게 오른 홍조가 사랑스럽다.

"안 돼요. 보지 마요."

세운의 미소의 의미를 알아챈 가예가 고개를 저었다. 저도 모르게 오므린 다리에 힘이 들어갔다. 하지만 그것보다도 먼저 세운의 얼굴이 다리 사이로 들어왔다.

짧은 비명도 잠시, 가예가 부끄러운지 얼굴을 손으로 가렸다.

그 이외에는 누구도 들어오지 못한 가장 숨겨진 곳. 가장 여린 살에 세운이 멋대로 혀를 놀렸다. 도망가려는 가예의 다리를 단단히 붙잡았다.

빨아들이고 핥을수록 젖어들었다. 삼키고 또 삼켜도 다디단 액은 그를 위해 나오고 또 나왔다.

애원하는 소리가 유혹처럼 그를 불렀다. 조금 더 머물고 싶었지만 가예는 한계인 듯 그렁그렁 눈물이 맺혀 있었다.

입가에 묻은 가예의 흔적을 닦아낸 세운이 눈가의 눈물을 혀로 할짝할짝 핥았다. 그녀의 모든 것이 정신을 놓아버릴 정도로 달았다.

가쁘게 내쉬는 숨이 따듯했다. 가예의 이마에 입술을 맞춘 세운이 천천히 안으로 들어갔다. 가예의 안은 언제나 세운에게는 만족이자 쾌감이었다.

버거워하는 가예의 이마에, 입술에, 하얀 어깨에 입을 맞췄다. 그와 동시에 조여오는 가예의 안으로 세운이 움직였다.

서로에게 엉켜드는 숨만큼이나 살과 살이 만나는 소리가 방 안에 가득했다. 깊숙이 들어오는 세운의 허리에 가예가 다리를 감았다.

그를 연모한다.

남아 있던 이성이 그의 움직임과 함께 사라졌다. 이대로 사라져버려도 아무 상관 없었다.

'이 사람이라면…….'

격해지는 전, 후진에 가예의 허리가 휘었다. 그와 함께하자 세상이 변했다.

세운의 짧은 신음과 함께 그가 가예 안을 가득 채웠다. 온몸을 가득 채우는 열락에 가예가 몸을 떨었다. 만족한 듯 가예의 위에서 세운이 늘어졌다. 세운을 꼭 안은 가예가 나른한 숨을 내쉬었다.

언제 어떻게 잠들었는지 알 수 없었다.

연모하는 이의 품에서 단잠에 빠진 가예가 꿈을 꾸었다.

어딘지 모르는 길을 세운과 함께 걸었다. 마주 잡은 손과 함께하는 시선에 즐거워하는 것도 잠시, 오색의 봉황이 가예를 향해 날아들었다. 위험하다며 앞을 막아서는 세운을 피한 봉황이 가예의 품에 안겼다.

거침없이 날아든 모양새와는 달리 가예의 품 안에 안긴 봉황은 얌전하고 온순했다. 품 안에 날아든 봉황이 마음에 들었는지 가예가 세운을 향해 환한 미소를 보였다. 그녀의 미소에 굳어 있던 세운의 입가에도 미소가 감돌았다.

봉황을 안은 가예가 세운과 함께 궁으로 돌아왔다.

자고 있던 가예의 눈이 떠졌다.

실제로 겪은 것처럼 선명한 꿈에 세운의 품에 안겨 있는 가예의 입가에 환한 미소가 감돌았다.

❋ ❋ ❋

한 땀 한 땀 집중하며 바늘이 움직였다. 청색의 비단으로 만든 옷 위로 은실이 꿰어져 있는 바늘이 움직였다. 집중하며 손을 놀리는 가예를 따라 아무것도 없던 옷소매에 날아갈 듯 생동감 넘치는 봉황이 새겨졌다.

평소라면 자신과 놀아달라며 채근하던 세운도 봉황의 모습이 신기한지 그녀의 옆에서 지켜보고 있었다.

"가예야."

수를 놓던 가예의 시선이 옆에 있는 세운에게로 향했다.

"그런데 웬 봉황이야? 지난번에 매화로 수놓아준다고 하지 않았어?"

"꿈을 꾸었거든요."

"꿈?"

그의 되물음에 가예가 잡고 있던 바늘을 내려놓았다. 피곤한 눈을 손가락으로 문지른 가예가 탁자 위에 수를 놓고 있는 옷을 올려놓았다. 굳은 몸을 푼 가예가 고운 미소로 세운을 바라보았다.

그녀의 시선이 무엇을 의미하는지 안 그가 안기라는 듯 팔을 활짝 벌렸다.

세운의 품에 살포시 안긴 가예가 그의 어깨에 얼굴을 기댔다.

"꿈에 길을 걷고 있는데 큰 봉황이 당신하고 나한테 날아오는 거예요. 당신이 위험하다고 날 보호해 줬는데 봉황이 당신을 피해 나한테 오더라고요."

"그래서?"

"그래서는 무슨 그래서예요? 피할 수가 없어서 잡으려고 팔을 벌렸는데 기다렸다는 듯이 제 품에 안기더라고요. 색도 곱고 순해서 품에 꼭 안고 있었어요. 그 봉황이 눈에 선해서 당신 옷에 수놓아보려고요. 안 어울리나요?"

만약 둘의 대화를 마야나 다른 사람이 들었으면 자수고 뭐고 당장 의원에게 가자며 난리를 쳤을 것이다. 하지만 가예나 세운이나 태몽이라는 생각 자체를 하지 않고 있었기에 그저 옷에 놓여 있는 수를 보며 곱다는 둥 빨리 입고 싶다는 둥 일반적인 이야기만을 할 뿐이었다.

품에 안겨 있는 가예의 손에 깍지를 낀 세운이 그녀의 새하얀 손등에 입을 맞추었다. 그의 감촉에 가예의 입가에 달콤한 미소가 감돌았다. 어깨에서 고개를 든 가예가 세운의 입술에 입을 맞추었다. 보드라운 입술이 희롱하듯 세운을 유혹했다. 수줍게 열리는 입술 안으로 세운이 단번에 침입했다.

"음……."

오랫동안 짊어지고 있던 화수 부인과 소예에 대한 짐이 사라지자 가예는 표현에 더욱 솔직해졌다. 고른 치열을 혀로 쓸고 녹아들 듯 부드러운 혀를 삼키듯 빨아들었다.

부끄럽다며 피하는 대신 가예가 세운의 어깨를 팔로 감쌌다.

그와 함께하는 시간이 꿈같이 흐른다.

사내만이 여인을 탐하고 원하는 것이 아니었다. 함께할수록 그를 더 원했다.

오랜 입맞춤 끝에 가예를 놓아준 세운이 짓궂다는 듯 그녀를 바라보았다.

"자꾸 이렇게 불시에 다가오지 마. 물론 가까이 오지 말라는 건 아니지만 난 힘들단 말이지. 더군다나 마야도 그렇고 심지어 자윤까지도 당신 너무 괴롭히지 말라고 한단 말이야."

세운의 투덜거림에 가예가 까르르 웃음을 터뜨렸다.

아직 모든 일이 끝나지 않았다는 것은 가예도 알고 있었다. 얼핏 들은 바로는 영화국의 제융이 군사를 모으고 있다고 했다.

명룡국에 돌아와서도 세운은 좀처럼 쉬지 못했다. 하루에도 몇 번이고 황궁에 들어갔다 나오기를 반복했다.

그가 힘들어하는 것을 알기에 적어도 자신의 곁에서만큼은 편히 쉬게 하고 싶었다.

"힘들죠?"

뺨에 닿아 있는 가예의 손이 따뜻했다. 고개를 저은 세운이 그녀의 손 위에 자신의 손을 포갰다. 두렵지는 않으나 영화국은 여전히 강대했다.

"당신이 나만 봐주고 있잖아. 힘들 리가 없지."

"미안해요."

누구도 그녀에게 해주지 못했던 화수 부인과 소예의 그림자를 그가 벗어나게 해줬다. 다시는 연결되지 못할 거라 생각했던 아버지와의 관계 또한 그의 도움으로 회복되었다. 포기했던 모든 것이 그와 함께하면서 다시 돌아왔다.

그런데 받는 것만큼 그녀가 주는 것은 너무나 적었다. 미안한 마음에 가예의 표정이 흐려졌다.

"당신이 나에게 미안해야 할 일이 있던가?"

미안하다며, 고맙다며 말해도 그는 대수롭지 않게 넘겼다.

매화잠을 처음 꽂고 마주했을 때의 세운은 누구보다도 냉정하고 먼 사람이었다.

하지만 이제는 아니다.

그는 이제 자신만을 봐준다. 그녀의 삶에 세운은 더 이상 없어서는 안 되는 이였다.

세운의 품에서 빠져나온 가예가 그의 무릎에 얼굴을 묻었다.

그는 가예에게서 달콤한 매화 향이 난다고 했지만, 세운에게서는 그녀를 안정시키는 시원한 향이 났다.

"난 당신에게 해줄 수 있는 게 작은 것들밖에 없어요. 하지만……."

"……."

"아무리 힘든 길이어도 당신 곁에는 내가 있을 거예요. 이거 하나는 약속할 수 있어요."

흔들리지 않는 눈이 올곧게 세운만을 향했다. 처음으로 가예의 입에서 약속이라는 말이 나왔다. 세운의 입가에 만족스러운 미소가 감돌았다.

팔을 끌어 가예를 무릎 위에 앉힌 세운이 매화 향이 나는 부드러운 가슴에 얼굴을 묻었다.

고개를 숙인 가예가 세운의 머리카락을 어루만졌다.

이 사람과 같이 있어 행복하다.

세운의 머리카락에 편안한 표정의 가예가 얼굴을 묻었다.

❀ ✱ ❀

책을 보고 있던 책 노인의 시선이 앞에 있는 가예에게로 향했다.

영화국의 일로 황궁에 들어온 세운을 따라 가예가 같이 입궁하였다. 정명과 세운이 만나고 있는 사이 가예가 책 노인을 찾아왔다.

최악의 경우, 영화국과 전쟁을 해야 하기에 정신없는 나날이었지만 가예도 왔겠다, 모처럼 노인은 숨을 돌리고 있었다.

좋은 이야기가 아니었기에 전쟁에 대한 이야기는 하지 않았다. 대신 나오게 된 주제가 며칠 전에 꾼 꿈이었다. 별로 대수로운 일이 아니라는 듯 말하는 가예와는 달리 가만히 듣고 있던 노인의 눈이 점점 날카로워졌다.

"봉황이라고?"

"네. 며칠 전에 꾼 꿈인데 아직도 생생해요. 머릿속에서 사라지지가 않아요."

"흐음."

가예의 이야기에 책 노인이 손에 든 차를 한 모금 입에 머금었다. 아무리 남녀 관계에 무지하다고는 하지만 꿈에서 봉황이 무엇을 의미하는지는 알았다.

잔을 내려놓은 책 노인이 지그시 가예를 바라보았다. 책 노인의 시선에 가예가 몸을 뒤로 뺐다.

"왜, 왜요?"

"바보 도련님 같으니라고……."

"갑자기 왜 그 사람이 나와요?"

"바보 도련님이야 나중에 한마디 하면 되는 것이고, 뭐 하나만 물어보자꾸나."

갑작스러운 노인의 말에 가예가 얼떨떨해하면서 고개를 끄덕였다. 그녀의 허락에 책 노인이 대수롭지 않다는 듯 입을 열었다.

"합방은 잘하고 있을 것 같고, 이번 달에 달거리는 했는고?"

노골적인 물음에 가예의 얼굴이 빨개졌다. 손으로 얼굴을 가린 가예가 주변을 둘러보았다. 다행히 바쁜 상황이라 둘을 보는 사람은 없었다.

힐난하듯 책 노인을 보며 가예가 눈을 흘겼다.

"할아버지도 정말! 사람들 있는 데서."

"어허! 같은 말 두 번 물어보게 할 것이냐? 어서 대답해 보래도."

정색을 하고 물어보니 답을 안 할 수가 없었다. 결국 빨개질 대로 빨개진 가예가 책 노인의 귀에 속삭였다. 이번 달은 넘어갔다는 그녀의 고백에 책 노인의 입가에 그럴듯한 미소가 감돌았다.

봉황이라면 사내아이, 그것도 황제가 될 만한 재목이 될 아이의 태몽이었다.

책 노인이 가까이에 있는 시종을 불렀다.

"자네는 가서 어의를 데리고 오게. 급한 일이니 만사 다 제쳐 놓고 오라 하게."

"할아버지, 갑자기 무슨……? 저 이만 가볼래요."

갑자기 벌떡 일어나려는 가예를 노인이 막았다.

"아니면 마는 거지. 하나만 확인하면 된다. 그러니 이곳에 있어라."

"무엇을 확인하신다는 건지……. 꿈을 꾸었을 뿐이지 몸이 이상한 게 아니라니까요."

야무지고 똑똑해도 정작 본인에 관해서 가예는 어벙하고 허점이 많았다. 책도 많이 읽었기에 바로 알아챌 줄 알았건만 정말 가예는 아무것도 모르는 듯했다.

"지금 나간 이를 허탕 치게 만들 셈이냐? 그냥 앉아 있어라. 언제부터 그렇게 성격이 급했다고, 쯧쯧. 이 할아버지를 힘들게 할 것이냐? 어서 앉으래도."

책 노인의 말에 무안해진 가예가 조용히 자리에 앉았다.

잠시 후, 시종이 데리고 온 어의가 그 자리에서 가예의 진맥을 하기 시작하였다.

✻ ✻ ✻

영화국의 전쟁 준비가 끝났다는 보고에 피곤한 세운이 미간을 손으로 눌렀다.

맹목적이다 못해 위협적인 가예를 향한 제융의 집착이 연신 명룡국과 그들의 주변을 끊임없이 흔들었다.

출전.

이제야 마음을 열고 함께 지내는 가예와 떨어지고 싶지 않았지만, 어차피 그녀를 위해서 한 번은 결판 지어야 할 일이었다.

완벽한 정리. 이번에야말로 그에게서 가예를 완전히 떼어낼 것이다.

일을 처리하는 세운에게 다가온 내관이 가예 부인에게 어의가 와 있다는 말을 전했다.

담제융에게 향해 있던 생각이 순식간에 가예에게로 돌아섰다. 오늘 아침만 해도 별 이상이 없어 보이던 가예였다.

"어의가? 무슨 일이 있는 것이냐?"

"그것까지는 모르겠사옵니다. 상국의 명으로 현재 어의 두 명이 진맥을 하고 계시다 하옵니다."

내관의 말이 끝나기가 무섭게 자리에서 일어난 세운이 책 노인의 집무실을 향해 걸어갔다. 뛰지만 않았을 뿐 빠르게 걷는 그의 뒤를 내관과 도하가 거친 숨을 내쉬며 부지런히 따라갔다.

휘왕이 오셨다는 말을 내관이 하기도 전에 세운이 다급히 문을 열었다.

"가예야!"

문을 열자 보이는 가예의 모습에 세운이 놀란 눈으로 다급히 다가왔다.

그렁그렁한 눈을 손으로 가리고 가예가 울고 있었다. 매화잠을 뺄 때 이후로는 보지 못했던 가예의 눈물에 세운의 심장이 내려앉았다.

"할아범! 이게 무슨! 무슨 일이야?"

놀람은 순식간에 분노가 되었다. 가예의 옆에 앉아 있는 책 노인을 향해 세운이 단번에 달려왔다. 세운의 날카로운 외침에 책 노인이 눈을 흘겼다.

"멍청한 도련님 같으니라고."

"왜? 아니, 무슨 일이냐니까 왜 다짜고짜 욕이야! 가예야, 무슨 일이야? 응? 어의가 무슨 말을 했기에…… 응?"

안절부절못하는 세운을 향해 가예가 고개를 들었다. 뚝뚝 떨어지는 눈물이 애처로웠다.

매화잠을 뺄 때보다도 더 흥건한 눈물에 세운은 피가 바짝바짝 말랐다.

"마, 많이 아파? 도대체 어디가 아픈 거야? 진맥을 한 어의는 어디로 갔지? 가예야, 울지 마. 응? 내가 무슨 수를 써서라도 고쳐줄게. 나 믿지? 내가 고쳐 줄 테니까."

"바보 도련님."

"아, 진짜! 할아범! 무슨 일이냐고?!"

"그게 아니라……."

책 노인에게 소리치려는 세운을 가예가 붙잡았다. 눈물로 얼굴은 엉망이었지만 세운을 붙잡는 가예의 입가에는 미소가 지어져 있었다.

"아픈 게 아니에요. 아픈 게 아니라……."

말을 잇지 못하는 가예의 눈가에 다시 눈물이 글썽였다. 말조차 잇지 못하고 울음을 터뜨리는 가예의 모습이 무서웠다. 결국 가예에게 답을 듣는 대신 세운의 시선이 다시 책 노인에게로 향했다.

잘못했으니 제발 알려달라는 세운의 시선에 책 노인이 고개를 저었다. 울음을 멈추지 못하는 가예의 등을 토닥인 책 노인이 그녀에게 나지막이 말했다.

"좋은 소식은 직접 전하는 게 좋단다. 나한테서 듣는 것보다는 네가 직접 말하는 것이 좋을 것 같구나.”

책 노인의 말에 가예가 고개를 끄덕였다.

“그냥 알려줘. 진짜 무섭다니까.”

“가예한테서 들어, 바보 도련님아. 난 바람을 쐬고 올 테니 돌아오기 전까지 해결하거라.”

집무실에서 둘을 남겨두고 모두를 내보낸 책 노인이 천천히 밖으로 나갔다.

문이 닫히자마자 기다렸다는 듯 세운이 가예의 옆으로 달려왔다. 어깨를 팔로 감싼 세운이 떨리는 손으로 얼굴에 흐르는 눈물을 닦아냈다.

“어의가 뭐라고 한 거야? 뭐라고 했기에 이렇게 서럽게 울어?”

“……기뻐서요.”

“응? 뭐라고?”

“기뻐서 운다고요.”

들으면 들을수록 영문을 알 수 없었다. 속은 터지기 직전이었지만 세운은 열심히 기다렸다. 진정이 된 가예가 눈물을 닦아낸 후 환한 미소를 지었다. 가예의 얼굴에 남은 눈물을 손으로 닦아낸 세운이 조심스럽게 시선을 마주했다.

얼굴을 어루만지는 세운의 손을 잡은 가예가 자신의 배에 그의 손을 갖다 댔다.

“아기래요.”

“응?”

“아기라고요.”

"아기?"

"당신과 나의 아기요."

혼이 나간 듯 세운이 멍한 시선으로 그녀를 바라보았다. 자신의 손이 닿아 있는 가예의 배에 시선을 고정하였다.

아기라는 단어를 모르는 것은 아니다. 아니, 너무나 잘 알기에 피부로 바로 와 닿지 않았다.

"아기라고?"

세운의 말에 미소를 지은 가예가 고개를 끄덕였다.

굳어 있던 세운의 입가에 점차 미소가 감돌았다. 울컥 치밀어 오르는 감정에 시야가 흐려졌다.

세운의 반응을 아는지 모르는지 그의 손을 감싼 가예가 조잘조잘 말하였다.

"초반이라 조심하라고 하셨어요. 가벼운 산책은 해도 되지만 무리하지는 말래요. 책 할아버지께서는 무리가 되니 필사는 하지 말라고 하셨지만, 그래도 책을 보는 것은 아이에게도 도움이 될 것 같…… 아앗."

품을 감싸는 익숙한 체온에 짧게 비명을 지른 가예가 미소를 지었다. 처음 어의에게서 아이를 가졌다는 말을 듣고 그녀 또한 아무 말도 할 수 없었다. 품에 꼭 안겨 있기에 세운의 표정을 알 수는 없었지만 그가 어떤 표정을 짓고 있을지는 눈에 선했다.

멈춰 있던 눈물이 다시 흘러내렸다. 그의 어깨에 가예가 얼굴을 묻었다.

심장이 먹먹하여 굳게 입을 다물고 있던 세운이 부드럽게 가예의 등을 쓸었다.

"지금부터라도 조심해야겠다."

세운의 말에 가예가 고개를 끄덕였다. 다시 우는 듯 흥건해지는 웃에 세운이 피식 웃었다.

"짜무러지겠다. 그만 울어. 좋은 일이잖아."

"……네."

눈물이 글썽글썽한 가예가 고개를 들어 세운을 바라보았다.

환하게 미소 짓는 가예가 어느 때보다도 고와 보였다. 하얀 이마에 입을 맞춘 그가 눈가에 그렁그렁 맺혀 있는 눈물을 혀로 쓸었다.

"울지 말고 웃어. 당신이 울면 무섭다니까."

세운의 말에 가예가 환한 미소를 지었다. 그녀의 미소에 세운 또한 화답하듯 활짝 웃었다. 지켜야 할 존재가 하나씩 늘어간다. 아무것도 모른 채 어리석게 행동하던 과거의 일을 반복할 생각은 없었다.

"당신이 곁에 있어서 다행이야."

그녀가 곁에 머물면서 절대 얻을 수 없었던 것들이 하나씩 들어왔다.

곱고 현명한 부인, 그리고 그 부인이 가져다줄 자신의 아이.

자신 외에는 아무것도 없던 삶에 가예가 하나씩 채워갔다. 그렇기에 영화국의 이번 도발을 가볍게 넘길 수 없었다.

"나도 당신이 곁에 있어서 안심인걸요."

미쳐 버린 담제융에게 내어줄 것은 하나도 없었다.

전부 자신의 것이다.

가예를 안고 있는 팔에 힘을 준 세운이 그녀의 여린 어깨에 얼굴을 묻었다.

❀ ✿ ❀

무릎을 꿇고 몸을 숙이고 있는 병사를 보는 세운의 눈이 어두웠다. 세운의 손에는 마지막으로 해왕이 보냈다고 하는 서찰이 들려 있었다.

—나는 없는 사람이라 여겨주시게.

짧게 적혀 있는 문장에 담긴 의미는 복잡했다. 영화국의 왕이기에 나라의 사정에 대해 말할 수는 없었지만, 한편으로는 영화국이 명룡국에 선전포고할 날이 머지않았음을 의미하기도 했다.

마야와 자윤의 극진한 보살핌 속에서 가예가 아이를 위한 준비를 하고 있었다. 이제 아이가 들어선 지 4개월이라 배가 부르지는 않았지만, 그래도 혹여나 잘못될까 조심, 또 조심하였다.

그런 가예에게 해왕이 궁에 연금되어 있다는 소리와 영화국과의 전쟁이 코앞이라는 이야기는 되도록 안 하는 것이 좋을 듯했다.

"하나만 묻겠네."

"말씀하소서."

"이 서신을 전한 그대에게 해왕이 어떤 명을 내렸는가?"

생각지 못한 세운의 물음에 병사가 고개를 푹 숙였다. 쥐고 있는 손에 힘이 들어갔다.

"궁으로 돌아올 필요는 없다고 하셨습니다."

병사의 말에 세운이 길게 한숨을 내쉬었다. 말로만 나라 간의 전쟁일 뿐, 결국은 자신의 편과 적의 편으로 나누어진 다툼일 뿐이다.

한 나라의 왕이기에 함부로 구해내거나 데려올 순 없다. 더군다나 해왕은 세운이 그렇게까지 하는 것을 바라지 않을 것이다.

하지만 가예의 아버지이다. 신경을 안 쓰려야 안 쓸 수 없었다.

명룡국을 나갈 때까지 호위를 해주라는 세운의 명에 감사하다는 말과 함께 병사가 뒷걸음질로 방 밖으로 나갔다. 해왕의 서신을 보고 있던 세운이 손으로 입을 가렸다.

아무리 미쳐 버린 담제융이어도 해왕에게 함부로 손을 대거나 위해를 가하지는 못할 것이다. 영화국의 황제가 위독한 지금, 사람들은 전쟁을 준비하는 제융보다도 무난하게 왕의 자리를 지킨 해왕을 지지하고 있었다.

더군다나 화수 가문을 정리하는 과정에서 직접 부인인 화수 부인의 비리를 밝힌 일은 영화국 백성에게 최고의 신뢰를 주었다. 훗날을 위해서라도 제융은 해왕 선만큼은 살려줄 것이다.

"뭐 하고 있어요?"

언제 와 있었는지 옆에 있던 가예가 세운에게 물었다. 그녀의 등장에 놀란 세운이 들고 있던 문서를 등 뒤로 숨겼다.

"어, 언제 왔어?"

"이미 봤어요. 숨길 필요 없어요."

가예의 말에 세운이 어색해하며 뒤에 숨긴 서신을 내밀었다. 세운에게서 서신을 받아 든 가예가 붉어진 눈으로 그것을 읽고 또 읽었다.

서신을 곱게 접은 가예가 품에 넣었다. 흘러내리기 직전의 눈물을 닦아내며 가예가 세운의 품에 안겼다.

"명룡국에 오기 전에 아버지께서 해주신 말씀이 있어요."

그녀의 말에 세운이 고개를 갸웃했다. 손을 들어 가예가 세운의 얼굴을 어루만졌다.

"제융 오라버니는 선을 넘었다고요. 필부였다면 모든 것을 버리고 마음이 가는 대로 따를 것이나 왕이기에 또한 선택해야 한다고 하셨어요."

"……."

"존중해 달라고, 믿어달라고 하셨어요. 반드시 살아 있을 것이니 믿고 제 자신의 길을 가라고 하셨어요. 지금도 아버지가 걱정되지만, 그렇기에 아버지의 선택을 믿고 싶어요. 그러니 당신도 흔들리지 마세요."

나지막이 말하는 목소리가 힘을 주었다. 모국인 영화국을 공격하는 데 주저하지 말라는 말이 그녀에게 있어 얼마나 어려운 일인지 알고 있다. 그의 곁에 있는 가예는 왕의 부인으로서도, 한 사내의 여인으로서도 강했다. 강한 그녀가 고맙고, 그 때문에 자신의 모국을 밀어놓는 그녀에게 미안했다.

"살아 계실 거야. 아무리 담제융이 모든 것을 놓아버렸어도 해왕 전하만큼은 건들지 못할 거야. 내가 그렇게 만들게. 당신이 걱정하는 일 따위 일어나지 않을 거야."

세운의 말에 가예의 입가에 조용한 미소가 감돌았다. 세운의 어깨에 얼굴을 묻은 가예가 눈을 감았다. 그녀에게 명룡국이나 영화국은 중요하지 않았다.

세운과 함께하는 곳, 그곳이 바로 그녀의 세상이었다.

"곧 출전하실 거죠?"

"응. 조만간 나가게 될 거야."

그의 대답에 가예의 표정이 흐려졌다. 하지만 불안한 표정을 감추며 가예가 입을 열었다.

"여인의 몸이기에, 홑몸이 아니기에 당신을 따라갈 수는 없지만 마음만큼은 항상 당신 곁에 머물 거예요. 기다릴게요. 당신이 만들어준 세상 속에서 내 세상인 당신을 기다릴게요."

진중하게, 그리고 꾸밈없이 나오는 고백에 심장이 울렸다.

그녀는 세운을 자신의 세상이라 했지만 세운에게 있어서도 그녀는 이미 자신의 전부였다.

"곁에 있어줘야 할 시기인데……."

말을 잇지 못하는 세운에게 가예가 고개를 저어 보였다. 그녀 또한 세운이 위험한 전쟁터로 가는 것을 절대 바라지 않았다. 하지만 여인의 욕심으로 잡기에 그는 명룡국의 빛이자 백성이 믿고 있는 투신이었다.

한 치 앞을 알 수 없는 전쟁이지만 아무 일도 없이 돌아올 것이라 믿었다.

"당신의 연모를 받고 있는 나도, 그리고 우리 아이도 당신의 생각보다 훨씬 강해요. 걱정하지 마세요. 무사히 전쟁을 끝내고 돌아오세요."

자신도 모르게 눈가가 붉어졌다. 그의 곁에 있는 빛이 너무나도 환했다.

그녀가 세운에게 주는 무조건적인 신뢰가 그를 단단하게 했다.

"오래 걸리지 않을 거야. 반드시 돌아올게."

그의 말에 가예가 고개를 끄덕였다.

2주일 후, 영화국이 명룡국에 선전포고를 하였다.

영화국 최대의 병력이 동원되는 전쟁에 명룡국에서는 투신인 세운이 참전하였다.

드디어 시작된 전쟁.

영화국과 명룡국의 국경이 마주하는 곳에서 하루가 멀다 하고 치열한 전투가 계속되었다.

五章

결전

전쟁은 엎치락뒤치락 전개되었다.

영화국이 승을 거두면 얼마 지나지 않아 명룡국이 승리했다. 치열한 접전. 한쪽은 황태자인 제융이, 다른 한쪽은 황제의 동생인 진세운이 참전하는 전투였다.

후각을 마비시키는 피 냄새와 곳곳이 타오르는 연기로 자욱했다. 시간을 끌수록 원정을 나와 있는 영화국이 불리하다는 것을 아는지 제융은 거침없이 군대를 몰아쳤다. 하지만 정작 수장인 제융은 나타나지 않았다.

죽기 아니면 살기로 밀어붙이는 영화국의 군대를 밀어낸 세운이 담담한 눈으로 수습하는 병사들을 바라보았다.

"아, 지겹다."

도하도 곁에 없기에 세운의 입에선 작은 투정이 흘러나왔다. 전쟁을 조속히 마무리 지으려면 어찌 되었든 제융이 있는 본대를 찾아야 했다. 하지만 어디에 숨었는지 좀처럼 그는 모습을 보이지 않았다.

그러면서도 명룡국이 전세에 유리해지려 하면 급습을 하며 두 나라의 전세를 팽팽히 유지하였다. 잠시라도 방심하면 도리어 제융에게 먹혀 버릴지도 모르는 상황. 그렇기에 세운은 좀처럼 안심할 수 없었다.

"가예, 보고 싶다."

그렇게 한 달. 스스로를 다잡고 있기는 했지만 피곤한 건 어쩔 수 없었다.

"전하."

어느새 뒤에 다가온 도하의 모습에 피곤한 세운의 표정이 원래대로 돌아왔다. 아무리 최측근인 도하라도 전쟁터에서는 피곤해하거나 힘들어하는 모습을 보여줄 수 없었다.

여유롭게 바뀐 세운의 표정과는 다르게 도하의 표정은 어두웠다. 그를 보고 있던 세운이 쓰게 웃었다.

"역시인 것이냐?"

"수도의 궁에 사람이 침입한 흔적이 있었다고 합니다. 다행히 상국의 요청에 따라 황궁에 가셨던 날이라 별일은 일어나지 않았답니다. 혹시라도 모를 일에 마야님께서 부인을 황궁으로 모시려 했으나, 그건 아니라며 거절하셨다고 합니다. 그래도 상국께서 처소를 옮기시겠다고 했으니 안심하셔도 될 것입니다."

"담제융 하나 때문에 내 가예만 고생하네."

담제융의 흔적이 보이지 않자 혹시나 하는 생각에 가예의 주변에 사람을 배치해 놓았었다. 역시나 표면적으로는 세운을 공격하면서 은밀히는 가예를 찾고 있었다. 혹시나 하는 생각에 출전 전 손을 써놓은 일에 제융이 걸려들었다.

한참을 생각하던 세운이 무언가 떠오른 듯 도하를 보았다.

"그런데 가예가 처소를 옮기려 할까? 가예 성격상 고집부리기 시작하면 답이 안 나올 텐데?"

"마침 전하께서도 아니 계시는데 안주인까지 궁을 비울 수 없다 하시며 버티고 계신다고 합니다. 하지만 상국의 말씀이시니 따르시지 않을까요?"

도하의 말에 세운이 고개를 저었다. 유하고 조용할 뿐 가예는 고집이 있었다. 출전으로 세운이 궁 밖을 나온 지금, 자신이라도 궁에 있어야 된다며 위험해도 버티려 할 것이다.

궁을 지키는 것이 잘못된 일은 아니지만 상대는 제융이었다. 그녀를 위험하게 만들 수는 없었다.

말없이 병사들의 모습을 보고 있던 세운이 팔목에 감았던 보호대를 풀었다. 연이어 벌어지는 전쟁에 피와 먼지로 엉망이었지만 현재 세운이 줄 수 있는 유일한 것이었다.

"발이 빠른 병사에게 이걸 보내. 현명한 사람이니 굳이 글로 알려주지 않아도 알 거야."

"알겠습니다, 전하."

세운의 말에 도하가 보호대를 받아 들었다. 도하가 사라진 후 세운이 힘껏 기지개를 켰다.

지상은 엉망이건만 고개를 들어 보이는 하늘은 유난히 맑았다. 전쟁만 아니었다면 이런 날은 가예의 손을 잡고 궁 밖을 걸었을 것이다.

이 지루한 전쟁이 끝나야만 가예에게 돌아갈 수 있다. 그 사실을 알면서도 마음대로 되지 않는 현실에 세운이 길게 한숨을 내쉬었다.

"아, 진짜 보고 싶네."

조급해하면 안 된다는 걸 알면서도 마음이 자꾸 급해졌다. 처음으로 얻은 자신의 아이이다. 그것도 정략으로 이어진 혼인 따위가 아닌 평생을 연모하며 살고자 하는 여인에게서 얻은 아이이다.

당장에라도 궁에 가고 싶었지만 그럴 수 없다는 것을 알고 있었기에 세운은 피곤한 숨을 내쉬었다.

❀ ✱ ❀

국경에서는 치열한 전투가 벌어지고 있었지만 아직 전쟁의 여파는 수도까지는 오지 않았다.

하지만 소문은 빠른 법. 이미 국경이 무너졌다느니 영화국의 군대가 명룡국 안에 있다느니 하는, 좋은 소문보다는 나쁜 소문이 퍼져 갔다. 듣고 싶지 않아도 소문은 저절로 가예에게 들려왔다.

세운에게 좋지 않은 일이 일어났을까 불안했다. 하지만 그 불안을 겉으로 내보이는 대신 가예는 평소처럼 담담하고 침착하게 행동했다.

그렇게 시간이 흐르던 중 상국의 부탁으로 황궁에 다녀왔던 날 결국 사달이 일어났다.

제융이 보냈을 것으로 추정되는 사람들이 미약하게나마 그녀가 머물렀던 안채에 흔적을 남긴 것이다.

꼼꼼한 마야와 눈썰미가 좋은 자윤이 아니었으면 찾을 수 없었던 것. 궁이 발칵 뒤집어졌다. 지금이라도 당장 처소를 옮겨야 한다는 둘과 황궁에 입궁하라는 황제와 상국의 말이 있었지만 가예는 자리를 지켰다.

무섭지 않은 것은 아니다. 아직도 세운을 베던 제융의 눈만 생각해도 몸이 떨렸다.

하지만…….

'내 행동 하나로 그 사람에게 누를 끼칠 수는 없어.'

지방의 중소 귀족들이 안전한 수도를 향해 오고 있어 황궁이 어수선했다. 백성들은 무기를 들고 싸우는 이때, 자신만 살자며 올라오는 귀족의 행태에 황제가 진노하며 그들을 다시 원래의 지역으로 내쳤다는 이야기를 들었다.

그런 수선스러운 이때 황제(皇弟)의 부인인 자신까지 황궁에 머물게 된다면 그녀뿐 아니라 세운마저도 좋지 않게 보일 가능성이 컸다. 그녀가 할 수 있는 최선은 왕의 부인으로서 궁을 지키는 것이라 생각했다. 그게 수도에 있는 그녀가 할 수 있는 책임, 휘왕의 부인이라는 이름에 대한 맞는 행동이라 생각했다.

주변의 간청에도 자기 생각을 바꾸지 않던 가예에게 세운의 보호대가 도착했다.

떨리는 두 손이 조심스럽게 보호대를 들어 올렸다. 흐르는 눈물에 손에 들고 있는 것이 젖기라도 할까 봐 눈물을 삼켰다. 먼지와 피로 엉망이었지만 상관없다는 듯 코에 보호대를 댄 가예가 힘껏 숨을 들이마셨다.

낡은 보호대일 뿐이지만 그의 체취에서 그녀는 위안을 얻었다.

"그 사람, 잘 지내고 있대요."

가예의 말에 눈이 벌게진 마야가 고개를 끄덕였다. 글 한 줄 적어놓은 서신도 없건만 마치 모든 것을 안다는 듯 가예의 입가에 미소가 돌았다.

"감정이 격해지시면 아기씨에게도 좋지 않습니다. 마음을 가라앉히세요."

"좋아서 그런걸요. 이 정도는 아기도 이해해 줄 거예요."

신줏단지라도 되는 양 가예의 손에서 보호대가 떨어지지 않았다. 숙연할 정도로 조용한 분위기에 옆에 있던 마야가 말없이 기다렸다. 잠시 후, 진정이 되었는지 가예가 세운의 보호대를 조심스럽게 내려놓았다.

"마야 말대로 궁을 잠시 떠나 있을게요."

오늘 아침까지도 고집을 꺾지 않는 가예의 행동에 마음을 졸이고 있던 마야의 입가에 미소가 생겨났다. 이미 궁 밖에서 공공연히 담제융의 사람들로 보이는 이들을 비밀리에 처리하는 것이 비일비재했다. 부인이 조심하여 궁 밖의 외출을 삼갔지만, 그래도 언제 해코지를 할까 불안하던 찰나였다.

"잘 생각하셨습니다!"

"하지만 황궁만은 빼고요. 대신 그 이외의 장소라면 상국께서 정해주시는 곳으로 갈게요."

"말씀드리겠습니다. 잘 생각하셨습니다, 부인."

"제가 아니라 그 사람이 그러라고 하네요."

가예의 말에 마야가 무슨 소리냐는 듯 고개를 갸웃했다.

"잘 지내고 있다고 말만 보내줘도 되는데 일부러 중요한 보호대를 보냈잖아요. 고집부리지 말래요. 안전한 곳에서 기다리래요."

무슨 말을 해도 엇갈렸던 과거와는 다르다. 서신 없이 보내온 물건 하나에 가예는 그의 뜻을 전부 이해했다. 그런 그녀가 뜻을 알 것이라 믿었기에 세운 또한 이렇게 한 것이다.

마음으로 이어진 연의 끈은 마야가 보기에도 단단했다.

"그럼 오늘 당장에라도 상국께 이야기를 해서……."

"잠시만요. 밖에 이것을 가져온 사람을 좀 들어오라 하게."

당장에라도 움직일 기세인 마야를 막은 가예가 밖에서 대기하고 있던 병사를 불렀다.

무슨 연유에서인지 오늘 당장 떠난다는 병사를 사흘 정도만 있으라고 한 가예가 마야에게 몇 가지를 부탁하였다. 그녀의 요구에 마야의 입가에 미소가 감돌았다.

사흘 후, 가예가 보낸 병사가 세운의 부대를 향해 출발하였다. 그리고 책 노인의 주도 아래 가예가 은밀히 거처를 옮길 준비를 하였다.

궁 내부의 사람들도 쉬쉬하며 조심히 준비하던 일, 하지만 말이라는 것은 결국 돌고 도는 법이었다.

은밀히 빠져나간 정보가 제융의 귀에 들어갔다.

❀ ✱ ❀

적극적으로 군대를 이끌며 영화국을 밀어붙이는 세운과는 달리 제융은 은밀히 만들어놓은 주둔지 내에서 군대를 움직였다.

원정을 나온 영화국과는 달리 명룡국은 자신들의 나라 안에서의 싸움이었다. 지역과 환경을 생각할 때 시간을 끌면 끌수록 불리해지는 것은 제융이었다. 무엇보다도 영화국과는 달리 뼈를 시리게 하는 명룡국이 추운 날씨는 본의 아니게 이번 전쟁에 가장 큰 영향을 주고 있었다.

어차피 자잘한 승리는 중요하지 않다. 휘왕 진세운만 죽이면 끝나는 일. 그 일은 조금 뒤로 미루어도 상관없었다.

"가예가 온 후에 처리해도 늦지 않다."

명룡국에 들어오자마자 제융은 선별한 병사와 문을 보내 그녀를 데려오게 하였다. 대비를 잘하고 있어도 주인이 떠난 궁을 지키는 병사들 따위, 얼마든지 제압하고 쉽게 가예를 데리고 올 것이라 생각했다.

하지만 미리 손을 쓴 탓인지 제융의 예상과는 달리 그녀를 쉽게 데려오지 못하고 있다는 보고가 들려왔다.

"휘왕의 아이."

으득! 제융이 자신도 모르게 이를 갈았다.

화수 가문을 처리하고 명룡국을 향한 전쟁을 준비하는 사이, 가예는 휘왕의 아이를 가졌다. 5개월째. 아이는 그렇다 쳐도 자칫 잘못 움직이게 되면 임부가 위험해질 수 있다는 의원의 말이 있었다.

"아이는 받아들일 수 없으나……."

세상에서 원한 단 하나, 평생을 갈구하던 유일한 하나였다.

아이는 용납할 수 없으나 그녀가 위험해진다면 얼마든지 참을 수 있었다.

하늘이 그에게 가예를 주지 않는다면 그가 직접 얻어낼 것이다.

"전하."

그녀의 주변을 지켜보고 있던 문을 다시 불러들였다. 제융의 앞에 무릎을 꿇은 그가 지금까지 있었던 일을 보고하였다. 명룡국에 의해 문의 움직임이 노출되었다는 것과 그로 인해 조만간 가예가 거취를 옮길 것이라는 말에 제융이 눈을 찡그렸다.

"죄송합니다, 전하."

"아니다. 어차피 꼬리가 길면 잡히는 법. 조만간 이쪽의 움직임을 읽을 것이라 생각했다. 그럼 언제 거취를 옮긴다는 것이냐? 어디로 간다는 것인가?"

"아직 그렇게까지는 진행이 되지 않았습니다. 부인의 건강을 고려하여 천천히 움직이고 있는 듯하옵니다."

"흐음."

아직 황제인 정명에게는 후사가 없었다. 한 명의 황족도 아쉬운 이 상황에 가예가 가진 아이의 존재는 명룡국에 중요한 존재일 것이다. 은밀하게 움직인다고 해도 왕의 부인이다. 반드시 흔적을 남길 것이다.

"병사를 더 내어주겠다. 가예의 주변에서 대기하고 있어라. 나도 곧 뒤따르겠다."

제융의 명령에 언제나 바로 대답을 하던 문이 이번만큼은 조용히 입을 다물었다. 문의 반응에 다른 곳을 보고 있던 제융의 시선이 그를 향했다.

무릎을 꿇고 있던 문이 땅에 이마가 닿을 정도로 몸을 숙였다.

"검이 감정을 가지고 주인에게 자신의 의견을 말하는 것은 절대 해서는 안 되는 짓이라는 것을 알고 있습니다. 하지만 목숨을 걸고 생애에 딱 한 번 간언 드리옵니다. 이제 그만 놓으시면 안 되겠습니까?"

"……무슨 소리를 하는 것이냐?"

"전하께 그분이 어떤 존재이신지 부족하게나마 알고 있사옵니다. 하지만 점점 빛을 찾아가시는 그분에 비해 전하께서는 점점 더 무너져 가고 계십니다."

"네가 과민한 탓이다. 난 아무런 이상도……."

"전하께서는 영화국의 승리를 원하시는 것입니까, 아니면 가예 부인을 원하시는 것입니까?"

부정하던 제융의 말문이 막혔다. 숙였던 고개를 든 문이 말없이 제융을 보았다.

흔들리는 동공이 불안했다.

문의 물음에 대답하지는 않았지만 이미 모든 답은 정해져 있었다. 용기를 내어 간언하던 문이 눈을 감았다.

검은 역시 검일 뿐이다. 같이 무너지는 한이 있더라도 함께해야 한다.

제융은 무너졌다. 이미 조각조각 나버린 그에게 돌아오라는 말이 들릴 리 없었다.

"죄송합니다, 전하. 소인이 지금 한 말은 잊어주시옵소서."

몸을 일으킨 문이 제융을 향해 고개를 숙였다.

"가보겠습니다."

"문아."

말을 끝내고 나가려는 문을 제융이 잡았다. 문이 고개를 돌리자 제융이 입가에 미소를 띤 채 말하였다.

"무엇이 우선인지는 나 또한 알 수 없다. 하지만…… 생애에 딱 한 번 기회가 온다면 지금까지 내가 버리고 포기했던 모든 것을 다시 되돌려 놓겠다. 그때부터 노력할 테니…… 이번까지만 내 손을 들어다오."

문이 밖으로 나가고, 제융이 다시 밖으로 시선을 옮겼다.

끔찍하게 내리던 눈이 멈췄다.

세운에게 보여주던 가예의 미소가 눈앞에 어른거렸다. 자신은 절대 가질 수 없는 가예의 미소. 하지만 그걸 알면서도 제융은 명룡국을 향해 검을 뽑았다.

제융이 뽑아 든 가장 치밀하고 잔혹한 검. 그 끝이 어떻게 되든지 간에 그는 끝까지 가볼 생각이었다.

영화국의 승리를 원하는가, 가예를 원하는 것인가?

이제 답은 중요하지 않았다.

* * *

—나는 당신의 부인이지만 또한 휘왕의 부인이기도 합니다.

짧게 적어 보낸 서신과 함께 보내온 새 보호대가 세운의 마음을 먹먹하게 했다. 명룡국에서만 자라는 식물의 줄기로 만든 얇고 질긴 천을 덧대어 만든 보호대가 마치 쓰던 것처럼 편안했다.

"보호대를 본 적도 없을 텐데……."

"황궁에서 온 사람의 도움을 받으셨습니다. 사흘만 더 머물고 가라 하시기에 설마 그 안에 만드실까 했는데 떠나는 날 맞춰서 전하께 드리라며 마무리된 것을 주셨사옵니다."

"아이도 있는데 무리했군."

말과는 다르게 세운의 눈매는 부드러웠다. 무거운 몸으로 시간 안에 맞춘다며 부지런하게 움직였을 모습을 생각하니 미안하면서도 감격스러웠다.

팔에 보호대를 차고 조심히 향을 맡으니 희미하게나마 매화 향이 흘러나왔다.

마음에서 조금씩 치밀어 오르던 불안이 천천히 가라앉았다. 천근만근이던 몸의 피로가 단번에 풀리는 기분이었다.

보고를 한 병사가 밖으로 나가고, 도하와 같이 있던 세운이 보호대와 같이 보낸 가예의 서신을 집어 들었다. 가예가 적어놓은 문장의 뜻은 무거웠지만 반듯하고 정갈한 그녀의 글씨는 보는 것만으로도 반가웠다.

"은근히 나보다 이 사람의 배포가 더 크단 말이야."

가예는 수도와 국경 사이에 있는 궁으로 거처를 옮길 예정이었다. 다른 궁에 비해 작은 궁이지만, 주변이 산으로 둘러싸여 있어 그녀를 보호하기에는 최적의 장소였다.

불시에 처소를 옮긴 후 세운에게 안부를 전해도 되었건만 가예는 일부러 궁을 떠나는 준비를 느긋이 하여 제융이 자신의 정보를 알게 하였다.

"부인의 말씀대로 해보시는 것도 나쁘지 않을 것 같습니다만."

가예가 궁에서 나오는 순간, 숨어 있는 담제융은 반드시 움직일 것이다. 가예에게는 위험한 일이지만 확실히 담제융과 영화국의 주둔지를 찾을 수 있는 기회였다.

당신의 부인이지만 휘왕의 부인이라는 짧은 문장.

그건 부인인 그녀 자신을 이용하라는 말이기도 했다.

"이 사람을 미끼로 담제융을 끌어내라고? 도하야, 그래도 넌 내 보좌관인데 그러시면 안 된다거나 전하가 원하시는 대로 하시라고 말해야 하는 게 아니야?"

"보좌관은 단순한 검이 아닙니다. 전하께서 최선의 길을 가시도록 곁을 지키는 자리지요. 불쾌하시더라도 저는 전하에게 달콤한 말만을 할 수 없는 위치가 아닙니까? 그리고 이대로 외면하기에는 너무나도 좋은 기회입니다."

"흠."

"홀몸도 아니시신 부인을 전쟁에 끌어들이는 일은 옳지 않으나 강하신 분입니다. 위험한 일이기는 하지만 그만큼 대비를 한다면 충분히 승산이 있습니다."

입에 쓴 말이기는 했으나 맞는 말이기도 했다. 영화국의 주둔지를 치지 않는 한 지지부진한 전쟁은 계속될 것이다. 반면에 이번 일만 해결이 된다면 단번에 담제융과 승부를 볼 수 있게 될 것이다.

좋은 방법이었지만 선뜻 내키진 않았다.

하지만 거절하기에는 이미 가예가 스스로를 미끼로 판을 벌여 놓은 상태이다.

그녀를 끌어들이지 않고도 전쟁을 계속할 수는 있다. 대신 전쟁은 길어질 것이다.

자신 때문에 일어난 전쟁이라며 가예는 자책했었다. 그녀는 세운을 선택하면서 모국에 대한 마음을 접었다. 큰 결단을 해준 그녀를 위해서라도 세운은 또한 결단을 내려야 했다.

"상국과 형님 폐하께서 움직이실 테지만 역시 안심은 안 된다. 최대한 빨리 병사를 추려서 움직여라. 도하, 네가 직접 가라."

세운의 말에 도하가 고개를 숙였다. 아끼는 부인을 이용하는 일이라 세운은 마음에 들지 않는 눈치였지만 도하는 내심 가예의 선택에 혀를 내둘렀다.

그녀의 결단이 전쟁의 방향을 바꾸었다. 이번 일만 무난히 이루어진다면 전쟁의 기세는 단번에 이쪽으로 향하게 될 것이다. 조용하고 부드러운 모습과는 다르게 가예가 명룡국을 위해 내린 결단은 칼과 같았다.

'이번 전쟁에서 명룡국은 이길 것이다.'

속단할 수는 없지만 천천히 흐름이 유리하게 돌아오는 게 느껴졌다. 물론 방심할 수는 없었지만 이대로라면 멈췄던 눈이 내리기 전에 승부를 볼 수 있을 것이다.

그날 오후, 선별한 병사와 함께 도하가 출발하였다.

깊은 밤. 휴식을 취하고 있는 병사들과는 달리 세운은 깨어 있었다. 탁자에 넓게 펼쳐 있는 명룡국의 지도를 오랜 시간 말없이 보고 있었다.

'이대로 담제융이 나타날 때까지 기다리라고?'

으득. 자신도 모르게 세운이 이를 갈았다.

일은 순조롭게 진행되었지만 역시나 마음에 안 들었다.

이번 일이 잘된다면야 물론 일은 쉬워진다. 그렇지만 그 소리는 다르게 말해 그만큼이나 가예와 자신의 아이가 위험하다는 것이다.

'역시 하라는 대로 하는 건 내 방식이 아니야.'

의자에 몸을 묻은 세운이 눈을 감았다. 그를 복잡하게 하는 모든 것을 생각 끝으로 밀어버린 그가 천천히 지금까지의 흐름을 되새겼다.

명룡국의 병력을 계산하고, 영화국의 움직임을 예측했다. 그림을 그리듯 그만의 방식대로 전장을 읽어 내렸다. 그리고 그 모든 것의 중심, 가장 최우선으로 생각하는 곳에 가예와 아이를 생각하였다.

굳어 있던 입가에 미소가 감돌았다. 올라간 입꼬리만큼이나 자신감 넘치는 눈빛이 돌아왔다. 탁자에 넓게 펴져 있던 지도를 보고 있던 세운이 그대로 덮었다. 더 이상 지도는 필요 없었다.

'내가 언제부터 걱정하고 움직였다고…….'

가예가 다치면 안 된다는 생각을 너무 한 나머지 자신의 방식을 잊고 있었다.

움츠러들고 주저하는 것은 자신과는 맞지 않다. 지지부진하게 전쟁을 끌며 주변을 걱정하는 것 또한 어울리지 않았다.

그녀가 걱정되지 않는 건 아니었다. 생각을 하고 있는 이 순간도 가예가 미치도록 걱정되었다. 하지만 걱정만 한다고 변하는 것은 아무것도 없었다.

가예와 아이에게 안전한 세상을 주는 최고의 방법. 그건 쳐들어온 적을 최대한 빨리 밖으로 내보내면 되는 것이다.

"여봐라!"

세운이 부르자 밖에서 대기하고 있던 병사가 안으로 들어왔다.

"부르셨습니까?"

"지금 당장 거기 장군과 정서, 정남 장군을 불러라!"

늦은 시각, 번을 서고 있는 병사 이외에는 모두 잠든 시각이다. 하지만 다른 사람도 아닌 휘왕의 명이다. 대답을 한 병사가 서둘러 밖으로 나가고, 세운이 머물고 있는 막사의 주변이 소란스러워졌다.

밖의 소리에 귀를 기울이던 세운이 가예가 보내온 보호대에 얼굴을 묻었다.

오늘 밤이 끝나면 곧바로 움직일 것이다.

"곧 갈 테니 조심히 있어."

팔을 들어 보호대를 보고 있던 세운이 빙긋 웃었다.

❀ ✱ ❀

닫혀 있던 마차의 창문이 열리고, 가예의 하얀 얼굴이 빠끔히 모습을 드러냈다.

"부인, 밖이 차요. 어서 닫으셔요."

밖에서 걷고 있던 자윤이 언제 알았는지 쪼르르 마차 옆으로 다가왔다. 걱정스러운 그녀의 시선에 가예가 고개를 저었다.

"눈이 안 오니 많이 따뜻해졌는걸요. 조금만 이러고 있을게요."

밖을 보고 있는 가예의 표정이 유난히 환해서 말리려던 자윤도 결국 고개를 숙였다.

세운이 없는 궁을 지키고 있느라 좋아하는 산책도 거의 하질 못했다. 비록 미끼로 움직이고 있는 상황이지만 그래도 오랜만에 나오는 바깥이었다.

마냥 편할 수 없는 분위기였지만 그럼에도 불어오는 바람이 좋았다.

"그럼 잠깐만 그러고 계시는 거예요."

아이도 아이였지만 명룡국의 찬바람에 가예가 몸이 상할까 걱정되었다. 자윤의 말에 알겠다며 고개를 끄덕였다.

밖을 보고 있는 가예를 보며 자윤이 조용히 미소 지었다.

패악을 부리던 담소예가 해결되고 가예가 되돌아오면서 궁은 빠르게 안정되었다. 그림자 취급도 못 받던 전과 돌아온 후의 상황은 완전히 달랐다. 이제는 세운에게 어려운 말을 전해야 할 때에는 자연스럽게 가예에게 먼저 이야기하는 상황이 되었다.

그에게 전해도 되는 말이라면 흔쾌히 받아들였으나 청탁이나 과한 부탁은 가예의 선에서 확실히 잘라냈다.

하루가 멀다 하고 소란스러웠던 궁이 그녀가 돌아온 후로 안정이 되니 가예를 안 좋게 보던 궁 내부 사람들의 태도도 언제부터인가 바뀌어 있었다.

"자윤도 마차 안으로 들어오면 좋을 텐데……."

가예의 말에 자윤이 말도 안 된다는 듯 고개를 저었다.

"안 돼요! 감모 옮아요!"

궁을 관리하는 마야 대신 자윤이 따라왔다. 넓은 마차에 같이 앉아 있어도 되건만, 감모 기운이 있다며 그녀는 한사코 마차 안으로 들어오지 않았다. 결국 자윤의 고집에 진 가예가 다시 말없이 전경을 보기 시작했다. 한창 내리던 눈이 그치기는 했으나 여전히 군데군데 쌓아놓은 눈으로 주변은 새하얗다.

"아얏!"

창밖을 보고 있던 가예가 눈을 살짝 찡그렸다. 가예가 왜 그런지 알기에 자윤이 미소 지었다. 자윤의 미소에 가예가 무안한 듯 고개를 저었다. 살짝 부른 배에 손을 갖다 대자 기다렸다는 듯 아기가 좀 전보다도 강하게 태동하였다.

"밖에 나오니 좋지?"

마치 그녀의 말을 알아듣듯 배 안에서 아기가 자신의 존재를 알렸다. 혼자였다면 요즘같이 불안한 상황을 이겨내지 못했을지도 모른다. 세운이 없는 자리, 침착하고 담담하려 해도 문득 드는 불안에 마음을 편히 가지지 못했다.

혼자서 힘들어하던 때 시작된 아이의 태동, 아직 모습도 알 수 없는 아기였지만 가예에게는 버티는 힘이 되었다.

"답답해도 조금만 기다리렴."

대화를 하듯 아기에게 말하는 가예의 모습에 자윤의 눈가가 부드러워졌다. 아이의 태동이 사그라졌는지 배에서 손을 내린 가예가 그녀에게 물었다.

"여기서 반 시진만 더 가면 마을이죠?"

"네, 부인."

"그냥 지나간다고 듣기는 했지만 잠시만 쉬었다 가자고 해줄래요?"

"하지만 부인, 그렇게 하시면……."

거절하려는 자윤에게 눈짓으로 가예가 마차 뒤쪽을 가리켰다. 마차를 뒤따르는 사람들의 입에서 새하얀 김이 끊임없이 나오고 있었다. 몇몇은 지쳤는지 비틀비틀 걷는 사람도 있었다.

"내가 답답해서 그래요. 한 시진만 쉬고 가자고 전해주세요."

마음에 걸렸는지 가예가 모르는 척 고집을 부렸다. 직접 말을 꺼내지 않아도 자연스럽게 나오는 배려가 가예다웠다. 그녀의 장단에 자윤이 모르는 척 고개를 숙였다.

일정에 맞춰야 한다며 책임자가 가예를 재촉하였으나 그녀는 아기와 자신의 건강을 핑계로 천천히 가자며 그를 설득하였다. 마차의 주인이 천천히 가자 하니 책임자로서도 어쩔 수 없었다.

출발이 늦은 만큼 재촉했던 이동이 그때부터 천천히, 하지만 전보다 안정적으로 움직이기 시작했다.

계획보다도 일주일이나 늦어버린 여정 끝에 가예가 머물기로 한 궁에서 얼마 떨어지지 않은 처소에 도착하였다.

임시로 마련된 처소에서 머문 지 사흘.

드디어 제융이 그녀 앞에 나타났다.

가예에게 제융은 또 다른 세상이 있다는 걸 보여준 사람이었다.

그의 손에 이끌려 처음으로 새로운 세상을 보았고, 그의 고백에 열여섯의 어린 마음이 흔들린 때도 있었다. 화수 가문에 의해 짧게 끝나 버렸던 풋정이지만 그때의 기억은 많은 세월이 지난 지금도 생생했다.

"제융 오라버니."

그녀의 말에 그가 웃었다. 그리고 가예의 눈에서 소리 없이 눈물이 떨어졌다.

가예가 이름을 부르는 것만으로도 제융은 기뻐했다. 세운이 다쳤던 밤, 독한 말만 내뱉었음에도 제융은 여전히 그녀만을 보았다.

그럼에도 가예는 제융에게 줄 마음이 없었다.

미안했다. 그리고 한없이 여린 그를 동정했다.

"가예야."

전과는 다른 모습에 제융의 눈이 흐려졌다. 휘왕의 아이를 가진 가예의 모습이 제융은 낯설게 느껴졌다.

하지만 기분일 뿐이다. 앞에 있는 건 그토록 연모하는 가예였다.

"너를 처음 보았을 때가 내 나이 스물이었다. 폐하께서 주최하시는 연회에서였지. 기억하느냐?"

"화수 부인에게 끌려갔던 연회이지요. 그날 이후 오라버니 덕분에 많은 걸 알게 되었습니다. 제가 모르는 많은 것을 오라버니께서는 알려주셨습니다. 하지만……."

서로의 병사들이 치열하게 검을 마주하고 있는 일촉즉발의 상황이었지만 둘의 대화는 평온했다. 그렇기에 더욱 처절했다.

"그때 오라버니를 만나지 않았더라면, 만났더라도 그저 바람처럼 스쳐 지나가고 끝났다면 이렇게 되지는 않았을 테지요. 그리고 지금 변해 버린 오라버니를 보며 마음이 아프지도, 이런 선택을 할 수밖에 없는 오라버니에게 죄책감을 가지지도 않았을 테지요."

가예의 말에 제융의 눈이 커졌다.

그 누구의 말도 들리지 않는 제융, 하지만 이 순간 나지막이 자신을 자책하는 가예의 말이 그의 심장에 들어왔다.

"나를 알게 된 것을 후회하느냐?"

떨리는 눈이 가예만을 향하였다. 그의 흔들리는 모습이 마음을 아프게 했다.

하지만 무너지는 절망을 견뎌냈다. 부서진 제융의 모습에 울음을 터뜨리는 대신 이를 악물었다. 얼굴에 흐른 눈물을 닦아낸 가예가 허리를 세웠다.

"모르겠습니다. 다만 이렇게까지 되도록 오라버니의 마음을 정리하지 못한 저의 우유부단을 후회합니다. 저는……."

"가예야, 나는 말이다."

가예의 말을 자른 제융이 부드러운 미소를 지었다.

"내 생애에 내가 가장 잘한 선택이 그때 연회를 빠져나온 일이었다. 너를 만나고, 나도 나의 세상을 만들고 싶다는 욕심이 생겼다."

말 한마디 한마디가 모두 진심이었다. 그렇기에 더 암담했다.

무모하다는 것을 알면서도 제융을 만날 수 있도록 정보를 흘렸다.

그를 설득할 수 있을 것이라고는 생각하지 않았다. 그저 진심을 전하고 이제 그만 멈춰주기만을 바랐다.

그게 헛된 바람이라는 것을 알면서도…….

"오라버니, 저의 처음이자 마지막 바람입니다. 저에게 오라버니로 남아주시면 안 되겠습니까?"

가예의 말에 제융의 표정이 굳어졌다. 굳게 다문 입이, 핏줄이 튀어나오도록 쥔 주먹이, 핏발이 선 눈이 가예의 말에 그가 얼마나 충격을 받았는지 알 수 있었다.

하지만 입술을 깨물고 버틸망정 가예는 그의 모든 것을 버텨냈다.

흔들림 없는 가예의 시선에 제융의 눈에서 한줄기 굵은 눈물이 떨어졌다. 힘없는 웃음이 제융에게서 흘러나왔다. 하지만 그것도 잠시, 울분을 터뜨리듯 제융이 그녀에게 소리쳤다.

"왜 나는 안 되는 것이냐? 왜 나에게는 너의 곁에 있을 기회조차 주지 않는 것이냐!"

그의 절규가 허공에 메아리쳤다. 들을 수 없는 대답을 기대하는 제융의 눈에 불이 일었다. 그를 보고 있던 가예가 시선을 외면했다.

"오라버니는 저에게 오라버니일 뿐이니까요. 제가 꿈꿔오고 바라오던 세상에서 오라버니는 저의 사내가 아니라 하나뿐인 오라버니였으니까요."

평생을 갈구해도 그녀에게는 오라버니일 뿐이라는 선언이 제융의 심장을 찔렀다.

"나는 너에게 평생 오라버니이기만 해야 한다는 것이냐?"

얻을 수 없다는 것을 알면서도 마지막으로 기대했다. 진심을 말한다면 그녀에게 전해질지도 모른다는 꿈 또한 있었다.

그가 꿈꾸던 세상, 그 세상의 중심이 제융을 버렸다.

이제는 기대하지 않는다. 그저 전부를 가질 뿐이다.

"쳐라."

영화국의 병사들이 명룡국의 병사들을 향해 달려들었다. 그와 동시에 가예의 편에 서 있던 병사들 또한 적을 향해 검을 휘둘렀다.

✻ ✻ ✻

휘왕의 상징인 청룡이 그려진 갑옷이 보이자 영화국 병사들이 그를 향해 달려들었다.

"휘왕을 죽여라!"

영화국 장군들의 외침에 세운이 미소를 지었다.

악착같이 달려드는 적을 베어 병사들을 독려하듯 세운이 함성을 질렀다. 그의 외침에 사기가 올라간 병사들의 움직임이 일사불란해졌다.

벌써 세 군데. 쉴 새 없이 몰아붙였다. 하루 건너 연이어 일어나는 전투에 지칠 법도 했지만 연이은 승리로 병사의 사기는 최상이었다.

달려드는 장수의 목을 베어 넘긴 세운이 아수라장이 된 전장을 빠르게 훑었다. 그리고 원하던 이의 모습이 보이자 세운이 말의 배를 발로 찼다.

"휘왕을 막아야 한다!"

멀지 않은 곳, 이곳의 책임자로 보이는 장군이 고함을 지르며 병사들을 독려하고 있었다. 어설픈 실력의 사내. 세운의 입가에 미소가 생겼다.

'담제융이 돌아올 곳 따위 남겨두지 않겠다.'

영화국의 주둔지를 찾을 수 없다면 찾을 필요가 없다. 확실히 밝혀진 곳부터 쓸어버리면 그만이다.

명룡국의 군대가 강한 이유는 막강한 무기나 치밀한 전술이 아니었다. 척박한 환경에서 견디어낸 체력과 연이은 전쟁을 통해 얻은 경험이었다. 따뜻한 환경에서 풍족한 생활을 해오던 영화국의 병사들과는 비교할 수조차 없었다.

세운의 길을 막으려는 적을 명룡국의 병사들이 뚫기 시작했다. 넓혀진 길을 통해 세운이 단번에 장군의 앞으로 다가갔다.

"히익!"

경험이라고는 없어 보이는 장군이 살겠다는 생각 하나로 검을 휘둘렀다. 훈련받은 병사들보다도 못난 움직임, 훤히 보이는 틈 사이로 세운이 검을 찔렀다.

비명조차 들리지 않았다. 장군의 목이 바닥에 떨어지자 영화국의 움직임이 그대로 멈췄다. 순식간에 끝나 버린 전쟁. 무기를 내려놓으면 살려주겠다는 명룡국 장수들의 고함이 울렸다.

무기 떨어지는 소리가 군데군데에서 들려왔다. 무릎을 꿇고 손을 머리로 올리는 영화국 병사의 모습이 보였다.

얼굴에 묻은 피를 닦아내며 세운이 들고 있던 검을 들어 올렸다. 승리의 함성이 곳곳에 울려 퍼지자 굳어 있던 세운의 얼굴에 미소가 지어졌다.

'이제 주둔지 외에는 그가 올 곳은 없다.'

주 부대가 있을 것으로 추정된 장소의 사방에 포진해 있던 부대가 전부 명룡국의 손에 들어왔다. 이제 남은 것은 영화국의 주둔지 위치를 알아내는 것뿐.

담제융이 알아채기 전에 움직이느라 쉬지도 못한 채 채근했던 몸이 그제야 힘들다며 비명을 질러댔다.

몸은 천근만근이었지만 아직은 주저앉을 때가 아니었다.

"부인이 걱정되십니까?"

어느새 다가온 정남 장군이 조심스레 세운에게 물었다. 그의 물음에 상념에 잠겨 있던 세운의 시선이 그에게로 향했다.

아니라며 고개를 저으려던 세운이 결국 고개를 끄덕였다. 그의 반응에 정남 장군이 웃음을 터뜨렸다.

"금슬이 좋다는 소문은 들었지만 이 정도이실 줄은 몰랐습니다. 명룡국의 투신을 사로잡으신 분이라…… 이거 대단한 분이신 듯합니다. 하하하!"

"이번 전쟁이 끝나면 자리를 한번 마련하겠소. 다만 조용한 사람이라 부담된다며 거절할지도 모르겠소."

"하하하, 조용한 분이라기에는 이번에 직접 나서신 일이 사내 못지않게 대담하시지 않습니까? 처음에는 영화국 여인이시기에 전하의 발목을 잡지는 않으실까 걱정을 했습니다. 하지만 소인의 생각이 좁았습니다."

"홑몸도 아닌 사람에게 못할 짓을 했소."

찡그리는 세운을 보며 정남 장군이 조용히 미소를 지었다. 명룡국의 승리 이외에는 아무것도 보지 않던 세운이 점점 다른 것을 보았다. 몇몇 아무것도 모르는 관리들은 영화국 부인으로 인해 휘왕의 칼이 무뎌지지 않겠냐며 우려를 표하기도 했다.

하지만 역시 우려일 뿐이었다.

자신을 내놓은 사람보다 강한 사람은 자신과 주변을 지키려는 사람이었다.

"정동 장군께서 후발부대로 가셨습니다. 아마 지금쯤 도착하셨을 것입니다. 거칠기는 하지만 실력 하나는 제대로인 사람이 아닙니까? 안심하십시오."

"흠."

고개를 끄덕이기는 하지만 역시 답이 들려오기 전까지 세운의 표정은 펴질 것 같지 않았다. 결국 위로를 포기한 정남 장군이 뒤처리를 하고 있는 병사들을 바라보았다.

이제 남은 곳은 하나, 담제융이 숨어 있는 주둔지였다.

❊ ✱ ❊

"부인, 들어가세요."

무기와 무기가 맞닿는 소리가 요란해지자 옆에 있던 자윤이 가예를 방 안으로 들여보냈다. 가예가 방 안에 들어가자마자 대기하고 있던 병사들이 문 앞을 에워쌌다.

단단히 준비한 듯 가예가 방 안에 들어오자 안에서 대기하고 있던 병사들이 다시 문 앞과 창 옆에 섰다.

"부인, 괜찮으시죠? 놀라시거나 그러시면 안 돼요."

혹여 놀랐을까 자윤이 걱정스러운 눈으로 가예를 살폈다. 그녀의 시선에 가예가 괜찮다는 듯 고개를 끄덕였다. 가예를 걱정하면서도 떨고 있는 자윤의 손을 그녀가 붙잡았다.

괜찮을 것이다. 자윤을 다독이며 가예가 밖에서 들려오는 전투 소리에 귀를 기울였다.

한편, 몇 겹으로 굳게 막힌 문을 보며 제융이 입술을 깨물었다.

작정하고 데려온 듯 가예를 보호하고 있는 명룡국 병사들의 실력은 막강했다. 앞을 가로막는 병사의 복부에 검을 찔러 넣은 제융이 소리를 질렀다.

"뚫어라! 반드시 길을 만들어야 한다, 문아!"

제융의 명령에 문의 검이 춤을 추었다. 막고 있던 병사의 일부가 문의 검에 쓰러졌다.

좀처럼 뚫리지 않던 길이 문과 제융에 의해 서서히 열렸다. 어떻게든 막으라는 장수의 고함이 있었지만 곧 제융의 검에 의해 그 목이 떨어졌다.

가예가 있는 곳까지 얼마 남지 않았다. 이를 악문 제융이 사방에서 달려드는 병사들을 베어 넘기며 앞으로 나갔다.

방 앞을 지키고 있는 병사의 앞까지 문이 길을 뚫었다. 이제 바로 코앞, 그가 검을 휘둘렀다. 몸을 움츠린 병사와 문의 검 사이, 다른 검이 그 틈을 파고들었다.

문의 눈이 막고 있는 검의 주인에게로 향했다. 그를 보고 있던 검의 주인이 빙긋 웃었다.

"미안. 이 이상 네가 들어가면 내 주인에게 혼나서 말이야."

문의 검을 막고 있는 도하가 빙긋 웃었다.

그의 말이 끝나자 집의 뒤편에서 새로운 병사들이 쏟아져 왔다.

"전하! 이 사람은 제가 막겠습니다! 지금이라면!"

문의 소리가 끝나기도 전에 제융이 앞서 나갔다. 밀려오는 병사들을 베며 제융이 가예가 있는 방의 문만을 바라보았다.

얼마 남지 않았다. 저 코앞이 바로 가예가 있는 곳이다.

"비키란 말이다!"

이제 바로 앞이다. 조금만 더 가면 가예가 있었다.

악착같이 막는 병사를 베던 제융이 바로 앞에 있는 문에 손을 가져갔다.

그리고 순간, 제융의 뒤에서 우렁찬 목소리가 들려왔다.

"단 한 명의 적도 보내지 마라! 부인을 지켜야 한다!"

땅을 흔들게 하는 고함에 제융이 고개를 돌렸다.

분명 명룡국의 움직임은 없었다.

그런데 지금 눈앞에 새로운 명룡국의 군대가 나타났다. 중간에 난입했던 병사와는 규모부터가 달랐다. 도하의 검을 밀어낸 문이 제융을 향해 고함을 질렀다.

"전하! 물러나셔야 합니다!"

"안 된다! 거의 다 왔단 말이다!"

"이대로라면 모두 죽습니다!"

순식간에 전세가 명룡국으로 기울었다. 가예가 머물고 있는 방 앞으로 병사들이 모여들었다.

굳건해진 방비에 제융의 눈에서 피눈물이 흘러내렸다. 난입한 군사들이 순식간에 진을 짜고 제융을 포위하였다.

"아아악!"

제융이 고함을 질렀지만 이미 상황은 끝나 있었다.

"모두 후퇴한다!"

피를 토하는 심정으로 제융이 후퇴 명령을 내렸다. 적을 모두 죽일 듯 명룡국의 병사들이 달려들었지만 이미 세운에 의해 적당히 보내주라는 명이 내려진 상태였다.

간신히 몸만 빠져나온 제융의 병사들이 결국 가까운 진영을 향해 이동하였다. 하지만 곧 명룡국의 휘왕에 의해 진영 전부가 함락되었다는 보고가 들어왔다.

외면하고 있던 일의 결과가 한꺼번에 제융을 삼켰다.

유지되고 있던 팽팽한 관계가 무너져 내렸다.

결국 쓴 입맛을 억누르며 제융이 주둔지로 방향을 잡았다.

패전의 여파로 힘없이 이동하고 있는 그들의 뒤를 명룡국의 병사들이 기척을 숨긴 채 따라갔다. 혹시나 하는 마음에 제융이 대비를 지시했을 때는 이미 그들에 의해 주둔지가 밝혀진 후였다.

일주일 뒤, 명룡국의 부대가 영화국의 주둔지를 에워쌌다.

짙게 드리워진 패전의 기운.

더 이상 할 수 있는 선택이 없었기에 제융은 남아 있는 병사들로 마지막이 될지도 모를 전쟁을 준비했다.

✿ ✿ ✿

어디론가 달려가던 세운이 걸음을 멈추었다. 떨리는 숨을 길게 내쉰 후 고개를 숙여 자신의 모습을 확인하였다.

전에도 그랬지만 지금도 만만치 않게 엉망이었다. 옷에 묻은 먼지와 헝클어진 머리만을 대충 정리한 그가 떨리는 손으로 문을 열었다.

품고 있는 아이만 아니었다면 당장에라도 그에게 달려왔을 것 같은 얼굴로 가예가 서 있었다. 충혈된 눈에 글썽거리는 눈물이 금세 떨어질 듯 위태롭게 서 있었다.

"몰라보겠다."

세운의 말이 끝나기가 무섭게 달려온 가예가 그를 안았다. 그녀의 부른 배가 어색하면서도 벅찼다. 안겨 있던 가예의 팔을 푼 세운이 천천히 그녀를 살폈다.

"그만 울어. 쓰러지겠다."

세운의 시선에 울먹이던 가예가 손을 들어 그의 뺨을 쓸었다. 연이은 전투가 힘들었는지 가예를 바라보는 세운의 얼굴에 짙은 피로가 묻어 나왔다.

"힘들어 보여요. 좀 쉬었어요?"

최종 전투 전, 얼굴이라도 보시면 좋지 않겠느냐는 정동 장군의 물음에 정신없이 달려온 걸음이다. 가예를 보니 지금까지 그를 괴롭히던 피로가 단숨에 사라지는 기분이었다.

강할 때는 한없이 강하면서도 여릴 때는 또 한없이 여렸다. 울지만 않을 뿐, 떨어질 듯 가득 고여 있는 눈물을 손으로 닦아냈다.

"괜찮다니까. 그나저나 당신은 괜찮아? 뭐, 아프거나 불편한 거 아니야?"

아이를 가져 배가 부른 다른 여인은 많이 보았으나 막상 가예가 저런 모습으로 있으니 덜컥 겁이 났다. 아픈 곳은 없는 것일까? 힘든 것일까? 말로 표현은 하지 않았지만 가예를 보는 세운의 표정에는 근심이 가득했다.

어두운 그의 시선에 가예가 괜찮다며 고개를 끄덕였다.

걱정하는 세운의 손을 잡아 자신의 배에 갖다 댔다. 놀라서 손을 뗀 세운이 잠시 후 조심스럽게 다시 손을 올렸다.

그때 인사를 하듯 뱃속의 아이가 짧게 태동하였다.

생소한 감각에 놀란 세운이 토끼 눈으로 가예를 바라보았다.

"신기하죠?"

말문이 막힌 듯 멍하니 바라보는 세운의 모습에 가예가 까르르 웃음을 터뜨렸다. 그녀의 웃음소리에 그제야 정신을 차린 세운이 헛웃음을 터뜨렸다.

"진짜 신기하다. 이제 얼마 안 남은 거지?"

세운의 물음에 가예가 고개를 끄덕였다. 가예를 품에 안은 세운이 그녀의 어깨에 얼굴을 묻었다. 철없이 그녀를 밀어내던 그때, 만약 가예가 담제융의 품으로 갔더라면 무너진 건 그가 아니라 자신일지도 몰랐다.

자신의 빛, 이제 그녀가 없는 삶은 상상조차 하고 싶지 않았다.

"무사히 다녀와요."

"응."

"많이 다치면 미워할 거예요."

"조심할게."

세운의 말에 품 안의 가예가 빙긋 미소 지었다. 내려온 머리카락을 쓸어 올린 세운이 이마에 입을 맞추었다.

"해왕 전하도, 영화국도 단 하나도 잃지 않게 해줄게."

"무슨 소리예요?"

가예의 물음에 세운이 알 수 없는 미소를 지었다.

"그냥…… 전쟁이 끝나도 달라지는 건 없을 거야."

언제나 그를 위해 희생하던 가예였다. 이번에도 명룡국의 승리를 위해 그녀는 모국인 영화국을 버렸다.

모국마저 저버리게 하고 싶지는 않았다. 이제는 그녀가 희생하는 일 따위는 만들지 않을 것이다.

"무슨 말을 하고 있는지 모르겠어요."

이해가 안 된다는 듯 가예가 고개를 갸웃했다. 가예의 뺨을 만지고 있던 세운이 언제나처럼 그녀에게로 고개를 숙였다. 달콤한 숨을 내쉬는 그녀의 입술이 그의 방문에 다소곳이 열렸다.

길지는 않았지만 짙은 여운을 남기는 입맞춤이 끝나고 세운이 출전하였다.

동시에 내려진 진격 명령.

격하게 부딪치는 병사들 속에서 세운과 제융이 무기를 마주하였다.

❀ ✱ ❀

지원을 오기로 한 효나라가 명룡국의 편에 선 제나라에 의해 막혀 버렸다. 이제 남은 것은 주둔지에 있는 병사들뿐, 이곳에서 지게 되면 전쟁은 끝이었다.

치열한 전투 속에서 심장을 향해 들어오는 세운의 검을 밀어낸 제융이 포효하였다.

자신이 평생을 갈구하던 모든 것을 가진 사내, 그를 증오한다.

"죽어라! 휘왕!"

매섭게 들어오는 제융의 검을 막아낸 세운이 입술을 깨물었다.

제융의 검에서 느껴지는 분노가 날카로웠다. 검에서 느껴지는 감정에 세운의 표정이 굳었다.

담제융과 자신이 원하는 것은 절대로 나눌 수 없는 것이었다. 그렇기에 제융이 가지고 있는 감정이 이해는 되었지만 받아들일 수는 없었다.

대치하고 있는 무기가 미끄러지며 나는 소음이 귀를 자극하였다. 팽팽한 긴장감 속에서 꿰뚫을 듯 날아오는 검을 세운이 막았다. 온몸의 감각을 제융에게 집중하였다.

연이어 부딪치고 떨어지는 무기의 사이로 세운이 제융의 작은 틈을 잡아냈다. 찰나면 사라질 틈으로 세운이 검을 들이밀었다.

이대로 찔러 넣으면 담제융은 죽는다. 오랜 시간 얽히고설킨 가예와 그의 인연을 끊어낼 수 있었다. 제융만 죽인다면 앞으로 태어날 자신의 아이에게 명룡국의 대륙 통일을 보여줄 수도 있었다.

그가 여기서 죽어버리면 모든 일은 깔끔하게 정리될 것이다.

미처 피하지 못한 검을 본 제융의 표정이 창백해졌다. 뒤늦게 검을 들어 막으려 했지만 역부족이었다.

"당신이 평생을 연모하고 아낄 정인이라면, 제융 오라버니는 평생을 죄송스럽게 생각할 분입니다. 저에게 오라버니는 그런 분이에요."

출전하기 전, 가예가 했던 말이 뇌리를 스쳤다. 세운을 만나기 전부터, 아니, 만나고 마음이 닿을 때까지 그녀를 지켜준 이. 비록 그의 방법은 비틀리고 엉망이었지만, 그가 있었기에 지금의 그녀가 있는 것이다.

찰나의 시간, 입술을 깨문 세운이 검의 방향의 바꿔 제융의 어깨를 찔렀다.

"아악!"

비명과 함께 검에 찔린 어깨에서 피가 뿜어져 나왔다. 고통에 비틀대는 제융을 향해 세운이 다시 검을 휘둘렀다. 양어깨에서 나오는 피가 제융의 얼굴을 적셨다. 몸의 상처에 균형을 잃은 제융이 말에서 굴러 떨어졌다.

"포기해라, 담제융."

"아직이다! 아직이란 말이다!"

바닥을 구른 제융이 고함을 질렀다. 제융을 구하기 위해 달려오는 장수의 몸을 벤 세운이 타고 있던 말에서 내려왔다. 몸을 일으키려는 제융을 세운이 발로 걷어찼다. 그를 도우러 달려드는 병사를 베어버리며 세운이 제융의 목에 검을 겨누었다.

"이제 그만 그 사람을 놔줘."

"내 것이다! 내 사람이란 말이다!"

포기할 수 없다는 듯 제융이 소리쳤다. 그의 모습에 세운이 결심한 듯 연이어 검을 휘둘렀다. 세운의 검에 의해 제융의 온몸에 검상이 생겨났다. 겨우 몸을 지탱하고 있을 뿐, 더 이상 아무것도 할 수 없도록 철저히 제융을 제압하였다.

하지만 무슨 연유에서인지 얼마든지 제융을 죽일 수 있음에도 세운은 그에게 치명상을 입히지 않았다.

철천지원수인 세운이 제융을 희롱하듯 살려놓자 결국 제융이 폭발했다.

"차라리 죽여라! 나에게 가예를 돌려주지도 않을 거면서 왜 죽이지 않는 것이냐!"

검에 의지한 채 간신히 서 있는 그를 보며 세운이 말했다.

"너를 죽이진 않을 거야. 넌 그 사람에게 있어서는 하나뿐인 오라버니니까."

세운의 말에 제융이 코웃음을 쳤다.

소란스럽던 주변이 점점 조용해졌다. 제융이 말에서 떨어져 세운의 검에 농락당할 때부터 이번 전쟁은 결판이 나 있었다.

가예도, 영화국도 모두 잃었다. 이제 그에게 남은 것은 하나도 없었다.

이런 치욕 속에서 진세운은 대단한 자비를 내리는 것처럼 그에게 가예의 오라버니로 살라고 하였다.

가진 자의 자비라는 것인가? 아니, 이건 자비가 아니다. 제융에게는 끔찍한 형벌이었다.

"지금 날 살려주면 후회할 것이다. 평생이 걸리더라도 되찾아 올 것이란 말이다. 훗날 피눈물을 흘리고 싶지 않으면 죽이란 말이다!"

전쟁이 끝났어도 포기하지 않는 제융을 보던 세운이 길게 숨을 내쉬었다.

담제융에게 있어서 가예는 지금까지 그를 지탱해 준 힘이자 삶의 목적이었을지도 모른다. 그리고 그에게 있어 세운은 세상을 훔쳐 간 하나뿐인 원수일 것이다.

가예와 세운의 시작은 마음이 아니라 정략적이었으니까. 제융 또한 그 정략적 상황의 피해자일 뿐이다. 그의 절규가 세운의 귓가에 울렸다.

같은 이를 마음에 둔 연적이기 전에 그는 가예가 의지하던 오라버니였다.

제융의 목에 겨누고 있던 검을 내렸다.

"미안하다."

"무슨 헛소리를 지껄이는 것이냐! 이런 치욕을 줄 바에야 죽이란 말이다!"

생각지 못한 세운의 말에 제융이 비명을 질렀다. 하지만 세운은 그대로였다.

"너에게 하늘이었을 세상을 내 이기심 하나로 빼앗았다. 그때는 명룡국 이외엔 나에게 중요한 것은 없었다. 너의 세상을 가져간 것을 사과하겠다. 미안하다."

엄숙할 정도로 세운이 제융을 보고 있었다. 그의 단호한 시선에 제융이 말을 잃었다.

"그녀에게 넌 귀한 오라버니니까 무슨 수를 써서라도 난 널 살릴 것이다. 그 때문에 평생을 너에게 위협받으며 살게 되더라도 그건 내가 짊어져야 할 책임, 얼마든지 감내하겠다. 하지만……

그 사람은 놓아줘. 목숨만큼이나 아끼고 귀하게 여기는 가예라면 그 사람이 너 때문에 아파하지 않도록 그 사람을 풀어줘."

세운의 말에 제융의 눈이 커졌다.

평생을 향할 자신의 분노를 휘왕이 받아들이겠다고 한다. 대신 가예만큼은 편안히 해달라고 하고 있다. 제융으로 인해 가예의 마음이 아프다고 했다. 제융에게서 가예를 빼앗아간 것에 사과할 테니 그녀만큼은 웃을 수 있게 도와달라고 하였다.

지금까지 가예를 소유하는 것만 생각했다. 그녀를 다시 데리고 온다면 예전처럼 그를 향해 환한 미소를 지어줄 것이라 믿었다.

그런데 세운은 더 이상 그녀를 아프게 만들지 말라고 했다. 제융 그의 방식이 가예를 힘들게 하고 있다고 말했다. 제융의 세상인 그녀를 아프게 하는 것이 바로 제융 본인이라고 말하고 있었다.

온몸의 힘이 빠져나간다.

누구의 말도 들어오지 않던 제융의 마음속을 세운의 말이 날카로운 검처럼 그를 찔렀다.

"나에게는 유일한 세상이었다. 내가 먼저 시작했기에 당연히 내 연모가 더 깊고 진실된 것이라 믿었다. 내가 답이라 생각했다. 처음에는 힘들겠지만 시간이 흐르면 가예가 날 이해하고 받아들일 것이라 믿었다."

"……."

"그런데 그게 아니라는 것인가? 내 세상이 날 보며 아프다는 것이냐? 그러니 네가 내 분노를 모두 책임지겠다는 것이냐?"

제융의 말에 세운이 고개를 끄덕였다. 제융의 시선이 허공에서 맴돌았다. 가예가 그에게서 등을 돌릴 때보다도 더 큰 충격이 그를 감쌌다.

전쟁에서 이긴 것은 명룡국이고, 세운이었다. 하지만 지금 세운은 승자의 얼굴로 제융을 찍어 내리기보다는 가예를 위해 제융에게 양보해 달라며 고개를 숙이고 있었다.

세운에게 있어 제융은 부인을 위험하게 하는 장본인이자 연적이었다.

"연모의 깊이가 달랐다는 것인가?"

가예를 위해서 제융은 세운을 품을 수 있을까? 답은 아니었다.

단 하나의 흔적도 제융은 용납하지 않을 것이다. 완전히 없애고 가예에게 잊기를 강요할 것이다.

고개를 숙이며 살아남아 오라버니로 살아달라는 부탁 따위 절대로 하지 않을 것이다.

허공을 맴돌던 제융의 눈에 머물던 광기가 부서져 내렸다.

"내 것이 아니었단 말인가? 애초에…… 처음부터……."

힘겹게 잡고 있던 제융의 검이 바닥에 떨어졌다. 대신 눈빛이 바뀐 그가 세운의 검에 몸을 날렸다. 세운의 날카로운 검에 의해 목이 베어질 상황. 간신히 팔을 틀어 제융을 막은 세운이 검의 방향을 바꿔 손잡이로 제융의 복부를 후려쳤다.

그의 공격에 무너지듯 제융이 바닥에 주저앉았다. 그 순간, 기다렸다는 듯 병사들이 그를 제압하였다. 제융을 포박하여 끌고 가려는 것을 세운이 만류했다.

"패하기는 했으나 영화국의 황태자다. 예우를 갖추어라."

말을 끝낸 세운이 들고 있던 검을 힘껏 들었다. 전쟁의 끝을 알리는 그의 검에 명룡국의 병사들이 환호하였다.

병사들의 환호성을 들으며 세운이 끌려가는 제융을 보았다.

제융과 세운의 눈이 만났다.

"이제는 제발 당신의 세상을 살아."

세운의 말에 제융의 눈이 커졌다. 하지만 세운은 더 이상 그를 보지 않았다.

제융에게서 몸을 돌린 세운이 피곤한 숨을 내쉬었다.

전쟁이 끝났다.

❀ ✱ ❀

적막이 흐르는 감옥 안에 여인의 발걸음이 나지막이 울렸다. 상처를 치료한 후 자리에 앉아 있던 제융이 감았던 눈을 뜨고 앞에 서 있는 여인을 바라보았다.

"여인에게는 좋지 않은 곳이다. 돌아가렴."

울 것 같은 표정으로 보고 있던 가예가 옆을 보았다. 그녀의 시선에 대기하고 있던 간수가 굳게 닫혀 있는 옥문을 열었다.

무거운 몸으로 옥 안으로 들어간 가예가 제융의 앞에 앉았다. 가예가 차분한 시선으로 제융을 바라보았다. 애써 담담하려 했지만 얼마 지나지 않아 가예의 눈에 눈물이 그렁그렁 맺혔다.

그 모습에 제융이 피식 미소를 지었다.

"가예, 네가 울보인지 이제야 알았구나."

"오라버니."

"예전에 너는 울 것 같은 얼굴로 절대 울지 않았다. 괜찮다며 참고 또 참았지. 웃게 해주고 싶었다. 참기보다는 네 마음껏 감정을 터뜨리는 모습을 보고 싶었다. 그런데 그걸 해준 사람은 내가 아니라 진세운 그 사람이었구나."

자조적인 제융의 말에 가예가 고개를 떨구었다. 뚝뚝 떨어지는 눈물을 직접 닦아주고 싶었다. 하지만 진세운과의 결전에서 사지를 다친 그는 이렇게 앉아 있는 것만으로도 상당히 힘이 들었다. 그저 자신을 보며 아파하는 가예의 모습을 바라보는 수밖에 할 수 있는 일이 없었다.

'하긴 몸을 멀쩡히 움직이고 힘이 있을 때도 난 아무것도 하지 않았다.'

하지 않았기에 이런 결말이 나온 것일지도 몰랐다. 너무 늦게 알아버렸다.

손안에 있던 모든 것이 사라진 다음에야 깨달았다.

상처를 치료하더라도 다시 검을 잡기는 어려웠다. 가예도, 영화국도, 무인으로서의 삶도 모두 끝났지만 어느 때보다도 마음은 편안했다.

울던 가예가 얼굴에 묻은 눈물을 닦아냈다.

"죄송해요, 오라버니. 울면 안 되는데……."

"가예야."

제융의 부름에 가예가 그를 바라보았다.

"딱 한 번만, 처음이자 마지막으로 딱 한 번만 안아주면 안 되겠느냐?"

그의 요구에 가예가 주저 없이 팔을 벌려 그를 안았다. 아이를 가져 부른 배가 어색했지만 그럼에도 행복했다. 여전히 가예를 연모한다. 다른 사내의 아이까지 가졌음에도 가예를 보면 심장이 떨렸고, 그녀의 여린 품에서 평안을 얻었다.

행복했다. 일방적이고 엉망인 감정임에도 제융은 가예에 대한 감정을 절대 후회하지 않았다.

"내가 한 선택이었다. 아파하지도, 죄책감을 가지지도 마라."

"오라버니, 전……."

"그와 같이 있어서 행복하니?"

제융의 물음에 그를 안고 있던 가예가 고개를 끄덕였다. 그녀의 거짓 없는 대답에 제융이 눈을 감았다.

그녀를 가져야만 끝날 것 같던 길의 마지막이 보이기 시작했다.

가예에게서 나는 매화 향을 머릿속에 각인하듯 깊이 들이마셨다. 팔을 풀고 그의 앞에 앉아 있는 가예의 모습을 하나씩 눈에, 마음에 담았다.

첫정이었다. 그리고 마지막 정일지도 모른다.

하늘 아래 처음으로 연모하고 아꼈던 여인, 하지만 이제 보내줘야 할 시간이다.

"진세운, 그 사람이 많이 부럽구나."

"죄송해요. 정말 죄송해요."

"미안해하지 마라. 네가 무슨 잘못을 했다는 것이냐. 잘못했다면 내가 했다. 널 많이 연모해서…… 그 연모가 뒤틀리고 엉망이라는 것을 알면서도 포기할 수 없었다. 내 이기적인 연모가 결국 너를 아프게 했다. 미안하구나."

제융의 사과에 가예가 다시 고개를 숙였다.

모든 것을 잃고, 영화국과 명룡국에 외면당하는 제융을 가예는 여전히 올곧이 바라봐 주고 있었다.

그녀를 여인이 아니라 누이로 받아들이려면 오랜 시간이 걸릴 것이다.

많이 힘들 것이다. 받아들이기 힘든 현실에 절규하고 고통스러울 것이다.

하지만 그 대신 가예는 웃을 것이다.

되었다. 그러면 되는 것이다.

"당장은 힘들 것이나 노력하마, 내 동생."

제융의 미소에 결국 가예가 손으로 얼굴을 가렸다.

한참의 시간이 흐른 후, 가예가 감옥에서 나왔다. 우느라 눈이 퉁퉁 부은 가예를 세운이 말없이 품에 안아주었다. 그녀의 몸에서 흐릿하게 나는 제융의 체향에 세운의 눈이 좁아졌지만 이제 모두 정리되었다는 것을 알기에 조용히 넘어갔다.

제융과 영화국의 병사들이 돌아가고 전쟁의 후속 조치로 다시 바쁜 나날이 시작되었다.

또다시 시간이 흘렀다.

❀ ✱ ❀

막대한 포상금과 영토를 요구할 것이라는 예상과는 달리 명룡국은 단 한 가지만을 요구하였다.

담제융의 폐위.

부인의 나라에 해를 끼치고 싶지 않다는 휘왕의 부탁에 정명이 직접 움직였다. 마침 영화국에서도 제융의 폐위가 거론되는 중이었기에 일은 일사천리로 해결되었다.

가예로 인해 일어난 전쟁은 그녀를 아끼는 휘왕에 의해 서로에게 좋은 방향으로 마무리되었다.

공석이 된 황태자 자리는 영화국의 2황자가 물려받기로 하고 연금에서 풀려난 해왕이 안정이 될 때까지 섭정을 맡는 것으로 해결되었다. 그리고 폐위돼서 궁에 연금되었던 제융은 어느 순간 모습을 감추었다.

모든 일이 정해진 것처럼 빠르게 정리되었다. 그리고…….

"저기 전하, 당신에게 돈을 받아가며 일하는 제가 이런 말을 할 자격이 없는 줄은 아는데요. 그냥 제가 할게요. 그러다가 큰일 나겠어요."

"아냐, 내가 할 수 있다니까."

자신 있는 세운의 외침에도 송연의 찌푸린 미간은 펴지지 않았다. 도대체 전쟁이 끝나고 무슨 이야기를 들었는지 뜬금없이 세운은 가예의 머리를 자신이 해주겠다며 팔을 걷어붙였다.

하지만 남의 머리는커녕 자신의 머리도 시종에게 맡기던 사람이 여인의 머리를 어떻게 묶겠다는 것인가? 세운은 자신 있어 했지만 아무리 봐도 가예의 머리카락은 점점 알 수 없는 방향으로 꼬여가고 있었다.

무엇이 할 수 있다는 말인가! 이대로라면 지금까지 곱게 길러온 가예의 머리카락을 싹둑 잘라내야 할지도 몰랐다.

"전하, 그냥 제가 할게요. 잘못하면 머리카락을 잘라야 할지도 몰라요."

머리카락을 잘라야 한다는 말에 세운의 손이 멈췄다. 설마 하는 표정으로 보는 그에게 송연이 쐐기를 박았다.

"여기까지는 잘라야 해요."

"헉!"

검고 탐스러운 가예의 머리카락을 절반이나 잘라야 한다는 말에 세운이 냉큼 손을 놓았다. 사색이 된 세운을 보고 있던 가예가 고개를 돌려 자신의 엉킨 머리카락을 보았다.

제법 엉켜 있기는 해도 그래도 손으로 풀 만한 수준이었다. 안심시키듯 그녀가 세운에게 말했다.

"이 정도면 풀 수 있어요. 괜찮아요."

"지, 진짜? 그럼 내가 다시……."

다시 나서려는 세운을 목숨을 걸고 송연이 막았다.

"절대 안 돼요! 무슨 소리를 들었는지는 모르겠지만 이런 일은 저나 자윤에게 그냥 맡기세요. 에휴, 자윤이 데리고 올 테니 절대 만지지 말고 계세요. 알았죠?"

송연의 엄포에 결국 세운이 고개를 끄덕였다. 잠잠해진 세운을 보고 있던 송연이 서둘러 자윤을 데리러 밖으로 나갔다. 마음같이 나오지 않는 결과물에 속상한 세운이 가예의 어깨에 턱을 기댔다.

"미안. 진짜 예쁘게 해주고 싶었는데."

"송연 언니가 겁준 거예요. 정말로 괜찮아요. 그런데 왜 갑자기 머리를 해준다고 나섰어요?"

"그게…… 에이, 모르겠다. 내가 궁에서 들었는데, 사내가 여인의 머리를 직접 만져 주면 그 여인과 해로한다는 소문이 돌더라고. 그런데 생각해 보니 미신이든지 사실이든지 어쨌든 좋은 일이잖아. 그래서 해보려 했지."

진지하게 말하는 세운의 모습에 엉킨 머리카락을 풀고 있던 가예가 웃음을 터뜨렸다. 그녀의 반응에 멋쩍게 웃고 있던 세운이 이상하다는 듯 고개를 갸웃했다.

"분명히 연습할 때만 해도 성공했는데 말이야. 사내와 여인의 머리카락은 확실히 다른가 봐."

"연습이요?"

"응. 도하의 머리카락으로 미리 해봤었거든. 그때는 분명히 성공했다고!"

어쩐지 요 며칠 도하의 표정이 좋지 않다고 생각했더니만 이유가 있었다. 역시 세운답다고 해야 할지……. 가예가 그 몰래 조용히 한숨을 쉬었다. 괜히 자신 때문에 그가 욕본 것 같아 가예가 눈썹을 내렸다.

다시 연습해야 하는 것이 아니냐며 툴툴대고 있는 세운을 가예가 안았다.

"그런 미신이 아니더라도 우리는 오래오래 행복할 거잖아요.

마음만 받을게요."

"으음. 그래도 말이야, 성공하면 부적 같은 효과가 나오지 않을까? 밑져야 본전이니까."

"지금도 행복해요. 앞으로도 지금처럼 행복하게 지낼 거고요. 그러니까 무리하지 마요."

밝게 말하는 그녀의 모습에 세운의 입가에 미소가 감돌았다. 아직 머리가 엉켜 있었지만 개의치 않고 세운이 그녀를 안았다.

산달이 얼마 남지 않아 크게 부푼 배가 세운의 몸에 닿았다. 하루에도 몇 번이나 있던 태동이 없어졌다. 이제 얼마 후면 두 사람 사이에 한 자리가 더 생길 것이다.

"빨리 태어나면 좋겠다."

"그게 우리 마음대로 되나요. 아이가 준비되면 나오겠죠."

가예의 말에 세운이 그녀의 배에 손바닥을 댔다. 배에 얼굴을 숙인 세운이 마치 아이에게 하듯 나지막이 말했다.

"네 어미 너무 고생시키지 말고 조심히 나오렴. 그래야 착한 아이이다."

그의 말에 가예가 소리 없이 미소 지었다. 말을 끝낸 세운이 그녀를 보며 빙긋 웃었다.

"반드시 당신 닮아야 하는데."

"마야에게 들으니 황족의 첫째 아이는 아버지를 닮는대요."

"안 돼! 날 닮으면 키우는 내내 고생할 거야. 얌전하고 바른 당신을 닮아야 해. 이건 바람이 아니라 반드시 그래야 한다고."

이상할 정도로 진지한 세운의 말에 까르르 가예가 웃음을 터뜨렸다.

영화국의 작은 오두막집이 전부이던 그녀의 세상이 점점 넓어졌다.

가예의 미소에 세운이 팔을 벌렸다. 그의 행동에 당연한 듯 가예가 안겼다.

행복하다. 그와 같이 있어서 너무나도 행복했다.

終章

꽃길

평소라면 절대 듣지 못했을 가예의 비명 소리가 들리자 세운이 발을 동동 굴렀다.

밤부터 시작된 진통은 해가 중천에 뜨도록 계속되었다. 피가 바짝바짝 말랐다.

차라리 그녀 대신 자신이 아팠으면 했다. 하지만 그럴 수 없다는 것을 알기에 가예가 힘들어할수록 세운의 걸음도 분주해졌다.

"도대체 뭐가 나오려고 내 가예를 저리 잡느냔 말이다!"

그렇게나 고생시키지 말고 나오라고 했건만, 도대체 꼬맹이가 누굴 닮았는지 고집이 장난이 아니었다.

이리저리 걸음을 옮기다가 자리에 멈추었다. 주먹을 쥐었다 펴기도 하고 손바닥을 비비기도 하며 기다리고 또 기다려도 아이의 소리는 들려오지 않았다.

"아악! 네 어머니이기 전에 내 부인이란 말이다! 어서 나오란 말이다!"

자신이 무슨 말을 하고 있는지 아는지 모르는지 세운이 바쁜 걸음을 옮기며 연신 구시렁댔다. 이 와중에 다시 힘을 주라는 여인의 목소리와 가예의 비명 소리가 겹쳐 들려왔다.

왔다 갔다 하던 세운의 걸음이 가예의 목소리에 우뚝 멈추었다.

진통을 하는 사람은 가예인데 표정은 세운이 더 심각했다.

"도하야, 얼마나 걸린다고 하느냐? 아니, 원래 아이를 낳는 일이 저렇게 힘든 일이란 말이냐?"

"힘든 일이라 듣기는 했습니다만, 저도 자세한 것은……."

"에이, 너는 어찌 그런 것도 알지 못하는 것이냐?"

장가도 못 간 그가 그런 것까지 어찌 알겠는가? 혼자인 것도 서러운데 주인인 세운은 그가 알 수 없는 질문만 계속해 댔다.

세운의 투덜거림에 도하가 모르는 척 고개를 숙였다. 도하 또한 산고를 겪고 있는 부인이 걱정되는 것은 마찬가지였으나, 난리를 치고 있는 세운의 장단을 맞춰주기에는 자신의 처지가 왠지 모르게 서글프게 느껴졌기 때문이다.

"아악!"

"아아악! 진짜 나올 녀석이면 어서 나오란 말이다!"

머리를 쥐어뜯으며 절규하는 그의 행동에 대기하고 있는 시종들도 연신 불안한 표정으로 그를 보고 있었다.

마른 입술을 깨물고 있던 세운이 꿰뚫을 듯 가예가 있는 방문을 노려보았다.

“제발 얌전히 나와라. 네 어머니 그만 힘들게 하란 말이다.”

가예의 어머니인 난 부인이 난산으로 목숨을 잃은 사실이 내내 마음에 걸렸다. 그럴 일은 절대 없겠지만 그럼에도 완전히 무시할 수도 없었다.

입안이 탔다. 시간이 흘러도 좀처럼 가예의 진통은 끝날 줄을 몰랐다.

결국 기다리지 못한 세운이 대기하고 있던 여시종에게 물었다.

“난산인 것이냐? 설마 저러다가 잘못되는 거 아니냐? 의원이라도 불러야 하는 것이 아니냔 말이다!”

“원래 첫 출산은 시간이 좀 더 걸립니다. 아직은 괜찮으니 기다려 보소서.”

아직은 괜찮다는 말에 세운은 정신이 멍해졌다.

시간이 이렇게 지났는데도 괜찮단다. 숨이 넘어갈 듯 힘들어하는데도 하나같이 다들 기다려 보란다. 원래 아이를 낳는다는 것이 이리 힘든 일이란 말인가. 아니, 주변에 열심히 물어보니 그래도 어느 정도 때가 되면 낳는다고 하던데 왜 소식이 없단 말인가.

그 와중에 힘들어하는 가예의 목소리가 세운의 심장을 다시 때렸다.

생전 처음 세운은 하늘에, 땅에, 그가 알고 있는 모든 신에 빌고 또 빌었다. 그리고 뱃속 아이에게도 어서 나오라며 부탁하고 또 부탁하였다.

그렇게 시간이 흐른 후, 힘을 주는 가예의 목소리 끝으로 아이의 울음소리가 들려왔다.

소리를 들은 세운이 방에 있는 사람이 나오기도 전에 벌컥 문을 열었다.

"에구머니나!"

"무사한 것이냐?"

갑작스러운 그의 등장에 여인들이 놀라 비명을 질렀다. 하지만 지금 세운은 밖에서 산파가 나올 때까지 기다릴 정신이 없었다.

"경하드리옵니다, 전하. 아드님이십니다."

"아니, 그것보다도 가예는? 가예는 무사한 것이냐?"

세운의 시선이 강보에 싸여 있는 아기보다도 누워 있는 가예에게로 먼저 향했다.

어미를 고생시켜 나온 아들이니 보지 않아도 튼튼할 것이다. 하지만 가예는 눈으로 직접 확인해야 안심할 수 있을 것 같았다.

세운의 재촉에 산파를 돕던 마야가 미소 지었다.

"부인도, 도련님도 무사하십니다. 첫 출산이어서 기진하신 것뿐입니다. 그러니 안심하시고 도련님부터 보시지요."

어느새 다가온 마야가 강보에 싸여 있는 세운의 아들을 내밀었다.

눈을 감은 채 쉬고 있는 가예를 보고 있던 세운이 마야가 내민 자신의 아들을 말없이 바라보았다. 쭈글쭈글한 피부에 빨간 아기의 모습이 생각과 많이 달라 여전히 어색하였다.

알 수 없는 기분이 세운을 감쌌다. 울컥하면서도 왠지 모르게 뿌듯한 기분에 세운이 미묘한 미소를 지었다.

마야에게서 안는 법을 배운 세운이 조심스럽게 아이를 안아 들었다.

세운이 안아 들자 불편한지 아이가 얼굴을 찡그렸다. 울 것 같은 아이의 모습에 놀란 세운이 냉큼 마야에게 아이를 넘겼다.

어색해하는 세운의 모습에 마야가 미소를 지었다. 부드럽게 등을 토닥이니 찡그리던 아이의 표정이 편해졌다. 마야의 품이 편한지 아기가 길게 하품을 하였다.

그 모습에 세운이 헛웃음을 터뜨렸다.

"하품하는 모습을 보니 내 아기가 맞긴 맞네."

"모습도 전하와 꼭 닮으셨습니다."

"그렇게나 가예를 닮으라고 말했건만……. 하하! 키우려면 고생 좀 하겠다."

가예를 힘들게 해서 그런지 몰라도 세운에게서 나오는 말은 곱지 못했다. 하지만 그럼에도 기쁜 듯 아이를 보고 있는 세운은 연신 싱글벙글했다.

마야에게 아이를 맡긴 세운이 누워 있는 가예의 옆으로 쪼르르 다가갔다. 가예의 얼굴에 흐른 땀을 닦고 있는 자운에게 세운이 손을 내밀었다.

"내가 하겠다. 나에게 다오."

그의 말에 자운이 물에 적신 수건을 그에게 넘겼다. 수건을 받아 든 세운이 직접 얼굴에 묻은 땀을 닦아냈다.

옆에서 느껴지는 그의 느낌에 감겨 있던 가예의 눈이 떠졌다. 그를 본 가예의 입가에 고운 미소가 감돌았다. 얼굴을 닦던 수건을 내려놓은 그가 가예의 뺨을 어루만졌다.

"나쁜 녀석 같으니. 당신 고생시키지 말고 얌전히 나오라니까 제 고집은 다 부리고 나와 버렸어."

"당신을 꼭 빼닮았다고 마야님이 그랬어요."

"아, 앞으로 키우려면 고생 좀 할 거야. 그래도…… 기쁘다. 고생했어."

세운의 말에 가예가 고개를 끄덕였다. 이야기를 하고 싶었지만 지금은 손가락 하나 까닥할 기운도 없었다. 결국 피곤한 가예가 세운의 손을 잡은 채 눈을 감았다.

고른 숨을 내며 잠이 든 가예의 옆을 세운이 지켰다.

명룡국을 대국으로 키워놓은 정명 황제와 더불어 명룡국의 전성기를 이룬 성황 진설이 태어난 순간이었다.

❀ ✱ ❀

행여나 찬바람이 들어올까 방으로 들어온 세운이 서둘러 문을 닫았다. 세운의 등장을 알기라도 하듯 배냇저고리를 입은 아기가 알 수 없는 옹알이를 하였다. 입가에 미소를 지은 세운이 조용히 아이와 가예의 옆으로 걸어왔다.

아이를 재우려다 먼저 잠이 든 듯 눈을 감은 가예가 작은 숨소리를 내며 잠들어 있었다.

그녀가 깰까 조심스럽게 세운이 아이를 안아 들었다. 처음보다는 능숙한 손길로 안아 든 세운이 칭얼대기 시작한 아이를 조용히 달랬다.

"네 어머니도 쉬어야지. 얌전히 있어라."

마치 말이라도 알아들은 것처럼 칭얼대던 아이가 잠잠해졌다.

"착하다."

칭찬을 받은 것을 알기라도 하는지 세운의 말에 아이가 생글생글 환한 미소를 지었다. 씨도둑질은 못한다고 자신과 똑같은 아이의 모습이 아무리 봐도 신기했다.

아이의 미소에 같이 미소를 짓고 있던 세운이 옆에서 느껴지는 시선에 고개를 돌렸다.

"언제 깼어?"

"당신이 아이한테 착하다고 할 때부터요."

팔을 벤 채 누워 있던 가예가 몸을 일으켰다. 헝클어진 머리를 매만진 그녀가 세운의 곁으로 다가왔다.

"내가 볼게요. 이리 줘요."

궁에서 돌아온 그가 힘들까 싶어 가예가 아이를 받아 들려 하였다. 그런 그녀를 말리며 세운이 아이를 안았던 자세를 고쳤다.

"쉬고 있어. 내가 안고 있을게."

"궁에도 갖다 오고 힘들잖아요."

그를 바라보는 가예의 시선에 걱정이 묻어 나왔다. 아이를 낳은 지 보름째, 아직 몸을 추슬러야 할 때이지만 가예는 아랫사람에게 맡기는 대신 되도록이면 자신의 손으로 아이를 키우려 하였다.

한 손에 아이를 안은 세운이 가예의 뺨을 쓸었다. 그의 손길에 가예가 부드러운 미소를 지었다.

"형님 폐하께서 아이 이름을 지어주셨어. 외자로 '설' 이 어떻겠냐고 물으시는데, 어때?"

세운의 아이가 태어나자 정명은 자신의 일처럼 즐거워하였다. 가예만 괜찮다면 직접 이름을 지어주겠다는 말에 선뜻 그녀도 부탁드린다며 고개를 끄덕였었다.

"진설이네요."

"난 외자라 아직 어색한데, 당신은 어때?"

"하얀 눈처럼 깨끗하고 곧은 아이가 되었으면 좋겠어요. 아주 마음에 들어요."

"눈이 좋아서가 아니고?"

세운의 눈가에 스미는 질투에 가예가 등 뒤에서 그를 안았다. 세운을 안고 있으면 명룡국의 한기는 느껴지지 않았다. 세운의 향기를 깊게 들이마신 가예가 눈을 감았다.

"눈은 좋아하지만 이렇게 안을 수는 없잖아요. 아직까지는 당신이 가장 먼저예요."

"아직까지?"

고개를 돌린 세운의 눈썹이 꿈틀댔다. 그의 모습에 가예가 웃음을 터뜨렸다.

"앞으로 당신이 하는 걸 봐야죠."

"난 앞으로도 잘할 거야! 설마 못 믿는 거야?"

가예의 말이 충격이었던 듯 세운의 표정이 창백해졌다. 그의 변화에 어쩔 수 없다는 표정의 그녀가 짧게 한숨을 쉬었다.

전에 지은 죄가 있어서 그런지 가예는 농담으로 한 말이 세운에게는 순식간에 진담으로 전해졌다. 설마 아이를 낳았는데도 그의 곁을 떠날까 겁이라도 나는 것일까? 결국 가예가 먼저 손을 들었다.

"무서워서 농담도 못하겠어요. 믿어요. 믿으니까 당신 곁에 있잖아요."

"그런 농담은 하지 마! 겁나! 진심일까 겁난다고!"

"설이도 낳은 제가 어디를 간다고 그래요. 이제 내 세상은 여기에 다 있는데요."

세운이 고개를 돌려 가예를 보았다. 그의 시선에 부드러운 미소로 답을 한 가예가 그의 어깨에 얼굴을 묻었다.

"연모해요."

그녀의 수줍은 고백에 심장이 떨렸다. 작지만 또렷한 목소리가 세운의 귓가를 간질였다. 정면에 있던 시선을 돌리자 그를 쳐다보고 있던 가예의 입가에 고운 미소가 감돌았다. 미소 짓고 있는 입술 위에 살포시 입을 맞췄다. 세운의 뺨을 손으로 감싸며 가예가 눈을 감았다.

"나도 연모해."

그의 말에 그녀가 웃었다.

떨어져 있던 입술이 다시 만났다.

❀ ✿ ❀

설이 태어난 지 석 달이 흐르고, 영화국에 있는 해왕이 아이를 위한 선물을 보내왔다.

아이의 건강을 기원하는 물건과 화려한 영화국의 비단, 마지막으로 어린 여아들이 신는 꽃신 한 켤레였다.

손으로 턱을 괴고 있던 세운이 꽃신의 등장에 고개를 갸웃했다.

“웬 꽃신이야?”

세운의 물음에 가예가 미소 지었다.

활짝 핀 꽃들이 화사하게 수놓아져 있는 꽃신은 남자인 세운이 보기에도 고급스럽게 보였다.

세운의 앞에 신을 내려놓은 가예가 그 옆에 앉았다.

“명룡국에서는 혼인을 한 여인들이 매화잠을 꽂잖아요. 꽃신은 영화국 사내들이 여인에게 주는 혼약 증표 같은 거예요.”

“음? 내가 알기로는 가락지 아닌가? 그리고 이제 태어난 애한테 혼약을 상징하는 증표라니…….”

말은 하지 않아도 이르지 않느냐는 세운의 물음에 가예가 작게 웃음을 지었다.

“꽃신은 풍습 같은 거예요. 그리고 이 꽃신에 어울리는 짝을 만날 때까지 아무 탈 없이 건강하게 자라라는 의미도 있어요. 물론 나중에 커서 제 짝을 만나면 이렇게 고운 신을 주라는 의미도 있고요.”

“흐음. 신기하네.”

꽃신을 받아 든 세운이 이리저리 꼼꼼히 살폈다. 가락지만이 혼인의 증표인 줄만 알았던 세운에게 꽃신이 주는 의미는 남달랐다.

들고 있던 신을 내려놓은 세운이 짓궂은 표정으로 가예를 바라보았다.

"그럼 가예에게도 고운 꽃신 하나 장만해 줘야겠네. 아! 이참에 가락지도 같이 줄까?"

"나보고는 그러지 말라고 하고선 자꾸 놀릴 건가요? 하지 마요. 그리고 난 매화잠만으로도 충분해요."

조곤조곤 말하는 가예의 모습이 빛났다. 자신도 모르게 팔을 끌어 품 안에 가예를 가두었다. 밖에 자윤이 있다며 도망가려는 가예를 가둔 세운이 가는 목에 얼굴을 묻고 달콤한 매화 향을 듬뿍 마셨다.

"밖에 자윤이 있다니까요."

"으음. 조금만 더."

단정하게 입고 있던 옷이 언제 그랬냐는 듯 풀어졌다.

아이를 낳은 후 행여나 몸이라도 상했을까 조심 또 조심했다. 하지만 그것도 기간이라는 게 있는 것이다. 이제는 괜찮을 것 같다는 의원의 허락도 받았다. 가예를 잡고 있는 세운의 손에 힘이 들어갔다.

"설이가……. 밤에 해도……."

"마야가 봐주고 있잖아. 이따 가도 되잖아."

부지런히 놀리는 손에 의해 옷의 절반이 풀렸다. 안 된다며 밀어내는 어깨를 움켜잡고 달콤한 숨을 내쉬는 입술을 한입에 삼켰다.

밀어내던 손길이 어느새 세운의 어깨를 붙잡았다. 숨을 쉬기 위해 입술을 뗐던 것도 잠시, 고혹적인 미소로 가예가 다시 세운의 입술에 입을 맞췄다.

오랜만에 탐하는 서로의 존재에 어느새 주변은 더 이상 생각하지 않게 되었다.

허락을 구하는 세운의 시선에 홍조를 띤 가예가 고개를 끄덕였다. 몇 번이고 깨물고 탐해 부어오른 가예의 입술이 달콤한 미소를 만들어냈다.

속적삼을 묶어놓은 옷고름을 세운이 잡았다. 부끄럽다며 몸을 가리는 가예의 어깨를 잡은 세운이 자신의 몸을 그녀에게 밀착시켰다.

옷고름을 풀기 위해 손에 힘을 주는 순간, 밖에서 설의 울음소리가 들려왔다.

그것도 아주 크게.

세운을 어루만지던 가예의 손길이 멈추었다.

설의 울음소리를 세운이 자각하기도 전에 품에서 빠져나온 가예가 흐트러진 옷을 다시 정리하였다.

"잠에서 깼나 봐요. 가봐야겠어요."

"마야가 다시 재울 텐데……."

불이 붙다 못해 활활 타오르는 중이다. 우는 아이야 재울 사람이 궁에는 널리고 널렸다. 하지만 자신은? 이 상황을 진정시켜 줄 사람은 하나였다.

"그냥 울다 말 거야. 응? 그러니까……."

"아직 어려요. 갔다 올게요."

말이 끝나기가 무섭게 가예가 방 밖으로 나갔다. 문이 열린 사이에 들어온 차가운 바람에 세운의 정신 또한 차가워졌다. 그것도 잠시, 가예가 사라진 방에서 세운이 머리를 쥐어뜯었다.

"네 어머니이기 전에 내 부인이란 말이다! 적어도 나와 있을 때는 네가 양보를 해야지!"

억울하다며 머리를 쥐어뜯었으나 가예는 사라진 뒤였다.

잠시 후, 궁이 떠나갈 듯 울던 설의 울음소리가 멈추었다.

조용하던 궁이 점점 시끌벅적해졌다. 부인을 빼앗기지 않으려는 세운과 잠에서 깰 때마다 어머니를 찾는 설로 인해 가예는 한동안 눈코 뜰 새 없이 분주해졌다.

눈이 내리는 추운 날씨의 명룡국, 하지만 궁 안은 화사한 봄이었다.

❀ ✿ ❀

잠이 든 설을 침대에 눕힌 가예가 탁자에 올려놓은 함을 보았다.

정명에게 설을 보여주러 황궁에 간 사이 왔던 손님이 건네주고 간 것이라며 자윤이 그녀에게 건넨 것이다.

낡았지만 단단한 녹색의 함. 혹시나 하는 생각에 가예가 세운에게 먼저 건넸다.

먼저 내용물을 확인한 세운은 아무 말 없이 가예의 것이라며 그녀에게 함을 넘겼다.

가예의 떨리는 손이 함의 뚜껑을 조심히 열었다.

최고급 가죽에 영화국 황족의 문양이 찍혀 있는 날카로운 단검이 함 안에 있었다. 그리고 그 옆, 반듯이 접힌 종이에 단정한 글씨가 쓰여 있는 서신이 들어 있었다.

—더 좋은 것을 아이에게 주고 싶었으나 나에게 있는 것이 이것뿐이구나. 너도 아이도 건강하니 다행이구나. 고생했다. 잘 지내렴.

간단한 문장이었지만 누가 보냈는지 단번에 알 수 있었다.

"제융 오라버니."

길게 숨을 내쉰 가예가 떨리는 손으로 단검을 집어 들었다. 손잡이와 똑같은 재질의 검집에 꽂혀 있는 단검이 날카로웠다. 딱 한 번 그가 허리에 차고 있던 이 단검을 본 적이 있었다.

동생으로 다가가겠다는 그의 말.

비록 가예에게 얼굴을 보여주지는 않았지만 제융 나름대로 노력하고 있었다.

"잘 지내고 계시는 것입니까?"

궁에 연금되어 있던 제융이 사라졌다는 소리에 혹여나 나쁜 생각을 품은 것은 아닌지 걱정했다. 보내온 것은 단검 한 자루에 짧은 서신이었지만, 가예는 그의 생각을 알 수 있었다.

미안하다.

잘 지내고 있다.

건강해서 다행이다.

함 안에 깃들어 있는 그의 감정에 가예가 숨을 삼켰다. 비록 끝이 좋지는 않았지만 그녀에게 있어 제융은 여전히 하나뿐인 오라버니였다.

“기다리겠습니다.”

검집을 손가락으로 쓸며 가예가 입술을 깨물었다.

“다음에 오실 때는 저의 오라버니로 와주실 거라 믿겠습니다. 그러니 그때는…… 건강한 모습을 보여주세요.”

조용한 방 안, 제융이 보내온 단검을 가예가 오랫동안 바라보았다.

❀ ✿ ❀

시간이 흐르고, 또 한 해가 흘렀다.

마야의 품에서 놀고 있는 설을 본 세운이 안채를 향해 걸음을 옮겼다.

뽀드득, 뽀드득.

그가 걸음을 옮길 때마다 눈이 밟히는 소리가 났다. 그에게 궁은 언제나 전쟁이 일어나기 전에 잠시 동안 쉬는 곳일 뿐이었다.

세운의 모습을 발견한 자윤이 고개를 숙였다. 가예에게 알리겠다며 걸음을 옮기려는 그녀를 세운이 붙잡았다.

“내가 가겠다.”

세운의 말에 걸음을 멈춘 자윤이 고개를 숙였다.

모처럼의 시간인 듯 가예는 계단에 앉아 내리는 눈을 보고 있었다.

언제나 같이 있음에도 볼 때마다 심장이 떨리고 눈이 멀었다.

명룡국이 전부라고 생각했던 그에게 새로운 세상을 만들어준 여인.

"언제 왔어요?"

눈을 보고 있던 시선이 자연스럽게 그를 향했다.

입가에 만들어지는 미소가 유난히 고왔다. 머리에 꽂혀 있는 새하얀 매화잠만큼이나 정갈한 이가 자리에서 일어나 그에게 다가왔다.

"조금 전에."

"왔으면 기척이라도 내죠. 몰랐잖아요."

흔들림 없는 시선이 오롯이 그만을 향하였다. 떨리는 심장에서 나오는 긴 숨이 그의 입가에서 흘러나왔다.

한순간의 이기심에 이 사람을 놓쳤더라면 어떻게 되었을까?

순간 스치는 생각에 세운이 고개를 저었다.

'생각조차 하고 싶지 않다.'

그녀와 함께하는 하루하루가 꿈처럼 흘러갔다. 하지만 꿈이 아니라 현실. 가예의 존재가 세운의 전부를 채웠다.

"왜요? 무슨 일 있어요?"

아무 말 없이 바라보는 세운의 시선에 가예가 고개를 갸웃했다. 처음 명룡국에 왔을 때의 가예는 그를 보며 언제나 굳어 있었다.

"곱다."

뜬금없는 세운의 말에 얼굴이 빨개진 가예가 고개를 숙였다.

이제 그녀는 세운을 보며 화를 내기도, 환하게 미소 짓기도 하였다.

밀어내고 거부하던 그를 그녀는 다시 받아들였다. 그리고 그에게 새 세상을 보여주었다.

가예의 손에 깍지를 낀 세운이 그녀가 앉았던 계단에 나란히 앉았다.

잠시 멈췄던 눈이 다시 내렸다.

눈을 보고 있는 가예에게 세운이 나지막이 말했다.

"미안."

"뭐가요?"

"당신 힘들게 한 거. 이 차가운 눈 속에 당신 혼자 버티게 한 거. 좀 더 내 마음을 빨리 알았더라면 당신이 힘들 일은 없었을 텐데. 미안해."

사과하는 세운을 보고 있던 가예의 눈가가 촉촉해졌다. 눈가에 가득 고인 게 떨어지기 전에 소매로 훔쳐 낸 가예가 그를 보며 환한 미소를 지었다.

"나도 미안해요."

"당신이 미안해할 게 뭐가 있어?"

"멋대로 당신 곁에서 사라진 거. 당신 마음 알면서도 밀어낸 거."

"내가 먼저 잘못한 일이잖아."

"당신이 사과하니까 나도 하는 거예요. 하지만 그때 일로 이제는 마음 아프거나 힘들지 않아요. 당신이 내 곁에 있으니까. 내가 욕심내면 당신은 언제든지 다가와 줄 테니까."

그녀다운 고백에 세운은 마음이 벅차올랐다.

붉어진 세운의 눈을 보고 있던 가예가 그의 어깨에 머리를 기댔다.

세상이 단둘뿐인 것처럼 고요히 시간이 흘러갔다.

어깨에 기대고 있던 가예가 그에게 물었다.

"나랑 같이 있어서 행복해요?"

"응, 행복해."

바로 나오는 대답에 가예의 입가에 미소가 생겼다.

감고 있던 눈을 뜨니 세운이 미소로 그녀를 보고 있었다.

"앞으로도 행복하게 잘살자."

그의 말에 가예가 고개를 끄덕였다.

그녀의 세상이 환한 미소로 그녀만을 바라보았다.

그의 세상이 그의 품에서 행복해했다.

함께하는 이 순간이 바로 둘만의 세상이었다.

외전

그들의 세상

소란스럽던 궁이 유난히 더 시끄러웠다.

"아버지, 미워!"

"나도 미워, 이 녀석아."

그렇게 어머니를 닮으라고 빌고 빌었건만, 앞에서 눈을 치켜뜬 채 노려보고 있는 아이는 그와 똑같았다. 눈처럼 깨끗하고 곧은 아이가 되기를 바라며 지은 설이라는 이름은 어느새 세운에게는 한 대 팰 수도 없는 쥐방울과 똑같은 의미로 되어 있었다.

"어머니에게 이를 거야!"

"진설, 언제나 누누이 말하지만 네 어머니이기 전에 이 아버지의 부인이다. 적어도 사내라면 어머니께서 모처럼 쉬고 있는 이런 날 쪼르르 가서 일러바치는 짓은 하지 말란 말이다."

세운의 말에 진설의 눈가에 그렁그렁 눈물이 맺혔다.

진설을 낳은 지 2년 후, 차남인 효를 낳은 가예는 두 아들의 어머니이자 세운의 부인으로 분주히 움직이고 있었다. 그랬던 가예가 일주일 전 지독한 감모에 걸렸다.

좀처럼 내리지 않는 열과 기침에 걱정한 것도 잠시, 다행히 의원과 세운의 간호에 어제부터 몸을 추스르기 시작했다.

가예를 생각하면 아들인 설과 이렇게 툭탁거리면 안 되는 것이지만, 지금 설이 세운에게 요구한 것은 절대 받아들일 수 없는 것이었다.

"그리고 항상 너와 효에게 말하는 것이지만 어머니의 매화 수는 온전히 이 아버지의 것이다. 억울하면 네가 나중에 커서 네 여인에게 수놓아 달라고 해."

"이번 생일에는 꼭 매화 수를 넣은 허리띠를 받을 거란 말이야! 아버지, 미워!"

말을 끝낸 설이 뒤도 안 돌아보고 방을 나갔다. 단단히 화가 난 듯한 설의 태도에 세운이 고개를 설레설레 저었다.

설이 나가고 난 후, 안으로 들어온 도하가 고개를 숙였다.

"많이 서운하신 듯합니다."

"제가 그래 봤자 뭘 어찌한다고. 기껏 반항해 봤자 지난번처럼 잠깐 궁 밖 바람이나 쐬고 오겠지."

"사람을 붙일까요?"

"뭘 붙여. 기분이 풀리면 알아서 들어올 거야."

귀찮은 듯 자리에 앉아버리는 세운을 보며 도하가 웃음을 삼켰다.

부자 사이가 나쁜 것은 절대 아니었으나 가예 부인에 한해서 세운과 설은 이상할 정도로 소유욕을 보였다. 아이에게 어머니라는 존재는 절대적이기에 설의 행동이 나쁜 것은 아니었으나, 아들을 견제하는 세운의 행동은 어린아이의 그것과 별 차이가 없었다.

"이 쥐방울 같은 것. 아무리 날 닮았어도 가예에게 안 떨어지는 것까지 닮아버리면 어쩌자는 것이냐. 어렸을 때부터 그랬다. 가예와 단둘이 있으려 하면 울질 않나, 천둥에도 눈 하나 깜짝 안 하던 놈이 가예만 나타나면 무섭다며 그 사이에 껴서 잠들지를 않나. 아악! 자식만 아니었으면 저 쥐방울은 진짜!"

세운의 하소연에 도하가 조용히 고개를 저었다.

부인을 빼앗겼다며 하소연을 하면 무엇 하겠는가? 설이 하는 행동을 보면 세운의 그것과 흡사한 정도가 아니라 똑같았다. 원하는 것이 있으면 거침없이 진행하는 세운과 신중하고 인내하는 가예를 닮으니 아무리 어려도 설은 종종 의뭉스러운 모습을 보였다.

"이 기회에 밖이 얼마나 험한지 직접 겪으래. 왕자라 오냐오냐 하고 키웠더니 안 되겠어. 아니, 효는 얌전한데 저 녀석은 꼭 하루에 한 번은 속을 긁어! 누굴 닮은 것이냐, 누굴?"

'전하가 아니면 누굴 닮았겠습니까? 그리고 효 왕자님은 부인을 더 닮으셨으니까요.'

속에서 치밀어 오르는 말을 도하가 간신히 삼켰다. 설과 두 살 터울인 효는 세운의 외향을 가지고 있었지만 하는 행동은 가예와 더 비슷했다.

"아무튼 들어올 때까지 사람을 보내지 마라. 스스로 선택한 일이면 어려도 책임을 져야지."

곱게 키웠다는 말과는 달리 설을 키우는 세운의 방식은 때로는 혹독했다. 원하는 것이 있으면 스스로 얻어내라는 말처럼 세운은 설에게 무언가를 쥐여주기보다는 스스로 움직이게 놔두었다. 오죽하면 가예가 조금은 여유를 갖게 해주라고 말하겠는가.

하지만 정명에게 후계가 없는 지금, 휘왕인 세운과 설의 존재는 모두에게 주목받고 있었다. 어린아이의 철없는 행동도 후계에 눈이 먼 귀족들은 단순한 행동으로 넘어가지 않을 것이다.

누구보다도 그것을 잘 아는 사람이 바로 세운이었다. 세운의 말에 도하가 고개를 끄덕이며 방에서 물러났다.

같은 시각, 말리는 시종을 모두 물린 채 밖으로 나온 설이 당당히 시전을 향해 걸어가고 있었다.

❀ ✱ ❀

"아버지 미워."

입이 나올 대로 나온 설이 앞을 가로막는 돌을 발로 찼다. 어린아이의 발에 차인 돌이 통통 소리를 내며 굴러갔다.

언제나 안채에서 조용히 수를 놓는 가예의 옆이 좋았다. 설의 이야기를 귀찮아하는 세운과는 달리 어머니인 가예는 언제나 그의 이야기에 귀를 기울여 주었다. 열이 펄펄 끓어 누워 있을 때도 한숨도 자지 않고 그를 돌봐준 사람은 가예였다.

아버지가 싫은 것은 아니었지만 도대체 무엇이 마음에 들지 않는지 꼭 둘만 있을 때 나타나 설을 쫓아냈다.

"이번에는 받을 거야!"

매년 생일마다 가예는 잊지 않고 설에게 수를 놓은 옷이나 물건을 선물하였다. 하지만 단 한 가지, 매화 수만큼은 세운이 절대 자신의 것이라며 양보하지 않았다.

"항상 아버지 옷에만 매화 문양이 있고……. 이번에는 꼭 내 허리띠에 매화수를 놓아달라고 할 거야."

아버지만의 것이니 절대 꿈꾸지 말라 했지만 가예의 매화 수는 설이 가장 가지고 싶은 것이었다. 마치 수에 코를 대고 향을 맡으면 가예의 몸에서 나는 매화 향이 날 것 같았다.

작은 주먹에 힘이 잔뜩 들어갔다. 세운은 조금 뒤에 힘들면 알아서 들어올 거라 생각해 사람을 보내지 않는 듯했지만 그의 생각은 달랐다.

"사람이 오기 전까지 절대 가지 않을 거야."

물론 설이 들어오지 않는다면 가예는 걱정이 많겠지만 이건 남자 대 남자로서 결판을 지어야 할 일이었다. 설의 결심은 확고했다.

마음을 다잡은 설이 분주히 시전을 둘러봤다. 혼자 나와 본 시전은 새로운 것이 너무나 많았다. 그에게 하지 말라며 막는 사람도 없겠다, 흥겨운 발걸음으로 시전 안을 돌아다니기 시작하였다.

* * *

가예의 표정에 세운이 당황했다.

한 시진 정도만 지나면 제풀에 지쳐 돌아올 것이라 생각했다. 그런데 땅거미가 지도록 돌아오지 않자 내심 걱정하던 차였다. 뒤늦게 도하를 시켜 설을 찾아오게 하였다.

그러던 중 방에서 쉬고 있던 가예가 설이 없어졌다는 소리에 세운을 찾아왔다.

아직 쉬어야 하는 그녀를 무리하게 하고 싶지 않았다. 적당히 말을 둘러댔지만 가예는 곧바로 눈치챘다.

"한 시진이 넘었다고요? 그런데 찾아보지도 않았고요? 나한테 왜 말 안 했어요?"

"그거야 당신이 아프니까."

"아픈 건 아픈 거고요! 이제 겨우 여섯 살이에요! 아무리 그래도 밖은 위험하다고요!"

세운이 유난히 설을 강하게 키우는 이유를 알기에 그의 방식에 아무런 말도 하지 않던 가예이다. 하지만 여섯 살짜리가 밖으로 나간 지 한 시진이 되도록 찾지 않았다는 세운의 행동에 가예가 그를 노려보았다.

가예의 날카로운 시선에 세운이 고개를 푹 숙였다.

"도하가 찾아올 거야. 그러니까 걱정하지 말…… 가예야!"

많이 나아졌다지만 아직 감모의 여운이 남아 있었다. 열이 오르는지 이마에 손을 갖다 댄 가예가 몸을 휘청거렸다. 놀란 세운이 창백한 가예를 부축했다.

"설이 잘못된 건 아니겠죠? 이럴 때가 아니에요. 어서 찾아야…….”

“아니야! 내가 갈게! 내가 갈 테니까 당신은 쉬어!”

아직 쉬어야 하는 가예가 무리하게 움직이려 하자 세운은 입이 바짝 말랐다. 이제야 감모 기운이 어느 정도 빠져나간 상태이다. 이대로 무리하면 다시 감모가 재발할 것이다. 그럼에도 설을 찾아야 한다며 나가려는 가예를 다시 자리에 앉혔다.

“도하를 보냈어. 그러니까 당신은 앉아 있어.”

“아녜요. 내가 찾아볼게요.”

“이 몸으로 어딜 가? 가예야? 가예야!”

당장에라도 일어나 나가려는 가예를 세운이 잡았다. 창백한 얼굴에 흐르는 식은땀이 안쓰러웠다. 혼인하고 함께 산 지 십여 년이 다 되어가지만 그에게 있어 앞에 여인은 부인이기 전에 하나뿐인 가예였다. 이제는 이름 대신 부인이라는 호칭을 쓰라는 마야나 도하의 말이 있었지만 부인이라는 단어조차 그녀와의 사이가 멀어지는 것 같아 세운은 지금도 이름으로 그녀를 부르고 있었다.

“분명히 시전에서 놀고 있을 거야. 거기는 명룡국의 병사들도 있고 궁과 연관을 맺고 있는 사람들이 제법 되잖아. 괜찮을 거야.”

“하지만 한 시진이나 지났잖아요. 곧 어두워질 거라고요.”

이 불효막심한 놈!

속에서 터져 나오는 고함을 간신히 삼켰다.

뻔히 제 어미가 이렇게 걱정할 것을 알고 있으면서도 들어오지 않는 배짱은 무엇이란 말인가! 어차피 자신을 닮은 놈이니 무모한 짓이나 위험한 상황에 들어가지는 않을 것이다.

그것을 알고 있기에 솔직하게 세운은 집 나간 설을 그렇게 걱정하지 않았다.

하지만 아픈 가예가 설을 찾겠다며 나서려는 모습을 보이자 걱정을 넘어선 분노가 치솟았다. 보듬고 아껴도 귀한 가예였다. 누구 부인인데 겨우 여섯 살밖에 안 된 아들놈이 마음고생을 시킨단 말인가!

"이 불효막심한 놈! 당장 끌고 올게! 그러니까 여기에 있어."

"불효막심한 놈이라니, 무슨……."

채 말이 끝나기도 전에 세운이 자리에서 일어났다. 여섯 살밖에 안 된 아들놈 때문에 가예가 힘들어하는 모습을 보이자 결국 참았던 인내가 그대로 끊어졌다.

같이 따라온 자윤에게 절대 가예를 내보내서는 안 된다며 엄포를 놓은 세운이 부지런히 궁을 나왔다. 갑작스러운 세운의 이동에 대기하고 있던 병사들과 시종들이 분주해졌다.

"도대체 이 쥐방울은 누굴 닮았길래 이렇게 제멋대로인 것이냐!"

따라가던 사람들의 시선이 바로 당신이라는 표정으로 세운을 바라보았다. 하지만 그들의 시선 따위는 안중에도 없다는 듯 세운이 설을 데려오기 위해 궁을 나섰다.

세운이 궁 밖을 나간 시각, 위험한 상황에 들어가지 않을 것이라 생각했던 진설은 생각 외의 위험과 마주하고 있었다.

* * *

돌아가는 상황에 설은 당황하였다.

설마 명룡국의 병사들이 깔려 있는 시전에서, 그것도 궁에서 보아온 사람들이 제법 있는 시전 안에서 이렇게 떡하니 끌려올 것이라고는 생각하지 못했다.

반항하고 난리를 쳐도 겨우 여섯 살이었다. 아등바등 반항하다 결국 품에 항상 가지고 다니는 단검으로 잡고 있던 이의 손을 찌르고 도망 나왔다. 하지만 열심히 도망가도 결국은 아이의 뜀박질. 설은 단번에 자신을 납치했던 사람들의 손에 다시 잡혀 버렸다.

일촉즉발의 상황에서 나타난 사내가 아니었다면 설은 그대로 끌려갔을 것이다.

검도 없이 권(拳)만으로 납치범을 제압한 사내는 얼핏 보기에도 아버지인 세운보다 나이가 있어 보였다. 하지만 설의 기억 어디에도 이 사내의 모습은 없었다.

"이게 네 것이냐?"

단검에 묻은 피를 닦아낸 사내가 설에게 그것을 내밀며 물었다.

묵직하게 들려오는 사내의 목소리엔 힘이 들어 있었다. 설은 자신도 모르게 허리를 세웠다.

"제 것인데요."

사내가 내민 단검을 받아 든 설이 허리를 굽혀 사내에게 고개를 숙였다.

"감사합니다!"

"네가 설이냐?"

"어? 어떻게 제 이름을 아세요?"

처음 보는 사람이 자신의 이름을 알자 설이 본능적으로 한 걸음 물러났다. 한동안 말없이 설을 바라보고 있던 사내의 입가에 이윽고 작은 미소가 생겨났다.

"가예는…… 아니, 어머니는 잘 지내시느냐?"

"어?"

자신의 이름에 어머니인 가예의 이름까지 나오자 설이 고개를 갸웃했다. 하지만 잠시 후, 알겠다는 듯 미소를 지은 설이 두어 걸음 사내 앞으로 걸어왔다.

쪼르르 달려오는 모양새가 영락없이 세운이 이름 대신 부르는 쥐방울의 모습이었다. 또랑또랑한 눈에, 배시시 짓고 있는 미소가 개구쟁이의 그것과 똑같았다.

"인사드리겠습니다. 저는 진설이라고 합니다. 구해주신 것에 다시 한 번 감사드립니다."

반듯한 자세로 인사를 하는 모습은 사내가 잘 아는 여인의 모습과 비슷했다. 그리운 이의 모습이 아이에게서 보이자 사내의 눈가가 부드러워졌다.

"내가 누구인지 아는 것이냐?"

"어머니께 항상 듣고 자랐습니다. 제가 태어나자마자 단검을 주셨고, 피로 이어지지는 않으나 하나뿐인 오라버니시라 들었습니다."

또박또박 말하는 모습에 어림에도 배포가 느껴졌다. 아이의 모습에 사내가 희미한 미소를 지었다.

"그래, 내가 담제융이다."

제융의 답에 설이 미소를 지었다. 굳은살이 박인 제융의 손이 조심스럽게 설의 머리를 쓰다듬었다. 부드러운 머리카락의 감촉에 제융의 입가에 미소가 감돌았다.

전체적인 모습과 분위기는 세운이었지만, 군데군데 보여주는 표정은 가예와 닮아 있었다.

제융의 손길에 설이 빙긋 미소를 지었다.

꼬르륵.

설의 배에서 나는 소리가 부드러웠던 분위기를 깼다. 소리에 멍한 표정이던 제융이 웃음을 터뜨렸다.

얼굴이 빨개진 설이 고픈 배를 손으로 문질렀다.

"저기…… 제가 오늘 집을 나왔는데요, 저녁 안 드시나요?"

넉살 좋은 설의 말에 제융이 다시 한 번 웃음을 터뜨렸다.

세운과 가예의 아이는 유난히 빛났다. 둘을 만나러 온 걸음에 우연히 아이를 먼저 만나게 되었지만, 설만 보고도 둘이 어떻게 살고 있는지 알 수 있었다.

제융이 손을 내밀자 설이 냉큼 그 손을 잡았다.

✻ ✻ ✻

휘왕 특유의 넉살을 물려받은 듯 설은 처음 보는 제융이 사주는 밥을 넙죽 잘도 받아먹었다. 집을 나왔다더니 계속 굶은 듯 부지런히 나오는 음식을 비워냈다.

적어도 객주의 문을 거침없이 열고 들어와 설의 뒤통수를 후려갈기는 세운만 아니었다면 보지 않아도 식욕이 도는 저 훈훈한 분위기는 계속 유지되었을 것이다.

"이 콩알만 한 자식아!"

힘껏 내려치는 손바닥에 설의 고개가 절로 돌아갔다.

"악! 누구야?"

"누구야? 누굴 것 같으냐! 네 아버지다, 이 불효막심한 놈아!"

훈훈한 식사 분위기는 연이어 들려오는 매타작에 가려졌다. 눈에 보이지 않는 부분만 골라 차지게 패던 세운이 씩씩대며 말했다.

"겨우 여섯 살짜리가 아버지와 싸웠다고 집을 나가? 네 어머니가 얼마나 걱정하는지는 생각도 안 한 것이냐? 이제야 감모가 나아진 어머니께 네가 벌써부터 반항하는 것이야?"

"내가 어머니에게 반항을 한 게 아니라 아버지한테 한…… 악!"

항변하려는 설의 앞에서 세운이 주먹을 들어 올리자 본능적으로 설이 이마를 손으로 가렸다. 주먹을 쥐고 있던 세운이 길게 한숨을 쉬며 손을 풀었다.

"내가 누굴 탓하겠느냐, 이 쥐방울 같은 녀석아. 아직 감모도 낫지 않는 네 어머니, 걱정이라는 걱정은 다 시키고 잘하는 짓이다."

가예를 걱정시켰다는 말에 반항하려던 설의 고개가 쑥 들어갔다. 그 모습에 불뚝 세운의 이마에 힘줄이 돋아났다. 하지만 지금은 가예를 놓고 아들과 아버지가 툭탁거릴 때가 아니었다.

"좋아 보이군."

설을 보며 한숨을 쉬고 있는 세운의 옆에서 오래되었지만 익숙한 목소리가 들려왔다.

믿을 수 없다는 표정으로 세운이 고개를 돌렸다.

세운의 시선에 제융이 미소를 지었다.

같은 하늘 아래 이렇게 얼굴을 마주하게 될 줄은 세운도 제융도 생각하지 못했다. 적어도 6년 전에는 그렇게 될 수 없을 것이라 믿었다.

하지만 막상 만나게 되니 그리 나쁘지 않았다.

"언제 왔소?"

마치 며칠 전에 헤어졌다 다시 만난 것같이 물어보는 세운에게 제융이 입꼬리를 올렸다.

예전이나 지금이나 진세운은 그대로였다.

도리어 유난 떨며 잘 왔다느니 잘 지냈냐느니 등 쓸데없는 미사여구를 붙였으면 제융은 도리어 불편해했을 것이다. 그 나름의 배려에 제융 또한 편하게 이야기를 시작했다.

"일이 있어서 온 김에 들러보았다. 먼발치에서 보고 가려 했는데 본의 아니게 만나게 되는군."

"아, 저 녀석이 하룻강아지 범 무서운 줄 모르는 꼬맹이어도 가끔 이렇게 사람을 엮이게 하는 재주가 있지. 아무튼 못 올 곳도 아닌데 왜 그냥 가시오? 모습을 보아하니 한두 번 이곳에 온 게 아닌 것 같은데 말이오."

명룡국의 추위에 단단히 대비한 듯한 제융의 모습을 보며 세운이 말했다. 여유 있고 느긋한 듯 보여도 여전히 날카로운 눈과 통찰력을 가지고 있는 그의 모습에 제융이 고개를 저었다.

"……내가 어떻게 가예를 만나겠는가?"

"뭘 어떻게 만나겠소? 그냥 가서 동생 보러 왔다고 하면 되지. 매번 아들 녀석들 물건은 보내주면서 얼굴은 보여주지 않으니 가예가 매년 기다리지 않소?"

가예라는 단어에 제융의 눈가가 부드러워졌다.

제융의 분위기가 달라졌음에도 세운은 질투를 하지도, 그를 적대하지도 않았다. 가예라는 단어에 제융이 보인 반응은 연모하는 여인의 그런 것이 아니었다.

그토록 가예가 원했던 것, 오라버니로서의 시선이었다.

"기왕 나한테 잡힌 김에 가예나 보고 가시오."

"아직은…… 아직은……."

"그럼 전 오라버니를 언제나 볼 수 있는 것입니까?"

세운과 제융의 대화 사이로 가예의 목소리가 들려왔다.

눈이 커진 제융이 믿을 수 없다는 표정으로 고개를 돌렸다. 동시에 세운이 그럴 줄 알았다는 듯 고개를 저었다.

"궁에서 쉬고 있으라니까."

제융의 시선 끝, 가예가 가쁜 숨을 내쉬며 객주 문 앞에 서 있었다.

가예의 모습에 세운의 옆에 있던 설이 쪼르르 그녀의 옆으로 다가갔다. 잘못했다며 고개를 숙이는 설을 부드럽게 다독인 가예가 굳어 있는 제융을 향해 미소 지었다.

"오라버니."

그녀의 물음에 제융이 웃었다.

오라버니의 미소.

가예의 눈가에 맑은 눈물방울이 맺혔다.

❀ ✱ ❀

아닌 척했지만 처음 해본 가출이 피곤했는지 어느새 설이 가예의 품에서 잠들어 있었다.

가예가 제융과 편하게 대화를 할 수 있도록 세운이 설을 안아 들었다.

"마차에 있을게. 천천히 대화해."

"고마워요."

그녀의 말에 미소를 지은 세운이 객주 밖으로 나갔다. 그가 나가는 것을 확인한 가예가 다시 자리에 앉았다.

6년 만에 본 제융은 전처럼 고급스러운 옷에 딸린 수행원도 없었지만 표정만큼은 그때보다 훨씬 좋아 보였다. 그녀를 보며 지어주는 미소는 똑같았으나 그때와는 느낌이 달랐다.

"잘 지내셨습니까?"

"책임질 일이 없으니 한결 편하게 지냈단다. 내 동생은 묻지 않아도 알겠구나. 좋아 보인다. 네 가군도 여전하고 말이다."

제융의 말에 가예가 고운 미소를 지었다.

마음을 주는 정인 옆에서 행복하게 지낸 듯 가예의 얼굴은 좋아

보였다.

'다행이다.'

가예를 다시 보게 된다면 간신히 잠재워 놓았던 그녀에 대한 감정이 되살아날지도 모른다는 두려움이 있었다. 다행히 그런 감정은 더 이상 들지 않았다.

"혼인을 했다. 홑몸이 아니라 같이 올 수 없었지만 조만간 아버지가 될 것 같구나."

제융의 고백에 가예의 눈이 커졌다.

그에게 가예는 첫정이자 마지막 정이라 생각했다.

하지만 흐르는 시간만큼이나 사람의 마음은 정리되고 치유가 되었다.

상처가 아문 자리. 그에게도 새 사람이 그의 안에 들어왔다.

"너무하셨습니다. 혼인하기 전에 오셨으면 언니를 볼 수 있었을 텐데요."

"먼 곳을 오기에는 좀 힘든 사람이라서 말이다. 그리고 내가 겁이 난 것도 있었다. 널 보면 그때의 나로 돌아갈지도 모른다는 생각이 들었다. 그런데 그것은 또 아니구나."

제융의 말에 가예가 촉촉한 눈으로 고개를 끄덕였다.

사람이 분주히 오가던 객주가 어느새 조용해졌다. 조금 전, 객주의 주인과 세운이 대화하는 모습이 보이더니만 그새 부인과 제융을 위해 손을 쓴 듯했다.

"설이 말고 아들이 하나 더 있다고 들었다."

"이름이 효예요. 설이랑 두 살 터울이라 이제 네 살이에요."

"난 네가 아이를 낳으면 딸을 낳을 줄 알았다. 그런데 연이어 아들이라니, 딸이 없다며 휘왕, 아니, 매제가 아쉬워하겠구나."

제융의 말에 가예가 맞는다는 듯 빙긋 미소를 지었다. 이후로 가벼운 안부 인사가 오고 갔다. 어느 정도 시간이 흐른 후, 제융에게 궁으로 가자고 말하였다.

가예의 제안에 제융이 고개를 저었다.

"다행히 검을 잡을 수 있게 되어서 현재 표국에서 물건을 지키는 표사 일을 하고 있단다. 마침 수도에 들를 일이 있어서 잠깐 온 것이다. 곧 출발이라 이만 가봐야겠다."

"여기까지 오셨는데……."

"그 사람이 몸을 푸는 대로 와보마."

제융이 자리에서 일어나자 가예가 따라 일어났다.

"또 오실 거죠? 이제는 피하지 않으실 거죠?"

가예의 물음에 제융이 조용히 고개를 끄덕였다.

한 사내의 부인이 되고, 두 아들의 어머니가 되었음에도 제융의 눈에 보이는 가예는 그때의 그 모습과 똑같았다.

"약속하마."

제융의 말에 가예가 말없이 고개를 끄덕였다.

가예의 어깨를 몇 번 토닥인 제융이 그녀의 옆을 지나갔다. 객주 밖으로 나온 제융이 기다리고 있던 세운과 대화를 나누고는 곧바로 자리를 떠났다.

언제 잠들었냐는 듯 가예가 나오자 설이 눈을 번쩍 떴다.

가예와 천천히 들어갈 테니 먼저 가 있으라는 세운의 말에도 설은 쪼르르 어머니의 손을 잡았다.

"나도 같이 갈 거예요!"

아들인지 원수인지 점점 알 수 없을 정도이지만 어차피 말려봤자 통하지 않을 것을 알고 있었다. 결국 마차와 사람들을 보낸 후 세 사람은 궁을 향해 걷기 시작했다.

"감모는 괜찮아?"

앞서 가는 설에게 조심히 걸으라는 말을 한 가예가 세운을 보며 고개를 끄덕였다. 세운의 팔에 자신의 팔을 낀 가예가 몸을 기댔다.

"제융 오라버니가 혼인을 하셨대요. 내년이면 아버지도 되신대요."

"아, 들었어. 도대체 부인이 얼마나 고운지 얼굴 좀 보여달라니까 자꾸 미루더군."

가예의 오라버니로 생각하는 듯 제융의 이야기를 하면서도 세운의 표정은 별 차이가 없었다. 세운의 어깨에 머리를 기댄 가예가 빙긋 미소를 지었다.

그녀의 모습을 미소로 바라보고 있던 세운이 생각났다는 듯 입을 열었다.

"태어나는 아이가 딸이면 사돈 맺자고 하니까 싫다던데?"

"당신, 무슨……. 아직 태어나지도 않은 아이를!"

"뭐 어때? 피로 연결이 된 사이도 아니고, 연적이 아닌 담제융 정도면 그 자식도 제법 괜찮을걸. 나중에 커서 설이 녀석에게 선물 받은 꽃신을 주면서 데리고 오라고 해야지."

"아들인지 딸인지도 아직 모르잖아요!"
"하나만 낳을 건 아니잖아."
진심인 듯 눈 하나 깜짝 안 하고 말하는 세운의 모습에 가예가 고개를 저었다.
그녀의 모습에 세운이 농담이라며 웃음을 터뜨렸다.
아직 열이 가시지 않은 가예의 뺨을 손가락으로 쓴 세운이 나른하게 말했다.
"오랜만에 당신이랑 걸으니 좋다."
"그러게요."
"나도 그래요, 아버지!"
어느새 쪼르르 달려온 설이 가예의 반대편으로 다가와 크게 소리쳤다. 천진난만한 아이의 소리에 가예는 웃음을 터뜨렸고, 세운은 눈썹을 꿈틀댔다.
"네가 나의 아들이면 모처럼 두 분이서 좋은 시간을 보내시게 자리를 피해줘야 되는 거 아니냐?"
"저와 어머니랑 같이 있으면 아버지께서도 방해하시잖아요?"
"내 부인이잖아! 너보다 적어도 3년은 더 네 어머니를 먼저 만났다고, 난!"
"그만해요. 아들 앞에서 뭐 하는 거예요?"
가예의 중재에 세운이 입을 쭉 뺐다. 지금 설 하나만으로도 그녀와의 시간을 빼앗기고 있는데 나중에 효까지 가세하면 어떻게 되겠는가? 생각하는 것만으로도 세운은 머리가 아팠다.
퉁퉁대는 세운을 보고 있던 가예가 설 몰래 그의 뺨에 살짝 입을 맞추었다.

언제나 당신이 나에게는 가장 우선이다.

직접 말을 하지는 않았지만 행동으로 보여주는 가예의 모습에 세운이 웃음을 터뜨렸다.

"내가 이러니까 당신에게 눈이 멀잖아."

"설의 어머니이기 전에 난 당신의 부인이에요. 그 사실을 잊지 말라고요."

설이 들을 수 없도록 작게 속삭이는 목소리가 매혹적이다.

그녀의 고백에 여전히 심장이 떨렸다. 시간이 흐를수록 연모의 감정은 더욱 깊어갔다.

설이 다른 곳을 보는 사이 세운이 가예의 입술을 빠르게 훔쳤다.

거침없는 그의 행동에 얼굴이 빨개진 가예가 세운의 시선을 피했다. 이대로 그냥 한입에 삼켜 버렸으면 좋겠건만. 맹세하건대 궁에 가자마자 둘만의 시간을 방해할 사람은 가예의 바로 옆에 있는 자신의 쥐방울이었다.

"진설, 만약 네 생일 때까지 어머니와의 시간을 방해하지 않으면 어머니에게 네 허리띠에 매화 수를 넣어달라고 해주마."

"정말?"

생각지 못한 조건에 설이 쪼르르 세운에게 다가왔다. 부담스러울 정도로 빛나는 설의 눈을 보고 있던 세운이 빙긋 웃었다.

"사고도 안 치고 얌전히 있는 조건에서다. 한 번이라도 말썽 피워만 봐."

"아냐! 절대 안 그럴게요, 아버지! 나 앞서서 걸을게!"

그토록 원하던 것을 얻었다는 기쁨에서인지 평소라면 가예에게서 절대로 떨어지지 않았을 설이 알아서 자리를 비켜주었다. 설의 그런 모습에 세운은 만족스러운 미소를 지었고, 가예는 그런 그를 보며 어이없다는 듯 말했다.

"이번에 설의 선물로 매화 문양이 있는 허리띠를 주기로 했잖아요. 이미 다 만들어놓았는데 왜 애를 속여요?"

"저래야 좀 얌전해지지. 그리고 저렇게 해놓아야 당신이랑 내 시간이 늘잖아. 언제나 강조하고 또 강조하는 말이지만 당신은 진설의 어머니이기 전에 내 부인이라고!"

설 때문에 지금까지 빼앗겼던 시간이 억울한 듯 아이를 먼저 보낸 세운의 얼굴에 즐거운 미소가 감돌았다. 부인과 어머니 사이에서 오가는 일은 때로는 난감할 때도 많았지만 행복했다.

세운의 손을 가예가 붙잡았다.

그를 쳐다보는 가예의 얼굴에 미소가 감돌았다.

행복한 아이의 웃음소리가 주변에 가득 울려 퍼졌다.

가예와 손을 잡은 세운이 그녀의 보폭에 맞춰 천천히 걸어갔다.

과거에도, 현재에도, 앞으로도 함께할 것이다.

같이 걸어가는 지금이 바로 그들만의 세상이었다.

설과 하현

명룡국의 황제인 정명이 지병으로 승하하였다.

정명 황제의 승하에 휘왕은 자신의 방에서 한 걸음도 나오지 않았다.

깊은 적막감이 흐르는 궁. 세운이 있는 방 밖에 설이 서 있었다.

새하얀 피부에 또렷한 이목구비, 눈매는 서글서글했으나 몸 전체에서 나오는 분위기는 매서웠다. 흔들림 없는 시선이 굳게 닫힌 문을 말없이 보았다.

세운과 가예의 첫 번째 자식인 진설이 열여섯 살이 되었다. 승하한 정명에게 후계가 없었기에 그는 현재 명룡국의 하나뿐인 황태자였다.

"설 형님."

뒤에서 들려오는 목소리에 설의 고개가 돌아갔다.

설의 뒤, 단정한 모습의 소년이 그에게 달려오고 있었다.

설보다 두 살 어린 동생 효의 모습에 설이 힘없이 미소를 지었다.

"왔구나."

"들어가 봐야 하는 것이 아닙니까?"

조용한 효의 물음에 설이 고개를 저었다. 조금 전, 설의 인사도 받는 둥 마는 둥 하며 가예가 방 안으로 들어갔다. 누구도 들어오지 말라는 세운의 엄명이 있었지만 가예는 궁에서 유일하게 그에게 다가갈 수 있는 사람이었다.

"이미 어머니께서 들어가 계시다. 너와 내가 들어간다 한들 도움이 되지 않을 것이다."

"하지만……."

"효야, 아버지에게 있어 폐하는 명룡국의 황제이시기 전에 형님이셨다. 아버지가 걱정되는 네 마음은 알지만, 유일하게 아버지의 깊은 곳까지 들어가실 수 있는 분은 어머니밖에 없으시다. 아버지와 어머니는 저대로 계시게 하는 게 좋겠다. 그런데 은조는 어디에 있느냐?"

효가 태어난 지 4년 후 가예는 딸 은조를 낳았다. 생각지 못한 딸이라 세운 부부는 물론 정명 또한 자신의 딸처럼 어여삐 여겼다.

"방금 황궁으로 가겠다는 것을 방에 데려다 놓았습니다. 아마도 많이 울고 있을 것입니다."

"황제 폐하께서 유난히 예뻐하셨으니……. 그리고 번거롭겠지만 궁 내부의 일은 당분간 네가 맡아 해라. 모르는 일이 있으면 나나 도하에게 물어보면 될 것이다."

"네, 형님."

효에게 말을 끝낸 설이 흔들림 없는 눈으로 방을 바라보았다.

가예가 들어간 방 안은 쥐 죽은 듯 조용했다. 힘들고 어려운 일이 있어도 웃으며 행동하던 세운이 방 밖으로 나오지 않았다. 그가 느끼고 있는 슬픔의 전부를 알 수는 없었지만 설에게도 정명은 황제이기 이전에 큰 산과 같은 존재였다.

정명의 모습이 눈앞에 스치자 울컥 샘솟는 눈물을 설은 간신히 참아냈다.

지금 그는 정명의 죽음에 슬퍼하며 눈물을 흘릴 때가 아니었다. 곧 귀족들이 들이닥칠 것이다. 공석이 되어버린 황제 자리 때문에 오는 것이지만 정명의 시신이 채 식기도 전에 그들의 움직이는 모습은 세운이나 가예에게 받아들이기 힘든 모습일 것이다.

'내 선에서 정리해야 한다.'

마음을 정리한 설이 부지런히 걸음을 옮겼다.

역시나 궁 앞에는 먹이를 노리는 짐승처럼 수많은 귀족들이 모여 있었다. 정중히 돌아가라고 했지만 귀족들은 꿈적도 하지 않았다.

"조용히 물러가시오. 아직 폐하의 인산 준비를 시작도 하지 않았소."

"지존의 자리는 단 한 순간도 비워둘 수 없습니다, 황태자 전하! 궁으로 오셔야 하옵니다!"

한 치도 물러나지 않는 귀족들의 모습에 설이 입술을 깨물었다. 그들의 말이 틀린 것은 아니었으나 정명이 죽자마자 황위에 오르라며 재촉하는 모습은 마음에 들지 않았다.

정명의 빈자리가 크다고는 하나 곧바로 설이 황제에 올라야 할 정도로 명룡국은 약하지 않았다.

"돌아가라 하였다! 지금 그대들이 날 어떤 사람으로 만들고 있는지 아는 것인가!"

"태자 전하!"

설의 고함에도 귀족들은 고개를 숙일 뿐 움직이지 않았다. 원치 않는 상황이 계속되는 것이 마음에 들지 않는 설이 입술을 깨물었다.

그리고 그때, 그의 뒤에서 음산할 정도로 살기 어린 목소리가 들려왔다.

"지금 내 눈앞에 보이는 장면이 무엇인가?"

"아, 아버지."

걸어 나오는 세운의 모습에 설이 옆으로 걸음을 옮겼다. 설의 말에는 꿈쩍도 하지 않던 귀족들이 세운의 모습에 몸을 움찔댔다. 세운의 옆으로 다가온 가예가 설에게 이쪽으로 오라며 손짓했다.

"어머니, 이건……."

"알고 있다. 설명하지 않아도 된다."

감정을 억누르기 위함인지 가예의 목소리가 낮게 가라앉아 있었다. 어깨를 토닥이며 궁에 가 있으라는 말에 설이 고개를 저었다.

"여기에 있겠습니다."

그는 아직 능구렁이 같은 귀족들을 다루는 데 능숙하지 않았다. 하지만 오랫동안 황궁 안에서 살아남은 세운은 아니었다. 자신의 아버지가 저들을 어떻게 다루는지 보고 싶었다. 말없이 보여주는 설의 시선에 가예가 알겠다는 듯 고개를 끄덕였다.

반면 어린 황태자를 만만히 보고 고집을 부리고 있던 귀족들은 현재 숨이 막히는 긴장감에 차마 고개를 들고 세운을 보지 못하고 있었다.

지금의 명룡국을 만든 한 축, 돌아가신 선제가 무조건적으로 신임했던 그의 하나뿐인 형제.

전쟁에 더 이상 나가지는 않지만 그 존재만으로 명룡군의 사기를 좌우할 수 있는 사내가 살기로 압박하며 그들을 노려보고 있다.

"제법 재미있는 모습을 보여주고 있구려."

"휘왕 전하, 저희는 그저 공석이 된 황제 폐하의 자리에……."

"참으로 대단한 충심이오. 내 형님의 피가 식자마자 움직이는 모습들이라니, 이 얼마나 아름다운 모습이오? 마치 내 눈엔……."

"……."

"내 아들을 꼭두각시로 세워 이참에 권력을 얻어보겠다는 모습으로 보이니 말이오."

"전하, 오해이십니다!"

세운의 말에 고개를 숙이고 있던 귀족들이 기함하였다. 세운의 말속에 들어 있는 의미가 소름 끼쳤다.

지금 궁 앞에 있는 귀족들에게 세운은 반역을 저지르고 있는 것이라는 의미로 말하고 있었다. 몸을 숙이고 있던 귀족들이 저마다 그게 아니라며 항변하였다. 하지만 웅성거리는 그들의 소리에도 세운의 표정은 그대로였다.

한참을 그대로 있던 세운이 나지막이 입을 열었다.

"명룡국의 태평성대가 그대들에게는 독이 되었나 보오."

"전하, 노여움을 가라앉히소서! 그게 아니옵니다!"

"노여움이라……. 무슨 소리를 하는 것인지 모르겠소만, 난 냉정히 상황을 보고 있는 것뿐이오. 만약 내 아들이 형님의 뒤를 이어 황제가 된다면 가장 먼저 해야 할 일을 생각하고 있는 것이란 말이오."

가볍게 나오는 세운의 목소리에 곳곳에서 주저앉는 귀족들의 모습이 보였다. 어린 설을 황위에 올려놓고 권력을 얻어보려 했던 그들이 잊고 있던 것을 세운이 단번에 일깨웠다.

성인으로 인정받는 18세까지 2년, 그 시간 동안 설의 곁에서 섭정을 할 사람은 세운이었다. 황제(皇帝)를 위협하는 황제(皇弟)라는 소리를 들을 정도로 능력과 힘을 가진 휘왕이었다.

섭정하는 순간 너희부터 처리하겠다. 말은 하지 않았지만 세운의 눈은 그리 말하고 있었다. 떨고 있는 귀족들을 보고 있던 세운이 쐐기를 박았다.

"설은 때가 되면 알아서 황궁에 들어가 그 지위를 물려받게 될 것이오. 자, 어떻게 하겠소? 설을 데리고 가 황위에 올려놓을 생각이라면 말리지 않겠소. 하지만 그만큼 준비를 해야 할 것이오. 어차피 내 손에 묻은 피, 조금 더 묻힌다고 달라질 것은 없소."

마지막에 끝난 말의 효과는 엄청났다. 꿈쩍도 안 하던 귀족들이 순식간에 삼삼오오 뿔뿔이 사라졌다. 귀족들의 모습이 완전히 사라지자 세운이 고개를 저으며 몸을 돌렸다.

가예의 옆에 서 있는 설을 바라본 그가 담담히 말했다.

"네가 앞으로 다뤄야 할 자들이다."

"알고 있습니다, 아버지."

"모든 것을 포용하는 자세로 품되 단 하나도 쉽게 마음을 주지 마라. 네 마음의 틈으로 저들은 언제든지 들어올 것이다."

그의 말에 설이 알겠다는 듯 고개를 숙였다.

설의 모습을 말없이 보고 있던 세운이 한참 후 입을 열었다.

"미안하다."

생각지 못한 말에 설의 시선이 세운을 향했다.

"무슨 말씀을 하시는 것입니까?"

"네가 황제의 자리를 원하지 않는 것을 알고 있다. 하지만 대안이 없기에 너에게 그 무거운 짐을 짊어지게 하였다."

속마음을 들킨 것 같아 설이 자신도 모르게 고개를 숙였다. 그런 설의 모습을 보고 있던 가예가 말없이 그의 손을 잡아주었다. 가예의 시선에 설이 미소 지었다. 가예의 손에 자신의 손을 포갠 설이 세운의 눈을 바라보았다.

"귀찮지만 어차피 짊어져야 할 짐이라면 피하지 않겠습니다. 그리고 아까 제 말은 귓등으로도 안 들어먹던 이들에게 보여줘야지요. 전 꼭두각시가 아니라 황제라는 것을 말이지요."

자신감 넘치는 미소에 굳어 있던 세운의 입가에 옅은 미소가 감돌았다.

어차피 앞으로의 몫은 자신이 아닌 설이 짊어져야 할 것이다. 겉으로는 여유롭고 귀찮은 일을 싫어하는 것처럼 보였으나 그 책임이 두려워 피하거나 외면하는 아들은 아니었다.

"황궁으로 갈 것이다. 차비하거라."

세운의 명에 설이 고개를 끄덕인 후 둘에게서 떠나갔다. 어린 나이에 황위라는 무거운 책임을 지게 된 아들을 안타깝게 보고 있던 가예가 세운에게 다가왔다.

하나뿐인 형제의 죽음도 마음껏 슬퍼하지 못하는 자신의 가군을 조용히 보고 있던 가예가 팔을 들어 그를 안았다.

마음을 진정시키는 여인의 품 안에서 세운이 깊게 얼굴을 묻었다.

❀ ✱ ❀

소국이었던 명룡국을 대국으로 만든 정명 황제의 인산이 끝나고 곧바로 설이 황제로 즉위하였다. 황제로 즉위했다고는 하나 성인으로 인정받는 18세까지는 휘왕이 섭정으로 국사에 참여하게 될 것이다.

"설이 사라졌다?"

"예, 전하. 어디에도 보이지 않으십니다."

"그래? 아, 가예야. 허리띠는 그것보다는 저기에 있는 것으로 하자."

"이걸로요?"

즉위식 당일, 황궁에 들어온 휘왕이 부인 가예의 도움을 받으며 즉위식에 참석할 준비를 하고 있었다. 즉위식의 주인공인 설이 사라졌음에도 가예나 세운은 이상할 정도로 평온했다.

알 수 없는 상황에 시종이 갸웃거리는 것도 잠시, 세운의 허리띠를 고정한 가예가 입을 열었다.

"어차피 즉위식이 시작되면 나타날 것이오. 그러니 사람 풀지 말고 그대로 있으세요."

"하지만 부인, 치장만 끝내고 사라지신 것입니다. 즉위식이 어떻게 진행될지 아무것도 모르시는데 어찌 가만히 기다리겠습니까?"

울 것 같은 시종의 말에 가예가 세운을 바라보았다. 가예가 해준 치장이 마음에 들었는지 그녀에게 만족의 미소를 지어준 세운이 대수롭지 않다는 듯 말했다.

"내가 전에 말해준 게 있으니 알아서 잘할 것이다. 때가 되면 알아서 들어올 녀석이니 걱정하지 마라."

아무리 생각해도 휘왕 부부의 행동을 시종은 이해할 수 없었다. 당장 반 시진 후면 즉위식이다. 그런데 사라진 아들에 대한 걱정보다는 평온하게 둘 사이에 일어난 일을 말하고 있었다.

하지만 때가 되면 알아서 올 테니 걱정하지 말라는데 뭘 어찌하겠는가. 결국 알겠다며 시종은 물러났다.

✻ ✻ ✻

같은 시각, 갑갑한 시종들에게서 벗어난 설은 마음껏 황궁을 돌아다니고 있었다.

어차피 즉위식까지는 반 시진 정도 남아 있었다.

즉위식에서 어떻게 행동해야 하는지 내관이 알려준다고 했지만 그다지 듣고 싶지 않았다. 굳이 듣지 않아도 즉위식에서 다들 이렇게 하라, 저렇게 하라 알려줄 것이고, 더군다나 형식적인 행사일 뿐이다. 큰 실수만 안 하면 무난히 넘어갈 수 있을 것이다.

시종들과 내관들을 피해 황궁에 만들어져 있는 깊은 숲 속으로 들어간 설이 크게 기지개를 켰다.

이리저리 사람들에게 시달리던 것이 사라지니 그제야 설이 편안한 숨을 들이마셨다.

"아, 머리 아프다."

사람들과 만나는 것을 싫어하지는 않았지만 그의 의지와는 다르게 이리저리 끌려 다니는 것은 원하지 않았다. 모처럼 얻은 휴식, 설은 즉위식을 위해 입은 옷이 구겨지든 말든 그대로 자리에 주저앉았다.

부스럭.

"누구냐?"

숲 속에서 들리는 소리에 설이 나지막이 소리쳤다. 설의 목소리에 느껴지던 기척이 도망가려 하자 그가 단숨에 몸을 날렸다.

도망가던 이가 설에 의해 잡혔다. 약간은 까무잡잡한 피부의 여자아이가 놀란 눈으로 자신을 잡은 설을 보고 있었다. 나이는 열 살인 은조와 별 차이가 없어 보였다.

"어떻게 들어온 것이냐?"

"……."

"음? 왜 말이 없는 것이냐?"

유난히 까맣고 탐스러운 머리카락과 깨끗한 눈이 시선 가득 들어오는 아이였다. 하지만 설 때문에 놀란 것인지 아니면 다른 연유에서인지 아이는 설을 보면서도 아무 말도 하지 않았다.

아이의 시선이 설이 잡고 있는 팔에 머물렀다. 아이의 시선에 놀란 설이 손을 내렸다.

"아! 미안하다. 아팠지? 나도 모르게 세게 잡았네."

"……."

"흠. 말이 없는 것인지 말은 못하는 것인지 모르겠지만 내 이름은 진설이다."

설을 물끄러미 보고 있던 여자아이가 손가락으로 흙에 글씨를 써 내려갔다.

하현.

말을 하지는 않았지만 손가락으로 자신의 이름을 알려주는 여자아이를 보며 설이 빙긋 웃었다. 설의 환한 미소를 오랫동안 보고 있던 여자아이 하현의 입가에도 작은 미소가 생겨났다.

어머니인 가예와 똑같은 미소에 놀란 설이 눈을 비볐다. 하지만 눈을 비비는 사이, 아이의 미소는 이미 사라지고 없었다.

'잘못 본 것인가?'

지금까지 많은 여인들을 보면서도 자신의 어머니같이 고운 미소를 짓는 사람은 보지 못했다. 그랬던 그가 겨우 막내인 은조 나이대의 여자아이에게서 그런 모습을 보다니, 믿을 수 없는 일이었다.

착각일 것이다. 고개를 저어 생각을 없앤 설이 하현을 향해 입을 열었다.

"너는 내 막냇동생과 비슷한 나이에도 상당히 어른스럽구나. 내 동생은 은조라고 하는데 아버지와 어머니의 귀함을 받고 자라 그런지 덤벙대기도 잘하고 소란스럽단다."

아무도 없던 숲 속, 생각지 못한 아이를 만났기 때문일까, 그게 아니면 그저 단순히 시작한 이야기였을까? 천천히 시작된 설의 이야기에 하현이 옆에 앉아 그것을 듣기 시작했다.

처음 보는 사내임에도 편안한 분위기를 가지고 있다. 물처럼 흘러나오는 대화에 하현은 자신도 모르게 집중하였다. 주로 설이 이야기를 하고 하현은 듣기만 하는 것이었지만, 마치 서로가 대화하는 것처럼 편한 시간이 계속되었다.

"황제 폐하! 폐하!"

한창 대화를 하던 중 멀리서 들려오는 소리에 설의 눈썹이 찡그려졌다. 황제 폐하라는 말에 말을 듣고 있던 하현의 눈이 커졌다.

하현의 반응에 미안한 듯 머리를 긁적인 설이 자리에서 일어났다.

"이만 가봐야겠다."

일어나서 가려는 설을 하현이 자신도 모르게 붙잡았다. 폐하라면 오늘 즉위식에 나올 새로운 황제일 것이다. 황제라는 사실엔 놀랐지만, 그보다도 조금만 더 그의 이야기를 듣고 싶었다.

자신도 모르게 저지른 일. 하지만 설은 화를 내기보다는 빙긋 웃었다.

"나도 좀 더 있고 싶지만 안 되겠구나. 이리로 오는 사람들은 깐깐한 주제에 잔소리도 엄청 많거든. 미안하다."

설의 말에 놀란 하현이 잡고 있던 그의 옷을 놓았다. 아쉬워하는 하현을 보고 있던 세운이 빙긋 웃었다.

"나도 가고 싶지 않지만 이건 내가 짊어져야 하는 책임이라서 말이다. 나가려면 저쪽 길로 쭉 가면 된다."

가까이 들려오는 내관들의 소리에 말을 끝낸 설이 단숨에 소리가 들려오는 쪽으로 걸어갔다. 처음에 나타났던 모습 그대로 단숨에 사라지는 그의 모습을 하현이 나무 뒤에 숨어서 바라보았다. 어디 가셨느냐는 내관들의 힐난에 바람을 쐬고 왔다는 말로 적당히 무마한 설이 그들과 함께 사라졌다.

짧은 만남이었지만 여운은 계속 남았다.

오라버니가 없는 하현이지만 그에게서 오라버니 같은 느낌을 받았다.

"진설."

눈의 이름을 가진 사내에게서 명룡국에서 처음 맡았던 은은한 매화 향이 났다.

갑자기 떨리는 심장에 하현은 자신도 모르게 손을 가슴에 대었다.

쿵쿵쿵. 좀처럼 가라앉지 않는 감정에 하현이 고개를 절레절레 흔들었다.

이제는 설이 알려준 길로 되돌아가야 할 시간. 하현의 시선이 설이 앉아 있던 자리에 머물렀다. 하지만 곧 몸을 돌린 하현이 그가 알려준 길로 바쁘게 걸음을 옮겼다.

곧 있을 황제의 즉위식으로 수선스러운 사람들 속, 하현이 찾던 이의 모습이 보이자 그곳을 향해 달려갔다.

"아버지!"

설의 앞에서는 아무 말도 하지 못하던 하현의 목소리가 아버지라는 사람 앞에서는 나왔다. 그녀의 목소리에 주변을 둘러보던 중년의 사내가 나지막이 말했다.

"어디 갔다 온 것이냐?"

중년의 사내, 아니, 제융의 모습에 하현이 조용히 그의 손을 잡았다.

"황궁이 아름다워 보고 있었는데 길을 잃었습니다. 그보다도 아버지."

"무슨 일이냐?"

"이번에 황제에 오르시는 분이 눈의 이름을 가지고 계십니까?"

하현의 물음에 제융의 시선이 그녀를 향하였다. 무슨 일이 있었는지 하현의 얼굴에는 옅은 홍조까지 생겨 있었다.

"설이를 만난 것이냐?"

"네. 되도록 조심하라 하셔서 말을 꺼내지는 않았습니다. 참으로 편안한 분이셨습니다."

하현의 말에 제융의 입가에 잘했다는 듯 미소가 생겨났다.

안정적인 명룡국과는 다르게 영화국은 후계의 문제로 소란스러웠다. 제융의 동생이자 황위를 물려받은 현 황제가 낳은 두 명의 아들이 서로 팽팽히 대립하고 있었다.

폐태자라 후계와는 전혀 상관없는 제융이었지만, 소위 말하는 명분을 위해 그들의 마수가 제융의 가족에게까지 뻗쳐 오고 있었다. 제융과 명룡국의 휘왕이 화해하고 친하게 지낸다는 소문이 은연중에 퍼지고 있는 상황, 제융이 원하지 않는 상황임에도 피할 방법이 없었다.

원래는 세운과 가예의 초청으로 명룡국의 즉위식에 참석할 예정이었지만 영화국의 상황이 좋지 않았기에 제융은 하현과 부인만을 데리고 비밀리에 참석하였다.

더 이상 그로 인해 세운 부부가 피해를 입는 것은 원하지 않았다.

연락을 하며 지내기는 했지만 아마 당분간은 얼굴을 마주하기 어려울 것이다.

즉위식이 시작된다는 소리가 먼 곳까지 울려 퍼졌다.

새로운 황제의 즉위에 명룡국의 백성들이 환호성을 질렀다. 제융에게 안겨 즉위식을 보고 있던 하현이 자신도 모르게 탄성을 질렀다.

곳곳에 날아다니는 색색의 꽃과 하늘에서 내리는 하얀 눈 사이로 엄숙한 표정의 설이 상단의 자리를 향해 걸어가고 있었다. 조금 전의 편안한 모습과는 또 다른 모습이 설에게서 보였다.

몸 안에 품고 있는 빛이 반짝이듯 하현의 눈에 보이는 설은 누구보다도 반짝반짝 빛났다.

그가 통치하고 다스리는 명룡국은 어떨까? 지금은 알 수 없는 미래임에도 하현은 궁금했다.

"와……!"

설 이외에 누구에게도 시선을 둘 수 없었다. 엄숙하고 근엄한 표정의 그에게서 하현은 처음으로 알 수 없는 감정을 느꼈다.

심장이 콩닥콩닥 떨렸다.

새하얀 눈이 내리는 차가운 나라의 황제였건만, 하현의 마음속에 느껴지는 설은 화사한 봄이었다.

'다시 만나고 싶다!'

까마득히 먼 곳에 있는 사내였으나 딱 한 번만이라도 좋으니 그와 다시 대화하고 싶었다. 황제의 관을 쓴 설이 즉위식을 보고 있는 사람들을 향해 몸을 돌렸다.

백성들의 환호가 즉위식을 가득 메웠다. 웃음기 가득했던 그의 모습도, 즉위식에서의 엄숙한 모습도 하현에게는 모두 설레었다.

다시 만날 수 있을지는 알 수 없지만, 하현은 먼 곳에 있는 설의 모습을 마음에 담고 또 담았다.

〈매화잠〉 完

작가 후기

〈매화잠〉을 끝내고 나니 구정 바로 전입니다.

후기를 쓰고 있어도 아직 끝났다는 생각이 그다지 들지 않습니다. 왠지 가예나 세운에 대해 뭔가 더 써야 할 것 같은 느낌이……. 물론 그랬다가는 주변에서 그만 좀 쓰라고 말리실지도 모르겠습니다. 아하하;;

〈매화잠〉은 그냥 인터넷에서 우연히 본 비녀로 시작된 이야기입니다. 가벼운 마음으로 시작했고, 쓰는 내내 가예가 답답해서 마음고생 좀 하다가, 나중에는 많은 관심에 고마워한 녀석이기도 합니다.

그래도 어찌어찌 끝내서 책으로 나온다고 하니 왠지 제 손을 떠난 것 같아 섭섭하기도 하고, 뭔가 해야 될 것이 더 있는데 덜한 것 같은 느낌도 든다고 해야 할까요? 후기를 쓰는 이상 아쉬워도 이제는 보내줘야 할 것 같습니다.

힘이 되어주는 가족과 글하고 공부에 지쳐서 신경질 부리는 저와 놀아준다고 욕보는 친구들과 언제나 따뜻한 관심과 힘이 되어주는 로맨스 화원 작가님들! 그리고 소중한 골방팸! 정말로 감사합니다!

1년 365일, 글에 대한 아낌없는 피드백과 무한 사심(?)을 마구마구 보내주는 꽃신작가 땡큐하오. 앞으로도 잘 부탁해욤!(그 소리는 앞으로도 내 글을 봐줘야 한다는 사실…… 퍽!)

그리고 지칠 때마다 예상외의 재치로 글을 쪼는 보스 향이와 참새부장 희연이! 마지막으로 방심하는 순간 정신이 번쩍 들게 하는 말로 급습을 해주는 윤애도 땡큐땡큐.

그리고 이번에도 길었던 글! 반짝반짝 빛나게 해주신 팀장님과 좋은 기회를 주신 출판사에도 다시 한 번 감사드립니다.

마지막으로 언제나 글에 좋은 말씀과 반응을 주시는 독자님들께 정말로 감사드립니다!

앞으로도 열심히 쓰는 글쟁이가 되도록 하겠습니다~(그…… 그렇다고 부지런한 글쟁이가 되겠다는 건 아닙니…… 퍽퍽퍽!)

새해 복 많이 받으시고, 하시는 모든 일에 좋은 결과가 있는 한 해가 되시기를 바랍니다.

무연 올림.

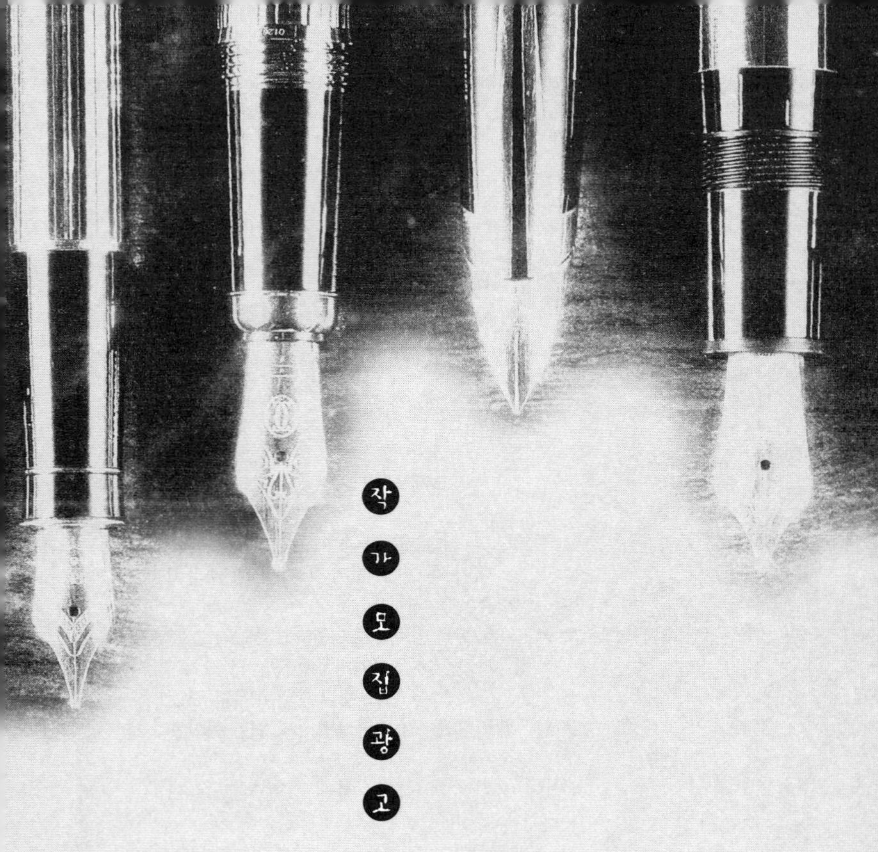
작
가
모
집
광
고